ANNE CHAPLET

Schneesterben

Buch

Einen Winter, in dem so viel Schnee gefallen ist, hat man in Klein-Roda lange nicht erlebt. Und daß der Schnee so lange liegen bleibt, noch seltener. Als er endlich schmilzt, findet man unter ihm das Übliche: die Reste von verschossenen Silvesterraketen, vergessenes Kinderspielzeug, verlorene Handschuhe. Und, vor dem Bungalow einer Feriensiedlung nicht weit von Klein-Roda, die Leiche von Michael Hansen, dem bekannten Kriegsreporter.

Krista Regler, Wochenendhausbesitzerin in Klein-Roda, gerät in Verdacht, den Mann überfahren zu haben – und sie gesteht. Für Staatsanwältin Karen Stark ein klarer Fall. Nicht aber für Krista Reglers Anwältin Edith Manning. Während der Verhandlung sorgt sie dafür, daß die Indizien zur Sprache kommen, die Zweifel an der Schuld der Angeklagten zulassen. An Stelle Kristas kommt ihr Mann ins Gefängnis, der schon bald unter den unerbittlichen Gesetzen des Knastes leidet.

Unerbittlich können auch die Gesetze eines Dorfes sein. In Klein-Roda will man von dem Fall Hansen, der offensichtlich etwas mit der Vergangenheit des Ortes zu tun hat, nichts wissen. Die Dorfbewohner wollen sich nicht erinnern, sondern alles Schreckliche vergessen. Paul Bremer, der Stadtflüchtling, der hier seine Heimat gefunden hat, versteht das – bis er selbst zum Opfer des dörflichen Harmoniegebots wird. Irgendwann müssen aber auch seine Nachbarn die Vergangenheit annehmen – eine Vergangenheit, an der vier Menschen zugrunde gehen.

Autorin

Anne Chaplet ist das Pseudonym der Publizistin und Sachbuchautorin Cora Stephan. Sie lebt in Frankfurt am Main und in Südfrankreich. »Schneesterben« ist der fünfte Band der preisgekrönten Reihe mit Paul Bremer und Karen Stark: Deutscher Krimipreis 2001 für »Nichts als die Wahrheit«, Radio Bremen Krimipreis 2003 für »Die Fotografin«, Deutscher Krimipreis 2004 für »Schneesterben«. Weitere Informationen zur Autorin unter www.anne-chaplet.de.

Von Anne Chaplet außerdem bei Goldmann lieferbar:

Caruso singt nicht mehr. Roman (44327)
Wasser zu Wein. Roman (44647)
Nichts als die Wahrheit. Roman (45028)
Die Fotografin. Roman (45466)

Anne Chaplet

Schnee-
sterben

Roman

GOLDMANN

Umwelthinweis:
Alle bedruckten Materialien dieses Taschenbuches
sind chlorfrei und umweltschonend.

Der Wilhelm Goldmann Verlag, München, ist ein Unternehmen
der Verlagsgruppe Random House GmbH.

1. Auflage
Genehmigte Taschenbuchausgabe August 2005

Umschlaggestaltung: Design Team München
Umschlagfoto: Zefa/Tomalty
Druck: GGP Media GmbH, Pößneck
Titelnummer: 45767
BH · Herstellung: Sebastian Strohmaier
Made in Germany
ISBN 3-442-45767-X

I may not always love you
But long as there are stars above you
You never need to doubt it
I'll make you so sure about it

God only knows what I'd be without you

If you should ever leave me
Though life would still go on believe me
The world could show nothing to me
So what good would living do me

God only knows what I'd be without you

BRIAN WILSON, *Pet Sounds,* 1966

KAPITEL 1

1

Klein-Roda, im Herbst

Diese Blicke. Paul Bremer kam sich vor wie ein Kind mit Eimerchen und Schäufelchen, das sich beim Betreten eines fremden Spielplatzes unter den mißtrauischen Augen der anderen Kinder duckt. Gunda und Wally standen bei der Wassertonne, die grünen Gießkannen in der Hand, und reckten die Hälse. Ihre Gesichter ließen erkennen, daß sie nichts davon hielten, wenn ein junger Kerl wie er in den geheiligten Bezirk eindrang. Der Friedhof gehörte den Witwen. Auch in Klein-Roda sterben die Männer vor den Frauen.

Ein kühler Lufthauch wehte den Duft welkender Blumen zu ihm herüber. Nach einer Weile nickten die beiden alten Tanten und setzten ihr Gespräch fort. Nach frommem Gedenken an die lieben Dahingegangenen sah das nicht aus. Bremer schlug den kiesbestreuten Weg nach links ein, den Eimer mit dem Rosenstock in der einen Hand, in der anderen den Spaten. Auf dem Friedhof tratschte man über die Lebenden, über nichtsnutzige Enkel und eitle Enkelinnen, über verschwenderische Schwestern und undankbare Neffen. Er hatte weder den einen noch die andere und schon deshalb hier nichts zu suchen.

Von der Friedhofskapelle löste sich herbstrot leuchtendes Weinlaub. Das Grab lag zwischen der Ruhestätte des vorvorigen Ortsvorstehers – künstlerisch wertvoller Gedenkstein, der Bremer an eine Art geborstenen Bypass erinnerte – und der barock bröckelnden Familiengruft derer von Solms. Bis vor zwei Jahren war es das Grab einer Frau gewesen, über deren Unglück die Älteren im Dorf noch immer bewegt erzählen konnten. Sie hatte sich einst im Löschteich ertränkt, nachdem ihr kleiner Sohn tödlich verunglückt war. Ihr Grab verkam im Laufe der Zeit und wurde zum öffentlichen Ärgernis, vor allem bei den Familien, die ihre Gräber links und rechts vorbildlich in Schuß hielten. Dann wurde es geräumt. Und nun ruhte da wieder jemand, dessen Unglück überlieferungswürdig war.

Paul schob mit der Schuhspitze ein vertrocknetes Gebinde beiseite, das der Wind von einem nicht mehr ganz frischen Grab herübergeweht hatte. Er fühlte sich auch ohne die Blicke von Wally und Gunda fehl am Platz.

»Man möchte meinen, du hättest was geerbt, so wie du dich aufführst«, hatte Marianne gestern gespottet, als er ihr die Rose zeigte, die er fürs Grab gekauft hatte.

»Einer muß sich ja kümmern.« Als ob er sich entschuldigen müßte.

Marianne schwieg ausnahmsweise. Aber er konnte sich denken, was sie dachte. Daß so jemand früher außerhalb der Mauern des Friedhofs verscharrt worden wäre. Und schon gar nicht eine Rose – ausgerechnet eine Rose! – aufs Grab verdient hatte.

Er lockerte den Boden mit der Hacke, entfernte die angegilbte Thuja und die Reste zweier Begonien. Dann setzte er den Spaten an, vorsichtig, so als ob er zu tief geraten und das da unten stören könnte. Das, was in der schlichten Kiste lag, die man an einem bleischweren Spätsommertag in die Tiefe hinabgelassen hatte – in das Loch inmitten der Matten aus künstlichem Gras, die den Anblick mildern und dafür sorgen sollten, daß niemand im Schlamm steht, falls es regnet. Der Pfarrer war da. Die alte Hilde, die kam zu jeder Beerdigung.

Und er.

Zwei Zeilen oberhalb des Grabes fuhr eine Maschine an. Willi hob das Loch für den alten Johann aus, der war vorgestern hinübergegangen, ganz wie es sich gehörte. Er war im Schlaf gestorben, lebenssatt, mit 92 Jahren. So, wie wir alle sterben wollen, wenn es denn sein muß, dachte Bremer und setzte den Spaten ein weiteres Mal an. Dann nahm er den Rosenstock aus dem Eimer und stellte ihn in die Grube, krümelte Erde zwischen die feinen Wurzeln und goß an, bis alles vom Schlamm umhüllt war. Er wartete eine Weile, bevor er das Loch mit der restlichen Erde auffüllte.

Hätte man die Katastrophe verhindern können? Wäre das alles nicht geschehen, wenn … Es waren müßige Fragen. Unwillkürlich verkrampften sich Bremers Hände um den Spatenstiel. Nichts hätte man verhindern können.

»Eine Rose«, sagte eine Stimme neben ihm. Willi hatte eine unangezündete Kippe im Mundwinkel, kratzte sich die dunklen Locken unter dem lappigen Anglerhut und schüttelte den Kopf. »Also wenn du mich fragst…«

Bremer lockerte den Griff um den Spatenstiel. »Blüht wie von selbst, macht keine Arbeit, sieht immer nach was aus«, sagte er schließlich.

»Verstehe«, sagte Willi, ein Mann mit Sinn für Ökonomie. Und, nach einer Weile: »Denk' nicht mehr dran. Was hättest du schon tun sollen. Bei so was kann man gar nichts machen.«

Bremer faßte den Spaten wieder fester. Dann nickte er.

Das Drama hatte im Winter seinen Anfang genommen, vor acht Monaten, um genau zu sein. Und ebenso genau erinnerte sich Paul Bremer an den Tag, an dem alles begann. An einen Traum und ein Geräusch. Und an ein Gefühl.

2

Klein-Roda, im Winter

Er fühlte, wie ihm die Brust eng und das Atmen schwer wurde. Das Bild aus dem Traum, der ihn hatte aufschrecken lassen, war noch nicht verblaßt. Ein Zug Gefangener, graue, müde Gestalten, er mittendrin. Und dann das Geräusch – wie sie vorwärtsschlurften, im gleichen langsamen Takt. Jeder Schritt eine Qual.

Er öffnete die Augen. Ein milchiges Licht drang durch den Spalt zwischen den Vorhängen. Wieder erklang das schlurfende Geräusch. Ein Hund bellte. Das Leben nahm Umrisse an: Die Kommode, der Stuhl, der Schrank. Und dann sah er, daß Nemax es sich bequem gemacht hatte auf seinem Brustkorb und sich putzte, die Hinterpfote mit den gespreizten Zehen elegant gen Himmel gereckt.

Er streckte sich, nahm das Katerchen in den Arm und setzte sich auf. Das schlurfende Geräusch, eigentlich mehr ein Schaben und Scharren, kam, wenn ihn nicht alles täuschte, von mindestens drei Seiten. Und ebenso wahrscheinlich wurde es von Marianne, Gottfried und Erwin verursacht, die den Schnee von der Straße schoben und zu Wällen rechts und links davon auftürmten, wie sie es seit dem Kälteeinbruch vor einer Woche jeden Morgen machten, egal, ob es nachts 50 Millimeter oder einen halben Meter geschneit hatte.

Bremer ließ das schnurrende Tier auf seiner Schulter balancieren und ging zum Fenster. Heute waren eindeutig mehr als 50 Millimeter gefallen, die Rosenbüsche glitzerten im weißen Pelz und die Schneedecke zwischen Haustür und Gartentor lag unberührt, noch nicht einmal eine Katzenspur oder das Muster von Amselkrallen war zu sehen.

Er kniff die Augen geblendet zusammen.

»Paul, tu was«, hatte Marianne gestern gesagt, die kräftigen Hände um den Stiel des Schneeschiebers gelegt. »Bei dir ist kein Durchkommen.«

Bremer hatte die Schultern gezuckt. Er weigerte sich, Furchen und Bahnen und Pisten in den frischen weißen Schnee zu ziehen.

»Aber der Gehweg!« Die blonden Locken fielen ihr ins gerötete Gesicht, ihre Augen glänzten. Sie sah aus wie eine nordische Gottheit.

»Wer bei Verstand ist, geht auf der Straße.«

Sie stritten sich bei jedem Wintereinbruch über den richtigen Umgang mit den Naturgewalten. Sie hatte alles gern so, wie es sich gehörte. Und er haßte die schmutziggrauen Eiswälle, die zwischen Grundstücksgrenze und Bordsteinkante gerade mal schmale Pfade frei ließen, meistens eisglatt. Ihm persönlich war es egal, ob der Postbote oder der Bäcker oder der Gaslieferant auf frischgeräumten Straßen einfahren konnten. Und denen im Zweifelsfall auch.

Nemax, der mit halb ausgefahrenen Krallen Pauls nackte Schulter knetete, sprang aufs Fensterbrett und blickte konzentriert einer Meise hinterher. Bremer zog Jeans und Pullover über und ging die Treppe hinunter, um die Zeitung zu holen.

Als er den Riegel zurückgeschoben hatte und die Tür aufzog, mußte er die Hand vor die Augen legen. Die kräftige Februarsonne war über Willis Scheune gekrochen und zündete Lichterketten auf der weißen Fläche. Während er in die Gummistiefel stieg, setzte Nemax vorsichtig eine Pfote auf die glitzernden Kristalle und sah mit gespitzten Ohren zu, wie sie tief einsank und weißbepudert wieder auftauchte. Dann hüpfte er in Bocksprüngen über die Schneedecke und war mit einem Satz auf dem Pfosten am Gartentor, wo er ein Bein nach dem anderen streckte und sorgfältig ausschüttelte.

Bevor Bremer am Gartentor angelangt war, verstummte das Geräusch der Schneeschieber. Auf der Kreuzung vor ihm, dort, wo der Friedhofsweg von der Hauptstraße abzweigte und leicht anstieg, standen Marianne, Gottfried und Erwin, die eine links, der andere geradeaus, der dritte rechts, alle drei das Kinn auf die Hände gestützt, die sie um den Stiel der Schneeschippe gelegt hatten. Wie die Hüter des Schatzes, dachte Bremer.

Im Blickfeld der drei regungslosen Figuren, mitten auf der Kreuzung, stand der Stolz des Dorfes: seine fruchtbaren Frauen und ihr Nachwuchs, letzterer in einem Fuhrpark, der vom antiken Korbwägelchen bis zum neuesten Leichtmetallgefährt alle Kinderwagenmodelle versammelte, die gut und teuer oder gerade angesagt waren.

»Das darf doch wohl nicht wahr sein!« sagte Christine laut. Ihre Augen blitzten, die Wangen unter der Kapuze waren gerötet. Sie war das selbsternannte Alarmsystem des Dorfes, diejenige, die als erste wußte, welche Lebensgewohnheiten und welcher Umweltskandal die Gesundheit aller, vor allem die der Kinder, bedrohten.

Eine stämmige Brünette schob die schicke schmale Sportkarre, mit der man beim Kinderlüften joggen konnte, gemächlich um die Ecke. »Die und laufen! Der kann man beim Gehen einen Knopf annähen!« hatte Marianne kürzlich gesagt – mit aller Verachtung einer Bäuerin, die morgens nach dem Schweinefüttern ihre sechs Kilometer lief und abends noch Fahrrad fuhr, wenn nicht gerade überall Schnee lag.

Bremer holte die Zeitung aus dem Briefkasten, verbeugte sich in Gedanken vor dem alten Herrn, der sie auch heute wieder pünktlich ausgeliefert hatte und lehnte sich ans Gartentor. Die Mütter standen sichtlich erregt im Schnee, neben, vor und hinter ihnen, im Kinderwagen oder Oililly-Jäckchen, nuckelnd, nölend oder am Daumen lutschend, neun rotbackige Kleinkinder. Gemessen an der Einwohnerzahl, hatte Gottfried auf dem Weihnachtsfest im Dorfgemeinschaftshaus vorgerechnet, war Klein-Roda das Dorf mit der stärksten Geburtenrate weit und breit. Gottfried, Züchter preisgekrönter Zwergwyandottenhühner und

Edelkaninchen, kannte sich aus mit erfolgreicher Fortpflanzung. »Noch nicht einmal die Italiener machen mehr Bambini!« Der Nachbar hatte stolz das Kinn gereckt und dann Klein-Roda zum Vorbild für ganz Europa erklärt.

Paul winkte zu Marianne und Gottfried hinüber – Erwin wirkte betäubt, wahrscheinlich vom gestrigen Vollrausch – und studierte den ungewohnten Menschenauflauf. Seine Nachbarin hatte ihm an vielen Vormittagen beizubringen versucht, welches Kind zu welcher Mutter und welcher Mann zu welcher Frau gehörte. Christine zu Sascha und Maxima? Oder zu Marcus und Laura? Oder…

Die ganz vorne kannte er gut: Kathrinchen. Sie hatte die Unterlippe zwischen die Zähne genommen, die dunklen Brauen zusammengezogen und die Hand auf den Buggy gelegt, in dem die kleine Nicole schlief. Rechts davon, die Frau, die den Tränen nahe schien, mußte Annamaria sein. Sie nickte im gleichen Rhythmus mit dem Kopf, mit dem sie den Kinderwagen schaukelte, in dem ein pummeliger Blondschopf Anzeichen für einen Wutausbruch erkennen ließ. Supermutter Christine hielt ihr Töchterchen an der Hand, das, unbemerkt von der auf die Versammlung einredenden Mutter, nach der Mütze ihres kleinen Bruders griff, der mit hochrotem Kopf halb aus dem Kinderwagen hing. Und dann sagte Sabine (ein Dreijähriger, ein Zwillingspärchen, ein Jahr alt): »David hätte noch leben können, wenn dieser Arzt nicht gewesen wäre.«

Alle nickten.

»Und dann möchte ich endlich wissen, warum Carmen noch immer im Krankenhaus liegt – ausgerechnet in der Abteilung von diesem Kerl!«

Christine machte hinter das letzte Worte drei Ausrufezeichen. Die anderen jungen Frauen schaukelten die Kinder heftiger.

»Und was ist los mit dem kleinen Ssssien?« Das junge Mädchen, das sich nicht zwischen Sorge und Neugier entscheiden konnte, mußte Katja sein.

»Schoooon!« riefen Sabine und Annamaria.

Seit Tagen schon hing vor dem Haus der Beckers eine Wäscheleine mit Strampelhöschen und Sabberlätzchen, darüber ein Bettlaken, auf dem »Willkommen Sean!« stand. Und seit Tagen war das Dorf in zwei Lager zerfallen – die einen sagten locker »Sssien«, die anderen rollten die Augen gen Himmel und bestanden auf »Schooon«.

»Siehste, das kommt davon, wenn man den Kindern keine vernünftigen Namen gibt!« kommentierte Gottfried diese Debatten mit selbstzufriedenem Lächeln, bis Carmens Mann Zafer protestierte.

»Ist mein Name vielleicht nicht vernünftig?«

»Naja.« Gottfried guckte listig. »Bestimmt. Im wilden Kurdistan.«

»Du kannst doch Anatolien nicht von Australien unterscheiden, du altes Schlitzohr«, hatte Zafer beinahe zärtlich gesagt und dem Alten auf die Schulter geklopft.

Jetzt redeten alle durcheinander. Fasziniert beobachtete Bremer, wie sich der Rhythmus anglich, in dem die Frauen die Kinderwagen in Schwingungen versetzten; immer schneller wurden die Kleinen geschaukelt, von denen einige Anstalten machten, sich darüber zu beklagen. Noch nicht einmal Annamaria kümmerte sich um ihren Sohn, der tief Luft zu holen schien.

Aber es war Kathrinchen, die plötzlich laut wurde. Kathrinchen, die bis heute kein Wort darüber verloren hatte, wer der Vater der kleinen Nicole war, mit der sie schwanger wurde, als sie vierzehn war. Und die im Frühjahr heiraten würde – den Vater ihres ungeborenen zweiten Kindes, Wolle. Ein braver Junge, wie alle sagten. Aus dem Nachbarort. Aber vor allem hatte er einen Arbeitsplatz.

Auch Kathrinchen packte den Griff des Kinderwagens fester. Aber sie stand stockstill, während die anderen immer erregter wippten. Bremer sah, wie sie den Kopf hob, den dunklen Haarschopf nach hinten schüttelte, einen verächtlichen Blick in die

Runde warf und hoheitsvoll: »Ihr spinnt doch« sagte. »Ihr tickt nicht mehr richtig. Ihr habt ja alle 'ne Meise.« Dann schritt sie davon.

Niemand sah ihr hinterher. Die Kinder hatten endlich die Aufmerksamkeit der Mütter erzwungen, die einen schimpften, die anderen umgurrten sie. Und schließlich verließen alle die Bühne, die einen gingen nach links, die anderen nach rechts, und die drei stummen Gestalten mit den Schneeschiebern bewegten sich wieder, als ob jemand eine Spieluhr in Gang gesetzt hätte.

Er winkte noch einmal zu den Nachbarn hinüber und ging ins Haus. Als er sich einen Tee gekocht und die Zeitung aufgeschlagen hatte, war ihm klar, warum die Jungmütter heute so aufgeregt waren. Der Fall David Ferber hatte es auf die erste Seite des Lokalteils gebracht.

Bremer wußte nicht, was er von der Sache halten sollte. Der Junge war während einer Operation im Kreiskrankenhaus Feldern gestorben, die als Routine galt, weshalb man auf Betreiben der Eltern eine Untersuchung angeordnet hatte. Die Felderner Allgemeine, deren Mitarbeiter verständlicherweise nicht immer nur über die Bullenschau mit Preiskrönung oder den in Ehren ergrauten Jubilar berichten wollten, hatte den tragischen, aber an sich nicht skandalösen Vorgang in eine Schlagzeile gefaßt, der den Verdacht, den auch die Mütter von Klein-Roda hegten, auf den Punkt brachte: »War es Pfusch?« Was die Untersuchung erst erweisen sollte, ahnte das Käseblättchen und wußten die besorgten Frauen schon jetzt: Da mußte etwas nicht mit rechten Dingen zugegangen sein. Der verantwortliche Arzt hieß Dr. Thomas Regler. Regler, der zurückhaltende, ruhige Typ, dessen Frau ein paarmal im Monat in ihrem kleinen Wochenendhaus in Klein-Roda auftauchte.

Bremer räumte den Frühstückstisch ab und wischte Nemax hinterher, der in das Schälchen mit Katzenmilch getreten war. Früher, ach was: noch vor hundert Jahren, nahm man schicksalergeben hin, daß ein Kind den unzähligen Gefahren des Lebens, den Seuchen und Krankheiten, den Unfällen, dem Hunger, den Menschen und den wilden Tieren, dem Leben eben, erlag. Heute ist das unvorstellbar geworden – wo doch alle ärztliche Kunst der Welt zu haben ist. Wo alles als möglich gilt. Und wo man gelernt hat, daß das Schicksal besiegt werden kann. Auch bei einem Kind. Vor allem bei einem Kind.

Bremer nahm die zweite Kanne Tee mit nach oben und setzte sich an den Schreibtisch. Sollte er neidisch sein? Er hatte nicht zu den überbehüteten Kindern gehört. Eine Zeitlang hatte er geglaubt, niemand würde sich grämen, wenn er eines Morgens tot im Bett liegen würde. Vielleicht war er ein Findling? Mit dem zarten Körperbau und den bernsteinbraunen Augen sah er ganz anders aus als Vater. Das sagten alle. Und heute fand er das auch. Fotos zeigten Vater als breitschultrigen grimmigen Riesen mit kurzgeschorenen blonden Haaren und blassen Augen. Bremer war noch immer schmal und nicht sehr groß, und bevor seine Haare vorzeitig weiß wurden, waren sie dunkelbraun, fast schwarz gewesen.

Manchmal fragte er sich, ob er jemals Eltern gehabt hatte. An das erste Kinderheim von vielen erinnerte er sich nicht. An das letzte schon. An das dunkle Haus mit den Schlafsälen, in denen sich jede Nacht ein anderer Horror abspielte. Henry war der schlimmste gewesen. Wer da nicht mithalten konnte oder gar weinte, hatte keinen friedlichen Moment mehr. Bremer schüttelte die Erinnerung ab. Großonkel Wallenstein hatte ihn herausgeholt, als er schon glaubte, die Anstalt für ungeliebte Kinder nicht mehr lebend zu verlassen. Er hatte mehr Glück gehabt als andere.

Als unten die Glocke anschlug, war es bereits früher Nachmittag. Er hatte wundersamerweise Seite um Seite heruntergeschrieben, ohne die Überredungsrituale, mit denen er sich sonst jeden Satz abrang. Als er noch der Werbeindustrie diente, hatte er das nicht gekannt – Schreibhemmung. Damals war jedes Wort ein Schuß. Aber mit jedem Buch schien die Schwelle höher zu liegen.

Vor der Tür stand Kathrinchen. Ihr Besuch überraschte ihn nicht. Er war in den letzten Jahren vom Stadtflüchtling, den man mit leisem Argwohn betrachtete, zum guten Onkel des Dorfes geworden; der, den man fragt, wenn man die Antwort der anderen fürchtet. Als sie ihren schon sanft gerundeten Bauch durch die Tür geschoben hatte, sah er hinter ihr Nicole, Daumen im Mund, die nach Nemax Ausschau hielt.

Kathrinchen brauchte einen großen Milchkaffee, einen Lebkuchen und drei Anläufe, bis sie endlich mit dem rausrückte, was sie beschäftigte.

»Die spinnen alle. Die spinnen.«

Paul goß Kaffee nach.

»Die sind nicht ganz dicht.«

Kathrinchen schüttete Milch in den Kaffee und schaufelte zwei Löffel Zucker hinein. »Die kennen ihn doch gar nicht. Keine Ahnung haben sie! *Mir* hat Dr. Regler damals geholfen. Er würde niemals zulassen …« Sie schüttelte den Kopf.

Paul Bremer griff nach Nemax, der vor der zupackenden Zärtlichkeit des Kindes aufs Küchenbüfett geflüchtet war. Er erinnerte sich, daß Kathrinchen damals zur Entbindung ins eine gute Stunde entfernte Krankenhaus von Feldern geschickt worden war, nachdem der Feldwaldundwiesenarzt aus Bad Moosbach ihr eine Abtreibung nahegelegt hatte.

Sie wußte nicht, was sie glauben sollte. Er auch nicht. Er kannte Thomas Regler nur flüchtig, meist kam dessen Frau allein zu dem kleinen Haus hinter dem Friedhof, das sie sich liebevoll ausgebaut hatte. Krista war eine handfeste, kluge, lebendige Frau ohne Allüren. Und ihr Mann – er erinnerte sich an ein melancholisches Gesicht, an tiefblaue Augen und einen unordentlichen Schopf dunkler Haare – wirkte ebensowenig wie ein arroganter Halbgott in Weiß.

»Kathrinchen – wir wissen nicht, was passiert ist. Das muß alles gründlich untersucht werden. Und man kann es doch verstehen, wenn Eltern in ihrem Schmerz …« Seelendoktor Bremers heile Welt, dachte er und fand sich schrecklich altväterlich.

»Aber das ist es ja! Ausgerechnet Sonja Ferber! Die hat das

Kind doch beim kleinsten Mucks angeschrien! Oder geschlagen!« Kathrinchen war den Tränen nah. Bremer betrachtete sie liebevoll. Aus dem Mädchen mit den großen dunklen Augen würde noch lange nicht Kathrin werden. Irgendwie war das tröstlich.

»Es wird eine Untersuchung geben, und dann wird man der Wahrheit schon näherkommen.« Vielleicht. Vielleicht auch nicht.

»Und bis dahin machen sie ihn fertig! Die dummen Gänse sagen, man soll nicht mehr hingehen zu Dr. Regler! Die Kinder wären bei so einem nicht sicher!«

Bremer seufzte. Was immer die Mütter für Probleme mit dem Arzt haben mochten – für Kinder war er der richtige. Er erinnerte sich gut an die Sache mit dem kleinen Mädchen. Die Kleine – wie hieß sie noch? – hatte sich von ihrer Mutter losgerissen und war fröhlich quietschend auf Gottfrieds Hund zugelaufen, als ein Mountainbiker in voller Montur und mit beeindruckender Geschwindigkeit um die Ecke rauschte. Das Kind hatte die Gefahr wahrscheinlich gar nicht wahrgenommen, wohl aber die entsetzten Schreie der Umstehenden. Jedenfalls war die Kleine hingefallen und hatte angefangen, entsetzlich zu brüllen. Der Regler, der das weinende Kind auf den Arm nahm und tröstete, war wie verwandelt. Das melancholische Gesicht sah plötzlich unbeschwert und fröhlich aus, und er flüsterte so lange auf die Kleine ein, bis sie zu lächeln begann und ihm an die Nase faßte.

Offenbar mochte der Mann Kinder, vielleicht sogar mehr, als für einen Kinderarzt selbstverständlich war. Für so jemanden wäre es eine Katastrophe, wenn wirklich ein Behandlungsfehler zum Tod des Kindes geführt hätte.

»Er hat Nicole zur Welt gebracht und jetzt … Ich sehe gar nicht ein …«

Kathrinchen hatte die Hände um den Leib gelegt. Bremer lächelte erst sie an und dann ihren Bauch.

»Die anderen haben gesagt, das sei verantwortungslos gegenüber dem Kind, wenn ich wieder zu ihm gehe!«

Die Übermütter des Dorfes. Bremer schüttelte den Kopf und nahm Nicole auf den Schoß, damit sie Bleibeverhandlungen mit Nemax aufnehmen konnte.

Kathrinchen rührte im Kaffee, ohne einen Schluck zu nehmen. »Ich meine – man kann doch nicht jemanden verurteilen, wenn man noch gar nicht genau weiß, was wirklich passiert ist.«

»Traust du ihm?« Es war die einfachste Frage, die ihm einfiel.

Sie zögerte. Dann nickte sie.

Als Kathrinchen endlich Nicole auf den Arm nahm und ging, war es drei Uhr vorbei. Bremer aß den übriggebliebenen Lebkuchen und ging wieder an den Schreibtisch.

Er hatte eben den roten Faden wiedergefunden, als es erneut unten läutete. Auf Strümpfen lief er die Treppe hinunter und hätte beim Anblick von Gottfried fast schallend gelacht. Der Nachbar hielt in jeder Hand ein gerupftes und im Licht der Flurlampe schwindsüchtig aussehendes Suppenhuhn. Milde Gaben für das örtliche Orakel, dachte Bremer und nahm ihm die Kadaver ab. Gottfried folgte in die Küche. Nemax, der auf der Küchenbank geschlafen hatte, stellte die Ohren auf und hielt die Nase in die Luft.

»Und?« Bremer rückte dem Nachbarn einen Stuhl zurecht und zeigte fragend auf die Flasche mit dem Obstler.

»Aber nur …«

»Einen winzigen Schluck, wie immer.« Bremer goß das Wasserglas halb voll.

»Hast ja mitgekriegt«, sagte Gottfried nach einer Weile, in der er ausgiebig geseufzt und sich den Nacken massiert hatte.

»Hm.« Paul goß sich auch einen ein. An Arbeiten war eh nicht mehr zu denken.

Gottfried hob mit abwesender Miene das Glas. »Die Ferbers sind völlig aus dem Häuschen. Sie haben sich einen Anwalt aus der Stadt geholt.«

Aus der Stadt. Womöglich noch aus Frankfurt. Das bedeutete nichts Gutes.

»Sie verbreiten überall, der Regler hätte – naja – halt nicht alles so gemacht, wie es sich gehört. Und jetzt wird es eine Untersuchung geben.«

»In der Zeitung steht, daß David an einer allergischen Reaktion gestorben ist. Das hätte bei jedem Arzt passieren können.«

»Sicher«, sagte Gottfried und wiegte unschlüssig das Haupt.

Bremer fragte sich mittlerweile, ob man Thomas Regler eine Chance lassen würde – ihm und seiner Frau. Beide Mitte Dreißig. *Keine* Kinder.

»Was weiß man schon«, sagte Gottfried, kippte den Schnaps und erhob sich.

Keine halbe Stunde später war Marianne an der Tür. Das runde Bauernbrot, das sie ihm in die Hand drückte, war noch ganz warm. Sie hatte das Backhaus angeheizt – und das bei diesem Wetter. »Ach Marianne«, sagte er und küßte sie auf die Wange. Dann zog er sie in die Küche.

»Aber ich hab' doch Gummistiefel an. Ich muß gleich noch in den Stall. Ich mach' dir alles dreckig!«

Bremer guckte sie liebevoll an. Sie putzte jeden Tag. Er nicht.

»Und du kehrst ja nicht vor deinem Haus!« Marianne guckte an sich herunter. Die Gummistiefel trugen einen weißen Schneekragen.

»Na und? Es ist doch längst wieder zugeschneit.« Wenn das so weiterging, brauchten die Nachbarn gar nicht mehr aufzuhören mit dem Schneeschippen. Besser noch, sie fingen erst gar nicht damit an. Mit keimender Anteilnahme fragte er sich, wie hoch der Schnee draußen wohl schon lag und ob er noch trockenen Fußes zum Briefkasten gehen konnte, morgen früh. Und ob es dann überhaupt eine Zeitung geben würde.

Bremer goß ihr einen Schnaps ins Glas, ohne groß zu fragen. Klarer galt in Klein-Roda nicht als Alkohol, sondern als therapeutische Maßnahme oder soziales Gleitmittel. Er war froh, daß die Flasche fast leer war und er eine Entschuldigung hatte, wenn er nichts trank.

»Die Ferbers drehen durch.« Marianne prostete ihm zu und leerte das Glas in einem Zug. Sie klang, als habe sich Sonja Ferber über eine Fehllieferung vom Ottoversand beschwert.

Bremer erschreckte diese ungewohnte Kälte. »Und wenn es dein Kind gewesen wäre, das da auf dem Operationstisch gestorben ist?«

»Dann würde ich weinen um mein Kind, statt auf Schadensersatz zu klagen!«

»Aber wenn im Krankenhaus gepfuscht worden ist und wenn Thomas Regler...«

Marianne schob ihm das leere Schnapsglas hin. »Thomas Regler ist in Ordnung. Der bringt sich ja halb um bei jedem Kind, das zu ihm kommt. Ärzte sind auch nur Menschen. Und manchmal will es das Schicksal eben nicht anders.«

Bremer starrte sie an. Die schöne Nachbarin schien die einzige zu sein, die nicht an die vollkommene Beherrschung des Lebens glaubte. Alle anderen taten so, als ob das Wort Schicksal ihnen nicht mehr geläufig wäre – oder gar so etwas wie Gottes Wille. Heutzutage hatte man kein Unglück, sondern einen Versicherungsschaden.

»Fragt sich nur, warum er selbst keine Kinder hat. Seine Frau hat doch sonst nichts zu tun.«

Das war nun wieder Marianne, wie er sie kannte. Nie um eine boshafte Bemerkung verlegen – vor allem, wenn es andere Frauen betraf.

Die Nachbarin hinterließ feuchte Spuren auf dem Fußboden und einen kühlen Lufthauch. Als er die Gläser ins Spülbecken gestellt hatte, ging das Licht aus. Der Kühlschrank röchelte noch einmal auf. Die Uhr am elektrischen Backofen erlosch, langsam, als ob sie sich wundere. Bremer sah aus dem Fenster. Auch die Straßenlampen waren aus. Zu seiner Verblüffung verspürte er eine kindliche Freude über die ungewohnte Dunkelheit. Lange würde er sie nicht genießen können, das Licht mußte jede Minute wieder angehen.

Aber es tat sich nichts. Schließlich griff er zu den Streichhölzern neben der Kerze auf dem Küchentisch und zündete sie an. Und als ob er, je länger der Ausnahmezustand anhielt, desto kindischer würde, bekam er eine Gänsehaut, als es unter dem Küchentisch grollte.

Dabei kannte er das Geräusch, obzwar er noch vor Monaten keiner Katze von der Statur des Katers Nemax einen solchen tiefen, markerschütternden Laut zugetraut hätte. Er hob die Kerze. Nemax trabte herbei, mit erhobenem Haupt und gestrecktem Schweif, im Maul ein dunkles Etwas.

Ihm ging der Anblick ans Herz. Das Raubtier mußte Giordano, die Hausmaus, erwischt haben. Die anderen Mäuse waren sicher, sie lebten draußen, tief unter dem Schnee versteckt. Nur Giordano hatte sich für den Winter etwas besonders Cleveres ausgedacht. Er hauste in der Küche, hinter dem Kühlschrank. Und nun hatte der dumme Kerl sich herausgetraut, hatte sich womöglich am Katzenfutter vergriffen, hatte den Mörder mit den Samtpfoten nicht kommen gehört.

Nemax ließ das Fellbündel fallen und schob es mit der Pfote hin und her. Giordano blieb still. Gut so, Kleiner, dachte Bremer. Aber dann vergaß die Maus alle Umsicht und lief hakenschlagend Richtung Haustür. Nemax hatte sie in Sekundenschnelle wieder am Genick – und knurrte wie ein Kettenhund.

Das Spiel begann von neuem. Mach ein Ende, du kleines Raubtier, dachte Bremer und versuchte, das Knurren der Katze und das Quieken der Maus zu ignorieren. Bis er es nicht mehr aushielt. Nemax protestierte, fauchte sogar, als Bremer nach der Maus griff, aber er mußte sie gehen lassen. Der kleine pelzige Körper wand sich in Bremers Händen, während er hinaus und zum Schuppen lief. Dort ließ er das Tierchen frei.

Als er zurückkam ins Haus und seine nassen Socken auszog, spürte er einen Schmerz am Daumenballen. Giordano der Kämpfer hatte ihn gebissen. Seinen Retter. Bremer goß sich den mickrigen Rest aus der Schnapsflasche ins Glas, desinfizierte die Stelle und war fünf Minuten lang gründlich gerührt.

Vielleicht war das der Grund, warum er das Geräusch nicht hörte. Erst, als etwas gegen die Eingangstür polterte, sprang er auf.

Er kam sich vor wie der mißtrauische Wirt im mittelalterlichen Gasthof zum Alten Bock, als er mit hocherhobenem Kerzenleuchter die Tür öffnete. Draußen stand Thomas Regler, das melancholische Gesicht unter dem dunklen Haarschopf weiß, die beiden Hände hochgehalten, als wolle er sich der bewaffneten Übermacht ergeben.

»Ich schieße nicht«, sagte Bremer vorsichtshalber.

Regler lächelte nicht. »Ich brauche Hilfe«, sagte er. Das war nicht zu übersehen. Die rechte Hand war verbunden, weiß konnte man den Verband nicht mehr nennen. Und die linke Hand – Bremer schluckte. Das sah übel aus. Er hielt die Tür auf.

Bremer hatte Thomas Regler noch nie so gesehen. Der Arzt sah völlig entgeistert aus. Wie ein Kind saß er in Bremers Küche und hielt ihm die Hand hin. Gottlob war in der Hausapotheke noch alles Nötige vorhanden für einen provisorischen Verband.

»Sie sollten zum Arzt gehen.«

Regler schaute ihn traumverloren an.

»Ins Krankenhaus.«

Regler drehte den Kopf zum Fenster. Es schneite. Es schneite in dicken Flocken und ohne Pause. »Ein Gutes hat das alles«, sagte er schließlich. Er klang wie einer, der sich wundert über das Leben und seine Schachzüge. »Ich werde so bald nicht mehr operieren können. Kein Grund mehr zu Panik.« Und dann lachte er. »Wie hat mein Pathologieprofessor immer gesagt? ›Und wenn du noch soviel chirurgst, es kommt der Tag, an dem du murkst.‹«

Haben Sie denn gemurkst, wollte Bremer fragen. Was ist geschehen, während der kleine David auf dem Operationstisch lag? Aber Regler war schon aufgestanden. Er brachte ihn zur Haustür.

»Sie werden doch nicht mehr fahren?« Natürlich nicht. Er

würde zum Haus gehen, dem kleinen Haus hinter dem Friedhof, dem Haus seiner Frau.

»Können Sie heizen? Haben Sie etwas zu essen?«

Regler hob die Schultern und ließ sie wieder fallen.

»Ist Krista da? Kann sie nicht…«

Regler drehte sich um. Seine Augen schienen noch dunkler geworden zu sein, er preßte die Lippen zusammen. »Krista?« flüsterte er. »Krista?«

Bremer starrte ihm hinterher, bis der Mann in der Dunkelheit verschwunden war. Er horchte in die Nacht. Man hörte nichts, keines der üblichen Geräusche wie das leise Gebrabbel von Erwins Großfernseher oder das ferne Rauschen von der Bundesstraße. Kurz riß die Wolkendecke auf, und im Licht des Mondes lagen lange Schatten auf dem Schnee.

Bremer machte sich eine Flasche von seinem besten Roten auf. Als er endlich zu Bett ging, hüllte ihn die schwarze Melancholie ein. Anne würde nicht wiederkommen. Er würde bis ans Ende seiner Tage alleinbleiben.

Aber vielleicht hatte er auch nur ein Glas zuviel getrunken.

3

Am nächsten Morgen blinkte die Uhr am elektrischen Backofen, und die Heizung war wieder angesprungen. Es schneite ausnahmsweise nicht. Die Nachbarn hatten sich in ihre Festungen zurückgezogen, aus denen Rauchzeichen in den blaßblauen Himmel aufstiegen. Die Meisen hingen an den Futterringen und ignorierten Nemax, der sich auf dem Pfosten neben dem Gartentor postiert hatte und so aussah, als stehe er kurz vor dem ersten Flugversuch. Bremer ging ins Haus, warf den Computer an, erledigte alle E-Mails, studierte ratlos die Kontoauszüge und machte sich an die Arbeit. Irgendwann hatte er keine Lust mehr, zog sich warm an und ging hinaus.

Noch war es hell. Unter den Stiefeln knirschte der Schnee. Die Kälte stieg ihm in die Nase, als er den Weg hoch zum Wäldchen ging. In der Ferne standen Windräder unbewegt vor dem blassen Himmel. Auf dem Schnee sah man die Spuren von Hasen, Rehen und Krähen, aber noch immer wirkte die Landschaft wie in Unschuld gekleidet. Der Schnee deckte alles zu.

Was man wohl finden würde, wenn es taute? Das Übliche – Bierdosen, Tempotaschentücher, Kondome, die Reste von Silvesterraketen, Kinderspielzeug, verlorene Handschuhe. Als er aus dem Wäldchen auf die Anhöhe hinaustrat, breitete sich vor ihm ein blendendweißes Tuch über die Landschaft, bis zum Horizont. Auf der anderen Seite des Tales stand ein Rehbock und schien zu ihm herüberzusehen. Zwei Krähen flatterten einem Greifvogel hinterher, noch ohne die im Frühjahr wachsende Angriffslust. Und auf der Koppel vor ihm hatten sich Maulwürfe durch die Schneedecke gewühlt und dunkle Erdhaufen ins Weiß geschaufelt.

Es war noch immer beängstigend ruhig. Kein Hund bellte, keine Kirchenglocke läutete, kein Auto kam vorbei. Über den Häusern von Groß-Roda standen die dünnen weißen Rauchsäulen fast senkrecht. Kein Traktor heulte, kein Kind schrie. Selbst die Meisen, die in der Hecke mit den Schlehen und Wildrosen hausten und lärmend aufstiegen, wenn man sich näherte, schienen eine Schweigeminute eingelegt zu haben. Und dann erklang die Feuerwehrsirene von Klein-Roda. Es war ein ferner, fast sehnsuchtsvoller Ton, in den sich die Sirene von Heckbach hineinschmiegte. Und jetzt schloß sich die von Ottersbrunn an. Bremer zählte mit. Nein, es wurde weder zur Übung gerufen noch zum gemeinsamen Besäufnis. Es war ernst.

Er kehrte um. Vielleicht brannte es – womöglich gar in Klein-Roda. Erwins Bruchbude stand auf der Liste der gefährdeten Bauwerke ganz oben. Oder es hatte einen Unfall gegeben. Er ging schneller.

Als er in den Feldweg nach Klein-Roda einbog, sah er sie auf der Straße stehen, die Nachbarn. Die Männer in leuchtend orangefarbenen Jacken wirkten verlegen, jeder hatte eine junge Frau neben sich, die auf ihn einredete. Nur Jens stand allein, etwas abseits. Der Briefträger schien immer dazusein, wenn was los war, als ob er eine Antenne dafür hätte.

Marianne winkte Bremer an ihre Seite. »Tamara«, flüsterte sie. »Sie ist seit gestern abend nicht zu Hause gewesen.«

Bremer kannte Tamara. Alle kannten Tamara, ein verzogenes Balg aus dem Nachbarort, die Tochter einer Cousine von Marianne. Tamara war oft bei ihr zu Besuch, wenn die Eltern gerade etwas anderes vorhatten. Tamara mit den langen seidigen Haaren, die sie mit gekonntem Kopfschwung hinter sich warf, wenn sie auf der Dorfstraße aufreizend langsam hin- und herschlenderte. Selbst Gottfried ließ sich noch in Verlegenheit bringen von so viel zur Schau gestellter Jungmädchenschönheit.

»Sie ist doch erst dreizehn«, hatte Marianne im letzten Herbst gesagt, als Christine mit hektischen roten Flecken im Gesicht angekommen war und die Kleine beschuldigte, hinter ihrem Mann herzusein.

»Aber frühreif wie sechzehn«, hatte Gottfried gebrummelt.

Marianne verteidigte Tamara wie eine Mutterhenne. Nur, daß die Kleine kaum etwas von dem anrührte, was sie morgens, mittags und abends auf den Tisch brachte, das gefiel ihr nicht.

»Dann verhungert sie eben!« sagte Bremer, wenn Marianne sich wieder einmal darüber beschwerte, daß Tamara nichts aß, keine Frikadellen, keine Schweinekoteletts, keinen Rosenkohl und keine Torte. Tamara war, natürlich, dünn wie ein Bleistift und wollte Model werden. Was sonst.

»Und sie hat auch nicht angerufen.« Marianne sah aus, als ob das besonders besorgniserregend wäre.

»Seit gestern abend? Und da regt ihr euch schon auf?« flüsterte Bremer zurück. Tamara tat, was sie wollte. Wahrscheinlich hockte sie bei irgendeiner Freundin und probierte die Lippenstifte aus der Kosmetiktasche der Mutter aus.

»Und die Polizei tut nichts!« Marianne machte große, vorwurfsvolle Augen. »Es ist noch zu früh, hat Walter gesagt!«

Bremer gab dem Revierleiter von Bad Moosbach recht.

»Aber unsere Männer gehen jetzt raus! Alles wird durchgekämmt!«

»Unsere Männer« wirkten keineswegs überzeugt vom Sinn des Ganzen. Doch wenn die Heldinnen von Klein-Roda, seine Mütter, etwas wollten, dann parierte man. Und wenn es um Kinder ging …

Werner ergriff das Wort, der Fähnleinführer der Freiwilligen Feuerwehr von Groß-Roda, ein Mann mit tiefer Stimme und nicht dazu passendem Ziegenbärtchen. »Wir gehen durch den Wald hinter Klein-Roda über die Eulenhof-Wiese bis hinunter zur Flußaue und dann wieder hoch nach Groß-Roda!«

Bremer blinzelte in den Himmel. Es sah aus, als würde es gleich wieder schneien. Die jungen Männer traten unruhig von einem Fuß auf den anderen, der Mann von Katja - oder war es der von Annamaria? - schlug die Hände in den dicken Handschuhen gegeneinander, Christines Jan machte Lockerungsübungen.

»Das bringt doch nix!« Gottfried hatte sich neben Bremer eingefunden und schüttelte den Kopf. »Nachts hat es geschneit. Wenn ihr gestern abend etwas passiert ist, dann wird man keine Spuren mehr finden.«

»Und wenn ihr heute jemand etwas getan hätte, dann wäre er schön dumm, wenn er uns eine Fährte durch den Schnee gelegt hätte.«

Gottfried nickte. »Wenn überhaupt, dann muß man beim Loch suchen. Oder - im Tunnel.«

Das »Loch« war ein stacheldrahtumzäuntes Grundstück jenseits der Landstraße, in der Mitte ein Tümpel, umgeben von Tannen und anderen Nadelbäumen. Nur im Winter konnte man die Hütte erkennen und den großen Holzstapel davor und die Solarzelle auf dem Dach. Manchmal stieg Rauch auf aus dem Schornstein. Aber nie sah man jemanden. Ein Jäger aus Recklinghausen übernachtete hier ab und an, hatte Wilhelm, der Ortsvorsteher, mal behauptet. Marianne bezweifelte das. Und was Marianne nicht wußte, das wußte auch kein anderer, vor allem nicht besser. Und der Tunnel ...

Gottfried stieß ihm den Ellenbogen in die Seite und hob die Augenbrauen. Bremer sah ihm an, daß er die ganze Aktion für idiotisch hielt. Aber wenn es die Weiber beruhigte! »Besser, wir lassen die grünen Jungs nicht allein«, flüsterte er. Der Nachbar sah wetterfest aus, hatte den Hund bei Fuß und schien zu allem entschlossen. Bremer lief ins Haus und holte Fellmütze und Taschenlampe. Dann ging es los.

Mit fast militärischer Präzision bildeten die Männer eine lange Linie, die über die Anhöhe hinter Klein-Roda durchs Wäldchen schwenkte. Eine Weile hörte man nur das Knirschen schwerer Stiefel auf dem Schnee, das Knistern der Regenjacken, Atmen, Husten,

Schneuzen. Einer murmelte etwas vor sich hin, das wie »Schwachsinn!« und »Weiber!« klang.

»Rechtzeitig eine hinter die Ohren, das hätte geholfen«, sagte Gottfried neben ihm. Bremer sah ihn von der Seite an. Der alte Herr würde dem kleinen Biest Tammy noch nicht einmal ein Härchen krümmen.

»Und wo ist die Olle von der Tammy?« rief Zafer halblaut.

»Beim Shoppen!« tönte es zurück.

»Stimmt nicht«, flüsterte Gottfried. »Sie war bei Marianne. Und die hat es der Frau von Werner erzählt. Und die...« Hatte bei ihrem Mann auf die Tränendrüse gedrückt. Und der erinnerte die Jungmänner des Dorfes an ihre Beschützerrolle. Und jetzt...

Wahrscheinlich war Tamara längst zu Hause. Und wenn ihr wirklich etwas passiert war? Bremer dachte an den Fall Vanessa. An die Entführung und Ermordung der kleinen Manuela. Fälle, die den Landkreis monatelang beschäftigt hatten, Fälle, die allen Eltern hier ins Gedächtnis gegraben waren.

»Alle kastrieren«, sagte eine Stimme neben ihm. »Die Schweine. Und dann lebenslänglich. Wegschließen, für immer.« Jens sprach mit einer Wut, die Bremer voreilig schien. Man wußte doch noch gar nicht, ob Tamara wirklich etwas passiert war. Und wenn, dann war unklar, was.

»Kleine Kinder umbringen. Erschlagen. Steinigen. Und dafür kassieren die ein paar mickrige Jahre Knast. Und dann werden sie wieder auf die Menschheit losgelassen. Die Schweine.«

Tamara war kein kleines Kind, sie war ein junges Mädchen, fast schon eine junge Frau. Bremer guckte zur Seite.

»Laß man«, flüsterte Gottfried neben ihm. »Der Jens hat so seine Geschichte.«

Die Männer stapften vorwärts. Sie taten es für ihre Frauen. Im tiefen Schnee für sie frieren war das mindeste, was sich gehörte. Bremer sandte einen zarten Gedanken an Anne. Männer, dachte er mit einem Anflug von Rührung. Männer sind so.

Nach Stunden kehrten sie zurück. Bremer war durchnäßt und verfroren und müde und unendlich dankbar für das bißchen Glut im Kamin. Als das Feuer wieder brannte, lehnte er sich in die Sofakissen und starrte in die Flammen.

Natürlich hatten sie Tamara nicht gefunden.

4

Bremer hatte ruhig und traumlos geschlafen und wurde erst von der Sonne geweckt, die durch die dünnen Gardinen vor dem Schlafzimmerfenster drang. Er räkelte sich noch eine Weile im Bett, bevor er aufstand, um zum Briefkasten zu gehen. Katzenfährten durchkreuzten die Schneedecke im Garten, und unter den Meisenringen lagen Körnerreste. Auf der Kreuzung vor Bremers Haus war das halbe Dorf versammelt. Überwiegend die männliche Hälfte, besser gesagt.

Er sah den Friedhofsweg hoch, dorthin, wo das Haus der Reglers lag. Keine Rauchfahne über dem Haus. Wahrscheinlich war Regler wieder nach Hause gefahren. Oder endlich zum Arzt gegangen.

Bremer holte die Zeitung aus dem Briefkasten und lehnte sich ans Gartentor.

»Sie ist doch noch ein Kind!« Mariannes Stimme klang abwehrend. Irgend jemand antwortete ihr, ein Mann, er konnte die Stimme nicht mit einer Person verbinden. Marianne hatte die Fäuste in die Seiten gestemmt, die blonden Locken sträubten sich auf ihrem Kopf. Unsere kampfbereite Löwin, dachte Paul. Ausgerechnet der sonst so schüchterne und seiner Sabine und den drei Kindern völlig ergebene Alexander wagte ihr jetzt zu widersprechen, leicht nach vorn gebeugt, die Hände in der Jackentasche versenkt, eine Mütze mit heruntergeklapptem Ohrenschutz auf dem Kopf.

»Sie ist ein frühreifes, verwöhntes Balg! Und die Eltern sind nicht besser!«

»Die Weiber rechnen immer mit dem Schlimmsten. Dabei weiß man doch, daß das Mädchen eine Herumtreiberin ist!« Und das mußte Sascha mit der Dieter-Bohlen-Welle sagen, der auch nicht gerade als Chorknabe galt.

Marianne sah von einem zum anderen. »Und was war mit Vanessa? Was mit Manuela?« Das waren die Trümpfe. Die beiden Mädchen waren keine koketten Herumtreiberinnen gewesen. Aber jemand hatte sie aufgelesen, verschleppt, vergewaltigt, ermordet.

»Das ist etwas anderes!« Alexander schien wieder geschrumpft zu sein.

»Wie auch immer: Ich jedenfalls kann nicht bei jedem Scheiß nachts durch den Schnee waten, danach alle halbe Stunde von Sohnemann aufgeweckt werden und pünktlich um 5 Uhr ins Auto nach Frankfurt steigen! Ich mach den Zirkus nicht mehr mit!« Sogar Christines Mann Jan wagte die offene Rebellion.

»Annamaria will, daß wir nach Frankfurt fahren, wenn mal was ist mit den Blagen – nur wegen der Zeitungsberichte über diesen Dr. Regler. Dabei ist dem Mann doch gar nichts nachzuweisen!« Annamarias Gatte wurde rot im Gesicht, während er sprach. Er redete selten.

»Willst du künftig jeden Sonntag auf den Friedhof gehen, um deinen Sohn besuchen zu können?« fragte plötzlich eine Stimme, mit der man Tischtücher zerschneiden konnte. Christine stand hinter Jan und funkelte ihn vorwurfsvoll an.

Keiner wagte mehr etwas zu sagen.

»Tamara ist wieder da«, sagte Gottfried schließlich, »ihre Mutter ist beruhigt, und euch allen hat der Marsch durch die frische Luft nicht geschadet. Lieber einmal zuviel als einmal zuwenig.«

»Wir hätten uns bis ans Ende aller Tage Vorwürfe gemacht, wenn wirklich etwas passiert wäre«, murmelte Zafer. Dazu fiel niemandem mehr etwas ein.

Die nächsten Tage verliefen ereignislos. Tamara ließ sich vorsichtshalber nicht blicken im Dorf. Die drei Hüter der freien Straße kehrten weiterhin jeden Tag, egal, ob es schneite oder nur rieselte. Eines Tages lag eine Ansichtskarte aus Kuala Lumpur in

Bremers Briefkasten. Von Anne. Von irgendeinem Weltkongreß für Weltverbesserung. Die Arbeit am Buch näherte sich ihrem Ende. Nemax hatte eine Vorliebe für Spaghetti mit Parmesankäse entwickelt. Der Deutsche Aktienindex legte zu und drehte wieder ins Minus. Carmen wurde aus dem Krankenhaus entlassen, ließ das Kind bestaunen und sagte: »Klar heißt du Schooon, gell, Möpselchen?«

Und eines Abends…

Nemax war schon seit Stunden unruhig. Alle naselang wanderte das Tier zum Fenster, lief unschlüssig zur Katzenklappe und wieder zurück oder schnüffelte an der Haustür. Schließlich hatte Bremer ein Einsehen und ging mit dem Kater vor dem Schlafengehen noch einmal hinaus. Nemax trat von einem Bein aufs andere, tupfte die Vorderpfote in den nicht mehr ganz so frisch aussehenden Schnee, stieß ein ungeduldiges Quarren aus und streckte das Näschen in die Luft. Eine Windbö fegte über das Gemüsebeet. Bremer bückte sich und griff in den Schnee. Er war schwer und naß. Am Himmel rasten die Wolken vor einem blendenden Mond.

Bremer grüßte hinauf und ging wieder ins Haus. Er lauschte auf das Knacken der alten Balken und Dielen des Hauses, dachte an Anne, fragte sich, was Thomas Regler machte und wieso dessen Frau sich nicht mehr blicken ließ und ging ins Bett.

Er schlief unruhig. Der Sturm wiegte das Haus, und irgendwann begann es zu regnen. Als er am nächsten Morgen die Haustür öffnete, stand das Wasser auf der Straße und die Meisen schimpften im Apfelbaum. Der Schnee auf dem Gemüsebeet war zu schmutziggrauen Flecken zusammengeschnurrt, die Schneewälle am Straßenrand eingefallen. Er sah zu, wie braunes Wasser in den Gully stürzte, vor dem sich eine zerquetschte Coladose, ein Kinderstrumpf, die Reste einer toten Ratte und mehrere Zellophanhüllen von Zigarettenschachteln angesammelt hatten.

Am Nachmittag fuhr Ortsvorsteher Wilhelm mit der Kehrmaschine durchs Dorf.

Am Tag darauf fiel ein Kind unter großem Geschrei aus dem Kinderwagen, während sein pflichtvergessener Vater auf der Straße stand und mit den Nachbarn die kommende Fußballsaison diskutierte.

Am Abend hörte Bremer von Gottfried, daß Krista Regler schon seit einer Woche im Krankenhaus lag. Die Bekannte des Neffen eines befreundeten Züchters war Aushilfsschwester dort. Man hatte Krista im Wald gefunden, im Auto sitzend, fast erfroren. Niemand durfte sie besuchen, auch nicht ihr Mann.

Und am Tag darauf kam die Polizei.

5

Feldern

Es nahm ihm die Luft. Man hielt ihn für ein Monster.

Dr. Thomas Regler verordnete sich, gleichmäßig zu atmen. Er hatte den kleinen David auf dem Gewissen, glaubte alle Welt. Krista lag im Krankenhaus, daran war er wahrscheinlich auch schuld. Und wer weiß, woran sonst noch, wenn man nach dem ging, was die Polizei anzunehmen schien. Er hob die Hände vors Gesicht und sah mit zunehmender Fassungslosigkeit, daß sie zitterten. Sie waren gepflegt, wie immer. Der Schnitt an der rechten Hand war sauber verheilt. Die andere Hand sah zwar furchtbar aus, aber das würde schon werden. Doch daß sie zitterten, die Hände, ohne die er seinen Beruf an den Nagel hängen konnte...

Aber hing er da nicht längst?

»Wo waren Sie am Dienstag vor einer Woche?« hatte der Mann von der Kriminalpolizei vorhin gefragt. Nicht, daß man ihn verhören wolle – aber es gebe da einige, nun ja, also: Unklarheiten.

Kein Problem. Die beiden Beamten hatten gelächelt, er hatte gelächelt. Den letzten Dienstag wußte er auswendig. Den Tag würde er nie in seinem Leben vergessen.

Schon morgens hatte ihn die Küche empfangen, als wäre länger niemand dagewesen. Es roch nach Abwesenheit und Abfalleimer. Am liebsten hätte er Krista geweckt, um nicht allein frühstücken zu müssen.

Er hatte die Espressomaschine eingeschaltet und das Müsli aus dem Regal geholt. Draußen wartete die Finsternis eines Februarmorgens. Und wenigstens einer von ihnen beiden sollte ausschlafen dürfen.

Die Espressomaschine lärmte, aber kein Tropfen rann in die

Tasse. Der Schacht für die Bohnen war leer. Und der Joghurt aus dem Kühlschrank – er hatte nur dran riechen müssen. Muffig. Frustriert ließ er Tasse, Müslidose und Joghurt auf dem Küchentisch stehen. Kauf doch mal wieder ein, Krista, hatte er noch gedacht. *Du* bist dran. Und mit kindischem Trotz hatte er die Küchentür geräuschvoll hinter sich ins Schloß fallen lassen.

Das Krankenhaus war hell und warm und im Vergleich geradezu einladend gewesen. In seinem Zimmer schlüpfte er aus Windjacke und Pullover, zog den Kittel über und fuhr sich vor dem Spiegel durch die Haare, die wieder mal nicht dem Haarschnitt, sondern irgendeiner Chaostheorie zu folgen schienen. »Dr. Thomas Regler« war auf die Brusttasche des Kittels gestickt. Damals, als er hier anfing, hatte er immer, wenn er den Schriftzug las, dieses Ziehen in der Brustgegend gespürt. Mußte wohl Rührung gewesen sein. An diesem Morgen saß das Ziehen in der Magengegend und ging in ein heftiges Brennen über, als er im Spiegel etwas auf dem Schreibtisch liegen sah. Er drehte sich zögernd um. Jemand hatte ihm eine Zeitung auf den Tisch gelegt, aufgeschlagen. Mit ein paar Schritten war er beim Schreibtisch. Das Bild. Die Schlagzeile. Damit war zu rechnen gewesen. Dennoch erwischte es ihn wie ein Schlag auf den Solar plexus.

»Könnte der kleine David noch leben?«

In hilfloser Wut hatte er das Blatt von der Platte gewischt. Dabei konnte er es den Journalisten noch nicht einmal verdenken. Der Tod David Ferbers gehörte zum Schlimmsten, was sich ein Kinderarzt vorzustellen vermochte. Das Unglück war keineswegs unabänderlich gewesen – aber er wußte auch heute noch nicht zu sagen, wie man den Tod des Kindes hätte verhindern können. Dem Jungen wurde der Blinddarm entfernt, eine Routineoperation, alles verlief normal. Und plötzlich lag der Kleine im Koma.

Ich habe getan, was ich konnte, dachte er. *Wir* haben getan, was wir konnten. Niemand hatte Anlaß, mit einem allergischen Schock zu rechnen. Vielleicht – wenn Zorko früher reagiert hätte? Er verachtete sich für den Gedanken, kaum war er gedacht. Wie könnte die mögliche Mitschuld eines anderen ihn jemals entlasten? Er war der operierende Arzt gewesen und der Narkosearzt sein Untergebener. *Er* trug die Verantwortung.

Wir haben getan, was wir konnten. Wie oft er das in diesen Tagen und Wochen wiederholt hatte. Er sah Sonja Ferber vor sich, das breite, blasse Gesicht unter den matten Haaren, die Augen rot geschwollen. »Mein Kind ist tot! Und Sie tun, als ob ... als ob ...«

Was sagt man einer trauernden Mutter? Mir geht es auch ziemlich dreckig, weil ich mir lange vor dem ärztlichen Eid geschworen habe, niemals zuzulassen, daß einem Kind etwas passiert, wenn ich es irgend verhindern kann?

Er hatte auf sie eingeredet mit Engelsgeduld und Engelszungen. Davids Tod war ein bedauerliches Unglück, schrecklich, aber nicht abzuwenden. Fast hätte er sogar sich selbst endlich überzeugt. Dann stand Berti Ferber in der Tür, hochrot im Gesicht. »Lassen Sie meine Frau in Ruhe!« Mit ein paar Schritten war er neben ihr, seine Finger schienen sich in den Oberarm der Frau zu graben. Thomas war zurückgewichen.

Ferber war aggressiv und betrunken gewesen. Und diesen Mann hatte die Trauer offenbar unempfänglich gemacht für irgendeinen Zweifel - gar noch an sich selbst. Berti Ferber kannte kein bedauerliches Unglück, keine Verstrickung ungünstiger Umstände, keinen folgenschweren Zufall, kein Schicksal. Der Mann wußte sofort, wer schuld war am Tod seines Sohnes. Die pädiatrische Abteilung des Heiliggeistkrankenhauses und Oberarzt Dr. Thomas Regler.

Alle, die man auf Schadensersatz verklagen kann, dachte Thomas bitter.

Damals hatte er Verständnis für Berti Ferber gehabt - was sagt und tut ein Vater nicht alles, dessen Kind tot ist? Und wer war er, Thomas Regler, daß er einen Fehler würde ganz und gar ausschließen können?

Aber heute glaubte er zu wissen, daß Ferber zu den Leuten gehörte, die das Leben grundsätzlich ungerecht finden und die Schuld dafür immer bei anderen suchen. Berti Ferber hatte die Presse alarmiert, Anwälte für eine Klage mobilisiert. Wahrscheinlich lebte er mittlerweile von den Spendengeldern, für die man ihm ein Konto eingerichtet hatte.

Am Dienstag vor einer Woche, am Tag, an dem das Leben aus den Fugen geriet, hatte er noch gedacht: Laß Berti Ferber seine Trauer auf seine Weise verarbeiten. Und solange die Abteilung hinter dir steht …

Aber wer hatte die Zeitung auf den Tisch gelegt?

Im Hinausgehen war sein Blick zu den beiden Kunstdrucken an der Wand gegangen, die Schwester Ayse dort hingehängt hatte. Er hatte die Bilder noch nie gemocht, sie zeigten zwei Kinder mit buntbemalten Clownsgesichtern, das eine zog die Mundwinkel hoch zu einem störrischen Grinsen, das andere ließ sie mit übertriebenem Mißmut hängen. An jenem Tag kamen sie ihm wie boshafte Racheengel vor.

Als er auf den Flur trat, fuhren Ayse, Schwester Annett und Schwester May auseinander und lächelten verlegen. Er lächelte zurück, obwohl ihm nicht danach zumute war, und ging ins Ärztezimmer zur Morgenbesprechung.

Es war nicht viel los gewesen an diesem Tag, die zweijährige Simra wurde zur Nachuntersuchung erwartet und die Mutter von Marie wollte vor der Operation beruhigt werden. Während der Visite verströmten alle gute Laune, sogar Zorro (der normalerweise treffende Spitzname von Assistenzarzt Zorko Kos) – bis, ja bis die kleine Marie bei Reglers Anblick zu weinen begann und ihre Mutter schützend den Arm um das Kind legte.

In dem Moment war es wieder dagewesen, das Ziehen in der Magengrube. Und als er Schwester Ayses Gesicht sah, die es fertigbrachte, schuldbewußt und vorwurfsvoll zugleich zu gucken, so als wollte sie sagen: Siehst du! Alle Kinder haben Angst vor dir! –

da wußte er, daß nicht nur er und Berti Ferber an ihm zweifelten. Seine Abteilung stand nicht hinter ihm. Jedenfalls nicht alle.

Bei einem völlig harmlosen Anlaß, als einem Vierjährigen der Verband entfernt werden sollte, explodierte die Situation. Ayse hielt ihm das Skalpell hin, mit dem er einen verkrusteten Teil der Binde abheben wollte, wie immer so, daß er blind danach greifen konnte. Aber irgend etwas mußte sie abgelenkt haben, in der letzten Sekunde zog sie die Hand zurück. Er faßte in die scharfe Schneide. Und obwohl sie sich bemühte, das Blut zu stillen und sich fast untertänigst entschuldigte, war ihm endlich der Kragen geplatzt.

»Was ist hier eigentlich los? Funktioniert diese Abteilung noch, oder entwerft ihr gerade die nächste Zeitungsschlagzeile?« Man mußte ihn bis zu Abteilung III am anderen Ende des Flurs gehört haben.

Zorko klammerte den Schnitt in die empfindlichen Kuppen von Zeige- und Mittelfinger der rechten Hand. Thomas sah ihn vor sich, den rötlichen Schopf des Assistenzarztes, durch den die Kopfhaut schimmerte.

»Wird wohl nichts mit der OP morgen«, hatte er zu ihm gesagt. Ein Fünfjähriger, Emre, der Liebling der ganzen Abteilung, sollte am Darm operiert werden. Eine nicht sehr schwierige, aber auch nicht sehr einfache Sache.

»Sieht nicht gut aus«, murmelte Zorko, ohne aufzusehen.

Thomas seufzte. »Was geht hier vor, Zorro, alter Kumpel?« fragte er endlich.

»Die Nerven liegen ein bißchen blank, sonst ist nichts.« Zorko räusperte sich, bevor er weitersprach. »Nach dem ersten Medienaufschrei wird sich das schon legen. Und die Untersuchung – was können sie dir schon vorwerfen?«

Ja, was können sie mir vorwerfen, hatte er sich noch in aller Unschuld gefragt. Niemand hatte wissen können, daß der Junge so empfindlich reagieren würde. Und seine eigenen Zweifel gingen keinen Untersuchungsausschuß etwas an.

»Weißt du, Zorro ...« Ob der andere verstand, was ihn quälte? Welche Selbstzweifel, welche Gewissensbisse? Thomas hatte aufgesehen, direkt in die Augen Zorkos. Und erst nicht glauben können, was er in ihnen sah: Schadenfreude. Dann senkte der andere den Blick.

So war das also.

»Ich geh wohl besser.« Er hatte gehofft, daß der Kollege das Zittern in seiner Stimme nicht hörte.

»Erhol dich«, murmelte Zorro. »Ich komm' schon klar.«

»Da bin ich mir sicher.« Thomas ging in sein Zimmer.

Sollte er Krista anrufen? Er hob die Zeitung vom Boden auf und warf sie in den Papierkorb.

Wozu.

Dann zog er sich um und verließ die Abteilung - seine Abteilung. Es hatte, glaubte er heute, sich damals schon irgendwie endgültig angefühlt.

Das Auto stand auf dem Parkplatz, unter einer weißen Schneehaube. Er fegte mit dem Stadtplan von Frankfurt die Scheiben frei. Es schneite sanft und leicht, wie nebenbei. Es schneite beharrlich. Im nachhinein kam es ihm vor, als ob es über Wochen und Monate, als ob es immer geschneit hätte.

Thomas verschränkte die Arme vor der Brust. Ihm war kalt.

»Wenn Sie das Krankenhaus um elf Uhr verlassen haben, dann hätten Sie doch spätestens um elf Uhr dreißig zu Hause gewesen sein müssen«, hatte der junge Polizist gesagt. Gümüs, Kriminalkommissar Atilla Gümüs. »Wie Gemüse, nur mit zwei ü und ohne e.« Thomas hatte sich bemüht, über den Witz zu lächeln. Der zweite Beamte, ein wesentlich älterer Mann, groß, schlank, fast dürr, mit Boxernase und zerknittertem Gesicht, sagte gar nichts, aber schrieb alles mit.

»Sie hätten also ...«

Hätte. Hätte. Der erste Stau hielt ihn schon am Stadtausgang fest. Ein Kleintransporter war bei einem Überholmanöver auf der

Gegenfahrbahn gelandet und blockierte die Spur. Vor der Abzweigung zum Schloß lag ein BMW im Graben – hinter einem havarierten VW-Bus. Und so ging es den Rest der Strecke weiter. Im Radio las eine gutgelaunte weibliche Stimme minutenlang Staumeldungen vor. Er hatte kaum hingehört. Seine Hand tat weh. Nur der Gedanke, daß er sich so bald eine Operation nicht würde zutrauen dürfen, tröstete ihn.

Wer nichts macht, macht auch nichts falsch.

Auf der Bundesstraße fuhren die Autos im Schrittempo. Thomas lenkte sich ab mit dem Gedanken an ein warmes, hellerleuchtetes Wohnzimmer, an ein Glas Malt-Whisky und ein Zigarillo. Und an Krista.

Als er endlich in den Eulenweg eingebogen war, kam es ihm so dunkel vor wie früh im Morgengrauen. Der Nachbar hatte den Schnee zur Seite geschoben und zu einem grauweißen Wall aufgeschichtet – bis direkt vors Gartentor der Reglers.

Thomas fühlte beim bloßen Gedanken daran ohnmächtigen Zorn in sich aufsteigen. »Lieber Herr Langer, wir *wohnen* hier«, hatte er dem alten Herrn noch am Tag zuvor gesagt. »Sie können doch nicht unser Haus verbarrikadieren!«

»Bei Ihnen ist doch nie jemand zu Hause! Und *Sie* könnten auch mal …«

Schneeschippen. Die Straße kehren. Die Hecke schneiden. Die Mülleimer von der Straße räumen. Das Auto in die Garage fahren. Die Vorhänge zuziehen.

»Ob und wann wir zu Hause sind, geht Sie überhaupt nichts an!« Thomas war laut geworden. Der liebe Nachbar hatte fein gelächelt und ihm den Rücken zugekehrt. Was der wohl der Polizei erzählt hatte? Die Wahrheit? Denn es stimmte ja. Wann war schon jemand zu Hause? Thomas nicht. Und Krista auch nicht.

Die kalte Nässe war ihm in die Schuhe gekrochen, während er sich den Weg zum Haus bahnte. Der Schnee bedeckte den Gartenweg, verhüllte die Büsche, hatte dem Briefkasten eine Kappe aufgesetzt. Das Haus wirkte so wie Stunden zuvor - unbelebt.

»Krista?« Er lief die Treppe hoch und öffnete die Tür zu ihrem Schlafzimmer. Sie war nicht da, der Raum roch ungelüftet. War sie in der Nacht überhaupt zu Hause gewesen? Als er die Treppe wieder hinunterging, langsamer diesmal, sah er die Spuren seiner nassen Schuhe auf dem Treppenläufer und auf dem Parkett. Wie egal ihm das plötzlich war.

Er griff sich den Stapel Briefe vom Flurtisch und ging wieder in die Küche. Im Kühlschrank lag eine letzte Flasche Bier. Er drehte die Heizung hoch, setzte sich an den Küchentisch, goß sich ein und blätterte durch die Post. Die Telefonrechnung. Der Bittbrief einer karitativen Organisation. Die Mahnung vom Schornsteinfeger. Nachricht von seinem alten Kollegen Becker, die er erst jetzt bewußt wahrnahm, obwohl er den Briefumschlag schon gestern aufgemacht haben mußte. Er hatte sich zurückgelehnt und einen tiefen Zug aus dem Bierglas genommen.

Krista, wo bist du? Er war drauf und dran gewesen, nach ihr zu rufen. Komm her. Sei bei mir.

Und dann hatte er sich vor seinem Selbstmitleid in Wut geflüchtet. Warum war sie eigentlich nicht da, wenn er sie brauchte? Was war wieder einmal wichtiger? Mitgliedsbeiträge einsammeln für die Freiwillige Feuerwehr? In der Buchhandlung aushelfen, sich mit anderen gebildeten Damen über die neuesten Bestseller austauschen? Hatte sie wieder jemand dazu überredet, eine Lesung zu organisieren oder einen Gesangsabend? Eine Benefizveranstaltung für die Diakonie oder eine andere würdige Organisation?

Immer engagiert, das ist Krista Regler. Und dann kommt ihr nichtsnutziger Ehemann auch noch verfrüht nach Hause und beklagt sich darüber.

In hilfloser Frustration hatte er die verbundene rechte Hand auf die Tischplatte fallen lassen. Der Schmerz fuhr ihm durch alle Nervenfasern. Nur mühsam kämpfte er die Übelkeit nieder. Er kippte das Bier hinunter, holte die Flasche Balvenie vom Regal und schenkte sich einen Whisky ein.

Es gab keinen Grund für seinen Zorn. Krista konnte nicht wissen, daß er schon so früh nach Hause kommen würde. Und daß er keine Ahnung hatte, wo sie sein könnte, lag nicht an ihr. Er interessierte sich selten für ihre Aktivitäten. Wenn er für den Nachtdienst eingeteilt war, sahen sie einander oft tagelang nicht. Und manchmal vergaß er sogar, daß sie hatte verreisen wollen – zu ihrer Mutter. Oder ...

Oder – sie war ins Häuschen gefahren, in das kleine Bauernhaus auf dem Land, das sie sich in den letzten beiden Jahren hergerichtet hatte. Und um das sie sich liebevoller kümmert als um unser Haus hier, hatte er gedacht – angesichts der vertrockneten Primeln auf dem Tisch und der Kaffeeflecken an der Wand neben dem Ausguß.

Aber was ging das die Polizei an? Nichts. Und erst recht nicht, daß er dem Bier und dem ersten Glas Whisky noch eins hinterhergeschickt und dann vergeblich nach ihr gefahndet hatte. Das Handy war ausgeschaltet. Und die paar gemeinsamen Freunde hatten auch nichts von ihr gehört.

Wann er sich beruhigt hatte? Keine Ahnung, Herr Kommissar. Irgendwann jedenfalls hatte er sich die wasserfesten Stiefel über die Jeans gezogen und die Lammfelljacke aus dem Schrank geholt. Es schneite wieder – oder immer noch –, als er sich ins Auto setzte. Naiv hatte er angenommen, man habe geräumt oder gestreut, nicht nur auf den Autobahnen, auch auf den Nebenstrecken in die Berge. Dann fuhr er los.

Im Auto endlich hatte er sich umhüllt gefühlt von Wärme und Vertrautheit. Das Licht von Armaturenbrett und Radiokonsole erhellte das Wageninnere wie ein verglühendes Kaminfeuer. Und es roch nach Krista. Normalerweise fuhr sie den Jeep und er das Kabrio, aber wegen des Schnees hatten sie die Autos getauscht – er mußte täglich zur Arbeit, und bei diesem Wetter war der Jeep sicherer. Er schaltete den CD-Spieler an. Eric Satie. Das war ihre Musik. Hastig schaltete er um auf das Radio. Nur nicht sentimental werden. Die Nachrichten - von Schneekatastrophen war zu hören, von Staus auf den Autobahnen im Süden und Südwesten, von Erfrorenen in Polen und Rußland, von einer Hitzewelle mit Buschbränden in Australien -, die Nachrichten ließen ihn ungerührt. Doch dann, irgendwann, spielten sie ein Lied, ein uraltes Lied, das er als Kind geliebt hatte und das damals schon ein Oldie war.

God only knows.
God only knows what I'd be without you.

Er preßte sich in den Autositz und sehnte sich nach Krista.

Vielleicht hatte es am Schneetreiben gelegen oder an dem langsamen Tempo, zu dem ihn der Verkehr auf der Bundesstraße zwang. Oder am Schmerzmittel, daß er zu Hause noch eingenommen hatte. Obendrauf auf Bier und Whisky. Jedenfalls verpaßte er die Abfahrt nach Klein-Roda. Und fast hätte er im dichten Schneetreiben auch noch die nächste Abzweigung übersehen.

Den Weg über Ulrichshain kannte er nicht. Alles war ihm fremd hier. Und die Schneeflocken standen wie eine graue Wand vor der Windschutzscheibe. Die schmale Straße, die durch den nächsten Ort führte, war von meterhohen Schneewällen eingerahmt, man fuhr wie durch einen Tunnel. Nur wenige Lichter brannten vor den Häusern, man sah sie kaum im Schneegestöber. Am Ortsausgang überlegte er für ein paar Sekunden, ob er an der Gabelung rechts oder links fahren sollte. Er fuhr rechts.

Die Straße schraubte sich über Serpentinen hoch und tauchte in einen Tannenwald ein. Kaum war er heraus aus dem Wald, legten sich lichtgraue Schwaden über die Landschaft. Er fuhr im dritten Gang weiter, voller Angst, von der Straße abzukommen. Und plötzlich war die Sicht wieder frei, tat sich eine weite Mondlandschaft aus sanft geschwungenen weißen Matten auf. Scheinbar endlos führte der Weg hoch, wieder in einen dichten, tief verschneiten Nadelwald. Er wußte, daß er sich verfahren hatte. Er mußte umkehren.

Über der Straße lag bereits wieder eine unberührte weiße Decke. Das Schneetreiben hatte nachgelassen, dafür war die Dämmerung in Nacht übergegangen. Seine Augen brannten, als er in Klein-Roda einfuhr.

Ganz kurz nur verloren die Räder des Jeeps den Kontakt mit der Straße, und für einen Moment fühlte er sich in einem Schwebezustand zwischen Himmel und Erde – als ob jemand zögerte, die Würfel fallenzulassen, mit denen über sein Leben entschieden wurde. Dann stampfte der schwere Wagen die Straße hoch bis zum Dorfende, an dem das Haus in einer Senke lag.

Er stellte das Auto hinter eine Schneewehe. Das ganze Dorf war finster, niemand war zu sehen. Immerhin hatte es aufgehört zu schneien. Der Schnee auf dem Weg zum Hauseingang war unberührt, er sank bei jedem Schritt tief ein. Die Tür war nicht verschlossen.

»Krista?« Er mußte sich ungeduldig angehört haben. Eifersüchtig. Er *war* eifersüchtig, er hatte es sich endlich eingestanden; eifersüchtig auf das Haus, gegen dessen Kauf er sich so lange gesträubt hatte. Es zog ihn nicht aufs Land. Erst recht nicht in diese Gegend. Insgesamt hatte er höchstens ein, zwei Wochen mit ihr verbracht, hier, wo sie sich zu Hause zu fühlen schien.

Und wo gehörte er hin?

Thomas sah Atilla Gümüs' fragendes Gesicht vor sich.

Nirgendwo, wenn Sie mich fragen, Herr Kommissar. Nirgendwo.

Er hatte den Lichtschalter betätigt. Es blieb dunkel. Er erinnerte sich an seine Enttäuschung: Wenn sie den Strom abgeschaltet hatte, war sie nicht da. Und er wußte noch nicht einmal, wo der Sicherungskasten war – nur, daß im Wohnzimmer, vor dem Kamin, immer Streichhölzer lagen, daneben eine Kerze. Er tastete sich hinüber, fand beides am vermuteten Ort, zündete die Kerze an und lauschte ins Haus.

Krista?

Erst als er alle Räume durchschritten hatte, gab er widerwillig zu, was er längst spürte. Hier war niemand, er war allein. Keine Ahnung, wie lange er am Küchentisch gesessen und gewartet hatte, während die Kälte in ihm hochkroch. Hier war schon länger niemand mehr gewesen. Aber warum war die Haustür nicht abgeschlossen?

Und dann merkte er, daß er ein dreimal gefaltetes Stück Papier zwischen den Händen drehte, das auf dem Tisch gelegen hatte. Er faltete es auf und strich es im zitternden Kerzenlicht glatt. Es schien sich um einen Brief zu handeln. Um einen handschriftlichen Brief. Erst nach einer Weile fiel ihm auf, wie ungewöhnlich das war. Alte Leute schrieben mit der Hand. Verliebte.

Als er fertiggelesen hatte, fühlte er sich so wie jetzt - leer. Und alt.

Krista. Warum, Krista.

Irgendwann hielt er es nicht mehr aus. Mit der Kerze in der Hand war er aus der Küchentür hinausgegangen in den Schuppen, in dem das Brennholz lag. Wie lange er sich mit dem Beil abreagiert hatte? Keine Ahnung. Erst als ein dicker Holzklotz ihm fast die linke Hand zerschmettert hätte, war er aufgewacht aus der Trance.

Reden Sie mit dem Nachbarn, Herr Kommissar. Fragen Sie Paul Bremer. Der hat mir die Hand verbunden. Im Dunkeln. Die Elektrizität war ausgefallen.

Sie haben Ihre Frau seit diesem Abend nicht mehr gesehen? Und nicht nach ihr gesucht? Die Polizei angerufen, die Krankenhäuser abtelefoniert?

Er sah immer noch Atilla Gümüs' ratloses Gesicht vor sich, hörte ihn fragen, fragen, fragen. Aber was sollte er ihm sagen? Wenn Sie wüßten, Herr Kommissar?

Wenn Sie wüßten, was in dem Brief stand. Dann wüßten Sie auch, warum ich nicht nach ihr gesucht habe. Sucht man nach seiner Frau, wenn man ein paar handfeste Anhaltspunkte dafür in der Hand hält, daß sie einen verlassen hat?

Und können Sie mir vielleicht sagen, was man zu erwarten pflegt von einem Mann in einem solchen Fall? Was tun andere Männer, denen die Frau abhanden kommt? Die nächste Dorfkneipe aufmischen?

Ich nicht. Ich habe mich beim Holzhacken abreagiert, nach dem Besuch beim Nachbarn die Nacht im Haus verbracht, mich am nächsten Morgen ins Auto gesetzt und bin durch die Gegend gefahren. Wo ich war? Keine Ahnung. Und das ist die Wahrheit.

Sie nicken, Herr Kommissar. Ich weiß, was Sie denken. Das sagen sie alle, denken Sie. Und warum ich Krista nicht sofort besucht habe, als ich endlich erfuhr, daß sie im Krankenhaus liegt, fragen Sie.

Thomas Regler ballte die Hände und preßte die Fäuste gegen die Stirn. Dann ließ er den Kopf auf den Küchentisch sinken. Er saß in letzter Zeit verdächtig oft allein an Küchentischen.

Er wußte nicht mehr, wie oft er in den vergangenen Tagen im Krankenhaus angerufen hatte. Sie sei nicht ansprechbar, hieß es erst. Und dann verkündete eine nüchterne Männerstimme, sie wolle niemanden sehen.

Sie will *mich* nicht sehen. Thomas Regler hob den Kopf und versuchte, nicht zu stöhnen vor Schmerz.

Sag was, Krista. Was ist geschehen?

Er mußte zu ihr hinfahren. Er würde einfach in ihr Zimmer gehen, er war schließlich Arzt. Er würde…

Was würde er? Sie fragen, ob sie einen anderen hat?

Thomas Regler stand auf und schüttete den kalt gewordenen Kaffee ins Waschbecken. Er hatte der Polizei nichts von dem Brief erzählt. Er würde ihnen auch morgen oder übermorgen nichts davon erzählen. Denn sie würden wiederkommen. Mit immer den gleichen Fragen, in Columbo-Manier: »Mir ist da noch was unklar.«

Zum Beispiel: Warum ist Ihre Frau an diesem Abend mit Ihrem Auto gefahren und nicht mit ihrem eigenen? Was wollte sie im Wald bei Rottbergen? Warum saß sie auf dem Beifahrersitz, als man sie morgens fand, unterkühlt, fast schon erfroren, völlig verwirrt? Hatten Sie Streit? Warum will Ihre Frau Sie nicht sehen? Hatten Sie kürzlich einen Unfall mit Ihrem Wagen? Wo waren Sie, als es passierte?

Als ob er ihnen nicht bereits alles erklärt hätte.

Aber er würde es ihnen wieder und wieder erklären, sooft sie wollten. Er würde auf alle Fragen antworten. Er würde niemals darum bitten, endlich in Ruhe gelassen zu werden. Er würde nicht ungeduldig werden, nicht abweisend, nicht zornig, nicht laut. Er würde noch nicht einmal darauf bestehen, endlich zu seiner Frau vorgelassen zu werden.

Darum.

Er hatte heute nacht wieder geträumt. Es war ein Traum, der ihm vertraut war, der immer wieder kam, seit Jahren, wie ein Feriengast mit festen Gewohnheiten. Er träumte davon, die Weberstraße hinunterzugehen, am Laden von Oma Friedrich vorbei. An der Kreuzung ging es links. Dann unter der Unterführung hindurch. Dann den versteckten Weg hoch zum Wäldchen. Fliegen summten. Es war heiß. Plötzlich schob sich eine feuchte Kinderhand in seine. Dann hörte er Hanni lachen, irgendwo hinter seinem Rücken. Du tust es ja doch nicht. Du traust dich nicht. Du kannst nur schwätzen.

Thomas Regler gab sich einen Ruck und stand vom Küchentisch auf. Alle Muskeln schienen zu protestieren, er mußte völlig verkrampft dagehockt haben all die Stunden über. Dann ging er ins Schlafzimmer und packte die Reisetasche.

6

Klein-Roda

Der Besuch von Atilla Gümüs war das Ereignis des Tages. Die meisten kannten Atilla von klein auf – »als du gerade mal eben sooo hoch warst«, pflegte Gottfried zu sagen, wenn er den großgewachsenen Mann sah, und hielt dabei die Hand in Kniehöhe. Aber wenn er in amtlicher Funktion kam, wie Marianne es vornehm ausdrückte, war das etwas ganz anderes. Mit Gümüs' Besuch wurde es offiziell: Krista Regler lag im Krankenhaus, und Thomas Regler war nicht aufzufinden.

»Vielleicht hat er sich etwas angetan?« Marie hatte den Straßenbesen an die Mauer gelehnt und sich auf die Bank unter der Linde gesetzt.

»Ach komm, Mariechen.« Gottfried tätschelte die Schulter seiner Frau mit liebevoller Belustigung.

»Der?« Christine legte tiefe Verachtung in die Stimme und zog das widerstrebende Töchterlein fest an sich heran.

»War die Post schon da?« Katja kam aus dem Nachbarhaus geschossen.

»Hast' wieder was bestellt?« Gottfried lächelte scheinheilig. »Und was sagt die Haushaltskasse dazu?«

Katja stieg die Röte ins Gesicht. »Also Oppa«, sagte Marie und stieß ihm den Ellenbogen in die Seite.

In diesem Moment bog das gelbe Auto von Jens um die Ecke.

»Habt ihr schon gehört?« rief er durchs geöffnete Wagenfenster.

»Klar. Thomas Regler ist verschwunden. Gemüs' war gestern da.«

»Stimmt. Aber das ist noch nicht alles.« Jens sortierte die Post und reichte Gottfried einen großen Umschlag und eine Postkarte durchs Fenster. Dann stieg er aus und öffnete die Ladeklappe.

»Mach's nicht so spannend«, sagte Marianne, die mit einem leeren Eierkarton in der Hand hinzugekommen war.

»Man hat eine Leiche gefunden.«

Regler, dachte Bremer, und plötzlich tat ihm der Mann entsetzlich leid.

Katja nahm das große Paket in Empfang, das Jens aus dem Auto hob, und lief mit niedergeschlagenen Augen zurück ins Haus. »Hab' ich's nicht gesagt?« Gottfried lächelte anzüglich. Marie guckte strafend.

»Wo?« fragte Marianne.

»In einer Feriensiedlung bei Usingen. Der Mann muß schon eine ganze Weile da gelegen haben, unter dem Schnee.« Jens gab sich keine Mühe, zu verbergen, wie aufregend er die Vorstellung fand.

»Du meinst – tiefgefroren?« Auch Marianne schien die Idee anzuregen.

»Weiß man, wer es war?« Nicht Regler, wenn die Leiche schon länger dort lag, dachte Bremer. Andererseits – man hatte Regler seit gut einer Woche nicht mehr gesehen. Und Jens übertrieb gern.

Der Postbote zuckte die Schultern. »Die werden das schon noch rausfinden.« Er knallte die Heckklappe zu und stieg ein.

»Und was ist mit mir? Keine Karte, kein Brief, kein nichts?« Bremer war enttäuscht. Er wartete auf Post von seiner Lektorin, der er das letzte Kapitel geschickt hatte. Und eigentlich war längst wieder eine Karte von Anne fällig. Sie war, wenn er sich richtig erinnerte, zur Zeit in Rom. Bei einer Konferenz über… Na, was auch immer.

»Niente. Nada. Nix. Und tschüss.« Jens startete und fuhr los.

»Ich sag' ja, er hat sich was angetan.« Wenigstens Marie schien die Vorstellung, daß es Thomas Regler sein könnte, der da einsam unterm Schnee gelegen hatte, zu erschüttern. Christine hatte ihr plärrendes Kind an die Hand genommen und außer Hörweite gebracht. Das Mädchen zeigte sich auf beunruhigende Weise interessiert am Thema »Tiefgefrorene Leiche«.

»Wir wissen doch gar nicht, ob er es wirklich ist!« Aber Gottfried sah nicht aus, als ob er das bezweifelte.

»Und seine Frau liegt im Krankenhaus und erinnert sich an nichts!« Marie schüttelte den Kopf.

Das, fand Bremer, klang im Lichte der Neuigkeiten noch eigenartiger. Warum lag Krista Regler im Krankenhaus? Hatte Regler ihr etwas angetan und dann sich selbst? Der Mann hatte so merkwürdig geklungen, als er ihn nach Krista fragte, damals, in der Nacht, in der er vor Bremers Haustür gestanden hatte. Und die Hand – sieht so eine Hand aus, die man sich beim Holzhacken verletzt?

Er verscheuchte die Gedanken. Ein Toter war gefunden worden und mehr wußte man nicht.

Bremer ging ins Haus und setzte Teewasser auf, irritiert von einem Anflug schlechten Gewissens. Er sollte Krista besuchen. Eine Zeitlang hatten sie sich oft gesehen, im Sommer, als sie ihr Haus ausbaute. Ihre Kunstfertigkeit beim Umgang mit Holz und Farbe hatte ihm gefallen. Es schien kaum etwas zu geben, was sie nicht konnte und was sie nicht wußte. Manchmal fragte er sich, warum es ihr zu genügen schien, sich als Frau eines Kinderarztes hier und da nützlich zu machen. Warum sie keine Kinder hatte, keinen Beruf ausübte, warum sie nicht wenigstens malte. Oder schrieb.

An einem warmen Sommerabend, an dem die Dämmerung sich in Königspurpur über der Flußaue wölbte, hatten sie hinter Kristas Haus auf der Bank gesessen, den Bachstelzen zugesehen, die über die Wiese ruckten, und erzählt. Über Kindheit, Jugend, Erwachsenwerden. Fast so wie ein Liebespaar in den ersten Wochen des Kennenlernens. Und für einen Moment hatte er gedacht … Aber nein. Sie war verheiratet, mit einem, soweit er das beurteilen konnte, netten, zurückhaltenden, gutverdienenden Mann. Der sich selten in dem verwunschenen Fachwerkhaus in

Klein-Roda blicken ließ und nicht viel Worte machte, wenn er es einmal tat.

Irgendwann hatte sie ihm von ihrer ersten Liebe erzählt, er erinnerte sich daran, es hatte ihn berührt. Jung war sie damals gewesen, noch auf der Schule, ebenso wie ihr Freund. Und der schrieb ihr täglich, Briefe mit Gedichten, Geschichten, Liebesschwüren.

»Ich habe den Briefen entgegengefiebert. Ich habe mich in seine Worte verliebt.« Sie hatte ihn nicht angesehen dabei, und ihre Stimme war leise geworden. »Ich habe mich immer in Worte verliebt. Ich habe mein Leben lang geglaubt, daß der richtige Mann kommen wird und ich ihn daran erkenne, daß er die richtigen Worte spricht. Und ich habe nicht glauben wollen, daß man auch mit schönen Worten, auch mit guten, wahren, wahrhaftigen Worten lügen kann.«

Womit sonst, hätte er sie gefragt, wenn sie ihn nicht so gerührt hätte. Und wie paßte Thomas ins Bild?

Sie hatte den Kopf gehoben und ihn verlegen angelächelt, als ob sie wüßte, was er sie nicht gefragt hatte. »Hat Thomas die richtigen Worte gewußt? Nein. Als ich ihn kennenlernte, war ich im vorübergehenden Zustand der Vernunft.«

Dann war sie aufgestanden, ins Haus gegangen und mit einer Flasche Wein zurückgekehrt.

Bremer nahm den Tee mit zum Schreibtisch und versuchte vergebens, sich auf das nächste Kapitel zu konzentrieren. Schließlich gab er nach und griff zum Telefon.

Kaum taucht irgendwo eine Leiche auf, fällt dir Karen ein, dachte er, während er dem Freizeichen zuhörte. Andererseits: War das nicht ihr Job? Und sollten Staatsanwälte nicht auch mal im Büro sitzen, in der Nähe ihres Telefons? Schließlich legte er auf, mit einem Gefühl der Frustration. Irgendwie hatte ihr Verhältnis in den letzten Monaten gelitten. Worunter? Keine Ahnung. Sie war noch immer seine beste Freundin. Kunststück, sagte eine boshafte Stimme. Sie ist schließlich die einzige.

Vielleicht lag es daran, daß sie sich verliebt hatte. Frauen konnten bekanntlich nicht zwei Dinge auf einmal – Freundschaft halten und verliebt sein. Wer war noch der Glückliche? Sie hatte ihm die Geschichte erzählt, kurz nach Weihnachten, atemlos. So, als ob sie die Neuerfindung des Rads zu verkünden hätte.

Ein Gerichtsmediziner, richtig. Wie hilfreich.

Du bist eifersüchtig, sagte er sich.

Ach was. Sie hatten sich auseinandergelebt, ganz einfach. Er auf dem Land, beschäftigt mit der einsamsten Beschäftigung überhaupt, mit dem Bücherschreiben, und dabei allmählich verbauernd. Und sie in der Stadt, Sportwagenfahrerin, treue Besucherin im Fitneßstudio und gerade mal fähig zur Bedienung einer vollautomatischen Espressomaschine.

Bremer streichelte gedankenverloren Nemax, der auf den Schreibtisch gesprungen war und es sich auf dem Notizblock bequem gemacht hatte. Es war mal anders gewesen – aber heute waren Karen und er so unterschiedlich, wie man eben ist, wenn man gegensätzlich lebt.

Freundschaft vergeht. Es gibt Schlimmeres, dachte er und fühlte sich miserabel.

Als ob er ihn für seine treulosen Gedanken bestrafen wollte, fuhr ihm der Kater mit den ausgestreckten Krallen über den Handrücken. Nemax hatte die Ohren nach hinten geklappt und sah ihn von unten aus gelben Augen an.

»Erwischt«, murmelte Bremer und lutschte an seiner Hand. »Ich werde nie wieder Nachteiliges über deine alte Freundin denken, du Gedankenpolizist.« Die Wahrheit war: Er vermißte Karen. Und er glaubte nicht an ihr Glück an der Seite eines – wie hieß er noch?

Nemax klappte die Ohren wieder nach vorn, setzte die Wir-gehen-jetzt-aus-Miene auf und sprang vom Schreibtisch. Ohne sich umzublicken, marschierte er zur Tür. Er wußte, daß sein Mensch ihm folgen würde.

7

»Michael Hansen – tot?« Die Schlagzeile der »Bild«-Zeitung forderte Aufmerksamkeit. Bevor Bremer nach dem Blatt greifen konnte, kam ihm eine Hand zuvor. Erika, des Apothekers eckiges Eheweib, lächelte anzüglich, während sie »Entschuldigung« murmelte. Du bist dir doch sowieso zu fein zum »Bild«-Lesen, wollte sie damit wohl sagen. Es war das letzte Exemplar im Regal gewesen. Bremer nahm sich die »Süddeutsche«, die daneben lag. Auch die letzte. Die wenigen Zeitungsleser im Landstrich waren früher wach gewesen als er.

Seltsam, wie sehr ihn erschütterte, daß man Hansen für tot hielt. Dabei war damit schon seit Jahren zu rechnen gewesen. Ihm eilte der Ruf voraus, keiner Gefahr aus dem Weg zu gehen, im Gegenteil: er war stets pünktlich zur Stelle, wenn irgendwo die Luft bleihaltig wurde. Bremer überflog den kurzen Bericht auf der ersten Seite. Hansen wurde seit einer knappen Woche vermißt, seit er zur Verleihung eines Preises nicht erschienen war, mit dem sein Einsatz für den Frieden und die Völkerverständigung oder so ähnlich gewürdigt werden sollte. Erst hatte man sich darüber nicht weiter gewundert. Die einen fanden es vorstellbar, daß der Mann mit Absicht nicht erschienen war zur Zeremonie. Lobhudelei und salbungsvolle Reden paßten nicht zu ihm. Die anderen spekulierten, er habe sich Hals über Kopf wieder in ein Krisengebiet begeben.

Michael Hansen. Kriegsberichterstatter. Reporter ohne Grenzen. Furchtloser Kämpfer für die Wahrheit. Ein Gesicht wie Harrison Ford, jüngere Ausgabe, die Haare länger, als Mode war – so kannte man Hansen aus dem Fernsehen und aus der Zeitung. Auf Seite drei der »Süddeutschen«, neben einem Bericht über Hansen, der fast die ganze Seite einnahm, sah man ihn neben einer Rakete stehen, die aussah wie eine Karnevalsattrappe, umringt von Männern mit Bärten und Turban.

Vielleicht hatte er einen Hinweis auf die Mörder dieses pakistanischen Obermuftis erhalten – wie hieß er noch gleich? –, war überstürzt nach Pakistan geflogen und dann ... »Das ist nun mal der Job«, hörte Bremer ihn nuscheln.

Er hatte sich damals gewundert, daß ein so bekannter Autor ausgerechnet nach Pfaffenheim kam, um sein neues Buch mit Kriegsreportagen vorzustellen – in einer Buchhandlung, in die gerade mal zwanzig Zuhörer hineinpaßten. Das sah man bei den Damen der »Wendeltreppe« wohl ähnlich, denn die Lesung war ins Kino verlegt worden, wo es nicht schöner, aber etwas geräumiger war. Die Voranmeldungen überstiegen alle Erwartungen, insbesondere die Frauen rissen sich um Karten. Krista Regler, die häufig in der Buchhandlung aushalf, hatte Bremer eine zugesteckt, dafür, daß er ihr beim Umgraben der kleinen Parzelle in der Feldflur geholfen hatte, auf der sie alte Kartoffelsorten anbauen wollte.

Im Kino roch es nach Popcorn und Bier. Die wenigen Männer standen verlegen in der Ecke beim Tisch mit den Weinflaschen. Die Frauen schwatzten aufgeregt durcheinander. Doch als Hansen vorne zum Tisch ging, auf dem, wie es sich gehörte, das Glas Wasser unter der schwarzen Leselampe stand, schienen alle den Atem anzuhalten.

Was war dran an Hansen? Er sah durchschnittlich gut aus. Braungebrannt vom Kriege- und Krisenbeobachten in südlichen Ländern. Breitschultrig, schlank. Gerade Nase, schmale Lippen. *Kein* Lächeln auf denselben.

Aber dann hatte er gelesen. Eher: erzählt und gelesen. Auf den Gesichtern der Frauen sah man, daß sie bereit gewesen wären, Kriegsreporter wie ihn für die letzten modernen Helden zu halten, zumal Hansen versuchte, diese Legende im Keim zu ersticken.

»Die meisten von uns sind Alkoholiker, asozial und bindungsunfähig.«

Ein Raunen ging durch den Saal.

Hansen hob die Augenbraue und schaute in die Runde. »Sie glauben mir nicht? Sie meinen wohl immer noch, in Kinshasa putzten sich meine Kollegen und ich die Zähne mit Whiskey, weil die Qualität des Wassers nicht gut genug ist? Und sie spülten ja nur, sie schluckten den Alkohol nicht runter?« Hansen brach in ein tiefes und ungemein männliches Lachen aus. »Aber Sie glauben ja sicher auch, daß wir das Haschischpfeifchen mit unseren afghanischen Gesprächspartnern nur deshalb rauchen, weil sie uns sonst ihr Vertrauen nicht schenken.«

Diesmal lachte jemand im Publikum, verschüchtert noch.

»Nein, wir sind keine Helden. Wer sich freiwillig in die Gefahr begibt, die ein Job in den Konfliktzonen der Welt mit sich bringt, hat meistens einen Grund dafür. Da gibt es Leute, die sich vor den Unterhaltszahlungen für ihre Kinder drücken wollen. Oder die ihre Frauen verlassen möchten. Die kein Geld haben, die sich langweilen. Die vor ihrer Vergangenheit fliehen. Seien Sie äußerst mißtrauisch, wenn unsere Edelfedern behaupten, sie wollten den Menschen und der Wahrheit dienen.« Hansen hatte das Gesicht spöttisch verzogen. »Die meisten von uns glauben keine einzige der gerade angesagten Wahrheiten. Sie glauben noch nicht einmal an das, was sie selbst erfunden haben. Es ist ihnen gleichgültig – so egal wie die Frage, ob sie leben oder sterben werden.«

»Aber wer sein Leben riskiert, um ...« Man hatte dem Mann in der Jeansjacke angesehen, daß Hansens Zynismus ihn fassungslos machte.

»Sicher gibt es Helden unter uns. Die Hasenfüße. Die sind fast immer die Mutigsten.«

Zwei Frauen in der ersten Reihe guckten zum Mann in der Jeansjacke hinüber und nickten, als ob sie »Siehste!« sagen wollten.

Hansen lächelte beschwichtigend. »Natürlich ist der Job nervtötend – und zwar dann, wenn nichts passiert. Wer tagelang gewartet hat, im verdunkelten Hotelzimmer, wer wochenlang nichts tun konnte, sich nicht bewegen, nichts erleben durfte, der erfindet zur Not die Rührstory, auf die seine Redaktion und die Leute zu Hause gewartet haben.«

»Sie auch?« hatte ein ganz Vorwitziger unter den Männern gefragt.

»Ich schreibe keine Rührstories.«

Jetzt gab es Applaus.

Bremer erwachte aus seinen Erinnerungen an Michael Hansen, als ihm jemand den Einkaufswagen in die Hacken rammte. Man hätte ihm auch freundlicher mitteilen können, daß er im Weg war. Die Frau musterte ihn vorwurfsvoll, während sie den mit Fertig- und Tiefkühlgerichten beladenen Wagen an ihm vorbei Richtung Kasse schob. Was hat sie es denn so eilig? dachte Bremer. An der Supermarktkasse stand eine Schlange, wie fast immer um diese Tageszeit.

Er ging gemächlich hinter ihr her. Nach der Lesung von Michael Hansen war ein auserwählter Kreis noch mit dem Buchautor zur Pizzeria Montagne d'Ucello gegangen. Im Fortgehen hatte er Krista Reglers Gesicht gesehen, sanft gerötet, mit blitzenden Augen, wie sie auf Hansen einredete. Thomas Regler war seines Wissens nicht dabeigewesen.

Wieder blieb Bremer stehen und versperrte einer Mutter mit Kind den Weg. Er hatte plötzlich ein mulmiges Gefühl.

Was war mit Krista? Gümüs hatte nicht viel erzählt, nur, daß Krista im Krankenhaus liege und Regler aus dem gemeinsamen Haus in Feldern verschwunden sei. Was war geschehen? Daß die Ehe nicht überschäumend glücklich war – nun, das war kaum zu übersehen. Sie war viel zu oft allein in ihr Häuschen gekommen, er habe keine Zeit, sagte sie, fragte man nach ihm, mit mildem Madonnenlächeln, so, als ob sie ihm das zu verzeihen hätte. Und Regler? Bremer sah sein weißes Gesicht unter dem dunklen Haarschopf vor sich, wie er »Krista!« murmelte, entgeistert, ungläubig. Und – zornig.

»Jetzt wird mir aber noch nicht vom Feierabend geträumt!« Die

Kassiererin tat empört. Die Umstehenden lachten. Folgsam legte Bremer acht Flaschen Katzenmilch aufs Band, ein ansehnliches Sortiment von Döschen und Tütchen mit Futter für Nemax und zum Schluß, für sich, eine Packung Käse und ein halbes Brot. Und die Zeitung.

Die Gerüchteköche des Dorfes wußten auch nicht mehr. Krista liege im Koma, sagte Gottfried, das jedenfalls hatte die Bekannte des Neffen eines befreundeten Züchters erzählt. Nein, behauptete Marianne, Krista sei bei Sinnen, aber sie erinnere sich an nichts. Sie hatte das von einer Freundin, deren Tochter mit einem der Ärzte dort ausging. Der wußte auch, daß Thomas Regler schon seit einer Woche nicht mehr auf seiner Station im Krankenhaus erschienen war. Und das sei auch besser so, hatte der Arzt gesagt – vor allem für die Patienten.

Bremer schob den Einkaufswagen zum Auto und warf die Einkäufe in eine Klappkiste im Kofferraum. Zwei Autos weiter grüßte der bekannteste Lamawollpulloverträger des Landkreises, der Ex-Städter und deshalb geradezu fundamentalistische Landbewohner Moritz Marx. Er grüßte zurück und fuhr los. Beim Bahnübergang standen die Autos vor geschlossener Schranke. Im Radio meldeten sie neue Regenfälle.

Bremer griff nach der Zeitung, die er auf den Sitz neben sich geworfen hatte. Hansens Kollegen vermuteten, daß er ermordet worden sei, und zwar von Mitgliedern einer islamistischen Terrorgruppe, über die er kurz vor seinem Verschwinden berichtet hatte.

»Das ist nun mal der Job«, hörte Bremer Hansen sagen.

Hinter ihm hupte es ungeduldig. Er warf das Blatt beiseite, startete und fuhr los.

Als er die Haustür öffnete, schlug es zehn Uhr. Und die Post war noch immer nicht da. Er räumte das Katzenfutter ins Kellerregal und versuchte sich mit Abwasch, Schuheputzen und Staubsaugen abzulenken – erst vom Gedanken an Michael Hansen. Und dann von der Warterei auf Jens.

Schon vor einer Woche hatte er das letzte Kapitel nach München geschickt und die Lektorin hatte es endlich gelesen. Schon vorgestern wollte sie das Manuskript in die Post gegeben haben, versehen mit Fragen und Anmerkungen. Er hielt die Staubsaugerdüse in Nemax' Richtung, der vor Schreck einen Satz machte, der ihn aus dem Stand fast auf den Küchentisch befördert hätte. Wo blieb Jens mit der Post?

Wahrscheinlich hörte er sich den neuesten Klatsch aus dem Nachbardorf an. Vielleicht gab es heute etwas ähnlich Aufregendes wie eine Leiche, vom Tauwetter freigelegt. Wenn man sich vor Augen hält, was so ein Postbote alles mitkriegt, dachte Bremer. Er machte den Staubsauger aus, entfernte den Beutel, durchsuchte ihn nach Katzenspielzeug, fand Nemax' Lieblingsmaus - die mit der Rassel im Bauch - und öffnete die Tür.

Es war naßkalt draußen, die Meisen schaukelten auf den kahlen Ästen des Apfelbaums, Marianne hatte die Bettvorleger aus dem Schlafzimmerfenster gehängt. Er schlurfte in Hausschuhen zur Mülltonne und versenkte den Staubsaugerbeutel. Kurz vor der Haustür streifte ihn ein Sonnenstrahl, der sich im kahlen Gezweig des Apfelbaums brach. Hinter ihm öffnete sich ein Fenster.

»Hast' gehört?« Mariannes Stimme klang, als ob es was zu lachen gäbe. Die einzige gute Nachricht wäre, wenn Jens und die Post endlich kämen, dachte Bremer und guckte hoch.

»Hat Gottfried nichts erzählt?«

Bremer schüttelte den Kopf.

»Heute haben sie Schlange gestanden auf der Bank.«

»Gibt's da was gratis?«

»In einer *Bank*?« Marianne senkte die Stimme. »Nein - der Geldautomat ist kaputt.«

Aha, dachte Bremer. Soso. Der Geldautomat.

»Und weißt du, warum?« Ihre Augen blitzten.

»Mach's nicht so spannend!«

»Der Automat ist voll-stän-dig ruiniert. Du wirst es nicht für möglich halten.«

»Hatte jemand seine Karte nicht dabei? Oder wollte Erwin seine Geldprobleme mit der Axt lösen?«

»Ach was!« Marianne machte eine Kunstpause. »Es hat jemand reingepinkelt.«

Das allerdings war ziemlich komisch.

Marianne fand das auch. »Und willst du wissen, wer es war?«

»Na hör mal!«

»Er soll auf dem Videoband klar und deutlich zu erkennen sein. Weil er kein Geld mehr aus dem Geldautomaten bekam, hat er sich die Hose aufgemacht und ...«

»Also wer?«

»Na, der Jens! Was glaubst du, warum die Post noch nicht da ist?«

Bremer stöhnte auf. »Und wann funktioniert die Briefzustellung wieder?«

»Heute früh haben sie ihn geholt. Keine Ahnung, wann sie ihn wieder gehen lassen. Und ob die Post ihn dann noch nimmt?«

»Sei nicht so schadenfroh, Marianne. Der Jens hat's nicht leicht.«

Bremer hatte gar nicht bemerkt, daß Gottfried vor dem Gartentor stand, Franz an der Seite, dessen Schwanz mit seinem kleinen runden Hinterteil wedelte. Paul ging hinüber, ließ sich beschnuppern und kraulte dem Tier die weichen Ohren.

»Was heißt schon nicht leicht?«

»Du weißt doch. Bei der Familie.«

»Pflegen da alle auf das zu pinkeln, was sie stört?« Bremer glaubte, in aller Unschuld zu fragen. Aber Gottfried ließ sich kein Lächeln entlocken.

»Komm Oppa«, sagte Marie leise, die neben Gottfried aufgetaucht war, und legte ihm die Hand auf den Arm.

»Jens' Bruder Martin ...« Gottfried stockte.

»Er ist vor seiner Geburt gestorben, und die Familie hat das nie verkraftet«, sagte Marie resolut. »Habt ihr schon gehört, daß Sophie Bachmann wieder durchgedreht ist?«

Sophie Bachmann wohnte ein paar Kilometer östlich, in Rottbergen, war mindestens sechzig und im Herzen immer noch ein Blumenkind, das ans Zeitalter des Wassermanns glaubte.

»Hat sie wieder bei Vollmond Fruchtbarkeitstänze aufgeführt?« Bremer hatte sie einmal auf der Kirmes tanzen sehen.

Marie kicherte. »Nein - sie hat auf dem Marktplatz gestanden und deklamiert. Klassisches Theater. Daher kommt sie ja.«

Wen das Landleben einfängt, den läßt es nicht mehr los, dachte Paul Bremer.

Gottfried war still geworden. »Du kannst wieder Eier haben, wenn du willst«, sagte er schließlich, ohne aufzusehen. »Die Hinkel legen schon ganz ordentlich.«

Wenn Gottfrieds Hühner wieder Eier legten, war das Frühjahr nicht fern. Bremer fühlte eine raumgreifende Sehnsucht in sich hochsteigen, Sehnsucht nach Licht und Wärme. Und nach Anne.

Dann hörte er das Auto. Aber es war nicht das gelbe Auto mit der Post, sondern der grüne Opel mit dem weißen Schriftzug. Atilla Gümüs stieg aus.

»Und?« Gümüs hielt Gottfried die breite Pranke hin. »Was macht dein Federvieh? Wieder eine Medaille gewonnen?«

Gottfrieds Gesicht klarte auf. Atilla war einer der wenigen, die sich auf dieses Thema verstanden. »Den zweiten Preis. Für meine Stallhasen.«

»Für deine Mecklenburger Schecken?«

»Nein. Diesmal sind's die Deutschen Widder.«

»Was fütterst du?«

Während Gottfried jede einzelne Maßnahme zur Hervorbringung von samtweichen Kaninchenpelzen und glänzendem Gefieder mit der jeweils korrekten Farbtönung und -zeichnung erörterte, begleitet von Gümüs' sachkundigen Kommentaren »Ah - ja«, »Ja dann« und »Ach so«, hatte der Hund den Gedanken an einen Spaziergang aufgegeben. Franz lag Herrchen zu Füßen, den schönen Kopf auf die braunen Pfoten gelegt, und Bremer schickte sich an, wieder an seinen Schreibtisch zu gehen.

Endlich holte Gümüs ein Foto aus der Brusttasche. »Habt ihr den Mann schon mal gesehen?«

Bremer kriegte einen trockenen Mund, als er das Foto sah. Er nickte.

8

Frankfurt am Main

»Frau Kollegin?« Oberstaatsanwalt Zacharias schaute mit übertrieben hochgezogenen Augenbrauen zu ihr hinüber. »Ich war mir sicher, Sie hätten zum angesprochenen Sachverhalt noch etwas Zielführendes beizusteuern.«

Karen verließ nur ungern ihren Tagtraum, um in die Wirklichkeit und ins Zimmer des Abteilungsleiters zurückzukehren. OStA Zacharias tippte sich mit dem Füllfederhalter gegen die Vorderzähne und schaute beifallheischend in die Runde. Wenzel guckte amüsiert, Kollegin Daun gelangweilt, und H_2O, wie alle hier StA Hermano Ortiz-Soto de Ortega nannten, aber nur hinter seinem Rücken, lächelte überheblich. Es war, meinte sie sich zu erinnern, in der Konferenz bis eben noch um die Sauberkeitsstandards der Reinigungsfirma gegangen, die sich nicht, meinten jedenfalls einige der Kollegen, auf dem durchschnittlichen mitteleuropäischen Niveau befänden.

Und das sagen ausgerechnet diejenigen, die zu Hause nicht wissen, wie der Staubsauger aussieht, dachte sie. »Mir ist nur wichtig, daß mein Schreibtisch nicht durcheinandergebracht wird.«

Alle lachten.

»Das würde niemand wagen!« Wenzel grinste.

»Wir sind schon etwas weiter, ähm, werte Kollegin. Es geht um den Dienstplan, nun, da Kollegin Buddensiek sich verabschiedet hat in den, nun ja …«

»Mutterschaftsurlaub«, sagte Eva Daun mit zusammengebissenen Zähnen. Es war das Wort für Mehrarbeit – für die anderen.

Karen Stark nahm die neue Arbeitsteilung zur Kenntnis und ließ sich dann wieder von der Wolke tragen, auf der sie seit ein paar

Monaten saß. Seit Weihnachten, genauer gesagt. Ich bin verliebt, dachte sie, noch immer erstaunt darüber wie am ersten Tag. Das erste Mal seit... ach was, seit viel zu vielen Jahren, ganz einfach.

»Und wenn sich die geschätzte Kollegin Stark wieder uns und der Welt zuwendet, dann wären wir für heute durch.« Karen fühlte, wie ihr die Wärme ins Gesicht stieg. Jemand lachte. Sie mußte rot geworden sein. Hoffentlich sah ihr niemand an, an was sie soeben gedacht hatte.

Sie hastete zurück ins Büro. Auf dem Schreibtisch stapelten sich die Akten und Laufmappen, mittendrin thronte ein Bund gelber Mimosen. Das mußte ja wirklich jedem auffallen. Sie hielt die Nase in die flauschigen duftenden Blütenbälle. Und dann die SMS, die während der Sitzung mit dem üblichen lauten Posthornklang auf ihrem Handy gelandet war.

Der Justizwachtmeister hatte den Aktenstapel, den ihr die Buddensiek eingebrockt hatte, obendrauf auf das Chaos gelegt. Als sie nach der Computertastatur griff, kam der Papierberg ins Rutschen. Sie legte den Unterarm auf den Stapel und warf dabei den Becher mit dem Kaffee von gestern um. Um die Tastatur vor irreparablen Schäden zu retten, mußte sie den Arm heben, dabei entglitt ihr der Aktenberg, rutschte über die Schreibtischkante hinweg und verteilte sich auf dem Boden. Karen ließ sich in den Schreibtischsessel fallen, atmete tief durch und lachte dann los.

»Daß man sich so freuen kann über ein zusätzliches Paket von allgemeinen Strafsachen unter Ha-Hn (ohne Hi), obwohl man doch eigentlich schon genug mit R (ohne Ra), Sa-Sal zu tun hat!« sagte eine spöttische Stimme von der offenen Tür her. »Und dann diese innovative Ablagemethode!«

»Spar dir deinen Spott, Manfred Wenzel«, sagte Karen und prustete wieder los.

»Vor allem, wo man doch weiß, daß der hormonbedingte Ausfall der Kollegin Buddensiek mit dem Mutterschaftsurlaub kein Ende finden wird. Daß sie ihn verlängern wird und verlängern wird, ohne deshalb auf die Privilegien ihrer Planstelle zu verzichten, Gott bewahre. Und daß also ihre Stelle vakant bleiben wird, zumal wir aller Welt beweisen werden, daß wir die Mehrarbeit wie durch ein Wunder auch ganz alleine bewältigen können.«

Karen sah den Kollegen im Türrahmen lehnen, das rechte Bein elegant angewinkelt und im Gesicht den Ausdruck gefaßter Schicksalsergebenheit. Sie lachte ihn an. »Also komm und hilf.«

Sie hockten sich nebeneinander. Nach zehn Minuten saß Wenzel auf dem Teppichboden, an den Schreibtisch gelehnt, die Beine ausgestreckt, und durchblätterte gebannt den neuen »Manufactum«-Katalog, während Karen in der »Brigitte« nach dem Jahreshoroskop suchte.

»Tendenz: Abwärts. Sie sind nicht bei der Sache. Venus verwirrt Ihren sonst so klaren Verstand. Die Kollegen werden unruhig. Bringen Sie Ordnung in Ihre Angelegenheiten! Und vergessen Sie nicht: Glück in der Liebe ist nicht alles.«

Sie lachten noch immer, als H_2O den Kopf zur Tür hereinstreckte, auf sie herabsah, ihn mißbilligend schüttelte und die Tür geräuschvoll zuschlug.

»So ist das also«, sagte Wenzel. »Das erklärt natürlich einiges.«

Er hatte einen weiteren opulent aufgemachten Katalog in der Hand und sah sie mit gerunzelter Stirn an. »Das Messer der drei Tugenden«, deklamierte er. Karen versuchte, ihm den Katalog eines exklusiven Küchenversands wegzunehmen, aber er las weiter. »Die Wabocho mit ihrer nicht rostfreien Klinge, einem Griff aus dem Holz der Graumagnolie und der Zwinge aus Wasserbüffelhorn, Härte bis zu 66 auf der Rockwell-Skala, sind noch immer der Inbegriff japanischer Messer.«

»Gib her, verdammt!«

»Das lanzettförmige, einseitig geschliffene Yanagiba - auch für Linkshänder - außergewöhnliche Schnitthaltigkeit - Kostenpunkt...«

»Wenzel! Was geht dich mein Privatleben an?«

Er reichte ihr den Katalog mit einer kleinen Verbeugung. »Ich dachte, du studierst die neuesten Entwicklungen auf dem Sektor der Mordwaffen!«

»Quatsch. Ich koche gern.«

Wenzels Augenbrauen gingen wieder hoch. »Seit wann das? Ich dachte immer, du ißt gern!«

Diesmal schlug sie nach ihm mit dem Katalog. »Deine neue Unernsthaftigkeit macht mir Sorgen, Kollege Wenzel. Hast du dich verliebt?«

Sie sah verblüfft, daß er errötete. Und dann errötete auch sie. Schon wieder.

»Und gut kochen kann er also auch?« fragte Wenzel sanft. Er legte behutsam den Katalog beiseite und richtete sich auf. »Vielleicht würde es den Negativtrend im Beruflichen umkehren, wenn wir den Krempel hier endlich aufgeräumt hätten.«

Schließlich lagen fünf Stapel auf dem Boden: fachfremde Kataloge und Zeitschriften, Fachliteratur (darunter das gerichtsmedizinische Standardwerk eines gewissen Dr. Gunter Carstens), Laufmappen und Aktendeckel. Und ein weiterer Stapel, den Wenzel »undefinierbar« nannte, darin unter anderem zwei Urlaubsfotos mit Marion, ein besticktes Taschentuch, ein Schweißband und eine benutzte Kinokarte, die sie ihm im letzten Moment aus der Hand nehmen konnte, als er sie schon in den Papierkorb befördern wollte.

Erst zum Schluß bemerkte sie den Aktendeckel, der unter ihren Schreibtisch gerutscht war und sich hinter der Aktentasche versteckt hatte. Wenzel angelte ihn hervor. Ein Blick sagte ihr, daß es einer der Fälle war, die sie der lieben Kollegin Buddensiek zu verdanken hatte.

Manfred Wenzel stutzte und blätterte durch die Akte. Karen nahm sie ihm aus der Hand. Ein Leichnam war gefunden worden, in einem Wäldchen nördlich von Frankfurt. Der Leichnam war männlich, zwischen dreißig und vierzig, Verwesungszustand minimal, Fraßschäden an Körper und Kopf. Todeszeitpunkt: irgendwann vor dem Großen Schnee. Oder mittendrin. Der Schnee hatte die Leiche bedeckt, das Tauwetter hatte sie aufgedeckt. Nicht vermißt gemeldet.

Wer nicht vermißt wird, gehört selten zu den Teilen der Gesellschaft, auf die die Mehrheit wert legt. Sie tippte auf Erfrieren im Gefolge von Trunkenheit. Sie legte die Akte auf den Stapel rechts vorn. Vor dem Obduktionsbericht würde sie in dieser Sache nichts unternehmen müssen.

»Meinst du, du kämst mit dem Rest des Lebens allein klar?« fragte Wenzel.

Sie strahlte ihn an. »Danke«, sagte sie.

9

Feldern

»Wissen Sie, wo Ihr Mann ist, Frau Regler?« Die Frau im Krankenbett drehte den Kopf zu ihm hin und sah ihn an. Dann schüttelte sie den Kopf. Was für Augen, dachte Gregor Kosinski. So ein Blau gibt es selten. Und sie mag ihr Gedächtnis verloren haben, aber sie sieht nicht aus, als ob sie ihren Verstand eingebüßt hätte.

»Kriminalhauptkommissar Gregor Kosinski, Sie erinnern sich vielleicht«, sagte er und deutete dann zu Atilla, der an der Fensterbank lehnte. »Und das ist Kriminalkommissar Atilla Gümüs. Wie Gemüse …«

»… ohne e und mit zwei ü«, ergänzte Atilla müde.

Krista Regler lächelte. Wenigstens bei einer der Anwesenden schien der alte abgestandene Scherz noch anzukommen.

»Also nicht, aha.« Kosinski blätterte im Notizblock. »Uns ist da nämlich noch einiges unklar.« Er blickte auf. Sie blickte ruhig zurück.

Gümüs am Fenster wechselte das Standbein. Kosinski wünschte, er würde sich setzen.

»Soweit wir das Geschehen rekonstruiert haben, ist Ihr Wagen, also der Wagen Ihres Mannes, unweit von Usingen gesehen worden, am Abend bevor man Sie frühmorgens im Wald bei Rottbergen fand.«

»Unterkühlt und verwirrt«, ergänzte Gümüs mit einer Stimme, als mache er Krista daraus einen persönlichen Vorwurf. »Die beiden Jäger kamen keine Minute zu früh.«

»Ihr Auto, also das Auto Ihres Mannes – erinnern Sie sich, ob einer von Ihnen beiden damit einen Unfall gehabt hat?« Krista preßte die Lippen zusammen. Aber sie wandte den Blick nicht ab.

Kosinski griff in die Tasche, holte eine Zigarettenschachtel heraus, betrachtete sie und steckte sie wieder ein. »Die Schäden sind eigentlich nicht zu übersehen.«

»Gebrochene Streuscheibe des linken Frontscheinwerfers, massive Einschlagstelle des unteren Eckbereichs fahrerseitig der Frontscheibe, Schleifspuren an der vorderen Stoßfängerverkleidung.« Gümüs leierte den Sachverständigenbericht herunter wie auswendig gelernt. Kosinski nickte ihm zu.

Krista Regler seufzte. »Sie wissen, daß ich mich nicht erinnere.«

»Ich bin mir nicht sicher, ob ich Ihnen das glauben soll.« Kosinski spürte Atillas Unruhe dort am Fenster. Sie hatten sich erst gestern gestritten – nein: auseinandergesetzt über die richtige Art und Weise, in einer Ermittlung vorzugehen.

»Du läßt ihnen viel zuviel Zeit«, hatte der Jüngere gesagt.

»Und du verschreckst sie!«

Sie hatten sich in die Augen geschaut und tief durchgeatmet. Atilla sah aus, als ob er »Alter Sack!« dachte, und Kosinski dürfte meilenweit sichtbar »Mach du erst mal meine Erfahrungen!« auf der Stirn getragen haben.

»Frau Regler, diese Schäden könnten auf einen Verkehrsunfall schließen lassen. Es sieht ganz so aus, als ob mit dem Auto Ihres Mannes etwas – oder jemand – überfahren oder zumindest angefahren worden wäre.« Er beobachtete sie scharf. Sie verzog keine Miene.

»Warum saßen Sie auf dem Beifahrersitz, als man Sie fand?«

Kosinski runzelte die Stirn. Atilla hatte schon wieder diese Schärfe in der Stimme, die nicht nur unangemessen, sondern meistens auch völlig unfruchtbar war. »Anders gefragt: Hat Ihr Mann mit dem Wagen womöglich einen Unfall verursacht und Sie dann im Wald allein gelassen?«

Krista Regler setzte sich auf. Auf ihrem Gesicht zeichnete sich fassungsloses Erstaunen ab.

»Thomas? Was für ein Unsinn!«

10

Frankfurt am Main

Sie war viel zu früh im Büro, außer ihr war niemand da. Das Zimmer roch ungelüftet. Karen Stark war mit ein paar Schritten am Fenster und öffnete es. Dann drehte sie sich um und musterte den Raum. Jetzt, wo der Schreibtisch aufgeräumt war, sah man die Staubschicht auf der Tischplatte und die Spuren des gestern verschütteten Kaffees. Der Papierkorb war nicht geleert worden, auf dem Teppichboden lagen die Heftklammern, die beim Aktensortieren herausgefallen waren. Der Reinigungsdienst funktionierte tatsächlich nicht, wie er sollte. Sie ging hinüber zum Schreibtisch, ließ die Aktentasche fallen, schaltete den Computer ein und startete ihr Emailprogramm. »Guten Morgen, du Verschönerung des Lebens!« Abgeschickt um 0 Uhr 20. Gunter. Sie seufzte erleichtert auf. Der Abend war wunderbar gewesen, nur daß sie sich trennen mußten nach dem Essen, war nicht in ihrem Sinn gewesen. Er hatte zu arbeiten. Sie auch. Man mußte vernünftig sein.

Aber waren sie das nicht eigentlich immer?

Sie stand auf und ging zur Waschnische, um sich die Lippen nachzuziehen. Sie summte vor sich hin, während sie sich im Spiegel betrachtete. So also sieht eine glücklich verliebte Frau aus. Sie lächelte sich zu. Es kam ihr vor, als ob sie das erste Mal in ihrem Leben Gefallen an sich gefunden hätte.

Der Abend mit Gunter war perfekt gewesen. Erst die Oper – sie war während des Studiums das letzte Mal in der Oper gewesen, damals, zur berühmten Aïda-Inszenierung von Neuenfels. Gestern war es Tosca gewesen, nicht ganz so opulent ausgestattet wie damals, es mußte schließlich gespart werden und die Sängerin der Tosca – ach was, sie verstand nichts von Arien, aber an der Unruhe im Saal war zu spüren gewesen, daß auch andere glaubten, die Sängerin sei der Rolle nicht gewachsen. Wahrscheinlich haben alle zu Hause eine CD mit Maria Callas, dachte Karen und trocknete sich die Hände ab. Verdammt ungerecht.

Danach hatten sie im Künstlerkeller noch ein Bier getrunken. Und dann ... Karen schloß die Tür des Waschkabinetts hinter sich und ging hinüber zum Schreibtisch. Nichts dann.

Wenigstens ist er nicht arbeitslos, hörte sie ihre Mutter sagen. Und Doktor ist er auch! Und überhaupt – was willst du eigentlich? Du hast doch Glück, Kind! Ein Mann! Und das auch noch auf den letzten Drücker!

Seufzend setzte sie sich an den Schreibtisch und legte die Füße hoch. Sie hörte den Anrufbeantworter ab. Mindestens sechs Anrufe für Kollegin Buddensiek waren bereits bei ihr gelandet. Das versprach heiter zu werden. Sie hatte noch immer keinen Überblick über die Angelegenheiten der Dame. Ein Anruf von Paul Bremer. Er klang entspannt. Kurz entschlossen wählte sie seine Nummer. Nach ein paar Schrecksekunden legte sie auf. Es war noch geradezu unanständig früh.

Widerwillig begann sie, die Aktenstapel zu sichten. Frau Kollegin Buddensiek schien der Meinung zu sein, daß sich manche Fälle von selbst erledigten – durch Nichtbefassen. Und von ordnungsgemäßer Ablage konnte auch nicht die Rede sein.

In einer Akte über einen Ladendiebstahl fand sie einen Obduktionsbericht, der unter Garantie da nicht hineingehörte. Sie legte den Bericht zur Seite und versuchte, die Vorgänge ihrer Dringlichkeit nach zu ordnen.

»Können Sie einspringen?« Die stets gehetzt und ein bißchen beleidigt klingende Stimme von H_2O kam von der Tür. Er winkte mit einer Laufmappe.

»Also wenn Sie's genau wissen wollen, Herr Kollege ...« Er hatte sie schon gestern schlechtgelaunt in eine Debatte über die neue Aufgabenverteilung in der Abteilung verwickeln wollen.

»Es hat sonst niemand Zeit.« Diesmal klang er fast verzagt. Seufzend fügte sie sich ins Unvermeidliche.

Als sie zurückkam, lag ein frischer Stapel Papier auf dem Schreibtisch.

Manfred Wenzels Prognose, die Abteilung würde es fertigbringen, schon bald ganz prima ohne die von der Buddensiek blockierte Stelle auszukommen, schien ihr gewagter denn je. Das war nur mit Überstunden zu schaffen. Aber an die dachte sie nicht. Nicht jetzt.

Obwohl: Gunter schien es ein heiliges Bedürfnis zu sein, der Frankfurter Staatsanwaltschaft eine ihrer besten Kräfte kampflos zu überlassen. Nach dem Bier hatte er ihr ein Taxi rufen lassen. »So schwer es mir fällt, aber ich weiß ja, wie hart du zu arbeiten hast.« Am liebsten hätte sie protestiert. Aber dann sagte er leise: »Und ich habe morgen eine junge Frau auf dem Tisch.« Für einen Moment scheute sie zurück vor seinen schmalen weißen Fingern und glaubte, den typischen Geruch in der Nase zu haben, den ein Sektionssaal ausströmt. Dann überwog Mitgefühl. Er hatte den schwereren Job.

Immerhin gab es die Aussicht auf ein gemeinsames Wochenende. Donnerstag in zwei Wochen, nach Dienstschluß, wollten sie beide ins Elsaß fahren und essen und trinken. Und wandern. Und sich lieben. Es kam ihr unendlich lang vor bis dahin.

Der Obduktionsbericht auf dem Stapel vorne links hatte noch immer nicht die richtige Akte gefunden. Sie blätterte ihn durch. »Der Kopf ist mit bis zu 6 cm langen, blonden Haaren dicht bewachsen.« Mann oder Frau? »Die äußeren Geschlechtsteile sind gehörig gebildet, die Vorhaut fehlt.« Also Mann.

Ein Geräusch ließ sie zusammenzucken, es kam vom Boden, dort, wo sie die Handtasche fallengelassen hatte. Sie lächelte in sich hinein, während sie nach dem Mobiltelefon suchte, irgendwo da unten zwischen Lippenstift, Haarbürste, Papiertaschentüchern und Schweizer Taschenmesser. Endlich hielt sie das Gerät in der Hand.

Eine SMS. Von Gunter. »Ich vermisse dich.« Fast wäre sie errötet. Noch bevor sie mit der Antwort an ihn fertig war, klingelte das Telefon.

»Aha.« Sie hatte keine Ahnung, von welcher Sache die Rede war. Fieberhaft begann sie, den Stapel mit der unerledigten Arbeit der lieben Kollegin Buddensiek zu durchsuchen. »Also die Frau...« Sie lauschte dem Ermittler mit dem unaussprechlichen Namen, mit dem sie bislang noch nie zu tun hatte. Natürlich, die Liebe. Was taten die Menschen nicht alles aus Liebe. Sie war sich nicht sicher, was sie für Gunter zu tun bereit wäre – außer sich einen Tag außerplanmäßig frei zu nehmen. Und wie weit würde er für sie gehen? Meilenweit oder so weit die Schuhe tragen? Seine waren maßgefertigt. Die hielten eine ganze Weile. Sie mußte ein unziemliches Geräusch gemacht haben, die Stimme am anderen Ende der Leitung unterbrach ihren Redefluß.

»Nein nein, schon gut, ich höre zu«, sagte sie. Der Ehemann hatte wahrscheinlich aus Eifersucht den Rivalen umgefahren, so sah es jedenfalls aus, und dann die Frau dem sicheren Tod ausgesetzt.

»Worauf wartet ihr noch?« hörte sie sich sagen. Die Stimme am Telefon wiegelte ab. Vielleicht müsse man doch erst noch die Frau fragen, ob...

»Dann fragen Sie«, sagte Karen und unterbrach das Gespräch.

Der Obduktionsbericht. Der würde zu dem geschilderten Fall passen. Aber wo hatte sie ihn hingelegt? Sie begann, Aktendeckel und Laufmappen auf dem Fußboden zu verteilen. Hoffentlich sah sie niemand so. Das hatte es noch nie gegeben, daß sie mit ihrer Arbeit derart in Verzug war. Was Liebe so alles bewirkte – Schwangerschaften zum Beispiel. Gratuliere, Kollegin Buddensiek.

Und Pflichtvergessenheit, fügte ihre kritische innere Instanz hinzu. »Spielverderberin«, murmelte Karen.

Als Eva Daun im Türrahmen erschien und »Kommst du essen?« rief, merkte sie, daß es schon Mittag war. Sie winkte abwehrend.

Keine Zeit. Außerdem könnte sie gut und gern auf 5 Kilo Lebendgewicht verzichten. Der Feinschmecker Gunter hatte natürlich eine makellose Figur; wenn sie nur an seine schmalen Hände dachte, an seine Handgelenke, an seine Hüften, seine langen Beine…

Fast hätte sie die erste Verhandlung des Nachmittags in der Sache Darius verpaßt. Die Angelegenheit endete mit einem Vergleich. Ihr war es recht.

Als sie nach zwei weiteren Verhandlungen zurückkehrte ins Büro, um die Handtasche zu holen, klingelte das Telefon. Gunter, dachte sie. Endlich ruft er an. Ungeduldig griff sie nach dem Hörer. Und dann ließ sie sich auf den Schreibtischsessel sinken.

»Die Frau soll was gesagt haben?« Das gab der Sache eine neue Wendung. Offenbar hatte nicht der Ehemann, sondern seine Frau ihren Geliebten umgefahren. Die unbekannte männliche Leiche. Sie hatte die Akte mittlerweile gefunden und überflogen.

»Und warum?« Warum wohl. Die alte Geschichte, dachte Karen. Irgendwann haben sie immer etwas Wichtigeres zu tun. Wahrscheinlich hat er sie hingehalten. Sie gelockt, sie wieder fallengelassen. Sie hofiert, sie brüskiert. Karen merkte, wie die Wut in ihr hochstieg. Sie haßte Männer, die nicht mit offenen Karten spielten.

»Ich werde mich um das Erwirken eines Haftbefehls bemühen«, sagte sie. »Gute Arbeit.«

Sie diktierte in Gedanken die Anklageschrift. Kurz fiel ihr auf, daß das Opfer dabei nicht unbedingt besser wegkam als die Täterin. Dann war der Gedanke verflogen. Sie legte die verbliebenen Papierstapel auf dem Schreibtisch auf Kante und rief die Richterin an. Und, ganz zum Schluß, Paul Bremer. Aber er nahm nicht ab.

Endlich packte sie ihre Tasche und verließ das Büro. Gunter war heute nicht in der Stadt, ein wichtiger Termin, was auch immer. Um so besser, dachte Karen. Im Auto lag der Beutel mit den Trainingsklamotten. Es wurde bald Frühjahr. Höchste Zeit, wieder ins Fitneßstudio zu gehen.

11

Klein-Roda

»Michael Hansen Opfer einer Liebesaffäre?« Heute war Bremer früh genug im Supermarkt gewesen, um sich ein Exemplar der Zeitung mit den schönsten Schlagzeilen zu sichern. Neben dem Aufmacher fand sich ein Foto des Journalisten neben einem Schützenpanzer. Aber nicht an einem Kriegsschauplatz hatte man seine Leiche gefunden. Sondern vor einem Ferienbungalow nördlich von Frankfurt, bei Usingen.

Schau an, dachte er, während er Teewasser aufsetzte. Hansen war also doch nicht den Heldentod gestorben. Es hätte ihn auch gewundert, wenn irgendwelche Gotteskrieger ihm bis nach Deutschland gefolgt wären.

Dann wanderte sein Blick hinunter zum Boxenluder des Tages und der Wettervorhersage. Erst als der Tee aufgebrüht war und er sich ein Brot geschmiert hatte, setzte er sich an den Küchentisch und blätterte die Zeitung auf. Die Geschichte ging auf der dritten Seite weiter. Man hatte Hansens Leiche gefunden, nachdem Tauwetter eingesetzt hatte. Das also war die Leiche, von der Jens erzählt hatte – und Thomas, dachte Bremer plötzlich, Thomas Regler lebte noch. Hansen sei überfahren worden, hieß es – von einem Sportwagen. Sein Blick glitt hinunter zum Ende des Artikels. Und dann sah er das Bild der Arztfrau, die in Verdacht stand, den Sportwagen gesteuert zu haben. Es war ein Bild Krista Reglers, auf dem sie verhuscht, dicklich und unzufrieden aussah.

»Die ermittelnde Staatsanwältin: ›Er wollte sie verlassen. Da gab sie Gas.‹« Bremer starrte ungläubig in die Zeitung. So war das also. Krista hatte was mit Hansen gehabt. Das lag ja eigentlich nahe – Hansen war eindeutig ein Mann der Worte, auch der schönen

Worte, wenn's not tat. Der Gedanke gab ihm einen Stich. Damals, an dem verträumten Abend, als sie erzählte, was sie an einem Mann schätzte, hatte er sich gemeint gefühlt. Kurzfristig jedenfalls. Und dann bedauernd an Thomas Regler und die Ehe der beiden gedacht. So viel Feingefühl schien Michael Hansen nicht besessen zu haben. Wann es wohl geschehen war? Vor oder nach der Lesung?

Aber daß sie ihn getötet haben sollte, nur weil er sich entzog – nein, das glaubte er nicht. Sie hatte gewußt, wer Hansen war, als sie sich mit ihm einließ. Ein Mann auf der Flucht, vor sich selbst, vor dem Leben, vor was auch immer. Von so jemandem erwartete man keine feste Beziehung. Deshalb wurde eine Krista Regler nicht zur Mörderin.

Aber warum sonst?

Er guckte auf die Uhr. Wenn er Glück hatte... Das Telefon klingelte, bis der Anrufbeantworter ansprang. Karen war schon aus dem Haus. Im Büro war sie noch nicht angekommen. Und als er es nach einer Stunde wieder versuchte, beschied ihm eine Justizangestellte, Frau Stark sei zu einer Sitzung. Erst gegen Mittag erreichte er sie.

»Paul, tut mir leid, ich wollte dich auch schon anrufen, aber es kam immer etwas dazwischen. Und jetzt...« Sie klang gehetzt.

»Ich halte dich nicht lange auf. Ich will nur wissen, wer mit dem Fall Michael Hansen befaßt ist.«

»Weißt du was darüber? Dann erzähl'.«

Paul seufzte. »Deine Zuständigkeit ist es ja wohl nicht.« Sie unterbrach ihn nicht. »Ich kenne Krista Regler. Ich glaube nicht, daß sie in der Lage ist, einen Mann zu töten. Vor allem nicht einen Mann wie Michael Hansen.«

»Und woher weißt du das?«

Kombination, lieber Watson, dachte er. »Es paßt nicht zu ihr.« Mein Gott, klang das lahmarschig.

»Nun, die beiden kannten sich zumindest, das hast du selbst zu Protokoll gegeben.« Woher wußte sie das? Er hatte gegenüber

Gümüs ausgesagt, daß er auf der Lesung Michael Hansens war und daß er Krista Regler ebenfalls dort gesehen habe. Und daß alle hinterher in die Kneipe gegangen seien.

»Stimmt. Aber was ist mit Thomas Regler? Der Mann kam eines Abends völlig aufgelöst bei mir an, mit einer schweren Handverletzung, die er sich angeblich beim Holzhacken zugezogen hat.«

»Er *hat* Holz gehackt, Paul. Im Haus seiner Frau in Klein-Roda.«

»Aber er ist wahrscheinlich noch am gleichen Abend wieder fortgefahren.« Bremer hatte einen Anflug von schlechtem Gewissen. Er hatte weder gehört noch gesehen, daß Regler wieder wegfuhr. Andererseits: der Schnee dämpfte alle Geräusche, und er war todmüde gewesen. »Und wißt ihr so genau, wann Michael Hansen umgekommen ist?«

»Nein. Nicht bei solchen Temperaturen.«

»Also käme Regler in Frage. Und ein Alibi hat er doch wohl nicht.«

»Nein. Noch nicht einmal das, was du ihm gibst.« Karen klang noch immer kurz angebunden. »Paul, ich muß gehen. Ich habe einen Termin.«

»Und nach der statistischen Wahrscheinlichkeit...«

»... töten eher Ehemänner die Geliebten ihrer Frauen, als daß Frauen ihre Geliebten umbringen. Schon gut. Ich kenne die Lehrmeinung auch.«

»Warum habt ihr dann nicht...«

»Wir haben, Paul, wir haben.«

Er spürte ihre Ungeduld. Und endlich fiel der Groschen. »Wer? Du?«

»Hier bei der Arbeit. Dank des Mutterschaftsurlaubs der Kollegin Buddensiek habe ich mittlerweile auch die Ehre von H-Hn – von R-Re hatte ich sie eh schon.«

»Aber Thomas Regler...«

»Ich weiß, Paul. Ich weiß. Er ist der Kandidat Nummer eins. Aber es hilft trotzdem nicht.«

Der Tonfall, den sie anschlug, irritierte ihn. Sie sprach mit ihm wie mit einem Fremden.

»Wir haben ein Geständnis. Krista Regler hat die Tat gestanden.«

Er sagte nichts. Es fiel ihm auch nichts dazu ein.

»Ich ruf dich an. Bald.«

Er war noch beim Mittagessen, als es an der Haustür stürmisch klopfte. Er schob den Riegel zurück. Der Postbote hielt ihm einen dicken Umschlag entgegen.

»Jens! Haben sie dich wieder entlassen, alter Verbrecher?«

Jens zuckte die Schultern und machte auf verfolgte Unschuld. »Es hat an dem Medikament gelegen, was mir der Arzt verschrieben hat.«

Bremer zog die Augenbrauen hoch. »Und das hat gleich zum völligen Ausfall des Verstandes geführt?«

»Kannste so sagen. Aber nur kurzfristig.« Jens lächelte schäfisch.

»Und deswegen mußte ich auf meine Post warten!« Bremer tat empört.

»Beschwer dich bei Frau Dr. Krall«, sagte der Postbote und verabschiedete sich.

Bremer sah ihm nach, wie er mit Vollgas den Friedhofsweg hoch zu Gottfried und Marie bretterte. Erwins betagter Kater hatte sich gerade noch auf den Bürgersteig retten können.

Dann öffnete er den dicken Briefumschlag. Nach einer Stunde legte er das Manuskript aufatmend beiseite. Er hatte schlimmere Einwände befürchtet. Die Lektorin hatte nur hier ein Wort oder dort eine Formulierung beanstandet. Er würde nicht mehr viel Arbeit mit dem Buch haben.

Als ob er geahnt hätte, daß er jetzt stören dürfe, war Nemax auf den Schreibtisch gesprungen und stupste ihm erwartungsvoll die kühle Nase ans Kinn. Bremer sah auf die Uhr. Es war fast vier. Zeit für den Nachmittagsspaziergang.

Alle Nachbarn fanden sie komisch, die beiden, die mittags, nachmittags und mitternachts durchs Dorf spazierten, als wären sie Herr und Hund. Und tatsächlich demonstrierte Nemax allerhand unkätzisches Verhalten: er lief vorneweg und hinterher, aber er streunte nicht allein. Die Welt sieht anders aus, wenn man einer Katzenfährte folgt, dachte Paul und zog sich die Regenjacke und Gummistiefel an. Besonders im Sommer, wenn das Gras so hoch steht, daß man nur die spitzen Katzenohren sieht. Wenn es in der Dämmerung duftet nach Mädesüß und Wildrosen und Jelängerjelieber. Wenn nachts die Glühwürmchen durch die Büsche ziehen und eine Eule ruft.

Aber noch war es kalt und der Boden schwer vor Nässe. Nemax lief voraus, setzte über die Pfützen und schnüffelte an den zerfallenen Pferdeäpfeln auf dem Feldweg. Die Amsel stürzte schnatternd im Tiefflug davon, als der Kater an ihrem Gebüsch vorbeigaloppierte, den Schwanz aufgeplustert und in elegantem Bogen zur Seite gelegt. In den Wiesen an der Flußaue stand das Wasser. Nemax scheute vor seinem Spiegelbild in einer Wasserlache und schnüffelte dann inbrünstig an den Fachwerkbalken, die Willi hinter der Scheune gestapelt hatte. Mit gespannter Aufmerksamkeit pirschte er sich an einen leeren Futtermitteleimer heran.

Bremer sah nach den Wolken am Himmel und versuchte herauszufinden, ob es schon nach Frühling roch. Als er sich umdrehte und zurück zum Haus ging, folgte der Kater. Das Frühjahr und rollige Katzen waren noch weit.

12

Frankfurt am Main

»Ich weiß nicht, wie ich eine Frau verteidigen soll, die zum Sachverhalt nichts sagt.«

Edith Manning stand vor dem Fenster und klopfte mit den Fingern gegen die Scheibe. Karen Stark ging das Geräusch auf die Nerven. Am liebsten hätte sie »Ist das nicht Ihr Problem?« geantwortet.

»Ich habe sie regelrecht angefleht, mir irgend etwas Entlastendes in eigener Sache an die Hand zu geben. Nichts.«

Die Manning drehte sich um, die Hände in die Hosentaschen gesteckt. Wenigstens hörte das Klopfen auf.

»Ich habe ihr gesagt, daß die Untersuchungshaft ein Zukkerschlecken ist gegen den Normalvollzug – vor allem, wenn sie das Pech hat, nach Kranz zu kommen. Da sitzen die Nutten und Ladendiebinnen und Fixerinnen zu acht auf der Bude und machen sich einen Spaß draus, eine guterzogene Lady zu schikanieren.«

»Und ein bißchen zu vergewaltigen«, sagte Karen leutselig.

Edith Manning hob die Augenbrauen. »Genau. Woher wissen Sie das bloß?«

»Frauen sind schließlich auch nur Menschen.«

Die Anwältin schüttelte den Kopf und seufzte tief auf. »Und wissen Sie, was sie gesagt hat, als ich sie nach ihrem Motiv fragte?«

Warum erzählt sie mir das alles, um Himmels willen? Karen schielte zum Telefon. Ein Anruf oder eine andere Ablenkung käme jetzt sehr gelegen – und wenn es wieder nur H_2O wäre.

»Sie sagte: ›Wie kommen Sie darauf, daß es einen halbwegs

plausiblen oder gar akzeptablen Grund geben könnte, jemanden über den Haufen zu fahren?‹«

Karen mußte unwillkürlich lachen. Die Manning lächelte etwas säuerlich zurück. »Ja, sie ist schlau, die Frau Regler. Sie hat Verstand. Fragt sich nur, warum sie sich im Falle des Verblichenen so dilettantisch angestellt hat.«

Karen zuckte die Schultern. »Liebe. Leidenschaft. Emotion.«

»Klar. Affekttat. Liegt ja nahe. Aber sie ist nicht der Typ dafür.«

Karen war irritiert. Etwas ähnlich Unsachliches hatte auch Bremer geltend gemacht.

»Kurz und klein, verehrte Vertreterin der Anklage: In der Sache Regler stimmt einfach nichts.« Die Anwältin baute sich vor Karens Schreibtisch auf wie eine kampfbereite Großstadtkatze, selbst die raspelkurzen Haare schienen sich zu sträuben.

»Kritisieren Sie meine Arbeit?«

»Nein, natürlich nicht, es ist nur ...« Karen sah mit Befriedigung, daß die Manning ihre Krallen wieder einzog. In diesem Stadium der Auseinandersetzung war es auch für eine Verteidigerin nützlich, die andere Seite bei guter Laune zu halten.

»Vielleicht will Ihre Mandantin ja verurteilt werden?«

»Das ist es ja. Sie benimmt sich wie ein Opferlamm.«

»Na dann.« Karen lächelte.

Edith Manning legte beide Handflächen auf Karens Schreibtisch, lehnte sich vor und senkte die Stimme. »Frau Staatsanwältin, ich soll eine Frau verteidigen, die sich des Totschlags, ja sogar des Mordes für schuldig bekennt, aber mir keinen nachvollziehbaren Grund zu nennen weiß. Auch Sie sind gehalten, alle in einer solchen Sache womöglich relevanten Fakten zu ermitteln. Sie interessieren sich auffällig wenig für den Fall.«

Karen lehnte sich zurück. Am liebsten hätte sie die Füße auf den Schreibtisch gelegt. Betont ruhig sagte sie: »Weil die Sache glasklar ist. Michael Hansen war Krista Reglers Liebhaber, hat sich aber nicht für sie entscheiden können. Letzte Aussprache, Streit,

Kurzschlußreaktion. Und das alles aus gekränkter Liebe. Passiert öfter, als man denkt.« Karen hatte wenig Lust, sich in Krista Regler einzufühlen. Viel mehr beschäftigte sie, daß Gunter die Verabredung für morgen abgesagt hatte.

»Woher wissen wir, daß er ihr Liebhaber war?« Edith Manning steckte die Hände in die Taschen ihres Jacketts und zog die schmalen Schultern hoch. »Weil das so üblich ist zwischen Mann und Frau?«

Karen breitete die Hände aus und lächelte wieder.

»Und warum mietet ein Mann wie Michael Hansen eine Hütte in einem der häßlichsten Feriensiedlungen, die man sich vorstellen kann?« Die Manning schnaubte. »Um sich mit einer Hausfrau zu treffen?«

Karen sah aus dem Fenster. Männer taten alles mögliche Unverständliche. Und was sprach eigentlich gegen Hausfrauen? Aber das Argument war ihr verdächtig spät eingefallen.

»Was ist mit dem Ehemann - wenn wir schon die These von den ehebrecherischen Aktivitäten der Krista Regler verfolgen? Rivalen aus dem Wege räumen ist überwiegend Männersache!«

»Der Mann hat womöglich ein Alibi.« Karen biß sich auf die Lippen. Sie mußte dringend noch mal mit Paul sprechen.

»Wie bitte? Wo sich unsere Sachverständigen noch nicht einmal auf den genauen Todeszeitpunkt einigen können?«

»Krista Regler will sich mit Hansen am 5. Februar, einem Dienstagabend, getroffen haben. Und zu diesem Zeitpunkt ...«

Die Manning unterbrach sie ungeduldig. »Zu diesem Zeitpunkt suchte Regler nach seiner Frau in ihrem Haus auf dem Land, in einem Kaff mit dem sprechenden Namen Klein-Roda. Dort ließ er sich von einem Einheimischen die Hand verbinden, die er sich angeblich beim Holzhacken verletzt hatte.«

Ein Einheimischer. Meine Güte. Wenn Paul das hörte.

»Und was wäre, wenn Krista Regler ihrem Mann ein Alibi verschafft hätte?«

Was wäre wenn. Sie wußte es nicht.

»Und außerdem sind es höchstens fünfzig Kilometer von dort bis zum Bungalow von Hansen.«

»Bei diesem Wetter ...«

»Für einen geübten Autofahrer ...«

Karen spürte, wie sie unter den Attacken Edith Mannings mürbe wurde. »Regler war laut Zeugenaussage betrunken, es hatte außerdem stark geschneit. Und der Obduktionsbericht ...«

»Der Obduktionsbericht. Gut, daß Sie den erwähnen.« Edith Manning hatte sich auf den Besucherstuhl gesetzt und war gleich wieder aufgestanden. »Der Bericht ist voller Unklarheiten. Weder beim Todeszeitpunkt noch bei der Todesursache haben sich unsere Fachmänner festlegen wollen.«

»Schnee konserviert eben gut. Und die Fraßspuren an der Leiche ...«

»Ist Hansen nun durch die Kollision mit Reglers Auto zu Tode gekommen oder nicht? Das wird sich doch wohl aufklären lassen!«

Karen blätterte in der Akte. »Hämatome am Unterschenkel, Kreuzbandriß. Das paßt. Impressionsfraktur des Schädels rechtsseitig. Paßt ebenfalls.« Sie blätterte zurück auf die erste Seite. Obduziert hatten – Prof. Dr. Streuch. Und: Dr. Gunter Carstens. Natürlich. Wer sonst?

»Das alles ist nicht unbedingt tödlich.« Die Anwältin blieb hartnäckig.

»Wenn er noch gelebt hätte ...«

»Wenn er noch gelebt hätte, als Krista Regler wegfuhr, dann hätten wir es mit versuchtem Totschlag und unterlassener Hilfeleistung zu tun, aber nicht mit vollendetem Mord oder Totschlag.«

»Überzeugen Sie das Gericht«, sagte Karen und klappte die Akte zu.

»Und das Obduktionsprotokoll läßt Fragen offen, was die Schädelfraktur betrifft. Die A-Säule hinterläßt normalerweise eine tonnenförmige Impression.«

Karen zog spöttisch-bewundernd die Augenbrauen hoch. Die Pflichtverteidigerin hatte ihre Arbeit getan.

»Was man im Falle Hansen festgestellt hat, könnte auch auf eine Sekundärimpression hindeuten.«

»Davon habe ich im Obduktionsbericht nichts gelesen, sehr verehrte Frau Rechtsanwältin.« Sie ertappte sich beim Gefühl, Carstens verteidigen zu müssen.

»Wie man's nimmt. Man hat Lackspuren in der Wunde gefunden, aber auch Substanzen, die nicht notwendigerweise von einem Auto übertragen werden.«

»Frau Manning.« Jetzt stützte Karen sich mit den Handflächen auf den Schreibtisch – typische Positur des Alphamännchens unter Schimpansen und Gorillas, dachte sie – und erhob sich. »Ich weiß nicht, ob ich Ihren Einlassungen folgen kann.«

Die Verteidigerin hatte die Fäuste in die Seite gestemmt und guckte dickköpfig.

»Und außerdem haben wir ein Geständnis.«

»Das Krista Regler erst in dem Moment abgab, als ihr Mann unter Verdacht geriet. Will sie ihn decken?«

»Ach was, sie hat sich noch nicht einmal von ihm besuchen lassen, als sie im Krankenhaus lag!«

»Was verständlich wäre, wenn er ihren Liebhaber auf dem Gewissen hätte!«

Karen ging zum Fenster. Die Manning hatte recht: Ohne Krista Reglers Selbstbezichtigung hatte die Anklage Löcher wie ein Schweizer Käse. Andererseits ... »Und wenn Krista Regler ihr Motiv deshalb verschweigt, weil Hansen ihr etwas angetan hat, das ihr so nahegeht, daß sie darüber nichts sagen will?« Karen konnte sich plötzlich Dutzende von Demütigungen vorstellen, die eine Frau dazu bringen konnten, einen Mann in rasender Wut zu töten.

»Tja – wenn man sich auf Männer einläßt...« Edith Manning lächelte spöttisch, zog das Jackett gerade, drehte sich um und ging.

Karen bildete sich ein, sie habe die Tür ganz besonders leise hinter sich zugemacht. Sie sah ihr hinterher, ihr Gesicht brannte. Müssen Frauen, die sich aus Männern nichts machen, immer das letzte Wort haben?

13

Klein-Roda

Bremer löffelte dem ungeduldig von einer Pfote auf die andere tretenden Nemax eine halbe Dose Katzenfutter in den Freßnapf, als von draußen ein durchdringendes Schreien ertönte. Er hörte Willi nach Marianne brüllen und Gottfried nach Erwin. Dann kam das Quietschen und Schreien näher. Er schob den Riegel zurück und öffnete die Haustür. Draußen stand, mit zitternden Flanken und Schaum vorm Maul, ein Schwein, blaßrosa, mit schwarzen Flecken auf Flanken und Ohren. Nemax war ihm auf die Schulter gesprungen und betrachtete das Tier, das jetzt leise grunzte, als ob es um Asyl bitten wollte. Aber schon kam Marianne näher.

»Ist das Vieh bei dir?« rief sie von der Straße her.

Das Schwein sah Bremer an. Bremer sah zurück. Er fühlte sich hin- und hergerissen zwischen Tierliebe und jenem Realismus, den man sich besser angewöhnt auf dem Land, auf dem alle naselang irgendeine Kreatur ums Leben kommt. Als ob es seinen Konflikt verstünde, senkte das Schwein die Augenlider mit den langen Wimpern.

»Nein!« brüllte Paul zurück und flüsterte anschließend beruhigende Laute, denn das Tier zuckte nervös mit dem Ringelschwanz. Dann trabte es den Gartenweg entlang auf den alten Apfelbaum zu.

Und wieder quiekte es vom Nachbargrundstück her. Willi brüllte nach Marianne. Auch anderen Schweinen schien es gelungen zu sein, von der Rampe abzuspringen, die in den Viehtransporter führte, mit denen sie zum Schlachter gebracht werden sollten.

»Sie sind abgelenkt«, flüsterte Bremer dem sich langsam entfernenden wackelnden Hinterteil seines Schweins hinterher. »Wenn du hinten durch die Hecke kriechst und dann über das Feld läufst bis zur Flußaue – und dann ...«

Der rosa Schweinehintern verschwand im raschelnden Laub. Marianne, Willi und Gottfried trieben drei andere Fleischpakete die Hauptstraße entlang. Dann war alles vorbei, der Hänger wurde verschlossen und der Fahrer fuhr hupend aus dem Dorf.

Mit gerötetem Gesicht und wilden Locken kam Marianne zurück und lehnte sich ans Gartentor.

»Eins der verdammten Mistviecher ist abgegangen. Du hast nicht zufällig...?«

Bremer schüttelte den Kopf. Nach der ersten Lüge fiel ihm die zweite nicht mehr sonderlich schwer.

»Was ist denn bei euch los?« Endlich ließ sich Erwin blicken, nach dem Gottfried soeben noch vergeblich gerufen hatte. Er war leutselig, also nicht mehr ganz nüchtern. Hayder, der dienstälteste kurdische Asylant im Umkreis, kam auf dem Fahrrad vorbei. »Dich hätten wir früher gebrauchen können«, rief Willi ihm zu. Vom Friedhof her sah man drei Frauen mit nickenden Köpfen und wippenden Kinderwagen zur Dorfmitte streben. Und schließlich stand auch Bremer wieder auf der Straße, auf dem Platz zwischen Zigarettenautomat und Dorflinde, auf dem man in Klein-Roda die wichtigen Dinge des Lebens zu verhandeln pflegte.

Man sprach über die Regierung, das Wetter, den aktuellen Verkehrstoten (19 Jahre, 4 Uhr morgens, 2,1 Promille) – und endlich über das, was alle am meisten beschäftigte: über Krista Regler.

»Das war nie und nimmer die Krista, die diesen Kerl da umgefahren hat«, sagte Gottfried.

»Ich weiß nicht. Sie war manchmal so – wie soll ich sagen ...« Christine legte Zweifel in die Stimme, die sie wahrscheinlich gar nicht hatte.

»Wer nicht so ist, wie du das für richtig hältst, ist noch längst keine Mörderin«, sagte Marianne kühl.

»Na, also *du* konntest doch mit ihr auch nicht viel anfangen!«

»Das eine hat mit dem anderen nichts zu tun.«

»Und außerdem ist Krista Regler noch nicht rechtskräftig verurteilt.« Wilhelm, der Ortsvorsteher, verkörperte das legale Gewissen der Dorfgemeinschaft, in der man das Strafgesetzbuch im großen und ganzen für entbehrlicher hielt als den Quelle-Katalog. »Bis dahin gilt die Unschuldsvermutung.«

»Aber sie hat doch gestanden! Ihr glaubt doch nicht ernsthaft ...« Auch Annamaria demonstrierte ein ziemlich robustes Verhältnis zum Rechtsstaat. Weiber, dachte Bremer.

»Glauben heißt nicht wissen«, beschied Marianne sie knapp.

»Aber ist das wirklich raus, daß *er* es *nicht* war?« Zu seinem Glück entging Alexander der Blick, mit dem Christine ihn bedachte. Bei Männern war Krista beliebt gewesen. Kein Wunder, dachte Bremer.

»Er hat ja wohl ein Alibi«, sagte Gottfried und guckte Bremer an. Alle guckten Bremer an.

Der zuckte die Schultern. »Vielleicht. Kommt drauf an, wann Michael Hansen gestorben ist.«

»Aber das weiß man doch sicher längst! Die Obduktion... Die modernen Ermittlungsmethoden ...«

»Ärzte und Polizisten wissen nur im Fernsehen immer alles ganz genau«, sagte Wilhelm.

»Also sie hatte sowas - ich weiß nicht...« Katja sah hilfesuchend zu Christine hinüber.

»Etwas Undurchsichtiges«, sagte Annamaria. Die jungen Frauen nickten. »Und warum sie keine Kinder hatte?«

Urplötzlich lachte Marianne auf, mit nach hinten geworfenem Kopf. »Wißt ihr, was ihr seid? Verlogene Provinzhühner! Erst ist es der Mann, den ihr verurteilt, und dann macht ihr der Frau den Prozeß. Wißt ihr, was das ist? Mittelalterlich!« Marianne packte den Straßenbesen und räumte energisch die dunkelbraunen Köddel zur Seite, die die Schweine auf der Flucht hinterlassen hatten.

Bremer hätte sie küssen mögen. Trotz der Schweinerei mit den Schweinen.

Er verwarf den Gedanken, Karen anzurufen. Auch sie schien Zweifel nicht zuzulassen und Krista bereits aufgegeben zu haben. Andererseits: Warum sollte Krista etwas gestehen, was sie nicht getan hatte? Um ihren Mann zu schützen? So innig hatte die Ehe nicht ausgesehen. Aber verstehe einer die Frauen.

Als er ins Haus zurückgehen wollte, kam Marie angelaufen, hochrot im Gesicht, die Schürze um die Hände gewickelt.

»Was ist los?« Gottfried legte den Arm um seine Frau.

»Tamara ist verschwunden.«

Willi stöhnte auf. »Nicht schon wieder.«

Alexander hob beide Hände gen Himmel und wandte sich ab.

Bremer dachte an den Hirtenjungen, der einmal zu oft vor dem Wolf gewarnt hatte.

Und dann kam das Auto um die Ecke gebogen, der Jeep, Kristas Jeep, das Auto, mit dem sie immer nach Klein-Roda gekommen war. Bremer merkte, wie sein Herzschlag sich beschleunigte.

»Ist das Krista?«

»Ich hab's doch gleich gesagt, daß sie es nicht war!«

Und dann sahen alle dem Auto hinterher, das den Friedhofsweg hochfuhr und vor dem Häuschen der Reglers hielt. Die Autotür öffnete sich. Eine Gestalt stieg aus und ging um das Auto herum zur Heckklappe.

»Das ist nicht Krista!«

»Nein«, sagte Christine und diesmal hatte sie kalte Verachtung in der Stimme. »Das ist der Kerl!«

Schon marschierte sie auf die einsame Gestalt da oben zu, die eine Reisetasche aus dem Auto holte. Bremer fürchtete das Schlimmste und beeilte sich, möglichst gleichzeitig dazusein.

»Wir wollen Sie hier nicht«, herrschte Christine den Mann an, der in der Haustür stand. Bremer erschrak bei seinem Anblick.

Thomas Regler war unrasiert, seine Augen waren fast zugeschwollen, es sah aus, als ob er sich am Türrahmen festhalten müsse.

»Sagen Sie nichts, Regler, gehen Sie ins Haus«, sagte Bremer und versuchte, den Arzt zurückzudrängen. Aber plötzlich war Jens hinter ihm, den jeder Konflikt magisch anzuziehen schien, Alexander im Schlepptau, und schob ihn beiseite. »Haben Sie nicht gehört? Wir wollen, daß Sie verschwinden!«

Regler rührte sich noch immer nicht, schien von einem zum anderen zu starren und schüttelte schließlich den Kopf, als ob ihm das helfen würde, einen klaren Gedanken zu fassen.

»Hauen Sie ab!« schrie Alexander mit dem Mut der Feiglinge. Bremer atmete auf, als Regler endlich die Tür hinter sich zuzog. Plötzlich schienen sie nicht lange herzusein, die dunklen Jahre, als man auf dem Land kurzen Prozeß machte, wenn man glaubte, einen Verbrecher erwischt zu haben. Später sah man Regler ins Auto steigen und wegfahren. Und die Gestalt, die sich bückte und ihm einen Pferdeapfel hinterherwarf, hatte wie Christine ausgesehen.

Am nächsten Tag fand man Tamara.

14

Danach war nichts mehr wie zuvor. In und um Klein-Roda herrschte der Ausnahmezustand. Stunden später standen die Männer an der Theke vom »Rauschenden Brünnlein« und redeten mit roterhitzten Köpfen aufeinander ein. Bremer versuchte seit dem zigsten »Kastrieren!« und »Einen Kopf kürzer machen!« nicht mehr zuzuhören.

Gregor Kosinski bemühte sich schon seit einer Weile um die Aufmerksamkeit des Wirts, der sich nicht minder erhitzt an den Debatten beteiligte. Man scherte sich offenbar in keiner Hinsicht um die Anwesenheit des ausführenden Organs der Staatsgewalt. Paul war sich nicht mehr sicher, ob er das beruhigend finden sollte.

Klar hatte das was, wie eine Dorfgemeinschaft die Dinge regelte, ohne jedesmal die rechtsstaatlichen Institutionen zu behelligen. Bei kleineren Angelegenheiten ersparte das so manchem jungen Idioten den näheren Kontakt mit der Schule der Kriminalität im Knast. Bei größeren Konflikten aber erschien ihm der Ruf nach Polizei und Kadi zivilisiert im Gegensatz zu dem Gebrüll, das eine ländliche Gemeinde anstimmen kann, wenn es an ihr Heiligstes geht. Wenn es Frauen und Kinder betrifft, ruft man auf dem Land nach Blut. Nach dem Strick. Nach dem nächsten Baum.

Kriminalhauptkommissar Gregor Kosinski hatte endlich zwei Bier ergattert und seufzte tief auf, bevor er seine schlaksige Gestalt auf den Stuhl an Bremers Tisch sinken ließ. »Was meinst du, wie die sich alle über das öffentliche Kastrieren der Täter freuen würden.«

Bremer nickte. Sogar der Menschenfreund Gottfried hatte was von »An den Eiern aufhängen« gemurmelt. Gut, daß man die Namen des oder der Täter nicht kannte. In diesem Fall hätte Kosinski sie vorm Zorn des Mobs zu schützen gehabt. »Gott gebe, daß es niemand von hier war«, sagte er.

Milde gegenüber Menschen, die gegen die Gesetze der Gemeinschaft verstoßen, war ein Luxus der Städter. Auf dem Land geht jeder Regelverstoß ans Eingemachte. Wer die ländliche Ordnung stört, verletzt das Gewebe der Gemeinschaft, gefährdet das Leben und Überleben. Bremer hatte langsam begonnen, das zu begreifen. Das änderte nichts daran, daß er die westernselige Selbstherrlichkeit seiner Nachbarn, wie sie sich insbesondere nach dem dritten Bier in der Kneipe entfaltete, des öfteren beängstigend fand. Milde gesagt.

Kosinski nahm einen tiefen Zug aus dem Glas. »Die Kleine hat nicht viel mitbekommen, sie weiß noch nicht einmal, ob es einer oder mehrere waren.«

Man hatte Tamara am Nachmittag gefunden. Eine Journalistin wollte sich den Tunnel ansehen und Marius aus Ebersgrund hatte bereitwillig die Fremdenführung unternommen. Und dort, nach zehn Metern, waren sie über die Kleine gestolpert. Sie lebte. Das war die gute Nachricht. Die schlechte, so machte es jedenfalls bald die Runde: sie lag halbnackt auf dem kalten Boden, als man sie fand, die Hände hinter dem Rücken gefesselt, mit Brandwunden auf der Brust, wie sie glühende Zigaretten hinterlassen. Sie war offenbar geschlagen und vergewaltigt worden. Mehrfach, hatte Marianne gehört. Von Babs, die mit dem Sanitäter ging, der Tamaras Trage ins Rote-Kreuz-Auto gehoben hat.

»Dann dürften die Täter – oder der – wohl von außerhalb kommen.« Bremer schämte sich ein wenig für die Erleichterung, die ihm der Gedanke verschaffte. Er hatte lange gebraucht, bis er die vielbelachte Hoffnung auf den Fremden verstehen lernte, die man im Dorf hegte, wenn es um das Böse in der Welt ging. Das waren nicht nur Blindheit und Kleingeist und blöde Fremdenfeindlichkeit, sondern die Furcht vor einer größeren Erschütterung der Lebenswelt, als man glaubte verkraften zu können.

»Wart's ab.« Kosinski spielte mit dem Bierfilz. Bremer wartete. Denn wenn man wartete, dann redete sogar Kriminalhauptkommissar Gregor Kosinski irgendwann mehr, als er eigentlich durfte.

»Kennst du den Tunnel?«

Bremer hob die Schultern und ließ sie wieder fallen. »Gerüchteweise. Es gibt da irgendein Geheimnis, über das sie nicht gern reden, die lieben Nachbarn.«

Kosinski nickte und fügte den drei Eselsohren im Bierfilz ein weiteres hinzu. Von der Theke her hörte man einen kollektiven Aufschrei, eine Art Brüllen gereizter Bullen. Bremer ließ seinen Blick durch den Raum gehen. »Das rauschende Brünnlein« war in den siebziger Jahren mit falschem Fachwerk und Eichenholzimitat an den Wänden auf altdeutsch-gemütlich getrimmt worden. Beim anstehenden Generationswechsel dürften weißer Kellenputz und Eiscafébestuhlung fällig werden. Dieser Trend arbeitete sich von Bad Moosbach aus langsam voran.

»Nein, über den Tunnel redet niemand gern. Ein Eisenbahntunnel, durch den niemals ein Zug gefahren ist. Und was noch dort geschehen ist, im Zweiten Weltkrieg und kurz danach – das wollen die Leute erst recht nicht mehr wissen.« Kosinski wiegte den Kopf, sein Gesicht noch zerknitterter als üblich. »Das eine ist schon schlimm genug. Aber die Bilanz später, seit den fünfziger Jahren, ist auch nicht schön: ein Selbstmörder, ein bestialisch getötetes Kleinkind, ein vom Vater des Mädchens hingerichtetes Liebespaar... Und nun Tamara.«

»Aber sie lebt.«

»Richtig.« Jetzt grinste der alte Fuchs. »Es paßt nicht ganz. Aber ich hab' so ein Gefühl...«

»Seit wann hat der Arm des Gesetzes Gefühle?« Bremer guckte unschuldig.

Aber Kosinski sah an ihm vorbei. »Die Szene war – merkwürdig. Am Boden und in einer Wandnische haben wir Spuren von

Wachskerzen gefunden. Und Tamara lag da, als ob man sie auf einer Art Altar zum Opfer hätte bringen wollen. Wie inszeniert.«

»Und die Verbrennungen?«

»Sie hat ein Muttermal auf der Brust – ach, du weißt doch, wie Legenden entstehen.«

»Aber sie ist doch vergewaltigt worden?«

»Nein, ist sie nicht. Die ärztliche Untersuchung hat keinen Hinweis darauf ergeben.«

»Und wieso…« Bremer schüttelte den Kopf.

»Genau. Warum hat man das Mädchen entführt, wenn es nicht um das Offensichtliche ging? Und warum hat sich Tamara nicht gewehrt?«

»Du meinst, sie ging freiwillig mit dem Täter?«

»Wer weiß.«

Dem Bierfilz fehlten mittlerweile drei der Ohren. Bremer versuchte, dem Wirt zu winken. An der Theke stand Willi mit erhitztem Gesicht und wirrem Haar. Und dann brachen die Männer wieder in diesen dumpfen, wütenden Laut aus. Ein uralter Laut. Ein Schrei, der nach den ersten Tagen der Menschheit klang – und nach ihren letzten. Bremer spürte, wie er eine Gänsehaut bekam.

Endlich nickte der Wirt und wenig später standen zwei erstaunlich sauber gezapfte Pils auf dem Tisch mit der grüngenoppten Plastikdecke. Sie tranken schweigend, und Bremer hörte, wie der archaische Laut in das sanftere Plätschern eines halbwegs normalen Männergesprächs überging.

»Und?« sagte Kosinski nach einer Weile. »Was hältst du vom Fall Krista Regler? War sie's?«

»Ich kann es mir nicht vorstellen.« Er hatte zweimal eine Besuchserlaubnis für Preungesheim beantragt, wo Krista in Untersuchungshaft saß. Beide Male wurde abgelehnt. Frau Regler lege keinen Wert auf Besuch.

»Es soll Orgien gegeben haben in ihrem Haus. Was mitbekommen davon?«

Bremer sah den alten Freund entgeistert an. »Gregor! Glaubst du etwa alles, was dir erzählt wird?«

Kosinski breitete die Hände aus. »Eben nicht. Aber du weißt ja, wie man redet.«

Die Reglers hatten keine Chance. Thomas war der Kindermörder und Krista die untreue Frau, die Orgien veranstaltete. »Und im übrigen«, sagte Bremer fast trotzig, »hätte ich eher auf ihn getippt.«

»Ich auch.« Kosinski starrte der Rauchwolke hinterher, die, von der Theke kommend, langsam an ihrem Tisch vorbeizog. »Auch im Fall Tamara tippen alle auf ihn.«

»Was zum Teufel hat das eine mit dem anderen zu tun?«

»Höchstwahrscheinlich nichts. Aber du weißt doch, wie das geht.«

Im Schankraum schlug wieder jemand mit der Faust auf den Tisch. Ein vielstimmiges »Bravo!« ertönte.

»Es ist gut, wenn man einen Sündenbock hat, den man zum Dorf rausjagen kann«, sagte Kosinski leise.

»Sie haben ihn bereits verjagt.« Bremer hatte die Szene noch vor Augen, die häßlichste Szene, die er in Klein-Roda jemals erlebt hatte.

»Man muß sie verstehen. Sie können nicht anders. Wenn es Regler nicht war - wer war es dann?«

Jajaja. Bremer verstand, wenn auch immer widerwilliger.

»Und außerdem ist Regler gesehen worden, in der Nacht zuvor, von Rudolf, der wieder mal auf der Pirsch war. Der Regler sei viel zu dünn angezogen und augenscheinlich betrunken über den Feldweg Richtung Heckbach geschwankt.«

»Das ist die falsche Richtung, der Tunnel liegt bei Ebersgrund.«

»Natürlich. Aber was hat so ein Städter schon draußen zu suchen in der Nacht? Bei Rudolf ist das was anderes. Ein Jäger muß auch mal außerhalb der Jagdsaison nach dem Rechten schauen.«

Kosinski guckte bierernst. Natürlich wußten alle, daß Rudolf, der Jagdpächter aus Bad Moosbach, sich zu jeder Jahreszeit was für den Topf schoß, wenn ihm danach war. Aber der war einer von hier.

»Irgend etwas stimmt hier nicht. Und ich hab da so ein Gefühl …« Kosinski klang weit weg.

Bremer hatte plötzlich auch eins. Oder nannte man das Eingebung? »Ab wann darf man wieder da rein?«

»Wo rein?« Kosinski guckte erst verständnislos, dann belustigt.

»In den Tunnel natürlich.«

»Immer. Die Spurensicherung ist längst fertig. Aber wenn du noch eine Runde bestellst, gebe ich dir einen Tip.«

Bremer winkte Richtung Theke und machte das Zeichen für zwei Pils. Kosinski lächelte wieder, aber diesmal ohne erkennbare Freude.

»Frag deinen Nachbarn Gottfried nach dem Tunnel. Ein Stich in ein Wespennest ist nichts dagegen.«

15

Eines Morgens hörte es auf zu regnen. Blauer Himmel mit weißen Wolkenfetzen spiegelte sich im Wasser, das in der Flußaue stand. Der schwarze Zeiger des Barometers war auf über fünf Uhr vorgerückt. In der Nacht begann Nemax sehnsüchtige Rufe von sich zu geben. Gottfried behauptete einige Tage später, er habe die ersten Stare gesehen.

Von Anne Burau kam eine Postkarte: »Hier ist Herbst.« Absender: Johannesburg, Südafrika. Wirtschaftskonferenz? Weltklimagipfel? Bremer hatte den Überblick verloren.

Und eines anderen Morgens sah er auf dem Weg zum Komposthaufen einen blaßgelben Blütenteppich unter der Forsythie, deren Knospen kurz vorm Platzen waren. Der erste Krokus. Wenigstens die Jahreszeit veränderte sich.

Alles andere schien in einer Art Schwebezustand zu verharren. Er wartete auf die Druckfahnen. Er wartete auf Anne. Er wartete auf einen Anruf von Karen, mit der er nicht mehr gesprochen hatte seit der Verhaftung von Krista. Er wartete darauf, daß die Angst sich endlich löste, die wie ein nasser Sack über Klein-Roda und Umgebung lag. Alle warteten.

Nur Ortsvorsteher Wilhelm hörte endlich auf seine Frau, was er schon früher hätte tun sollen.

»Hast' schon gehört?« Marianne putzte bereits die Fenster, als Bremer zum ersten Mal das Haus verließ, um die ausgelesenen Zeitungen zur Papiertonne zu bringen.

»Ich kriege nie was mit, das weißt du doch«, antwortete er und versuchte, ein Gähnen zu unterdrücken.

Marianne guckte nachsichtig. »Du solltest abends öfter ins

›Rauschende Brünnlein‹ auf ein paar Pils gehen, statt allein vor dem Kamin neben der Rotweinflasche zu sitzen.«

Bremer gab ihr schuldbewußt recht. Er wurde langsam zum komischen Alten, und das weit vor der Zeit. »Also: was kann ich aufgrund meiner anhaltend festen Bindung an Rotweinflaschen noch nicht gehört haben?«

Mariannes Lächeln verging. »Es ist Wilhelm.« Sie flüsterte fast, wie sie es immer tat, wenn es um ein Thema ging, das eine gewisse Schicklichkeit gebot. »Du weißt doch – immer diese Husterei. Und jetzt ist er im Krankenhaus.«

Man konnte sich den Ortsvorsteher beim besten Willen nicht in einem weißbezogenen Krankenhausbett vorstellen, gar noch ruhig liegend. Wilhelm war der gute Geist Klein-Rodas, der Hausvater, der immer da war, wenn es etwas zu reparieren oder zu organisieren oder zu schlichten gab.

»Und wer …« organisiert das Feuerwehrfest zu Ostern, hätte er fast gefragt.

»Eben.« Marianne wischte noch einmal über das makellos geputzte Fenster. »Und dann ist wieder Ortsbeiratssitzung.«

»Und dann sind die Wahlen«, sagte Bremer, der dieses Jahr zum ersten Mal den Bürgermeister mitwählen durfte und sich seither entsetzlich eingemeindet fühlte. Vom Kosmopoliten zum Landei – so kann's im Leben gehen, dachte er.

»Ach übrigens – die Wahlen.« Marianne zog die Stirn kraus. Dann schüttelte sie den Kopf.

»Na sag' schon, Marianne.«

»Moritz Marx hat seine Kandidatur angemeldet.« Sie sah ihn von der Seite an, als ob sie fürchtete, er würde in Jubel ausbrechen.

»Unser Oberbesserwisser?« Das war nicht zum Jubeln, sondern zum Lachen. Das mußte man sich mal vorstellen: Dritte-Welt-Pullover-Moritz als Bürgermeister!

»Er ist bei manchen Leuten sehr beliebt«, sagte Marianne mit ungewohnter Zurückhaltung.

»Du meinst: bei all denen, die ›Im Wiesengrund‹ und ›Im Hohl‹ noch ihre Häuser trocken wohnen müssen?«

»Ich hab' nix gesagt.« Marianne schloß das Fenster.

Am Nachmittag rief Ortsvorsteher Wilhelm an. Der Alte konnte kaum sprechen vor Husten.

»Kann ich was für dich tun?« Bremer fragte in aller Unschuld, wie jemand, der vor dem Krankenhausbesuch wissen will, ob er Obst oder Schokolade mitbringen soll.

»Daß du das fragst, Paul!«

Wilhelms Dankbarkeit überraschte ihn. Und mehr noch überraschte ihn der Vorschlag, den Wilhelm ihm unterbreitete. »Aber ich kann doch nicht...«

»Bin ja bald wieder da.«

»Aber ich bin doch gar nicht offiziell...«

»Muß ja niemand wissen.«

»Aber der Ortsbeirat?«

»Findet das völlig in Ordnung.«

Ein Hustenanfall beendete das Gespräch. Aber Bremer hatte zu diesem Zeitpunkt bereits zu allem Ja und Amen gesagt. Paul Bremer, der zugezogene Stadtflüchtling, sollte den Ortsvorsteher vertreten, bis der wieder aus dem Krankenhaus kam. Ein Abenteuer mit ungewissem Ausgang. Und mit einem vollen Arbeitsprogramm.

Seltsamerweise gefiel ihm seine neue Rolle als Hausmeister der Gemeinde. Klein-Roda und Umgebung boten plötzlich wieder Überraschungen: Er entdeckte verwunschene Gärtchen und Obstwiesen, verborgene Bachläufe, versteckte Fischteiche und wilde Müllkippen. Die Abseiten der ländlichen Schönheit; die verwahrlosten Ställe, halbverhungerten Haustiere und stoisch vor sich hinsterbenden Alten. Es kam ihm vor, als hätte er bislang wie ein Satellit einen unbekannten Kosmos umkreist.

Irgendwann war der Krokus verblüht, das blendende Gelb der Forsythien verblaßt. Die Magnolie blühte auf und verging in einer einzigen frostigen Nacht. Dann platzten die Fliederknospen. Und eines Morgens stand ein Bericht über den Prozeß gegen Krista Regler in der Zeitung. Der Reporter versuchte das Beste aus seinen wenigen Informationen zu machen: Krista Regler hatte ihr Geständnis nicht zurückgenommen, sich aber auch nicht über das Motiv für ihre Tat geäußert. Die ermittelnde Staatsanwältin wurde mit Sätzen zitiert, die man für frauenfeindlich gehalten hätte, wären sie nicht Karen Stark zugeschrieben worden, jener idealistischen und ein bißchen feministischen Staatsanwältin, die Bremer zu kennen geglaubt hatte. Er knüllte das Blatt zusammen und warf es in die Ecke, wo Nemax begeistert daran zerrte. Was ist los, Karen, dachte er. Krista Regler wird Jahre, vielleicht Jahrzehnte hinter Gittern bleiben. Macht Verliebtsein mitleidlos?

16

Frankfurt am Main

Während der Hauptverhandlung gegen Krista Regler fühlte Karen sich beim Verlesen der Anklage das erste Mal seit Tagen wieder obenauf. Die Beschuldigte hatte gestanden – und auch davon abgesehen war der Fall klar. Michael Hansen hatte sie gelockt, verführt und sie dann verlassen wollen. In einer Kurzschlußreaktion fuhr sie in der Zufahrt vor einem Ferienbungalow auf ihn los. Zu ihren Gunsten ist zu veranschlagen, daß sie ihm im letzten Moment noch ausweichen wollte. Michael Hansen prallte erst mit Schienbein und Knie an den Scheinwerfer und dann mit dem Kopf gegen die Windschutzscheibe. Er erlitt eine Fraktur, die sich als tödlich erwies.

Totschlag mit bedingtem Vorsatz. Sieben Jahre.

Die Vernehmung der Angeklagten bestätigte im wesentlichen Karens Einschätzung, auch wenn Krista Regler sich rein auf den Tathergang beschränkte und zum Motiv nichts sagte. Das erste Mal merkte man der Frau so etwas wie Gefühle an.

»Sie sind also am Dienstag, dem 5. Februar, nachmittags gegen 16 Uhr zur Feriensiedlung bei Usingen gefahren, zum Bungalow ›Erlenbruch‹. Ist das richtig?«

Krista Regler nickte. Die Protokollführerin blickte vom Bildschirm auf und sagte freundlich: »Ich muß Sie bitten, mit Ja oder Nein zu antworten. Ihr Kopfnicken kann ich nicht protokollieren.«

Die Angeklagte hatte den Anstand, sich zu entschuldigen und laut und vernehmlich »Ja« zu sagen. Das nannte man Haltung.

»Sie haben sich dort mit einem Mann namens Michael Hansen getroffen, stimmt das soweit?«

»Ja.« Krista Reglers Stimme klang klar und ruhig.

»Was war der Anlaß für dieses Treffen?«

»Ich verweigere die Aussage.«

»Begründung?«

»Weil es mit dem Sachverhalt nichts zu tun hat.«

Und so ging das weiter. Nur, als es um den eigentlichen Tathergang ging, wurde Krista Regler gesprächig.

»Ich setze mich in den Wagen, der Motor springt nicht an. Dann tut er es doch, aber ich würge ihn ab. Endlich läuft der Motor, stotternd, es ist kalt.«

»Sie müssen sehr erregt gewesen sein, wenn es einer erfahrenen Autofahrerin wie Ihnen nicht gleich gelingt, das Auto zu starten. Habe ich recht?«

Die Frage trug Karen ein Stirnrunzeln der Richterin ein. Krista antwortete nicht. Resigniert nickte sie ihr zu und sagte: »Schon gut. Vergessen Sie die Frage.«

»Ich fahre die verschneite Zufahrt am Haus vorbei in den Wald, wende, fahre zurück. Ich sehe Michael Hansen auf dem Weg stehen im Licht der Scheinwerfer. Ich nehme den Fuß nicht vom Gas. Ich bremse nicht. Ich schließe die Augen. Als ich sie aufmache, steht Michael Hansen immer noch auf dem Weg, direkt vor mir. Ich ziehe das Lenkrad nach links. Ich höre ein Geräusch, etwas prallt gegen die Windschutzscheibe, das Auto gerät ins Schlingern. Ich reiße die Augen auf, versuche, auszugleichen, bin wieder auf dem Weg. Ich erreiche die Toreinfahrt, ich verpasse knapp den linken Pfosten, dann bin ich vorbei. Ich fahre weiter, bis …«

Krista Reglers Stimme versagte. »Bis?« fragte Karen leise.

»Ich habe das Auto auf einem Waldweg geparkt und gewartet.«

»Auf was oder auf wen?« Wieder bemerkte Karen aus den Augenwinkeln, wie die Richterin unwillig guckte.

»Auf das Sterben«, sagte Krista Regler kaum hörbar.

Etliche unter den Zuhörern seufzten auf.

»Verstehe ich Sie richtig, Frau Regler, daß Sie nicht angehalten haben, obwohl Ihnen nicht entgangen sein konnte, daß Sie Michael Hansen angefahren hatten?«

»Nein. Ich meine, ja.«

»Also Sie haben nicht angehalten, um nach ihm zu schauen oder Erste Hilfe zu leisten oder ihn ins Krankenhaus zu bringen?«

»Nein.«

»Ich habe keine Fragen mehr.«

Und dann sah Karen Edith Manning zu, die sich abmühte, aus der Angeklagten irgendeine entlastende Erklärung herauszukitzeln. Die Zeugen, die die Verteidigerin aufrufen ließ, wußten Krista Regler ausschließlich zu rühmen – die Buchhändlerin aus Pfaffenheim, der Mann von der Freiwilligen Feuerwehr, ehemalige Studien- und Arbeitskollegen.

Nach einer Weile merkte sie, daß sie der Verhandlung nicht mit der gebührenden Aufmerksamkeit gefolgt war. Als sie aufsah, sah sie Edith Manning triumphierend lächeln. Ein Mann hatte den Zeugenstand betreten, ein großer, schlaksiger Typ, der sein Tweedjackett trug, als ob er darin geboren wäre. Blond war der Kerl, mit langen, schmalen, weißen Fingern. Er sah nicht zu ihr herüber. Karen schloß für Sekunden die Augen. Gunter. Hätte er sie nicht warnen können?

Mit der Geschwindigkeit des Routiniers nannte er Namen, Geburtsdatum, Funktion. Carstens war ein disziplinierter Gerichtsmediziner. Deshalb war er ein beliebter Sachverständiger.

»Herr Sachverständiger, Sie haben die Leiche Michael Hansens am Freitag, dem 15. Februar, obduziert.«

»Das ist richtig. Zusammen mit Prof. Dr. Streuch.«

»Zu welchen Schlüssen sind Sie damals gekommen?«

Carstens blätterte in seinen Unterlagen. »Im vorläufigen Gutachten werden lediglich Feststellungen über die Art und Schwere der Verletzungen getroffen, die Blut- und toxikologischen Untersuchungen sowie eine DNA-Analyse sind nicht einbezogen.«

»Das ist uns bekannt.« Karen schickte einen sengenden Blick in seine Richtung, aber Carstens blickte nicht auf.

»Wir haben unter anderem Hämatome am Unterschenkel und gerissene Bänder im Kniebereich festgestellt sowie eine Impressionsfraktur des Schädels rechtsseitig.«

»Sind das Verletzungen, wie sie typischerweise mit einem Verkehrsunfall verbunden sind?« Edith Manning schnurrte fast bei ihrer Frage.

»Das Gesamtverletzungsbild stimmt mit einem Unfall überein, soweit ist das richtig, insbesondere die Tunnelimpression schädelseits. So sieht das meistens aus, wenn ein menschlicher Kopf mit der A-Säule eines Autos zusammenstößt.«

»Die A-Säule, das heißt...«

»Das ist die harte Seitenstrebe der Windschutzscheibe.«

Manning nickte. »Ob ein Unfall aber todesursächlich war...«

»Können wir nicht sagen. Der Mann ist an einem Schädeltrauma gestorben, das zumindest ist gewiß.«

»Nun steht in Ihrem Bericht...« Manning blätterte, als ob sie die Stelle suchte. »Hier ist es: Es seien Einsprengungen von Schmutz in die Kopfwunde festzustellen sowie Unregelmäßigkeiten an den Bruchkanten.« Sie guckte mit blitzenden Augen erst unmerklich zu Karen und dann zu Carstens hinüber. »Von einem zweiten Bruchspalt ist hier sogar die Rede.«

»In der Tat. Die Fraktur war nicht von der Eindeutigkeit, die man normalerweise vorfindet.«

»Könnte es sein, daß sie gar nicht von einem Zusammenprall mit der A-Säule eines Autos stammt?«

Carstens fuhr sich mit der Hand durch das wirre blonde Haar. Karen spürte die Erinnerung an seine Haare noch an den Fingerspitzen. Sie schwankte kurz, ob sie gekränkt sein sollte oder wütend. Sie entschloß sich für Beleidigtsein.

»Vielleicht. Andererseits ist die Grundform der Verletzung damit durchaus kompatibel.«

Karen war blitzschnell aufgestanden. »Frau Vorsitzende, die Angeklagte hat gestanden, den Toten mit dem Auto ihres Mannes ...«

Edith Manning hob beschwichtigend die Hände. »Sehr geehrte Vertreterin der Anklage, ich frage ja nur, weil die Schäden, die an besagtem Auto festgestellt wurden, nicht ganz zur Schwere der Verletzungen des Toten zu passen scheinen.«

Karen setzte sich. Sie atmete viel zu schnell und begann, ihre Ruhe zu verlieren. Verdammt, dachte sie.

Die Verteidigerin lächelte und blickte dann wieder zu Gunter Carstens hinüber. »Wäre es denn immerhin denkbar, Herr Sachverständiger, daß der einen Verletzung durch die A-Säule des Autos eine andere folgte? Wie auch immer geartet, durch was auch immer verursacht?«

Carstens wiegte den Kopf und schien nachzudenken. Karen merkte, daß er angespannt war. Hatte die Manning etwas gefunden, das sie übersehen hatte? Sie blätterte in der Akte nach dem Sektionsprotokoll. Da war die Anzeigenaufnahme der Polizei. Dann der gelbe Leichenschauschein. Dann das Protokoll mit dem vorläufigen Gutachten am Schluß. Und dann Punkt II.

»So etwas wäre doch sicherlich feststellbar?« Edith Manning faßte nach.

»Unter Umständen ja.« Carstens sprach jetzt sehr langsam. »Jedenfalls dann, wenn der Tote nach der ersten Kopfverletzung noch gelebt hat.«

»Ob Sie so liebenswürdig wären und uns das einmal erläutern?« Edith Manning sah zur Vorsitzenden Richterin hinüber. Auch die war sichtlich interessiert. Karen beschloß einen vorläufigen taktischen Rückzug.

»Der Organismus beginnt nach jeder Verletzung mit der Wundheilung. Wäre der Tote nicht schon bei einer ersten, sondern erst nach einer zweiten Verletzung gestorben, hätten wir zelluläre Reaktionen feststellen müssen.«

Die Richterin nickte. Auch Karen ahnte, worauf Edith Manning hinauswollte. Wenn Hansen noch gelebt hatte, nachdem Krista Regler ihn umgefahren hatte, wenn er erst gestorben wäre, nachdem er ein zweites Mal … Verrückt! Wollte die Verteidigerin die Angeklagte etwa dem Verdacht aussetzen, einen Schwerverletzten nach der Ersttat noch richtig erledigt zu haben?

»Andererseits: diese zellulären Reaktionen treten frühestens nach einer halben Stunde ein.«

»So daß eine zweite Verletzung nicht feststellbar ist, wenn sie innerhalb dieser Frist auf die erste folgt«, sagte Karen, die ihre Haltung wiedergefunden hatte.

Carstens blickte zu ihr herüber und nickte kurz. »Vorausgesetzt, die zweite Impression folgt in etwa dem Muster der ersten.«

Die Richterin beugte sich vor. »Verstehe ich Sie recht, Herr Sachverständiger…« sagte sie.

Carstens breitete die Hände aus. »Die Frage ist akademisch, Frau Vorsitzende, sofern sich nicht weitere Anhaltspunkte für den von der Verteidigerin vermuteten Tathergang finden lassen. Und das herauszufinden ist nicht unsere Aufgabe, sondern die der…«

»Der ermittelnden Instanzen, schon recht.« Edith Mannings Lächeln wurde unanständig breit. »Vielleicht möchte sich die Beschuldigte äußern?«

Die Regler kam Karen noch blasser vor als zuvor. Sie knetete mit beiden Händen ein Taschentuch und hatte die blauen Augen weit aufgerissen.

Edith Manning sah kurz zu ihr herüber und richtete sich auf. Irgendwie brachte die kleine Person in den Männerjacketts und mit den kurzen Haaren es fertig, imposanter und größer auszusehen, als sie war. »Ich behaupte folgendes. Michael Hansen ist mit dem Auto angefahren worden. Daran aber ist er nicht gestorben. Schon kurze Zeit später ist ihm eine weitere Verletzung beigebracht worden, eine tödliche, bei der das Cranium durchbohrt wurde.« Manning sah zur Richterin hinüber. »Wir haben Anhaltspunkte, daß die Sache so und nicht anders abgelaufen ist.«

»Sie werden uns diese Anhaltspunkte sicherlich gleich näherbringen«, meinte die Richterin, die Spaß am Gang der Verhandlung zu empfinden schien.

»Spekulation!« Karen stand wieder auf. Sie kam sich vor, als ob sie es wäre, die die Angeklagte zu schützen hätte. Vor deren Verteidigerin!

Die Richterin neigte den Kopf. Aber Krista Regler war schneller.

»Ja, so ist es gewesen.« Ihre Stimme sollte wohl fest klingen.

»Höre ich recht, Frau Regler? Michael Hansen ist erst angefahren und dann erschlagen worden – und das wissen Sie?« Edith Manning sprach leise. Aber die Aggressivität, mit der die Anwältin ihre Mandantin ansprach, verschlug sogar Karen den Atem. Wenn Krista Regler den Mann nicht nur umgefahren, sondern hinterher auch noch erschlagen hatte, dann war nichts mit Totschlag mit bedingtem Vorsatz. Man konnte noch auf Totschlag im Affekt plädieren, aber auch das trieb das Strafmaß über die von ihr geforderten sieben Jahre hinaus.

Krista schüttelte den Kopf, als ob sie aus einem Traum auftauche. Dann sagte sie mit brüchiger Stimme: »Ja.«

»Waren Sie dabei?«

»Ja.«

»War außer Ihnen noch ein anderer dabei?«

»Nein!« Karen hörte die Panik in Krista Reglers Stimme.

»Also Sie waren das? Sie haben einen hilflos vor Ihnen auf dem Boden liegenden Mann erschlagen?«

»Ja.«

»Mit einem – harten Gegenstand. Vielleicht – einem Stein?« Karen sah aus dem Augenwinkel, daß die Richterin Anstalten machte, sich einzumischen. Manning stellte Suggestivfragen.

»Ja.« Krista schien immer nervöser zu werden. Warum? dachte Karen, plötzlich wieder mitleidslos. Sie *wollte* doch verurteilt werden. Sie hatte doch nie verteidigt werden wollen.

»Und…« Edith Manning setzte sich wieder, lehnte sich zurück und lächelte, fand Karen, schrecklich selbstgefällig. »Und mit was für einem Stein haben Sie Ihren Liebhaber erschlagen?«

Karen fixierte die Verteidigerin und schüttelte den Kopf. Das war nicht Edith Mannings Rolle. Das war *ihre*.

Krista blieb stumm.

»Wo haben Sie denn den Stein gefunden?« Edith Manning klang gönnerhaft, als rede sie mit einem störrischen Kind.

»Er lag da.«

»Wo? Im Schnee? *Unter* dem Schnee?«

Krista nickte.

Absurd, dachte Karen. Nein: unmöglich.

»Und wie sah er aus?«

»Wie ein Stein halt.«

»Also blau, gelb oder schwarz?«

»Schwarz. Also schwärzlich.«

Edith Manning nickte mit dem Kopf und blätterte in den Unterlagen. Dann sah sie wieder auf. »Frau Regler. Sie haben also Hansen mit einem schwarzen oder schwärzlichen Stein erschlagen?«

»Ja.«

Das Rumoren im Gerichtssaal wurde lauter.

»Und warum haben Sie das nicht gleich gesagt? Sie haben doch ansonsten alles gestanden!« Edith Manning war wieder ganz Verständnis.

»Sie hat doch gar keine Ahnung, wovon Sie reden! Merken Sie das denn nicht?« Es ging wie ein Rauschen durch den Gerichtssaal, als sich alle in die Richtung drehten, aus der die Stimme kam. Jetzt sah Karen den Mann. Er hatte in der zweiten Reihe gesessen und erhob sich. Ein nicht sehr großer, muskulös wirkender Mann mit dunklen Augen und einem dichten Haarschopf.

»Wenn Sie die Verhandlung weiter stören…« Die Richterin sah zu den beiden Justizwachtmeistern hinüber.

»Und warum gibt sie dann alles zu?« Edith Mannings Stimme war hell und scharf geworden, sie klang wie ein Jagdhund, der seine Beute gestellt hatte.

»Sie weiß doch noch nicht einmal, mit was für einem Stein sie den Mann erschlagen haben soll.« Der Mann sprach ein gepflegtes Hochdeutsch und ließ sich nicht aus der Ruhe bringen.

Krista hatte das Gesicht hinter den Händen versteckt. Die Richterin wollte wieder eingreifen, aber Edith Manning beugte sich zu ihr hinunter und flüsterte ihr etwas zu. Sie wiegte skeptisch den Kopf, nickte dann aber. Die Manning wandte sich wieder zu dem Mann. »Wissen *Sie* es?«

»Vielleicht war es ein Backstein? Ein Klinker!« Plötzlich wirkte der Mann wie in Trance. »Ein roter Klinkerstein. Zerbrochen. Scharfe Kanten.«

Karen schüttelte den Kopf. Dieses Theater mußte ein Ende haben. Aber Edith Manning schien es die Sprache verschlagen zu haben. Im Saal hörte man erregte Kommentare. Die Richterin klopfte zweimal aufs Pult und forderte Ruhe. »Und wer sind Sie, wenn ich fragen darf?«

Der Mann sagte noch immer nichts.

»Thomas Regler.« Krista Regler war kaum zu hören. »Mein Mann.«

Edith Manning schüttelte den Kopf, während sie in ihre Akten starrte. Als ob sie damit nicht gerechnet hätte. Die Richterin sah fragend zu ihr hinüber. Dann schien sie einen Entschluß gefaßt zu haben.

»Die Verhandlung wird unterbrochen. Zu mir bitte.«

Als Karen zum Richtertisch ging, hörte sie Edith Manning Krista Regler etwas ins Ohr flüstern. Es klang ganz wie: »Ich hasse Mandanten, die mich anlügen.«

KAPITEL 2

1

Klein-Roda

Der Wonnemonat Mai war ins Wasser gefallen. Es regnete schon seit Tagen; aus anderen Regionen des Landes meldete man Hochwasser und Flutwellen. Christine hielt ihren sattsam bekannten Vortrag über die Klimakatastrophe im diesmal vollbesetzten Dorfgemeinschaftshaus. Und Willi stapfte jeden Tag in Gummistiefeln unten und mit Anglerhütchen oben schlechtgelaunt zum Zigarettenautomaten.

Zwei Tage lange hatte man tags im Vorübergehen und zwischen zwei Wolkenbrüchen oder abends im »Rauschenden Brünnlein«, wo es auch nicht gerade trocken zuging, über den Fall Regler gesprochen, hatte jedes Argument, jedes Für und Wider sorgfältig hin- und hergewendet, hatte ihre Motive, hatte seine Motive gründlich erörtert und war zum Schluß zum kollektiven Richtspruch gelangt: »Es is' wie's is'. So sindse, die Menschen.« Von einem Tag auf den nächsten war anderes wichtiger – zum Beispiel der Ölpreis und die Frage der Subventionierung von Dieselkraftstoff für bäuerliche Betriebe.

Als es irgendwann zu regnen aufhörte und das Thermometer gegen Mittag 19 Grad anzeigte, riß die Bevölkerung Klein-Rodas wie auf Absprache sämtliche Fenster und Türen auf und verließ die geheizten Höhlen. Gottfried sah man im Hof das Gartenwerkzeug inspizieren, er ölte den Spaten und reinigte den Sprühkanister. Marianne lüftete sämtliche Zimmer und nahm die Gardinen ab. Zafer führte vor, wie ein Kleinwagen ohne Verdeck aussieht. Und die ersten beiden aus Klein-Rodas Kinderschar probierten die Weihnachtsgeschenke der Großeltern aus – ein gelber und ein grüner Minitraktor aus Plastik ratterten lärmend den Friedhofsweg hinunter.

Selbst Bremer zog in Erwägung, allerhand nützliche Dinge anzufangen. Der Kompost mußte auf die Beete ausgebracht werden. Die Wege und die Bodenplatten vor dem Haus verdienten Säuberung. Für den Rosenschnitt war es eigentlich schon zu spät – aber man konnte das Holz umschichten. Das halbverrottete Weinlaub aus den Blumenbeeten klauben. Erbsen und Salat im Frühbeet aussäen. Man könnte …

Er blieb am Gartentisch sitzen.

Mit der Ruhe war es allerdings vorbei. Annamaria brüllte nach ihrem Sohn, Beckers nach dem Hund, Willi nach den Schweinen, die wieder mal nicht freiwillig in den Anhänger klettern wollten, mit dem sie die letzte Reise antreten sollten. Irgendeiner der kleinen Dorftyrannen plärrte, ein anderes Kind juchzte. Marianne schrie Willi hinterher, Gottfried rief Marie etwas zu, Carmen hörte schon wieder diese unendlich kitschige Platte, in der es, soweit Bremer richtig hörte, um Mutterliebe ging. Wie Tick, Trick und Track kurvten jetzt drei weitere unidentifizierbare Nachwuchstalente auf schnittigen Plastikgefährten über die Hauptstraße. Und dann brach, mit einem mächtigen Aufröhren, das schwerste Gerät der Landwirtschaft Klein-Rodas aus der Scheune. Willi saß hoch oben auf dem neuen tomatenroten Traktor und inspizierte die vollgesogenen Äcker.

Anne, dachte Bremer für einen traumverlorenen Moment, als das Telefon klingelte. Aber es war Wilhelm. Bremer nahm das Telefon mit nach draußen und setzte sich seufzend wieder in die Sonne.

»Und wie?« Der Ortsvorsteher war noch immer nicht »wiederhergestellt«, wie man hier sagte, und ob das jemals der Fall sein würde, wagte niemand zu prophezeien. Aber er rief täglich seinen Stellvertreter an, von seiner Kommandozentrale im Krankenhaus aus. »Geht's endlich besser?« fragte Bremer.

»Och nu ja.« Also nicht gut.

»Was sagen die Ärzte?«

»Weißte doch. Was die so sagen.« Das hörte sich besorgniserregend an.

»Wann kommst du raus?«

»Frag mich was leichteres.« Wilhelm klang mutlos.

»Laß dir Zeit. Hast ja mich.« Er würde wohl noch eine ganze Weile den Hausmeister des Dorfes machen müssen.

»Was ich sagen wollte, Paul.« Der Ortsvorsteher räusperte sich.

»Ich höre.« Bremer legte die Beine auf den Gartentisch und lauschte der Stimme des alten Herrn und den Geräuschen des Dorfes – für die letzten paar Minuten, in denen er heute untätig sein durfte.

»Im Bach unterhalb der Paulusmühle soll sich Gerümpel angesammelt haben. Man müßte mal die Gullys saubermachen, jetzt, wo es nicht mehr regnet. Mariechen hat angerufen, die Bank am Reinhardsweg ...«

Das Programm sah nach umfassendem Frühjahrsputz aus. Bremer wünschte Wilhelm von ganzem Herzen gute Besserung, ging nach oben, zog die Arbeitsklamotten an und machte sich ans Werk. Es lag eine seltsame Befriedigung in seinem neuen Dasein als nebenberuflicher Ortsvorsteher. Er fühlte sich plötzlich wie eingefädelt ins Gewebe der Gemeinschaft; bei der Ortsbeiratssitzung vor ein paar Wochen war er fast gar nicht mehr aufgefallen. Und dann das Wunder: Als er sich endlich etwas zu sagen traute, taten alle ganz normal – jedenfalls fehlte diese kaum merkliche kleine Pause, die ihm früher gezeigt hatte, daß er eine Grenze übertreten oder, vom Standpunkt der Eingeborenen aus, etwas unendlich Dummes gesagt hatte.

Es war schrecklich: Er war integriert.

Am frühen Nachmittag hatte er das Praktische erledigt und, wie ein Reisebischof, hier Trost und dort Segen gespendet. Zurück in Klein-Roda wollte er sich gerade ein Bier aus dem Kühlschrank holen, als von der Hauptstraße her eine triumphierende Fanfare erklang, dazu betäubend lauter Rap-Gesang. Ein dumpfes Klopfen ertönte und dann jenes unverkennbare Geräusch, das entsteht, wenn jemand in ein Mikrofon pustet, um zu hören, ob es auch eingeschaltet ist, ein Geräusch, das so alt sein dürfte wie die Erfindung des Verstärkers. So pflegte der alte Wilhelm stets die Dorfkirmes zu eröffnen.

Ein großes grünes Etwas schob sich hinter Bremers Apfelbaum in sein Gesichtsfeld. Ein Bulldog wie aus dem Museum. Dahinter eine Art Planwagen. Und darauf stand, in dynamisch-gelben Lettern: »Moritz Marx. Die Alternative.«

Bremer lachte so laut, daß Nemax erschrocken vom Pfosten sprang, auf dem er wie eine Statue gesessen und offenbar darauf gewartet hatte, daß einer der vielen haltlos vögelnden gefiederten Freunde die Kontrolle und den Sicherheitsabstand einbüßte.

Die Bürgermeisterwahlen. Er hatte das fast vergessen.

Moritz Marx, der anpassungssehnsüchtige Stadtflüchtling, heute einmal nicht in einem Exemplar aus seiner unerschöpflichen Sammlung klassischer peruanischer Lamawollpullover, grüßte huldvoll zu ihm herüber. Seit Bremer Wilhelms Aufgaben übernahm, versuchte Moritz in ihm einen Gleichgesinnten zu vereinnahmen, einen, der endlich die alte städtische Haut abgestreift hatte und sich voll und ganz ins Landleben fügte.

Niemals, dachte Bremer und grüßte matt zurück. Ich bin nicht wie der. Und ich will auch nicht werden wie der: Bürgermeisterkandidat! Einer, der die Bauern Mores und Naturverbundenheit lehren will und sich dabei gründlich lächerlich macht.

Moritz bemühte sich offenkundig, einen gewissen Spaßfaktor in die ländliche Wahllandschaft einzuführen, und wartete mit Argumenten auf, die manchen zu überzeugen vermochten: schon kam Erwin zurück vom Wagen, ein schäumendes Bier in der Hand.

Jawoll, dachte Bremer. Das ist doch mal eine zugleich populäre und zukunftsweisende Maßnahme! Freibier für alle alkoholkranken Sozialhilfeempfänger, die schon am Monatsanfang im »Rauschenden Brünnlein« nicht mehr angeschrieben kriegen.

Moritz hob das Mikrofon und holte tief Atem. Es war mit dem Schlimmsten zu rechnen. In diesem kritischen Moment hörte man hinter dem Planwagen einen wütenden Aufschrei und dann hämmernde Geräusche. Moritz duckte sich. Bremer mußte grinsen. Er kannte das Geräusch.

Der Zigarettenautomat leistete Widerstand, wie üblich. Endlich tauchte ein smarter Junge, Anfang Zwanzig vielleicht, mit einem Päckchen Marlboro in der Hand hinter dem Planwagen auf. Moritz' Züge entspannten sich.

Und jetzt? Bremer erwartete mit Vorfreude den Lackmustest, der enthüllen würde, wie ernst es der Troß im Heerzug des Bürgermeisterkandidaten mit dem Umweltschutz nahm. Würde er? Der Wahlkampfhelfer ritzte mit dem Fingernagel die Zellophanhülle auf und löste sie von der Schachtel, knüllte sie zusammen und sah sich verstohlen um.

Er tat es. Das dünne Zellophanpapier landete da, wo die Abfallprodukte des von Bremer inbrünstig gehaßten Zigarettenautomaten immer zu landen pflegten. In seinem Vorgarten. In den Rosen, die dringend geschnitten werden müßten.

»Moritz!«

Der Kandidat zog wieder den Kopf ein und schaute ängstlich in die Runde.

Was hat er nur, dachte Bremer flüchtig. Fürchtet er die Militanz der Gegenseite? »Ob du deinem Mitarbeiter sagen könntest, daß es sich nicht gehört, Abfall einfach in die Gegend zu werfen?«

Alle drehten sich um. Moritz schickte einen wütenden Blick zu seinem Helferling. Der junge Mann hätte sich fast verschluckt am ersten Zug aus der frisch angezündeten Zigarette.

»Abfall gehört weder in die Landschaft noch in *meinen Rosengarten*.« Bremer konnte laut werden, wenn er wollte, und sah nun mit einer gewissen Genugtuung, wie sich der junge Mann auf einen kurzen Wink seines Arbeitgebers hin über den Gartenzaun lehnte und nach dem Zellophantütchen fischte. Zweimal mußte er, wenn man nach seinem Gesichtsausdruck gehen konnte, in die Rosendornen gefaßt haben. Und das helle Leinenjackett würde den Kontakt mit den bemoosten Zaunlatten nicht ungezeichnet überstehen.

Bremer nahm befriedigt den Krug mit dem naturtrüben Bier an, den ihm ein ziemlich hübsches Mädchen entgegenhielt. Irgend jemand kam auf die glorreiche Idee, das Musikstück von vorhin erneut abzunudeln. Mittlerweile stand Willi neben Erwin, und auch Marianne ließ sich ein Bier in die Hand drücken. Die Beckers kamen herbei und sogar Gottfried, der ebensowenig für seine Liebe zu Moritz' Partei bekannt war wie Willi. Man mußte die lieben Nachbarn offenbar bloß bestechen, und schon hatte man sie auf der Straße.

Endlich brach die Musik ab und wieder pustete Moritz ins Mikrofon. Bremer lachte in sich hinein. Der Mann machte einen Fehler. In Klein-Roda brauchte man weder Verstärker noch Telefon für die reibungslose Verständigung – es kriegte auch so jeder alles mit, vor allem das, was ihn nichts anging. Schon beim ersten Wort brüllten die Nachbarn: »Leiser!«

Bremer versuchte erst gar nicht, Moritz' Ausführungen zu folgen. Auch niemand sonst machte den Eindruck, ihm zuhören zu wollen. Gottfried redete mit Marianne, Willi mit Zafer, und die Beckers riefen »Platz!« und »Aus!«, was ihr Hund, der schokoladenbraune junge Labrador, mit entzücktem Schwanzwedeln und aufgeregten kleinen Bocksprüngen beantwortete.

Aber irgendwie hatten sie doch alles mitgekriegt, die Nachbarn. Subkutan. Denn im nächsten Moment und wie auf ein Stichwort hin verstummten alle und drehten sich zu Moritz um, der noch immer ins Mikrofon sprach. »Auch wir hier in unserer schönen Gemeinde« – er hatte die Arme ausgebreitet, etwas anmaßend, fand Bremer, der Kreis Pfaffenheim umfaßte immerhin vierzehn Weiler – »auch wir sollten der Geschichte Rechnung tragen, sollten ihrer gedenken. Wenn ich Bürgermeister bin, wird es in Ebersgrund…«

Bremer hörte den Rest des Satzes nicht mehr. Zu seiner Verblüffung wandten die Nachbarn dem Redner wie ein Mann den Rücken zu, stellten die Bierkrüge ab und ließen ihn und seine Wahlhelfer mitsamt Traktor und Planwagen und Faßbier in der Mitte des Dorfes stehen.

Auch Paul drückte den noch halbvollen Krug dem netten, aber jetzt etwas besorgt guckenden Mädchen in die Hand und trat vorsichtshalber den Rückzug an. »Sture Säcke«, meinte er zu hören, bevor Moritz den Bulldog anwarf und mit seinem Häuflein Aufrechter das Dorf verließ.

2

JVA Strang

Thomas Regler sah den Bau schon von weitem; die schnurgerade Straße durch blühende Wiesen und sattgrüne Felder führte direkt auf ihn zu: auf eine Festung aus Mauern und Stacheldraht und Wachttürmen. Wie früher an der Zonengrenze.

Dann waren sie da. Das Tor glitt leise grollend zur Seite und schlug mit einem dumpfen Ton an. Er versuchte einen Blick zurück und spürte das erste Mal seit der Verhandlung so etwas wie Beklemmung. Das ist ab jetzt dein Leben, dachte er. Hier gehörst du hin. Die Zeit davor war ein Versehen des Schicksals.

Der Warteraum, in den man ihn brachte, stank nach Zigarettenrauch. Auf der Bank saß ein magerer Junge mit blasser Haut und blondem Stoppelhaar, der an einer Selbstgedrehten zog und nicht aufsah, als Thomas hineingeführt wurde. Das sind deine neuen Kumpels, sagte eine innere Stimme höhnisch, aber er hatte keine Lust, sich neben den anderen Neuzugang zu setzen. Der Raum war schmal, immerhin gab es Toiletten. Die Türen beider Klos waren bekritzelt. Thomas versuchte, die Botschaften zu entziffern. »Ich war hier« schien den meisten eine Mitteilung wert zu sein, sofern er die Sprachen und Schreibweisen richtig entzifferte.

Der Mann in der grünen Uniform, der ihn irgendwann holte, trug ein Funkgerät am Gürtel und zwei Schlüssel an einer Kette am Hosenbund, lange, solide wirkende Schlüssel mit Doppelbart. »Herr Dr. Regler«, sagte er und guckte suchend umher.

Gewöhn' dich an solche Witze, dachte Thomas und sagte: »Hier!«

In der Kammer mußte er sich ausziehen und duschen. Ein stoppelköpfiger Bediensteter konfiszierte die persönlichen Wertgegenstände, die Brieftasche, den Füllfederhalter, das Diktiergerät, den Wohnungsschlüssel, trug die Sachen umständlich und in freier Auslegung der Rechtschreibregeln in eine Karteikarte ein und steckte alles in eine Tüte, die er mit einer Plombe verschloß und in den Tresor legte. Dann händigte er ihm seine Kleidung wieder aus und schickte ihn in den Nebenraum, wo zwei Männer Handtücher in ein großes Regal einsortierten. Der eine der beiden, ein blasser, hohlwangiger Typ in blauen Hosen und blauem Hemd, also ein Mitgefangener, teilte ihm Geschirr, Besteck, Handtücher und Bettzeug zu. Weiter ging es, einen Stock höher, zum Arzt. Der Mann in Grün stieß den großen Schlüssel geräuschvoll ins Schloß der Stahltür, durch die man ins Treppenhaus gelangte. Hinter ihnen ließ er die schwere Tür zufallen. Das Treppenhaus hallte wider vom Geräusch klirrender Schlüssel und zufallender Türen. Es war ein Geräusch, das jeder Kinogänger kannte. Thomas Regler fand das erste Mal seit Wochen etwas komisch.

Der Arzt ging, wie alle, mit denen er zu tun hatte, routiniert und höflich zur Sache. Erst, als Thomas aus Versehen »Herr Kollege« sagte, hob der andere die Augenbraue und musterte ihn. Thomas spürte, wie sein Selbstvertrauen auf Däumlingsgröße schrumpfte. Dr. Regler existierte nicht mehr.

Nach der Untersuchung - auf Läuse und Krätze, auf Diabetes, Hepatitis und Aids - brachte man ihn in eine Einzelzelle. Die Tür fiel hinter ihm zu, wie es sich gehörte. Der Schlüsselbund knallte gegen die Tür, als hinter ihm abgeschlossen wurde. Und dann war Stille.

Regler packte die Handtücher aus und den Becher mit Zahnbürste, Zahnpasta und Rasierer. Die Zelle war sauber; er war in einem Knast gelandet, in dem man niemanden unnötig peinigte. Und wer weiß schon, für wie viele das hier das reine Luxusquartier ist, dachte er fromm - ein Gedanke, der nicht wirklich weiterhalf.

Schließlich legte er sich auf das schmale Bett und versuchte, an etwas Tröstendes zu denken. Aber er sah nur eines. Er sah das Gesicht Kristas, als die Anwältin sie fragte, wie der Gegenstand denn wohl beschaffen gewesen sei, mit dem sie Hansen erschlagen habe. Er hatte sofort gewußt, daß sie keine Ahnung hatte, wovon die Rede war. In diesem Moment war sein Zorn auf sie verraucht.

Sie konnte nichts dafür. Sie war auf einen Schönschwätzer hereingefallen, auch noch auf einen, der sich Kriegsberichterstatter nannte; der lebte von Lügen. Für Dampfplauderer hatte sie schon immer eine Schwäche gehabt. Als sie sich kennenlernten, war sie umgeben gewesen von Menschen und vor allem Männern, die zu glauben schienen, es spräche schon für einen guten Charakter, wenn man ganze Sätze bilden kann. Er hatte nie wirklich begriffen, warum sie sich damals für ihn entschieden hatte.

Sie hatte sich entschieden, nicht er. Nie hätte er sich getraut, die auffallende Frau mit den blauen Augen und den kurzen blonden Haaren anzusprechen, die Begehrteste im »Kupferkännchen«, einer Studentenkneipe, in die er manchmal ging, wenn er keinen Nachtdienst hatte und nicht schlafen konnte.

»Vielleicht habe ich ja mehr Verstand, als du glaubst?« hatte sie kokett gesagt, als er es Jahre später endlich wagte, sie zu fragen, warum sie einen wortkargen, schüchternen, streberhaften Medizinstudenten, der sich sein Studium selbst verdienen mußte, all den geistreichen Juristen und Geisteswissenschaftlern mit Geld und Auto vorgezogen hatte. Der keine vorzeigbaren Eltern hatte. Und erst recht keine vorzeigbare Herkunft. Und der ihr irgendwann gesagt hatte, er wolle alles mit ihr teilen – nur für die großen Worte müsse sie sich jemand anderen suchen.

Thomas versuchte, einen Lichtstrahl, einen Umriß, irgend etwas zu erkennen in der Dunkelheit der Zelle. Im nachhinein betrachtet, war Kristas Entscheidung nicht ganz so vernünftig gewesen. Erst hatten sie kein Geld gehabt. Und als er endlich ordentlich verdiente, keine Zeit. Er hatte immer gewußt, daß sie mehr wollte, als daß jemand verläßlich war und jeden Monat das Gehalt mit ihr teilte.

Mehr. Was immer das hieß.

Und plötzlich brannten ihm die Augen. Die Wahrheit war: Thomas Regler ist ein blasser, überarbeiteter Langweiler. Thomas Regler kennt sich nicht aus mit dem Leben. Thomas Regler hat kein Vorstellungsvermögen.

Thomas Regler ist treu wie Gold - und auch das nur aus Mangel an Phantasie und Gelegenheit.

Thomas Regler ist ein verdammt guter Kinderarzt, trumpfte sein letzter Rest Selbstbewußtsein auf.

War, dachte er. War.

Seine Hände krallten sich in das Kissen unter seinem Kopf, bis es weh tat. Vielleicht wäre alles anders gelaufen, wenn sie wenigstens Kinder gehabt hätten. Vielleicht fing das Unglück an dem Tag an, an dem sie gekündigt hatte, weil sie schwanger werden wollte. Von ihm. Und er hatte sich nicht getraut, ihr zu sagen, daß das eines der wenigen Dinge war, die er ihr nicht geben konnte.

Ich konnte es dir nicht sagen. Du wärst gegangen, Krista. Du hättest mich nie genommen. Vor allem, wenn du erfahren hättest, warum.

Jetzt sah er ihr Gesicht in der Dunkelheit, ganz deutlich, die Wangen gerötet, das blonde Haar zerzaust. Sie hat jeden Monat still gelitten, wenn es wieder mal nichts geworden ist, dachte er. Sie ist von einem Frauenarzt zum anderen gelaufen, voller Zweifel an sich selbst. Und ich - ich habe einen alten Studienkollegen für mich lügen lassen, als die Frage nach *meiner* Fruchtbarkeit anlag.

Versteh mich, Krista. Er versuchte im Dunkel der Zelle mit ihr zu argumentieren, etwas, das er stets vermieden hatte, solange noch Gelegenheit dazu war. Ich habe mir mit einer Unwahrheit ein paar Jahre mehr von einem Leben gestohlen, das ich nie für möglich gehalten hätte.

God only knows what I'd be without you.

Krista war das Wunder gewesen, das nicht vorgesehen war. Nicht für mich, dachte er. Endlich schlief er ein.

3

Klein-Roda

Im Dorfgemeinschaftshaus roch es nach der letzten Hochzeitsfeier. Paul Bremer riß die Fenster auf, rückte die Stühle zurecht und wartete auf Willi und Gottfried, die sich vor der Tür mit Werner Heise von der Freiwilligen Feuerwehr zu streiten schienen. Er hörte nur mit halbem Ohr hin. Erst als Willi »Das schafft der doch nie!« brüllte, merkte er, daß es weder um Politik noch um Sport, sondern um die Eigenschaften des neuen Geländewagens von Mercedes ging. Bislang war er davon ausgegangen, daß die dunklen Ungetüme mit dem chromblitzenden Bullenfänger anstelle einer Stoßstange nur für Städter interessant waren, die es als ultimativen Kick ansahen, damit sonntags zum Eierholen auf den Bauernhof zu fahren. Aber demnächst mußte man wohl auch hier im Dorf mit ihnen rechnen.

Bremer brauchte eine Viertelstunde, bis er begriff, daß keiner vom Ortsbeirat seinen Platz einnehmen würde, bevor nicht der Ortsvorsteher vernehmlich dazu aufgefordert hatte. Er kam sich ein bißchen wie ein Hochstapler vor, als er stellvertretend »Meine Herren, die Sitzung ist eröffnet« sagte, was ihm ungewollt salbungsvoll von den Lippen ging und prompt eine frivole Handbewegung von Willi eintrug.

Die Tagesordnung wurde lustlos abgehakt. Erst beim Punkt »Sonstiges« hob sich die Stimmung.

»Kann man mal was gegen die Hundescheiße in der Flußaue machen?« Harry hielt die Hand hoch und schaute mit großen Eulenaugen hinter der Brille in die Runde. Wunderbare Frage, dachte Bremer. Eine, die er nie gestellt hätte. Er war davon ausgegangen, daß es außer ihn niemanden groß störte, wenn sich neben den

Kuhfladen auch Hundehaufen auf der Wiese und auf dem Feldweg einfanden, Natur zu Natur, sozusagen.

»Genau! Du hast die Kacke überall, an den Reifen, an den Stiefeln, im Stall. Und das stinkt derartig!«

»Dann das ewige Gebrüll. ›Hieerheeer, Bello!‹ Wenn die Leute ihre Tölen nicht im Griff haben, dann soll man...«

»... sie erschießen«, ergänzte Harry zufrieden Willis Satz.

»Hast du schon mal gesehen, wie der Verrückte mit dem Bart zur Glatze, dieser, na, Dingens...«

»Antiquitätenhändler.« Bremer kannte neuerdings jeden, auch das Ehepaar aus Bochum, das eine Art Berliner Mauer um sein von drei unerzogenen Hunden besetztes Grundstück gezogen hatte.

»Wie dieser Antikheini mit seinen Riesenkötern durch die Gegend rennt? Der hat sie doch nicht mehr alle! Die sind doch gemeingefährlich!«

Nemax war kürzlich fast bis in die Spitze eines Baumes am Ufer geflohen, als die drei Untiere auf ihn zugaloppiert waren. Auf Bremer als Fels in der Brandung war der Kater gar nicht erst gekommen.

»Und habt ihr mal gesehen, was die komische Witwe macht, ihr wißt schon, die mit dem Kupferdach auf dem Haus?«

Jeder kannte sie. Die etwas exzentrische Dame wohnte, wie auch der Antikheini, »Im Wiesengrund«, im etwas besseren Neubauviertel der Umgebung.

»Sie parkt ihren Mercedes auf dem Feldweg.«

»Und versperrt jedem den Zugang zur Pferdekoppel.«

»Und dann jagt sie ihren fetten Pudel aus dem Auto!«

»Und bleibt selbst breit und bräsig drin sitzen.«

Die Anwesenden erwärmten sich am Thema. Niemand hielt viel von den freilaufenden Hunden aus dem Neubaugebiet – die einen, weil Tiere nützlich zu sein hatten, und das waren Köter nur, wenn sie an der Kette lagen und bellten, wenn wer kam. Die anderen, wie Gottfried, weil sie Hunde mißbilligten, die nicht gehorchten. Der alte Fritz, Gottfrieds wunderbarer Weimaraner, war ein Muster an Disziplin gewesen, und der junge Franz, sein Nachfolger, würde höchstens hinter dem Rücken seines Besitzers nach Katzen schielen. Bremer selbst mochte die meisten Vierbeiner, aber wer Fahrrad fährt, entwickelt eine natürliche Abneigung gegen Tiere mit entblößtem Gebiß, die dem Radfahrer in die Speichen springen oder an die Waden gehen möchten.

»Ich schlage vor, daß wir ein großes Schild aufstellen – ihr wißt doch: so ein Verbotsschild, auf dem man einen kackenden Hund sieht – rot durchgestrichen!«

Man beauftragte ihn damit, ein solches Schild zu beschaffen und deutlich sichtbar anzubringen.

»Und könnte sich nicht Gottfried mal auf die Lauer legen und den Kerlen mit dem Luftgewehr eins aufbrennen?« fragte Harry unschuldig.

»Wenn du die Besitzer meinst – gern!« Gottfrieds Augen funkelten.

Die Erwähnung von Distanzwaffen führte nahtlos zum nächsten Thema. Klein-Roda erlebte seit gut einem Jahr eine Invasion von Elstern, schwarzweiße Rabenvögel, die Bremer früher mal für schön und intelligent gehalten hatte. Jetzt, seit sie die Blutbuche auf dem Friedhof besiedelten und sämtliche Singvögel verjagten oder ausrotteten, fiel auf, wie häßlich die Tiere kreischten und daß ihre Verdauungsrückstände, die zielsicher auf dem polierten Grabstein des letzten Bürgermeisters landeten, dort Spuren für die Ewigkeit einätzten.

»Abknallen. Alle. Ohne Ausnahme«, verkündete Willi.

»Jagdverbot«, wagte Bremer einzuwenden. »Die Tiere sind geschützt.«

Das brachte ihm einen ironischen Blick seines Nachbarn ein. »Ich dachte, du hättest deine Öko-Phase hinter dir!«

Bremer hatte jahrelang als sentimental gegolten, weil er wildfremde Katzen durchfütterte, Igel rettete und Unkraut leben ließ.

»Öko ist hier nicht das Problem.« Er versuchte Willis Grinsen standzuhalten. »Es verstößt nur gegen das Gesetz.« Wilhelm, fand er, hätte das nicht besser sagen können.

»Welches Gesetz? Das, was die Idioten in Berlin beschließen? Was wissen die schon.«

Vom Leben, von der Natur, von der Arbeit eines Landwirts. Bremer waren die Bekenntnisse eines denkenden Bauern im Laufe der Jahre fast ans Herz gewachsen.

»Und außerdem sind das alles Berufsversager«, griff er dem Schlußwort voraus. Willi guckte für einen Moment erstaunt. Dann nickte er und sagte: »Endlich hast du's kapiert.«

Irgendwann war es Zeit geworden für das erste Bier des Abends im »Rauschenden Brünnlein«, wo man sich üblicherweise einfand, wenn man genug zum Besten der Gemeinschaft getan hatte. Bremer erhob sich, um die Sitzung zu schließen.

»Nicht, daß es direkt auf die Tagesordnung gehört«, sagte Willi. Also war er der Meinung, daß es ein um so wichtigeres Thema war. Bremer setzte sich wieder. »Aber was kann man eigentlich gegen diesen Spinner machen, diesen komischen Vogel, diesen – *Marx*?« Mit wieviel Abscheu man eine einzelne Silbe aussprechen konnte.

Wieder redeten alle durcheinander. »Der hetzt alle auf. Das kann man sich doch nicht gefallen lassen.« Man war sich einig. In dieser Runde würde der Bürgermeisterkandidat keinen Stich machen.

»Was ein Scheiß, daß Wilhelm nicht da ist. Der alte Fuchs hätte bestimmt gewußt…« Willi hielt inne und schielte zu Bremer hinüber. »Das geht nicht gegen dich.«

Bremer nickte. Natürlich nicht.

»Wilhelm kann dir die Gemeindeordnung rauf und runter interpretieren.« Wie es gerade gebraucht wird, dachte Bremer. »Es muß doch irgendein Mittel gegen solche Klugscheißer geben!«

»Schon, aber – wir leben in einer freien Welt.« Harry war plötzlich ganz Demokrat. »Und wenn der Kerl mit dem Thema seinen ganzen Wahlkampf bestreiten will – und alle applaudieren…«

Bremer konnte nicht folgen. Welches Thema?

»Ebersgrund. Der Tunnel, du weißt schon«, flüsterte Gottfried ihm zu.

»Wer alle?« Willi wurde laut. »Die in den Neubauvierteln, *die* finden das prima.«

»Und der Pfarrer. Und die Lehrerin. Die schicken in Waldburg tatsächlich die Kinder herum, um ihre Nachbarn auszufragen. Was sie gemacht haben damals. Und ob sie was gewußt hätten.« Der alte Knöß klang tief gekränkt.

»Unterrichtseinheit ›Spurensuche Deutsche Vergangenheit‹ nennt sich das.« Das erste Mal heute nachmittag mischte sich Karlheinz Becker ein, der sich in der Hundedebatte aus gutem Grund bedeckt gehalten hatte. »Das hatten wir schon mal. Und ihr erinnert euch vielleicht noch daran, was damals dabei herausgekommen ist!«

»Mord und Totschlag«, murmelte Gottfried.

Bremer kannte solche Unterrichtskonzepte. Die Kinder sollten sich frühzeitig mit dem beschäftigen, was dieses Land und seine Nachbarn so tief geprägt hat. Er fand das gar nicht schlecht. Erst heute begann man, die alten ländlichen Synagogen zu restaurieren, die jahrzehntelang als Schuppen, Schweineställe und Garagen hatten dienen müssen. Man mußte doch wissen, wo man lebt.

Bremer lebte im Haus des letzten Bürgermeisters von Klein-Roda. Der war Schneider gewesen; was Schlimmeres konnte man ihm nicht nachsagen.

»In Oberhunden haben sie die Sache mit dem amerikanischen Piloten wieder ausgegraben. Du kannst dir denken, was da los ist im Dorf.« Gottfried hatte die Stirn in tiefe Falten gelegt und klang bedrückt.

»Nachbar gegen Nachbar. *Das* kommt dabei heraus.«

»Was regt ihr euch eigentlich so auf?« Harry lehnte sich zurück und setzte ein überlegenes Lächeln auf. »Der wird doch eh nicht gewählt! Was kann schon passieren?«

»Moment!« Willi hob die Hand. »*Wir* wählen den nicht. Aber

die in den Neubaugebieten. ›Im Hohl‹ und ›Im Wiesengrund‹ und demnächst auch am Geiskopf.«

»Alle auf ehemaligem Bauernland gebaut. Und wer hat denen den Acker verkauft? Na?« Harry blickte über den Brillenrand in die Runde.

Diesmal bekam Bremer keine Antwort, als er danach fragte, was Moritz Marx mit dem Tunnel von Ebersgrund vorhatte.

»Lies seine Website!« rief Harry im Rausgehen.

»Frag Gottfried!« Willi lachte dröhnend und hieb dem Nachbarn die Pranke zwischen die Schulterblätter.

Am nächsten Morgen rief Wilhelm schon um acht Uhr früh an. Man konnte ihn kaum verstehen, der Husten schien noch schlimmer geworden zu sein. Nach einer Weile begriff Bremer, daß Wilhelm glaubte, ihm letzte Instruktionen geben zu müssen, bevor man eine Untersuchung an ihm vornahm, deren Sinn Bremer genausowenig verstand wie der alte Herr.

Als er den umfangreichen Aufgabenkatalog notiert und abgearbeitet hatte, war es später Vormittag. Er schlug sich die letzten beiden Eier in die Pfanne, las beim Essen in der Zeitung und ging nach dem Abwasch mit dem leeren Eierkarton rüber zu Gottfried.

»Gottfried ist hinten«, rief Marie, die den Kopf über einen großen, dampfenden Topf gebeugt hatte, ohne sich nach ihm umzusehen. Bremer legte den Karton und einsfünfzig auf den Küchentisch und ging in den Garten. Aus der Volière erklangen die aufdringlich gutgelaunten Gesänge einer Truppe von strahlendgelben Kanarienvögel. Der schwarzrotgoldene Altsteirer Hahn stolzierte mit geschwellter Brust vor seinen Hennen, die eilig durchs frische Gras liefen und mit dem Schnabel nach allem stießen, was sich regte und eßbar schien.

Gottfried stand im Karnickelstall, hatte eine nicht sehr saubere Metzgerschürze an und einen Stallhasen im Arm. Bremer legte dem Tier die Hand aufs blaugraue, silbrige Fell.

»Meißner Widder«, sagte Gottfried. »Siehst du? Perfekter Behang, ausgeprägte Ramsnase.«

Die anderen Tiere saßen still in ihren Ställen und schienen auf etwas zu warten. Gottfried ging voran in die Garage.

»Wie geht's Wilhelm?« Gottfried streichelte das Kaninchen und flüsterte ihm etwas ins Ohr. Dann setzte er es auf den Tisch neben der verkratzten Edelstahlspüle. Das Tier blieb hocken, bewegte aber nervös seine langen, fleischigen Hängeohren.

»Der Husten ist schlimmer geworden.«

Gottfried nahm das Luftgewehr, das an den Tisch gelehnt war, packte den Stallhasen an den Ohren und setzte den Lauf an. Es gab einen trockenen Knall. »Ich hab ihm schon vor Jahren gesagt, er soll endlich was unternehmen. Der alte Dickschädel.«

Er legte das leblose Tier behutsam nieder, nahm zwei Messer aus dem Regal und zog sie mit dem Schleifstein glatt. Das Kaninchenfell glänzte unter der Neonröhre. Dann sah er auf. »Wer Tiere hat, muß sie auch töten können. Das gehört dazu.«

Bremer nickte. Gottfried sagte das jedesmal, wenn er ein Kaninchen bei ihm kaufte. Der sentimentale Hund hatte wahrscheinlich ein schlechtes Gewissen, wenn er eines seiner preisgekrönten Karnickel schlachten mußte, das er monatelang mit dem frischesten Gras von den besten Wiesen gefüttert hatte. Er zögerte einen Moment. Sollte er ihn fragen?

»Kannst du mir was erklären?«

Gottfried brummte Zustimmung, während er das tote Tier an den Hinterläufen packte und ihm über der Spüle die Kehle durchschnitt. Das Blut dampfte, als es ins Spülbecken rann.

»Was ist mit dem Tunnel in Ebersgrund? Ich hab' nichts verstanden gestern abend.«

»Was gibt's da zu verstehen?« Gottfried legte das Kaninchen wieder auf den Tisch.

»Komm, Gottfried!« Der alte Herr wußte genau, was er wissen wollte.

Gottfried schnitt dem Kadaver den Kopf ab, drehte ihn dann auf den Rücken, hob das Fell leicht an und schlitzte es mit der scharfen Klinge der Länge nach auf. »Den Tunnel haben die Nazis gebaut«, sagte er, als ob es sich um ein Denkmal aus der Römerzeit handelte.

»So weit bin ich auch schon.« Bremer wurde langsam ungeduldig.

Gottfried seufzte. »Die Nazis haben Polen da drin arbeiten lassen. Oder Russen. Zigeuner. Arme Schweine. Ich war gerade mal zehn, als das losging. Das wurde streng bewacht. Da durfte niemand rein.«

»Soweit alles klar. Und Moritz Marx will...«

Gottfried griff zum Beil und trennte mit gut gezielten Hieben die Pfoten von den Kaninchenbeinen. »Der Affe will aus dem Tunnel eine Art Gedenkstätte machen.«

»Und was habt ihr dagegen? Ich meine – das gehört nun mal zu unserer Geschichte.«

»Schon.« Gottfried zog dem Kaninchen das Fell vom Leib. »Aber die ganz Nazichose – das war ja nicht das einzige.«

»Nein?«

»Nein.« Der Alte ließ sich heute bitten.

»Und?«

»Und was?« Der Mann in der Metzgerschürze hatte die Hand tief in dem kleinen Kadaver vergraben. Es roch nach verdautem Gras, als die Kaninchendärme platschend in den Eimer zu dem blutigen Fell fielen.

»Was war noch?«

Der Alte wusch sich geräuschvoll und gründlich die Hände und drehte Bremer den Rücken zu. Als er sich wieder umdrehte, war das sonst so freundliche runde Gesicht verschlossen.

»An manches möchte hier niemand erinnert werden«, sagte er. Er schien Bremer anzusehen, was er dachte, und schüttelte den Kopf. »Nicht, was du glaubst. Nicht an allem, worüber man nicht nachdenken will, sind die Nazis schuld.«

»Aber…«

»Man muß sowas in Ruhe heilen lassen. Und das dauert.«

Gottfried hielt das Kaninchen unters fließende Wasser, tupfte es ab und hängte es dann an einen Haken an der Decke. »Sag Bescheid, wenn du mal wieder eins willst.«

4

JVA Strang

Als man Regler in den Haftraum brachte, war niemand da. »Die Jungs haben Freistunde. Da können Sie es sich erst mal in aller Ruhe gemütlich machen«, sagte der Mann im grünen Pullover, der ihn ablieferte, ganz ohne Ironie. Und wieder schloß sich die Tür hinter ihm, mit diesem vertrauten Geräusch, das durch Gefängnisse hallt, seit Schlüssel und Schloß erfunden wurden.

Im Zimmer standen drei doppelstöckige Betten. Die einzige Pritsche, die nicht bezogen war, mußte seine sein; es war die untere der beiden am Fenster. Es roch nach benutzten Männersocken und kaltem Kaffee. Im Regal an der Wand hing eine bunte Perlenkette mit goldenem Kreuz unter einer Reihe Taschenbücher. Regler trat näher. Krimis und Konsalik und ein Buch mit einer glutäugigen, verschleierten Dame vorne drauf. Ein türkischer Loreroman? Daneben ein Schraubglas Nescafé, eine Tüte Schnittbrot, ein Glas mit Sauerkirschen. Auf dem Schränkchen darunter stand ein Fernseher. Regler ertappte sich beim Gedanken, wie oft es hier wohl Streit ums Fernsehprogramm gab und ob er dauernd »Britta am Mittag« oder ähnliches würde sehen müssen.

Er bezog sein Bett mit der blauweiß karierten Bettwäsche und suchte sich einen Platz für Zahnbürste, Zahnpasta und Rasierer. Durch das gekippte Fenster hörte man es rufen. Und dann brüllte eine andere männliche Stimme zurück. Regler trat ans Fenster. Es öffnete sich auf einen Rasenplatz mit steinernen Sitzbänken, wohl der Innenhof des Gefängnistrakts. Der Mann im Zimmer nebenan schrie etwas, das er nicht verstand. Aus dem Fenster auf der gegenüberliegenden Seite des Karrees hing ein Arm und winkte.

Regler kam es vor, als habe er diese Szene schon irgendwo gesehen. Dann rasselte der Schlüsselbund vor der Tür seiner Zelle. »Bitte sehr, die Herren«, sagte der Vollzugsbeamte. Einer nach dem anderen schob sich in den Raum.

Der erste war ein kleiner, muskulöser Mann mit dunklem Lockenkopf. Er baute sich vor Regler auf. »Traut man ihm gar nicht zu, wenn man ihn so sieht, oder?« Die anderen nickten und feixten. Der Kleine legte die Hände auf den Rücken und tänzelte um Regler herum, als ob er dessen Sprungkraft und Ausdauer taxieren wollte. Dann rieb er sich die Nase und schüttelte den Kopf: »Aber eines haben wir uns hier die ganze Zeit schon gefragt: Warum hast du die Schlampe nicht gleich mit umgelegt?«

Alle lachten. Nur Regler hatte weiche Knie.

»Akif«, sagte der Kleine und hielt ihm die Hand hin. »Und das sind Lessie, Pjotr, Harun und Wolfgang.« Er zeigte auf einen bleichen Jungen mit Aknenarben im Gesicht, der einzige, der die blaue Anstaltskleidung trug; auf einen blonden Hünen mit finsteren Zügen, einen Glatzkopf und einen dürren Mann mit lederner Haut, der wie der Gewürzhändler auf einem Basar aussah.

»Thomas«, sagte er schwach und schüttelte einem nach dem anderen die Hand.

Akif nickte und ließ sich auf Thomas' frischgemachtes Bett fallen. Dann schnalzte er mit den Fingern. Harun machte sich am Wasserkocher zu schaffen.

Akif (»Vergewaltigung, versuchter Totschlag«) war eindeutig der Chef der Zimmerinsassen, die er mit »Paßfälschung«, »Körperverletzung mit Todesfolge« und »Dealen und Anschaffen« bzw. »betrügerische Insolvenz« (Wolfgang) vorstellte. Keiner ließ erkennen, daß er auf das einschränkende Adjektiv »mutmaßlich« großen Wert legte.

Während Harun Kaffee kochte, zog der bleiche Junge namens Lessie Akif die Stiefel aus und begann, als der Meister ihm die Hand auf den Kopf legte, auch dessen Hose zu öffnen. Akif lehnte sich zurück und sah zu Regler hinüber, der noch immer in der Nähe der Tür stand.

»Ob wir damit unseren neuen Kameraden schockieren? Was meinst du, Lessie?« Akif verpaßte dem Jungen spielerisch eine Kopfnuß. »Sollen wir unser kleines Vergnügen auf später verschieben?«

Lessies Gesicht blieb ausdruckslos, als Akif ihn wegschob. Linkisch stand er auf und legte sich auf das untere Bett rechts vom Fenster, wo er mit geöffneten Augen auf die Matratze über ihm starrte. Akif winkte Thomas an seine Seite. »Kaffee?« fragte er und lächelte breit. »Wodka? Ein Näschen?« Harun lauerte im Hintergrund, er schien es gewohnt zu sein, Akif zu bedienen.

Thomas kannte Leute wie Akif. Sie gaben ihre Gunst und nahmen sie auch wieder, wenn ihnen danach war. Aber niemals durfte man sie zurückweisen, wenn sie zufällig gute Laune hatten. »Kaffee«, sagte er. Akif nickte Harun zu.

»Mit Milch und Zucker.«

Akif sah Regler mit hochgezogenen Augenbrauen an. Dann nickte er, als ob Thomas eine Probe bestanden hätte.

»Mit Milch und Zucker, natürlich, Herr Doktor.«

Sie tranken schweigend, während Lessie einen komplizierten Rhythmus auf die Matratze klopfte, Pjotr am Fenster lehnte und hinausstarrte und Harun mit einem Tuch über das Regal und den Fernseher wischte. Von Wolfgang, der auf der Pritsche über Lessie lag, sah man nur die Glatze und den bunten Umschlag eines Taschenbuchs.

»Also. Ich hätte als erstes die Frau rangenommen«, sagte Akif schließlich. »Danach würde die nie mehr fremdgehen.« Er lachte in sich hinein. »Die würde gar nichts mehr wollen danach.«

»Nur noch 'nen Sarg«, sagte Pjotr, als ob er den Witz schon oft gemacht hätte.

»Das kannst du singen.«

Thomas antwortete nicht. Er spürte, wie Akif ihn von der Seite her musterte. Dann stieß ihm der andere den Ellenbogen in die Rippen. Fast hätte er den Kaffee verschüttet.

»Ist sie schön?«

»Ja.« Und sie wird ihre Schönheit auch nicht verlieren in einem dunklen Loch inmitten von Nutten und Ladendiebinnen. So wahr mir Gott helfe.

»Wie alt?«

»Fünfunddreißig.« Und sie wird ihren Geburtstag in Freiheit verleben. Einen anderen Mann finden. Endlich glücklich sein. Thomas unterdrückte den Wunsch, zu weinen.

Akif spuckte den Schluck Kaffee, den er im Mund hatte, in weitem Bogen aus vor Lachen. »Wegen so einer Alten gehst du in den Knast?«

Lessie hatte sich aufgesetzt und starrte Regler an. Sogar Pjotr drehte sich um.

Mit Erleichterung hörte Thomas, wie ein Schlüssel ins Schloß gestoßen wurde. »Kostausgabe!« rief der Bedienstete, ließ den Schlüsselbund klirren und riß die Tür weit auf. Es war noch nicht einmal später Nachmittag. Thomas hatte keinen Hunger.

Lessie war als erster aus der Stube und stellte sich in die Reihe vor dem Servierwagen. Der Mann, der hinter dem Wagen stand, ein stoppelbärtiger Dicker im grauen Trainingsanzug, legte den Kopf zur Seite, während er jedem eine Portion aus den Aluminiumcontainern schöpfte. Er war sichtlich stolz auf das Privileg, seinen Mitgefangenen das Essen ausgeben zu dürfen. Thomas stellte sich hinter Pjotr, der zwei Teller in der Hand hielt. Akif war im Zimmer geblieben.

Nach einer Weile merkte Thomas, daß er dabei war, über jeden der Männer um ihn herum eine Krankenakte anzulegen. Der eine hatte eine böse aussehende Psioriasis, seine Hände waren rot, aufgesprungen und geschwollen. Ein anderer, der aussah wie der Scheich in einem Hollywoodschinken, ging auf Krücken. Das rechte Bein schien oberhalb des Knies amputiert worden zu sein.

Die gebrochenen und schlecht wieder eingerichteten Nasen mochte er kaum noch zählen. Dem jungen Typen mit den hellblauen Augen unter dem dunkelblonden Haarschopf, der sich eben seinen Teller abholte, wünschte er plötzlich mit ungewohnter Inbrunst, das Untersuchungsgefängnis mit seinen Regeln, dem geordneten Tagesablauf und den zahlreichen Freizeit- und Ausbildungsmöglichkeiten würde sich als Chance erweisen für einen wie ihn. Und für den ausgemergelten Jungen neben ihm, der seinen Entzug noch nicht lange hinter sich hatte.

Der Hausarbeiter hinter dem Thermowagen ließ eine rosa Zungenspitze zwischen den Lippen sehen, als er Regler den Teller füllte. Nicht so viel bitte, hätte Thomas fast gesagt. Doch das hätte hier niemand verstanden. Der Fraß sah gar nicht schlecht aus, aber zurück in der Stube war der Essensgeruch so intensiv, daß ihm der Appetit verging.

Lessie war fast fertig, er schlang das Essen ausgehungert in sich hinein. Wolfgang saß schon wieder auf dem Bett, ließ die Beine von der Pritsche baumeln und schien auch beim Essen noch zu lesen. Akif war beim Nachtisch, den Harun ihm servierte. Sauerkirschen aus dem Glas. Und Pjotr schmatzte, so unschuldig und ungebremst, wie er rülpste und furzte. Wie beim Bund, dachte Thomas. Wie im Krieg. Wie immer, wenn keine Frauen dabei sind.

Nach dem Essen holten Pjotr und Wolfgang ein Kartenspiel hervor und begannen zu pokern. Wenn die Zahlen, die Wolfgang nach jedem Spiel ausrief und dann auf der Innenseite des Taschenbuchs notierte – er las einen dicken Schmöker von John Grisham –, wenn solche Beträge echtes Geld hießen, hatte einer der beiden irgendwann ganz schön was abzubezahlen.

Lessie hatte den Fernseher eingeschaltet und sah Nachrichten. Selbstmordanschlag in Tel Aviv. Flüchtlingsboot mit schätzungsweise 200 Insassen vor der Küste Fuerteventuras gekentert. Der Mai: für die Jahreszeit zu kühl. Thomas spürte, wie sich die Welt immer weiter von ihm entfernte. Er schaute zu Lessie hinüber. Der Junge bewegte die Lippen, während der Wettermann die Wetterkarte interpretierte. Auch für Lessie schienen die Nachrichten von Außerirdischen zu stammen.

Akif stand schon seit einer Weile am Fenster, ließ sich von Harun aus einer Wodkaflasche einschenken und sprach leise in ein Handy.

Thomas steckte den Krimi, den er mit Einverständnis von Wolfgang aus dem Bücherregal genommen hatte, unter das Kopfkissen, legte sich aufs Bett, die Hände hinter dem Kopf verschränkt, und versuchte, weder an Krista noch an die Vergangenheit oder die Zukunft zu denken, sondern sich mit dem Überleben in nächster Gegenwart zu beschäftigen.

Akif war der Schlüssel zu seiner Position hier. Der Mann hatte nichts gegen jemanden, der den Liebhaber seiner Frau umgebracht hatte, ganz im Gegenteil. Aber er hatte unter Garantie etwas gegen »feine Leute«. Gegen jemanden, der sich aufspielte, der sich wichtig machte. Der sich überlegen gab. Thomas nahm sich vor, auf gleiche Augenhöhe zu gehen.

Er hatte nicht bemerkt, daß Akif seine Gespräche beendet hatte und Anstalten machte, sich zu seinen Füßen auf die Pritsche zu setzen. Alles Prahlerische war aus seinem Gesicht verschwunden. Der Junge sah sanft aus, die dunklen Augen melancholisch.

»Wodka?«

Beinahe hätte Thomas nein gesagt. Er nickte stumm.

Akif winkte nach Harun, ohne sich auch nur nach ihm umzusehen. »Die erste Nacht ist immer die schlimmste«, sagte er und kreuzte die Arme vor der Brust, als ob ihm kalt wäre.

Thomas hob stumm das Glas und prostete dem anderen zu.

»Aber bei uns hier ist alles tranquilo. Du mußt nichts geben auf das, was Pjotr sagt. Oder Lessie. Die sind nicht die Hellsten, verstehst du?« Akif machte eine wegwerfende, den ganzen Raum und seine Insassen umfassende Geste. »Und wenn irgendeiner dich morgen beim Hofgang anmacht – sag ihm einen schönen Gruß von Akif.«

Der Dunkelhaarige tätschelte Thomas' Knie, stand auf und ging hinüber zur Pritsche, auf der Lessie lag. Niemand sagte etwas. Aber Thomas kannte die Geräusche. Nach ein paar Minuten stöhnte Akif auf.

Thomas schloß die Augen. Alles war plötzlich wieder da. All die verdammten Jahre, die verlorenen Jahre, die kalten Jahre in Falkenburg. Roger, der schwitzend und schwer atmend vor ihm stand, sich am Hosenlatz herumfummelte und ihm befahl, auf die Knie zu gehen. Und dann Henry. Henry ersparte ihm Roger, auch wenn er das gleiche wollte. Immerhin brachte er es ihm auf wesentlich sanftere Weise bei. Irgendwann hatte Thomas selbst daran geglaubt, es sei etwas ganz Besonderes, was der so viel Ältere und Einflußreichere und er miteinander trieben jeden Abend im Behandlungszimmer des Anstaltsarztes. Thomas hatte es für Liebe gehalten, irgendwann. Er war erst fünfzehn.

Und dann sah er Krista vor sich. Wie sie ihn ansah, als er nach der Verhandlung an ihr vorbeiging, gefolgt von zwei Justizwachtmeistern. Ihre blauen Augen wirkten riesengroß in dem schmalen weißen Gesicht. Sie sah ungläubig aus, entgeistert. Entsetzt.

»Ich kenne mich mit sowas besser aus als du«, hatte er ihr zugeflüstert. Mit tiefem Erschrecken hatte er in ihrem Gesicht gelesen, daß sie das nicht bezweifelte.

Thomas Regler merkte, wie die Sehnsucht nach ihr einer tiefen Beunruhigung wich. Was weißt du, Krista? Was ahnst du? Was denkst du? Ich habe dich nicht belogen. Ich habe nur – etwas verschwiegen.

Nein! Sieh mich nicht so an. Laß mich doch erklären ...

Er mußte irgendeinen Laut von sich gegeben haben. »Lessie macht's für jeden, der bezahlt«, sagte eine Stimme hinter ihm. Aber Regler tat, als ob er schliefe.

Kurz bevor er wegdämmerte, erlaubte er sich ein Gefühl der Erleichterung. Akifs Haltung ließ keinen Zweifel zu: Ihm war ein Pakt angeboten worden. Akif würde davon absehen, ihn zu seinem Sklaven zu machen. Statt dessen war ihm die Aufgabe zugefallen, Akifs Ansehen zu mehren.

5

Frankfurt am Main

Mitten in der Konferenz kippte Karen Stark um. Sie erinnerte sich nur noch, daß sie Eva Daun angrinsen wollte, weil die Kollegin einen wunderbar gemeinen Witz über schwangere Frauen gemacht hatte, wie ihn nur alleinstehende Damen im besten Alter zu erzählen wagen. Dann knipste einer das Licht aus. Als sie erwachte, glaubte sie für den Bruchteil einer Sekunde ans Paradies, weil die schönste aller Protokollführerinnen wie ein Rauschgoldengel über ihr schwebte. Anita Fischer stützte ihr den Kopf und fühlte ihr professionell den Puls, während H_2O mit belemmertem Gesichtsausdruck dastand und ihre Beine hochhielt. Anita war Krankenschwester gewesen, bevor sie in den Justizdienst wechselte.

»Haben wir zuviel gearbeitet? Oder haben wir Kummer?«

»Red' normal mit mir, Fischerin.« Karen versuchte sich aufzurichten.

Anita Fischer drückte sie sanft zurück. »Du hast einen Blutdruck wie ein Reptil und einen Puls, den man kaum noch spürt. Gesund ist das nicht.«

»Ich fühle mich aber noch ganz lebendig.«

»Geh nach Hause. Leg dich ins Bett. Trink ein Glas Wein. Mach die Glotze an. Ruh dich aus.« Karen wollte erst den Kopf schütteln. Aber dann nickte sie lieber. Ganz vorsichtig.

Anita Fischer half ihr beim Aufstehen. Eva Daun ließ ein Taxi bestellen. Und nach einer Viertelstunde sah Karen das erste Mal seit Wochen ihre Wohnung bei Tageslicht.

In der Vase im Großen Zimmer vertrocknete der Mimosenstrauß, den Gunter ihr mitgebracht hatte, damals, als die Zukunft noch offen zu sein schien. Es kam ihr vor, als hätte sie alles nur geträumt – die Woche zwischen Weihnachten und Neujahr. Die Liebesgrüße per SMS. Die immer viel zu kurzen Treffen.

Gunter war pünktlich nach ihrem ersten und wahrscheinlich letzten Streit zu einem Kongreß nach Washington geflogen. Ihr Gespräch nach der Verhandlung gegen Krista Regler war kurz und frustrierend gewesen.

»Schön, dich hier zu sehen«, hatte sie zu ihm gesagt. »Noch schöner wäre gewesen, ich hätte davon gewußt, daß du als Sachverständiger der Gegenseite auftrittst.«

»Karen, ich …«

»Du wußtest, daß ich in diesem Fall die Anklage vertrete.«

»Natürlich, Karen. Komm, laß uns …«

Er hatte keine Chance. Sie ließ ihm keine. »Und ich dachte, wir stehen uns nahe genug, um Vertrauen zueinander zu haben.«

Carstens hatte sich durchs Haar gestrichen und sie lange angeschaut. Ohne zu lächeln. Dann sagte er: »Wir haben damals beschlossen, das Private nicht mit dem Beruflichen zu vermischen. Daran habe ich mich gehalten.«

Als sie nicht gleich antwortete, legte er eine kühle Hand an ihre Wange. »Komm. Wir reden darüber, wenn ich zurück bin.«

Erzähl mir mehr davon, hatte sie noch gedacht. Sie kannte berühmte letzte Worte.

Auf dem Küchentisch stand die große geblümte Tasse mit einem Rest Milchkaffee von heute früh. In der Ecke unter dem Fenster stapelten sich Zeitungen neben leeren Flaschen. Im Kühlschrank roch es nach saurer Milch und nach irgend etwas noch Schlimmerem. Ansonsten herrschte hier gähnende Leere. Und im Weinregal lagen nur noch vier Flaschen, ausgerechnet von ihrem besten Wein, einem roten Burgunder, den Marion ihr zum Geburtstag geschenkt hatte mit der Auflage, ihn nur im Beisein eines gutaussehenden und intelligenten Mannes zu öffnen. Zwei hatten Gunter und sie Silvester getrunken.

Sie beschloß, Anita Fischers Ratschlag dennoch anzunehmen,

öffnete eine Flasche und ließ sie auf dem Küchentisch lüften. Dann nahm sie den Einkaufskorb vom Haken und lief wieder hinunter. Der Kiosk an der Ecke hatte alles, was man zur Fernseh- und Rotweintherapie in Fällen kummerbedingter Kreislaufschwäche brauchte. Der nette Kurde, der ihr immer die Tür aufriß und sie »Madame« nannte und der es gewohnt war, daß sie erst abends gegen 22 Uhr vorbeischaute, weil sie noch Wasser brauchte oder Milch für den Morgenkaffee, sah anerkennend zu, wie sie gewaltige Notfallrationen auf den Kassentisch häufte. Karen richtete sich auf eine lange Klausur ein.

Nach zwei Soaps und einer Nachrichtensendung öffnete sie die zweite Rotweinflasche zu Käse, Trauben und Pumpernickel. Bei »Vier Hochzeiten und ein Todesfall« mußte sie weinen – bei der Hochzeit, natürlich, nicht bei der Beerdigung. Und als sie einschlief, träumte sie so intensiv, daß sie um drei Uhr nachts aufwachte mit tränennassem Gesicht. Der Fernseher lief noch, man sah schweinchenfarbene, stark geschminkte Blondinen in Tangas, die einander ableckten. Sie drückte auf die Fernbedienung, als ob es ein Revolver wäre. Dann setzte sie sich auf. Sie lebte nur halb. Und das wußte sie seit langem.

Manchmal fragte sie sich, wie Eva Daun das bewältigte: das Alleinsein. Sie sah nicht aus, als ob ihr etwas fehlte. Aber mir, dachte Karen, mir fehlt was. Ein Mann. Eine Beziehung. Liebe. Nenn's, wie du willst.

Die Affäre mit Gunter war vorbei – es sah jedenfalls ganz danach aus. Es hatte wenige Tage vor Weihnachten begonnen, auf dem Wochenmarkt in Frankfurts Schillerstraße, direkt vor der Börse. Es war der Tag, an dem ein junger Börsenjournalist tot aufgefunden worden war, in der Herrentoilette, mit einer Plastiktüte über dem Kopf. Sie hatte Gunter begleitet, als er den Toten untersuchte. Und danach hatten sie, zur Beruhigung, Glühwein getrunken am Weinstand vor der Börse und nach dem zweiten Glas beschlossen, die Zeit zwischen Weihnachten und Neujahr miteinander zu verbringen. Es war innig, vertraut, entspannt und schön gewesen. Sie hatten zusammen gekocht, waren ins Kino gegangen, hatten Musik gehört. Ihre Wohnung war wahrscheinlich noch nie so intensiv bewohnt gewesen. Und nach den Feiertagen? Sie hatte es erst nicht wahrnehmen wollen. Er war immer sparsamer geworden mit seiner Zuwendung. Sparsamer? Er hatte gegeizt! Und jetzt war es wohl vorbei.

»Mach's gut. Du bist ein netter Kerl«, murmelte sie. Besser jetzt als später, wenn es nicht mehr zu übersehen ist. Sie löschte das Licht und schlief wieder ein.

Sie wachte wie immer um Viertel nach sieben auf und drehte sich auf die andere Seite. Erst gegen Mittag erlaubte sie sich, aufzustehen. Die Welt sah weniger schlimm aus, als sie befürchtet hatte. Mit frischen Brötchen und der Tageszeitung, die Erhan ihr mit tiefer Verbeugung überreichte, legte sie sich wieder ins Bett. Sie ignorierte das Telefon bis kurz nach zwei. Als es dreimal hintereinander so lange schrillte, bis der Anrufbeantworter ansprang, ging sie dran, mit dem unvernünftigen Wunsch, es möge Gunter sein, und der weit vernünftigeren Hoffnung, er möge es nicht sein.

»Edith Manning«, sagte die Stimme. »Ich weiß, Sie sind krank. Aber ich würde gerne mit Ihnen reden.«

»Wozu?« Die richtige Frage wäre wohl »Worüber« gewesen.

»Ich habe nur getan, was ich meiner Mandantin schuldig war«, antwortete Edith Manning etwas steif. Sie hatte Karens Frage völlig richtig als Vorwurf gedeutet. »Ich hatte keine Ahnung, daß Thomas Regler ...«

Ja, was? Was hatte Regler eigentlich getan? Er hatte das mutmaßliche Tatwerkzeug im Falle Michael Hansen beschrieben und detaillierte Angaben zum Tathergang gemacht – das alles konnte nur der Täter wissen. Oder auch: der Täter und die Täterin. Aber da Regler alle Schuld auf sich nahm, hatte man Krista Regler aus der Untersuchungshaft entlassen müssen.

»Sie wollten zeigen, daß Krista Regler keine Ahnung hatte, was sie da alles zugab«, sagte Karen Stark langsam. »Und plötzlich hatten wir einen neuen Täter.«

»Genauso geständig wie seine Frau. Und genauso unwillig, darüber nachzudenken, ob es irgend etwas gibt, das man zu seinen Gunsten auslegen könnte.«

»Er läßt sich nicht verteidigen?« Karen konnte eine gewisse Heiterkeit nicht unterdrücken.

»Nein.« Gequält klang das.

Für Karen war der Fall klar: Regler deckte seine Frau. Seiner Darstellung nach hatte er Hansen umgefahren, hatte dem Hilflosen mit einem kaputten Backstein den Rest gegeben, dann seine Frau ins Auto gepackt, in den Wald gefahren und dem Tod durch Erfrieren überlassen, eine Stunde Fußmarsch von der Stelle entfernt, an der er sein Fluchtauto geparkt hatte. Zwei Fakten sprachen ihrer Meinung nach gegen diese Version: Krista Reglers Schilderung von ihrem Zusammenprall mit Michael Hansen klang viel zu stimmig, um erfunden zu sein. Und: warum hatte Regler seiner Frau nicht den Autoschlüssel weggenommen, wenn er sie erfrieren lassen wollte?

»Mann tötet Nebenbuhler – ich habe langsam das Gefühl, diese Platte ist genauso abgenudelt wie die Idee, daß Frauen einen Mann gleich über den Haufen fahren, bloß weil er nicht mit ihnen einen neuen Hausstand gründen will.« Die Manning klang bissig.

Karen horchte in sich hinein. Der Fall Regler löste ein seltsames Gefühl in ihr aus. So etwas wie – Sehnsucht. Die Frau schweigt, um ihren Mann nicht zu verraten. Der Mann schweigt, um seine Frau nicht zu belasten. Ist das Liebe? Oder Wahn?

»Irgend etwas stimmt da nicht«, sagte Edith Manning leise. »Vielleicht liegt das Grundmotiv für dieses Drama ganz woanders?«

Die beiden halten einander die Treue, dachte Karen. Michael Hansen hatte keine Chance. Sie müssen ihn gemeinsam getötet haben.

»Was wissen wir eigentlich über das Opfer?«

Nichts, dachte Karen und seufzte. »Ich bin noch nicht wieder ganz klar im Kopf, Frau Manning. Lassen Sie mich nachdenken.« Edith Manning murmelte etwas Entschuldigendes. Dann verabschiedete sie sich.

Das Paar ist stärker als ein einzelner, dachte Karen. Die Vorstellung begann sie zu faszinieren. Was, wenn beide mit Michael Hansen einen Eindringling zur Strecke gebracht hatten – in beiderseitigem Einverständnis? Nicht Krista Regler wollte mehr – sondern Michael Hansen zog aus einem Liebesabenteuer mit der Frau die falschen Schlüsse. Sie wollte ihre Ehe retten. Ihr Mann half ihr dabei. Aus bedingungsloser Liebe.

Die Sache war ihr plötzlich unheimlich. Sie versuchte, sich wieder auf den Krimi zu konzentrieren, den sie angefangen hatte, weil sie das Fernsehen nach der gestrigen Überdosis schon wieder satt hatte. Aber der Gedanke daran, daß offenbar jeder der beiden Reglers bereit war, für den anderen ins Gefängnis zu gehen, ließ sie nicht los. Und auch nicht Edith Mannings letzte Frage. Um sechs rief sie die Anwältin zurück.

»Haben Sie was vor heute abend oder hätten Sie Lust auf Restbestände von Rotwein mit Pumpernickel?«

Die Manning giggelte wie ein Schulmädchen. »Hervorragende Therapie bei schwachem Kreislauf! Die Kinder sind übers Wochenende bei der Mutter ihres Vaters. Soll ich weitere bewährte Heilmittel mitbringen?«

Karen gab überschwenglich zustimmende Laute von sich. Sie wollte nicht Erhans Retsina trinken müssen, wenn der Rotwein nicht reichte.

Edith Manning klingelte eine Stunde später. Der Riesling, den sie mitbrachte, war vorzüglich. Im Laufe der zweiten Flasche einigten sie sich aufs Du.

»Wenn das Liebe ist, was die beiden Regler zu ihrem Spiel treibt, dann möchte ich von dieser Teufelsmacht nichts wissen«, sagte Edith bestimmt und hob das Glas mit dem blassen Goldton ans Licht.

»Hast du nie jemanden geliebt?« Karen fühlte sich äußerst großmütig, sie war geradezu hingerissen von den hehren Gefühlen, die der freiwillige Verzicht auf Gunter bei ihr auslöste, dessen Gesicht, von den letzten Strahlen der Abendsonne veredelt, langsam am Horizont verblasste. Sie hätte weinen mögen vor Rührung über sich selbst.

»Meine Kinder«, sagte Edith knapp und bestrich einen runden schwarzen Pumpernickel mit Ziegenkäse.

»Nein, ich meine ...«

»Meinen Mann.« Alexander Bunge, der tote Bundestagsabgeordnete, der Vater ihrer Kinder. So schwul, wie Edith lesbisch war.

»Geliebt, Edith. Geliebt.«

»Meinst du diesen Zustand ...« Edith Manning verzog das Gesicht, als ob sie an etwas Ekliges dachte. »Diesen entwürdigendsten aller denkbaren Zustände, in dem man sich für nichts zu schade ist?«

So in etwa, dachte Karen. So in etwa.

»Ja, ich habe. Ich habe eine Person bis zur Selbstaufgabe geliebt. Bis sie sagte: Ich mag keine hirnlosen Hühner, die immer nur ›Liebst du mich noch?‹ fragen.«

Edith sah kämpferisch aus wie eine Straßenkatze, nicht wie ein Huhn, erst recht kein hirnloses. Karen fing an zu lachen. Edith sah mit zusammengekniffenen Augen zu ihr hinüber. Und dann lachte sie mit.

»Muß Liebe immer so sein?« fragte Karen, nachdem sie eine Weile geschwiegen und getrunken hatten. Edith sah sie unerwartet zärtlich an. »Natürlich nicht. Du darfst nur kein hirnloses Huhn sein.«

Als sie an die vorletzte Flasche Rotwein gingen, fühlte Karen sich federleicht. Sie holte die letzte Tüte Salzstangen aus der Küche.

»Was machst du, wenn du deinen Rausch ausgeschlafen hast morgen?« fragte Edith, die auch nicht mehr nüchtern wirkte.

»Welchen Rausch?«

»Verstehe«, sagte Edith und kicherte.

Dann wurde sie ernst. »Karen – ich wünschte, du würdest dir den Fall Regler noch mal gründlich angucken. Ich komme dem Mann nicht auf die Spur.«

»Und was ist mit der Frau?«

»Der auch nicht.«

»Und dem Opfer?«

»Dem erst recht nicht.« Edith beugte sich vor. Jetzt blitzten ihre Augen wieder. »Karen – Michael Hansen ist noch nicht einmal zur Seite gesprungen, als der Wagen auf ihn zufuhr. Das spricht nicht dafür, daß der Ehemann seiner Geliebten drinsaß.«

»Aber wenn *sie* drinsaß?«

»Dann hat sie ihn im Affekt umgefahren. Erzähl mir nicht, daß sie danach gebremst hat, ausgestiegen ist und ihm kaltblütig den Rest gegeben hat.«

»Und wenn ihr Mann…«

»Klar. Aber der hätte es gar nicht erst mit dem Auto versucht. Es gibt nur eine Antwort.«

Karen kannte die Antwort. »Es waren beide.«

»Genau.« Edith schnalzte mit den Fingern. »Wenn das ein stinknormales Eifersuchtsdrama ist, dann bin ich ab sofort hetero.«

Karen lief auf nackten Füßen die Treppe hinunter, um Edith die Haustür aufzuschließen. Sie gackerten so laut, daß hinter der Wohnungstür von Frau Hecht das Licht anging.

Als sie wieder oben war, fühlte sie sich hellwach. Sie goß sich Wein nach, setzte sich an den Schreibtisch und schaltete ihr Notebook ein. Dann machte sie sich auf die Suche im Netz.

Auf Anhieb erhielt sie fünf Seiten Treffer für Michael Hansen. Ihr war schnell klar, was Krista Regler in Michael Hansen gesehen haben könnte: auch sie hätte sich in den Mann verlieben mögen. Hansen war weit attraktiver als der verschlossene und eher schüchtern wirkende Kinderarzt, den die Regler geheiratet hatte.

Sie versuchte, in dem Gesicht zu lesen, das ihr auf dem Bildschirm entgegensah.

Michael Hansen, 1968 geboren in irgendeinem Kaff auf dem Land. Nach der Schule Bundeswehr, danach Entwicklungshelfer, Fremdenlegionär und Ballonfahrer. Buchautor. Sechs Bücher hatte der Mann geschrieben, für das letzte warb der Verlag mit Porträt und Zitat: »Ich habe alles gemacht, wovon man als Junge träumt. Ich habe das Träumen aufgegeben. Die Wirklichkeit ist Albtraum genug.« Angeber, dachte Karen. Müssen attraktive Männer immer so typische Vertreter ihres Faches sein? Seefahrer oder Großwildjäger oder andere Wind-und-Wetter-Gestählte aus dem Playboykatalog?

Hansens Reportagen von den Kriegsschauplätzen der Welt minderten das Wohlgefühl, das sich seit Ediths Besuch eingestellt hatte. Die Fotos zu einem seiner Berichte zeigten schwarze Leiber, grotesk verrenkt, einige ohne Köpfe oder Beine und Arme. Und neben ihnen stand ein schwarzer Mann in kurzen Hosen und mit nackter Brust, der sich auf eine Art Machete stützte.

In einem weiteren Illustriertenbericht dokumentierte Michael Hansen ein Massaker muslimischer Fanatiker an ihren christlichen Nachbarn in Osttimor. Und so weiter und so fort. Karen hatte schon lange nicht mehr eine solch geballte Sammlung von Greueln gesehen. Sie klickte sich immer hastiger vor. Kongo. Afghanistan. Nepal. Zimbabwe. Und dann klickte sie sich zurück auf die aktuellsten Treffer. Diesmal war es nicht Hansen, der berichtete. Diesmal berichteten Kollegen von seinem Tod – einem beiläufigen Tod auf der verschneiten Zufahrt vor einem schäbigen Bungalow in einer ansonsten leerstehenden Feriensiedlung bei Usingen. Karen betrachtete das Foto, das man der Geschichte vorangestellt hatte – die Porträtaufnahme eines Mannes mit harten Linien im Gesicht unter den blonden Haaren, der das kantige Kinn in die linke Hand stützte, wie es eine Zeitlang üblich war auf Prominentenfotografien. Der Mann lächelte nicht. Die hellen Augen wirkten kühl.

Über Thomas Regler war nicht im entferntesten so viel zu finden, aber immerhin – sein Porträt und eine Kurzbiografie fanden sich auf der Homepage des Heiliggeistkrankenhauses in Feldern. Einige weitere Meldungen betrafen den Tod eines kleinen Jungen aus dem Landkreis, der eine Operation unter Thomas Regler nicht überlebt hatte. Das Kind hatte bei einem Routineeingriff einen allergischen Schock erlitten, die Eltern gaben dem zuständigen Arzt die Schuld, eine Untersuchung wurde anberaumt und ein Provinzblättchen machte daraus die saftige Schlagzeile: »War es Pfusch?« Regler mußte unter enormem Druck gestanden haben, als ihm auch noch die Frau weglief. Das könnte eine Kurzschlußreaktion erklären.

Andererseits … Sie überflog noch einmal den ersten Eintrag über den Tod des kleinen Jungen im Krankenhaus. Man hatte ein Interview mit den Eltern abgedruckt. Die Eltern von David Ferber stießen wüste Drohungen gegen Regler aus, diktierten den Journalisten etwas von »Vergeltung« in den Notizblock, von »Blut gegen Blut«. Karen rechnete daraufhin mit einer Art stolzem Beduinenpaar, aber das Foto zeigte Sonja und Berti Ferber als brave, urdeutsch aussehende Mittelhessen.

Hatte der Mörder von Michael Hansen vielleicht Thomas Regler gemeint? War er umgekommen, weil man ihn aufgrund der Anwesenheit von Krista für Thomas Regler hielt?

Unsinn, dachte sie. Warum hätte Krista Regler dann gestanden?

Weil sie glaubte, ihr Mann habe Hansen umgebracht. Weil sie ihren Mann schützen wollte, der wiederum glaubte, sie schützen zu müssen, schon weil er sich schuldig fühlte am Tod des kleinen David.

Loreroman, dachte Karen. Krimikitsch. Michael Hansen ist nachweislich mit dem Auto von Thomas Regler angefahren und vielleicht von Thomas oder Krista Regler oder einem unbekannten Dritten mit einem Stein erschlagen worden. Mehr wissen wir nicht. Und mehr werden wir auch nicht erfahren, wenn die Herrin des Ermittlungsverfahrens weiterhin halbnackt am Schreibtisch sitzt, zuviel trinkt und ihren Liebeskummer hätschelt.

Ihre Augen brannten. Sie schaltete das Notebook aus und ging ins Bett. Wie ein Kind zog sie sich die Bettdecke hoch bis unters Kinn und starrte zum Fenster, durch das der schwache Widerschein der Morgendämmerung hineindrang. Laß es, dachte sie. Du hast ein Geständnis, das reicht. Alles andere ist nicht deine Aufgabe.

Stimmt nicht, sagte die strenge innere Stimme. Alles, was der Wahrheitsfindung dient, gehört zum Job. Und außerdem ...

Der Gedanke war ihr unbehaglich, aber sie hatte den Verdacht, daß er die Sache traf: Das Geheimnis der tödlichen Verbindung dreier Menschen zu ergründen war eine Aufgabe, die ablenkte. Von Schwächegefühlen aller Art.

6

JVA Strang

Das Imperium Akifs funktionierte nach klaren Gesetzen. Lessie war persönliches Eigentum, das sexuelle Dienstleistungen zu verrichten und sich demütigen zu lassen hatte. Pjotr war der Mann fürs Grobe, der die Muskeln zeigte, wenn irgendwer subtilere Hinweise nicht verstand. Harun war die Hausfrau, er putzte und servierte dem König die Drinks. Wolfgang schien auf den ersten Blick nicht hineinzupassen in das kleine Universum. Akif ließ den Glatzkopf in Ruhe und wenn er ihn ansprach, dann kurz und sachlich. Gestern früh hatte er ihm einen Brief in die Hand gedrückt, in einem der grauen Umschläge, wie Behörden und Finanzämter sie benutzen.

Heute früh gab Wolfgang Akif ein eng beschriebenes Blatt Papier zurück.

Akif sah auf das Blatt, faltete es sorgfältig zusammen und nickte.

»Das übliche«, sagte Wolfgang und wandte sich ab.

Wolfgang verfügte über eine andere Macht als die rohe Durchsetzungskraft Akifs. Er verfügte über Worte. Er konnte Eingaben schreiben, Petitionen, Rechtfertigungen. Liebesbriefe, Kassiber, Anwaltspost. Auch er war ein König in einer Welt der Analphabeten. Wie viele Männer hier im Knast wohl lesen konnten? Oder schreiben? Oder gar Deutsch sprechen und verstehen? Bei der Essensausgabe hatte Thomas die Männer türkisch oder arabisch oder irgendeine osteuropäische Sprache reden hören. Deutsch war die Brücke, die lingua franca zwischen den einen und den anderen, aber alle hatten sich ihre je eigene Version davon zurechtgemacht.

Wolfgang und er gehörten zur Knastelite. Wahrscheinlich waren auch seine Dienste irgendwann einmal gefragt. Das sollte ihm recht sein – solange niemand ihn bat, einen Liebesbrief zu schreiben.

Gefühle. Hast du überhaupt welche? hatte Krista einmal gefragt, im Scherz. Im Ernst. Natürlich hatte er. Mehr als genug. Er mochte nur nicht darüber reden. Denn alles, was man in Worte faßte, drohte sich aufzulösen, wie in einem Säurebad. Worte waren gefährlich. Er hatte immer Angst gehabt vor Worten. Nicht davor, eine ärztliche Anweisung zu geben oder eine Diagnose auszusprechen. Alles, was rational war, machte kein Problem.

Es waren die Zaubersprüche, die ihn schreckten. Die schönen, schillernden Lügen. Magische Sätze, Beschwörungsvokabeln. Er hatte Angst vor der Macht, die sie ausüben konnten.

Manchmal hatte er sogar vor seinen Gedanken Angst, noch immer, genauso wie damals, als er ein Kind war, als er heranwuchs. »Wenn du nur fest genug daran glaubst, dann wird es wahr«, hörte er seine Mutter flüstern. Der Satz war ihm nie als Verheißung erschienen. Was, wenn man an etwas Falsches oder Verbotenes dachte? Was, wenn die Wut plötzlich in einem hochstieg und man Dinge dachte, Dinge, die nie geschehen durften?

Was, wenn man sie sagte, brüllte, herausschrie?

Wie Mutter, an einem dieser Tage, an denen sie schon morgens nach Alkohol roch. An denen sie den Kopf zurückwarf und unverständliche Sätze deklamierte. An denen sie den Tag verfluchte, an dem sie ihn geboren hatte.

Er hörte das Surren der Schmeißfliegen auf dem toten Igel am Wegesrand. Roch den Duft des geschnittenen Heus und des unter der Sonne warm gewordenen Asphalts. Dann die Kühle und die Dunkelheit und die Kerzen. Und die feuchtgeschwitzte Hand in seiner.

Die Tür knallte auf. »Essen!« Er schreckte hoch und stieß sich den Kopf am Rahmen der Pritsche über ihm. Akif lachte und hielt ihm die Hand hin, um ihn hochzuziehen. »Bei guter Führung kommst du nach oben«, sagte er.

Nach dem Mittagessen stand Pjotr wieder am Fenster, Lessie ging wie ein Zootier von der Tür zum Klo und wieder zurück und sogar Akif war unruhig. »Mittwochs ist Einkaufstag«, sagte er schließlich.

Regler zog fragend die Augenbraue hoch. Akif schüttelte den Kopf. »Das auch. Das kommt morgen, das macht Eule.«

»Wenn du mal was brauchst – frag' Eule«, hatte Akif in konspirativem Ton gestern abend gesagt. Eule war das, was es im Knast angeblich nicht gab: ein korrupter Justizangestellter. Der Grüne hieß, so stand es auf dem Namensschild am Pullover, Detlef Merkel und trug eine randlose, getönte Brille. Regler hatte ihn schon am ersten Tag unsympathisch gefunden. Er wirkte unterwürfig und sadistisch zugleich. Aber gegen Geld besorgte der Mann offenbar alles. Alles, außer Frauen. Zigaretten, Schnaps, Handys, Koks. Und Muskelaufbaupräparate, die Akif und Pjotr im Akkord schluckten, Oxandrolon, ein anaboles Steroid. Regler kannte den Stoff. Er fragte sich, wieviel Eule allein an Akif verdiente, der sich jeden Tag auch noch zwei, drei Nasen Koks genehmigte. Wie alle Gauner spürte Eule die Verachtung, die Regler ihm entgegenbrachte.

»Unten ist ein Lebensmittelgeschäft«, sagte Wolfgang und schwang sich von der Pritsche. »Einmal die Woche kannst du einkaufen – wenn du Geld hast.« Wolfgang wirkte heute fast fröhlich.

»Wolfgang – weißte, also …« Harun sah aus, als ob er gegen den Koran verstoßen hätte.

»Eine Stange«, sagte Wolfgang gleichgültig. »Das war verabredet. Und wenn du damit nicht überkommst, stelle ich den Schriftverkehr eben ein.« Er breitete die Arme aus und lächelte Harun an, der geschrumpft zu sein schien. »Es liegt ganz bei dir.«

Endlich öffnete sich die Tür zur Freistunde. Regler fühlte sich verloren in der unüberschaubaren Menge von Männern, viele in Anstaltskleidung, die aus den Zellen strömten und den überglasten Gang hinunter zum Hof gingen. Viele begrüßten einander überschwenglich. Er verstand nicht ein einziges Wort. Auch Akif hatte sich bei einem Mann eingehängt und redete auf ihn ein – dem Sound nach türkisch.

Regler war allein und im Weg. Je unsicherer er sich fühlte, desto häufiger wurde er angerempelt, aus dem Weg geschoben, angeraunzt. »Los los!« rief Eule und gab ihm mit der flachen Hand einen Schlag auf die Schulter. Thomas spürte, wie sein Körper ganz ohne sein Zutun reagierte. Sein Verstand wollte »Fassen Sie mich nicht an!« sagen und die Hände in Abwehrbereitschaft bringen. Aber die älteren Kontrollinstanzen des Willens ließen ihn die Schultern einziehen und beiseite gehen. Ihm wurde übel vor Ekel – vor sich selbst.

Bald kamen ihm Männer mit großen Papiertüten entgegen. Als er im Laden eintraf, gab es keine Zigaretten und keinen Kaffee mehr. Aber Orangensaft bekam man noch und Katenbrot, geschnitten, in Tüten. Käseecken und Leberwurst. Sexhefte. Auto, Motor, Sport.

Ihn reizte nichts.

Auch im Hof, auf dem sich die Männer für die Freistunde sammelten, war er allein. Akif und Pjotr und eine Gruppe anderer, die er nicht kannte, steckten an einer Ecke des Gevierts die Köpfe zusammen. Die wachhabenden Grünen scherte das nicht, sie saßen auf einer der Steinbänke in der Sonne, der eine schien eine hochkomische Geschichte zu erzählen, wenn man nach dem Grinsen des anderen ging.

Abrupt löste sich der Pulk Männer auf und Akif kam lächelnd auf ihn zu. Widerwillig stellte Thomas fest, daß es ihn beruhigte, nicht mehr allein herumzustehen.

»Und? Hast du was gekauft, Doktor?« Thomas schüttelte den Kopf und versuchte, dem kleineren Mann über die Schulter zu blicken. Akif drehte sich so, daß er ihm den Blick versperrte. Er lächelte wieder. Und dann trat er zur Seite. Hinten, in der Ecke, vor der sich die Männer eben noch zusammengerottet hatten, lag einer am Boden.

»Ich bin Arzt«, sagte Thomas rauh. »Laß mich …« Er sah hinüber zur Steinbank. Die beiden Bediensteten in Grün interessierten sich noch immer nur für einander.

»Doktor.« Akif legte ihm die Hand auf den Oberarm und schüttelte langsam den Kopf.

Thomas guckte zu den Grünen, dann zu der regungslosen Gestalt hinten in der Ecke und schließlich wieder in Akifs Gesicht, das eine Mischung aus Sorge und Belustigung zeigte.

»Kümmer' dich nicht um sowas.« Akif lächelte wieder. »Ich will mir keine Sorgen um dich machen müssen.«

Thomas wehrte sich gegen das Gefühl der Dankbarkeit, das ihn plötzlich überschwemmte. Akif sorgte für ihn. Akif wußte, was richtig war. Tu, was Akif dir sagt, empfahl ihm eine innere Stimme. Thomas schüttelte benommen den Kopf.

»Ist dir nicht gut, Doktor?« fragte Akif sanft.

Thomas schüttelte wieder den Kopf, drehte sich um und wäre fast aus dem Hof gelaufen, wenn ihn die beiden Männer in Grün nicht barsch zum Bleiben aufgefordert hätten. Ihn jedenfalls hatten sie gesehen. Aber ein Blick zurück zeigte, daß der Mann, den man zusammengeschlagen hatte, noch immer regungslos in der Ecke lag. In einer Pfütze aus Blut, Pisse oder Erbrochenem. Ihm war es plötzlich egal.

Er bahnte sich einen Weg durch die Versammlung der Männer, die in Grüppchen beieinander standen und rauchten, redeten, gestikulierten. In einer mehr oder weniger freien Ecke, dort, wo kein Strahl der Frühjahrssonne hinfiel, der sich all die bleichen Männergesichter zugewandt hatten, lehnte er sich an die Mauer und schloß die Augen.

Akif und Roger und Henry und wie sie alle hießen. Männer, die ihre Gunst vergaben wie ein großes Geschenk und straften, wenn man sich nicht als dankbar erwies. Männer, die redeten und Versprechen machten und es verstanden, alles ins rechte Licht zu rücken. Lügner, Schwätzer, Schönredner, allesamt. Sie nahmen in seinem Leben mehr Platz ein, als ihm lieb war.

Wahrscheinlich hatte alles angefangen mit Hanni, damals, in dieser unvorstellbaren Zeit *davor*, als es noch Wärme gab und blauen Himmel und Luft. Hanni wußte, wo es langging. Hanni entschied, was sie taten. Und Thomas folgte.

Er sah sich und Hanni durch die Flußaue streunen, immer am Bach entlang, von dem die Enten plärrend hochschossen, wo sich ein Fischotter vom Ufer ins Wasser stürzte. Sie fuhren Fahrrad, auf dem asphaltierten Weg am Waldrand entlang, und versuchten, mit den Rädern ihrer Bonanzas so viele rote und braune Nacktschnecken wie möglich plattzufahren. Sie sahen zu, wie die Busches das letzte ihrer Schweine abstachen, Hanni hatte leuchtende Augen beim Anblick des schrecklich schreienden Tieres, dessen Blut in einer hohen Fontäne aus dem Hals spritzte. Thomas hatte versucht, ebenfalls cool und gelassen zu bleiben. Aber das Schreien hatte ihn betäubt und der Geruch des Blutes überwältigte ihn. Er hörte Busche schimpfen auf die Kinder von heute, die nichts mehr vertragen können, als er aus der Ohnmacht erwachte.

Und dann hatte Hanni ihn mitgenommen zu dem Ort, an den er nicht denken konnte, ohne daß sich ihm der Magen umdrehte. Hatte Kerzen angezündet und über eine Mutprobe gesprochen. Und dann sollte Thomas ihm nachsprechen.

»Ich kann das nicht. Wenn ich das sage, dann... geschieht was.« Vater, dachte Thomas, ich habe ihm mal die Krätze an den Hals gewünscht. Am nächsten Tag hätte er sich fast das Genick gebrochen.

»Du bist abergläubisch! Mein Gott, der Kleine ist abergläubisch!«

Er hatte Hannis Spott mehr gefürchtet als alles auf der Welt.

»Du Baby! Du glaubst wahrscheinlich immer noch, daß die Leute im Fernsehen in echt sterben, oder?«

Natürlich nicht. Und Worte und Gedanken können nicht töten. Und Vater war besoffen gewesen. Und die Zeiten waren vorbei, in denen das Wünschen etwas ausrichten konnte.

Oder?

7

Klein-Roda

Heute war ein Tag ohne Hausmeistertätigkeit. Bremer saß am Gartentisch und starrte in den blassen Himmel. Wilhelm unterzog sich wieder irgendwelchen komplizierten Untersuchungen, die ihn hinderten, seine Tagesbefehle zu übermitteln. Und Bremer selbst fiel beim besten Willen keine Aufgabe mehr ein, die er noch nicht erledigt hätte. Fast fehlte ihm etwas.

Er zählte die Kondensstreifen am Himmel, während er dem Schrei der Gabelweihe lauschte, die über Gottfrieds Hühnerhof kreiste. Als sein Blick zurückging zum Haus, fiel ihm eine Lücke im Dach direkt oberhalb der Regenrinne auf. Das sah nicht gut aus. Bestenfalls gab es die Lücke noch nicht lange. Schlimmstenfalls lief seit dem Tauwetter Regen in die Wände. Voller Unbehagen dachte er an das letzte Hochwasser, das es bis ins Haus geschafft hatte, eine stinkende braune Brühe, mit der sich die Lehmwände vollgesogen hatten. Der Gestank war erst nach Monaten verflogen.

Bremer ging ins Haus, gefolgt von Nemax, der sein Sehnen kurzfristig unterbrochen zu haben schien.

»Mach dir keine Illusionen, mein Junge«, sagte er, bückte sich und kraulte dem Tier die Ohren. »Erst mußt du die anderen Kater aus dem Weg schlagen, bevor du überhaupt eine Chance hast. Dann läßt sie dich ewig warten. Und zum Schluß jagt sie dich ums ganze Dorf herum, um zu kriegen, was sie haben will.«

Nemax gab einen fragenden Ton von sich.

»Und sag' nicht, ich hätte dich nicht gewarnt.«

Das Tier sprang ihm voraus die Treppe hoch. Als er im Bad die Klappe zum Dachboden hob, rieselte es ihm entgegen – Spinnweben und Asche und feiner brauner Lehm. Wie ein Blitz war der

Kater an ihm vorbei und galoppierte in einer Staubwolke den Dachboden entlang.

Der Dachstuhl sah so morsch aus wie damals, bei seinem Einzug. Und wenn er es auch in diesem Jahr nicht schaffte, neue Balken und Sparren einzuziehen, konnte es ungemütlich werden. Bremer seufzte. Er roch feuchte Wände und registrierte losen Putz. Im Eimer, den er beim letzten Regen unter eine Lücke im Dach gestellt hatte, stand eine modrige braune Brühe. Die Bücherkisten unter dem First waren graubraun bepelzt.

Nemax stob an ihm vorbei, Spinnweben im Barthaar.

Ein Blick nach oben belehrte ihn, daß nicht einer oder zwei, sondern mindestens zehn Ziegel begannen, sich in rotbraune Brösel aufzulösen. Und den einen der Sparren mußte er wenigstens provisorisch ersetzen – am besten gleich. Bremer rief nach dem Kater, der ihm freudig wieder hinunter folgte. Unten gab es frischere Gerüche.

Mittlerweile dengelte Gottfried die Sense, und Marie hängte Wäsche auf. Der Frühling war nicht mehr aufzuhalten. Bremer setzte sich ins Auto und fuhr zum Baumarkt in Ebersgrund.

Bei »Schindler und Sohn« sah es aus wie am Vatertag. Nicht eine einzige Frau, aber alle handwerklich mehr oder weniger begabten Männer der näheren Umgebung hatten sich eingefunden. Bremer begrüßte Otto Grün, den Tierarzt von Groß-Roda. Werner Heise von der Feuerwehr. Den alten Knöß. Und ganz hinten, bei den Farben, neben der Tür zum Holzlager, sah er eine vertraute Gestalt die Farbskala für Holzlacke studieren.

»Willst du dein Revier oder bloß den Gartenzaun streichen?«

Kriminalhauptkommissar Gregor Kosinski drehte sich um und guckte verlegen. »Du kennst doch die Ideen, auf die Frauen kommen, wenn es Frühling ist.«

Es waren offenbar selten die, auf die Männer kämen.

Kosinski stellte eine Dose in den Einkaufskorb zu seinen Füßen, in dem Pinsel lagen, eine Mausefalle, Gartendraht, Wühlmausköder, Rosendünger und Putzmittel aus dem Sonderangebot. Bremer musterte die Sammlung und blickte mit hochgezogenen Augenbrauen hoch. Der Commissario war ein Baumarktjunkie.

Kosinski zuckte mit den Schultern. »Wenn ich schon mal hier bin«, sagte er.

Bremer lehnte sich neben ihn ans Farbenregal. Er fragte nach Kosinskis Frau. Kosinski berichtete von den Erfolgen seiner Tochter und erkundigte sich nach Anne. Bremer erzählte von ihrer letzten Postkarte. Und irgendwann landeten sie bei der Bürgermeisterwahl und beim Kandidaten Moritz.

»Sie haben die vollen Bierkrüge stehenlassen und ihm den Rücken zugekehrt?« Kosinski gab einen Laut von sich, der wie ein Kichern klang.

»Sogar Erwin. So ganz verstehe ich nicht, warum.«

»Ich kann's dir erklären.« Kosinski stellte sich bequemer hin. »Moritz Marx will nicht nur eine ökologische Mustergemeinde aus Pfaffenheim machen, er will auch den Tunnel in eine Gedenkstätte umwandeln.«

Das hatte Bremer mittlerweile kapiert.

»Den Tunnel von Ebersgrund, wo man Tamara gefunden hat – erinnerst du dich? Während der Nazizeit haben Zwangsarbeiter da drin gearbeitet – sie sollen Steuerteile für die Wunderwaffe des Führers zusammengebaut haben. An sie soll erinnert werden. Ohne Zweifel eine noble Idee.« Kosinski drehte eine Dose Terpentin in den Händen. »Eine gar nicht mal kleine Gruppe im Gemeinderat sieht das ähnlich. Aber die Altvorderen aus Ebersgrund und Altenzell spucken Gift und Galle.«

»Nicht nur die. Der Ortsbeirat von Klein-Roda ebenfalls.«

Erwin schlurfte vorbei und nickte ihnen mürrisch zu. Er hatte schlechte Laune, mußte also nüchtern sein. In der Gartenabteilung machte er halt. Wahrscheinlich war er auf der Suche nach interessanten neuen Giften und Maulwurfvernichtungsmaschinen.

Kosinski stellte das Terpentin wieder ins Regal und betrachtete mit großer Konzentration eine Dose Entroster. »Das ist natürlich Wasser auf Moritz' Mühle. Man wolle die Vergangenheit verdrängen, typisch für die stumpfsinnigen Bauern, die immer alles unter den Teppich kehren – na, du kennst die Argumente.«

Bremer folgte Kosinskis Blick. Am Regal mit den Gartenscheren, Äxten und Sägen stand Willi und sah aus, als ob er sich nicht zwischen Vorschlaghammer und kanadischem Spaltbeil entscheiden könnte.

Kosinski schien nachzudenken. »Hast du Zeit?« sagte er schließlich. Bremer nickte. »Dann komm.«

Hinter dem Baumarkt führte ein asphaltierter Feldweg auf ein Wäldchen zu. Vom blendendgelben Rapsfeld wehte ein wilder, tierischer Geruch herüber. Die Buchen am Wegesrand strotzten in frischem Grün, sie waren gewachsen, auch wenn sie noch Jahre brauchen würden bis zur Allee. Dann führte der Weg hinab, in das Wäldchen aus Birken und Lärchen.

»Die Sache ist komplizierter. Auf dem Land, wo man so eng aufeinanderhockt wie in dieser Ecke hier, schweigt man nicht, weil man verdrängt, sondern weil man miteinander leben muß. In der Stadt kannst du ausweichen. Nicht hier. Hier gibt's nur die Flucht. Und wer bleiben will, muß die Hunde schlafen lassen. Moritz wird das nie kapieren.«

Bremer hatte es langsam gelernt. Es gab Konflikte, über die man nicht reden durfte, und sein naives »Warum?« wurde in solchen Fällen einfach nicht beantwortet. Selbst Marianne wurde einsilbig, wenn man sie nach den Nachbarn im Aussiedlerhof jenseits des Streitbachs fragte. Es war die verläßlichste Auskunft, die sie über Zu- und Abneigungen in und um Klein-Roda zu geben vermochte.

An der Talsohle öffnete sich das Wäldchen auf eine Backsteinmauer, die bis an die Baumwipfel heranreichte und oben von Zinnen gekrönt war. Lächerlich klein wirkte die schwarze Öffnung an ihrem Fuß. Das eiserne Eingangstor stand offen.

»Der Tunnel des Anstoßes«, sagte Kosinski, und Bremer zögerte, bevor er eintrat. Feuchte kühle Luft empfing sie in dem Gewölbe aus rotem Klinker. An den Wänden hingen Leuchtstoffröhren, deren Licht, durch Fliegendreck gedämpft, gerade noch eine Ahnung von der Größe des Raumes zuließ. Rechts und links öffneten sich dunkle Gelasse, der Fußboden glänzte feucht, in den Beton waren Schienen eingelassen. Ihre Schritte hallten.

»Sie sind nicht die ersten«, sagte eine Stimme hinter ihnen. »Und Sie werden nicht die letzten sein, die sich für unsere örtliche Geisterbahn interessieren.« Der Mann hatte eine Eisenkette und einen Hammer in der Hand.

»Hallo, Marius.«

»Bonsoir, Herr Kommissar«, sagte der Mann und lachte breit. Bremer sah in einen dunklen Schlund und auf ein paar Zahnruinen, wie es sie im Zeitalter der Krankenkassenbehandlung nur noch selten gab. »Wenn's nach mir ginge, hätten wir das Loch hier schon vor Jahren gesprengt. Oder zugemauert. Das zieht nur Selbstmörder und Spinner an. Und wenn was passiert, ist das Geschrei groß.«

»Dürfen wir?« fragte Kosinski und wies in den Raum.

»Aber bitte! Hier darf ja jeder!«

Sie gingen weiter, bis das Gewölbe sich zu einer Halle öffnete. »Die Zwangsarbeiter haben doch niemanden interessiert nach dem Krieg – die paar Polacken und Russen, die noch kriechen konnten«, sagte Marius hinter ihnen. »*Das* hier hat alle wild gemacht. Das, was hier stand. Ein Zug. *Der* Zug.« Marius' Stimme war zu einem Flüstern geworden, vom Echo verstärkt und verzerrt.

»Der Zug des Führers«, sagte Kosinski neben ihm.

»Komplett mit allem Drum und Dran. Der war schneller geplündert, als du Heil Hitler sagen kannst. Vom Klo bis zu den Telefonen. Jeder hat hier zu Hause irgend etwas davon herumstehen.« Marius gab einen Laut von sich, den das Echo über Wände und Decken schickte und als Schluckauf zurückspielte.

»Und dann haben sich der Kleeberg Rudi und der Faust Erwin wegen einem blödsinnigen Bild aus dem Scheißführerzug geprügelt, und der Rudi hat den Erwin niedergeschossen. Als Plünderer.«

Erst kommen die tragischen Ereignisse, dachte Bremer. Und dann die unnötigen.

»Und was hältst du davon, wenn man aus dem Tunnel hier eine Gedenkstätte macht?« fragte Kosinski sanft.

Marius spuckte aus. »Brauch' ich nicht. Ich weiß, was damals hier passiert ist – jeder weiß es. Im Krieg – und danach.«

Er zeigte auf eine Nische in der Wand, an der Bremer nichts Besonderes auffiel. »Hier hat sich Walter Knab umgebracht. Mit dem Dienstrevolver. Soll das vielleicht auch auf eine Gedenktafel?« Er schüttelte den Kopf. »Man muß vergessen können.« Er klang, als ob er sich das jeden Tag aufs neue einreden müßte. »Sogar meine Mutter hat mit den Weibern später wieder Kaffee getrunken, die sie bespuckt haben, weil sie einen Polacken liebte.«

Kosinski neben ihm bückte sich, er schien nach etwas zu suchen.

»Etwa hier hat man das Kind gefunden.« Marius' Stimme schien sich zu entfernen. »Das war besonders furchtbar.«

Kosinski richtete sich auf.

»Eine Sprengladung anbringen und den Eingang zuschütten. Das ist das einzige, was hilft.« Der Mann rasselte mit der Kette. »Das hier bringt gar nichts. Das kriegt jeder ordentliche Bolzenschneider kaputt.«

Kosinski hielt Bremer die ausgestreckte Hand hin. »Wachs«, sagte er. »Kerzenwachs.«

Als sie heraustraten aus dem Tunnel, begrüßte sie ein warmer Frühlingsnachmittag. Jedes Dorf hat eine Stelle, an der die Gespenster der Vergangenheit umgehen, dachte Bremer. Hinter sich hörten sie es hämmern.

8

JVA Strang

»Die Kirche ist die wichtigste Institution hier, ob Sie's glauben oder nicht.« Der Anstaltsgeistliche trug Jeans und war müde.

Thomas sah sich zweifelnd um im Andachtsraum. Beton und Holz und Glas, die architektonischen Vorlieben der 70er Jahre. Aber wer die Tröstungen des Glaubens nötig hatte, sah darüber sicher gern hinweg.

»Den meisten hier wäre es lieb, ich käme jeden Tag und es gäbe jeden Abend Andacht.«

Der Mann bückte sich, hob eine zerknautschte Zigarettenschachtel vom Boden, guckte prüfend hinein und rückte sich mit dem Zeigefinger das fünfeckige Brillengestell wieder zurecht.

»Aber die Mehrheit hier ist doch sicherlich nicht – christlich?« fragte Thomas. Feinheiten wie »katholisch« oder »evangelisch« wollte er gar nicht erst ansprechen.

»Kommt's darauf an?« Der Pfarrer warf die Schachtel in den Abfalleimer, der vor dem Brett mit den Aushängen stand. Dort fanden sich Verlautbarungen der Anstaltsleitung, Suchmeldungen und Veranstaltungshinweise. Es gab einen Gesangsverein im Knast, eine Selbsthilfegruppe für Drogenabhängige, einen Fußballclub und eine Theatergruppe. Außerdem standen szenische Aufführungen, Liederabende, sogar Dichterlesungen ins Haus – demnächst kam ein Krimiautor. Das paßte ja.

»Sie können schreiben oder lesen lernen und Deutschkurse belegen. Wir haben Sportanlagen und eine Gärtnerei – was will man mehr?« Der Mann versuchte, enthusiastisch zu klingen.

»Um so schöner für Sie, wenn die Jungs auch noch in die Andacht kommen, oder?«

Kam Pjotr hierhin? Akif? Er konnte sich das schwer vorstellen.

»Natürlich kommen sie. Die Andacht ist für alle unsere Abteilungen offen.«

Der Anstaltsgeistliche hatte die Zettel mit Veranstaltungen, die längst über die Bühne gegangen waren, vom Brett genommen und einen Hinweis auf die Segnungen und Wirkungen einer Fastenwoche hingehängt. Er sah zu Thomas herüber, der zurücklächelte. Der Mann gefiel ihm.

»Sie verstehen nicht. Tut mir leid, ich hätte mich vielleicht klarer ausdrücken sollen.« Der Pfarrer räusperte sich. »Wir sind deshalb so beliebt, weil wir die größte offene Tauschbörse im ganzen Knast sind. Bei uns werden Kassiber geschmuggelt, wird gedealt, werden Nachrichten gehandelt, fallen sich Verbrecher in die Arme, die man aus gutem Grund in verschiedene Abteilungen verlegt hat. Wir sind der heimliche Basar, das Netzwerk, die Clearingstelle.«

»Aber …«

»Und meine Predigt ist die nötige Geräuschkulisse, damit das alles reibungslos funktionieren kann.«

Der Pfarrer mußte Thomas angesehen haben, was er dachte. »Sie meinen, man sollte als Kirchenvertreter nicht groß fragen, auf welchen Wegen die Herren zum Herrn finden?«

Thomas dachte an gestern, daran, wie man vor den Augen der Justizbeamten einen Mann zusammengeschlagen hatte. Dachte an Eule, dachte an das Kokain und den Schnaps und die Mobilfunkgeräte, die hier frei zu kursieren schienen. Er zuckte mit den Schultern.

Der Pfarrer seufzte. »Wenn Sie wollen, zeige ich Ihnen den wirklichen Andachtsraum, in dem alle den gleichen Götzen anhimmeln.« Er zögerte einen Moment. Dann hielt er Thomas die Hand hin: »Max Postel«, sagte er.

Der Weg zur Sporthalle führte durch mehrere Korridore und Eisentüren nach draußen. Thomas hielt sein Gesicht in die kühle Luft. Auf dem Fußballplatz droschen fünf Männer das Leder durch die Gegend. Durch die Glasfenster der Sporthalle sah man zwei Mannschaften Basketball spielen.

Der Kraftraum lag gleich hinter dem Eingang zur Sporthalle. Als Postel die schwere Tür aufzog, schlug ihnen eine Wolke von Männerschweiß entgegen. Passend dazu hörte man kollektives Stöhnen und das Klirren von Gewichten. Für Sekunden wurde es still, als der Pfarrer im Türrahmen erschien. Dann stöhnte und klirrte es weiter.

Thomas sah sich um. Rechts von der Tür, das Gesicht verzerrt, lag Pjotr auf der Bank und versuchte vergeblich, eine Scheibenhantel in die Höhe zu stemmen. Geräuschvoll ausatmend ließ er die Stange in die Halterung einrasten, stand auf, zog sich den breiten Ledergürtel enger, richtete seinen Behang, machte ein paar tänzelnde Schritte und murmelte: »Heute is' irgendwie nich'.«

Akif hingegen, der im hinteren Teil des Raumes seine Beinmuskeln trainierte, bewegte das Gewicht wie ein Uhrwerk, gleichmäßig und still. Seine Haut glänzte vor Schweiß.

»Das hier ist für die harten Jungs«, murmelte Max Postel. Er führte Thomas in den nächsten Raum. »Und das hier ist für Leute wie Sie und ich.«

Thomas sah blitzende Maschinen mit Polstern aus grauem Kunstleder. »Alles vom feinsten für unsere Knackis«, sagte Postel und breitete die Arme aus.

»Und alles von unseren Steuergeldern?« Offenbar war an der Klage über den Luxus im Strafvollzug was dran.

Postel schüttelte den Kopf. »Alles gestiftet. Von einem, der auch mal so angefangen hat wie die da hinten.«

Nach einer Stunde kam Regler mit vibrierenden Muskeln zurück auf die Zelle. Wolfgang lag auf dem Bett und las. Alle anderen hatten sich um Akif versammelt, als ob der König keinen Stuhlgang gehabt hätte. Tatsächlich, Akif sah leidend aus.

»Gut, daß du kommst, Thomas. Du bist doch Doktor. Was ist das, wenn es hier« – Akif faßte sich mit schmerzverzerrtem Gesicht zwischen die Beine –, »wenn es hier juckt?« Die anderen grinsten verhalten.

»Dann hast du entweder den Falschen gevögelt oder dich zu lange nicht gewaschen.«

Thomas hörte es von oben kichern. Das Buch bebte, das Wolfgang sich vor die Nase hielt. Die anderen versuchten, ernst zu bleiben. Akif wurde rot im Gesicht.

Scheiße, dachte Thomas. Das war ein Treffer zuviel. Sag, daß es dir leid tut, flüsterte eine innere Stimme. Daß du es nicht so gemeint hast.

»Entschuldige, Akif, ich...« hörte er sich sagen.

Dann lachte Akif. Er schüttete sich geradezu aus vor Lachen. Pjotr stimmte ein, als ob er Keuchhusten hätte. Harun keckerte wie ein Ziegenbock, und selbst Lessie verzog den dünnen Mund.

»Das ist gut, Doktor, das ist wirklich gut.« Abrupt hörte Akif wieder auf zu lachen. »Du gehst sofort zum Arzt, Kleiner, ist das klar?«

Lessie sah an ihm vorbei. Dann nickte er müde.

Am nächsten Tag beim Hofgang nahm Akif Thomas am Arm und erzählte den Witz jedem, der nicht schnell genug ausweichen konnte. Regler merkte an den Reaktionen der anderen, daß sie die Geschichte so komisch nicht fanden. Und daß sie von einem Doktor nichts hielten – auch wenn er wegen Totschlags am Liebhaber seiner Frau einsaß, etwas, das natürlich alle irgendwie in Ordnung fanden.

Er stand jedenfalls eindeutig besser da als der Mann, den Akif und die anderen kürzlich zusammengeschlagen hatten. Dem Kerl fehlten zwei Zähne, mehrere Rippen hatten sie ihm gebrochen, von Milzriß war die Rede. Und gar nicht zu vergleichen war sein Ansehen mit dem des Kerls, der einen Mord an einem zwölfjährigen Jungen gestanden hatte. Seit gestern machte die Nachricht die Runde, der Mann – auch noch der Nachhilfelehrer des getöteten Jungen – werde ausgerechnet hier, in Strang, in Untersuchungshaft kommen. Seither brüllten die Männer von Zelle zu Zelle immer neue Ideen über den Hof, wie man den Kerl möglichst langsam und schmerzhaft zur Strecke bringen könnte. Als beliebteste Maßnahmen wurden Vergewaltigen, Kastrieren und Garottieren gehandelt.

Thomas merkte, daß ihm noch nicht einmal mehr ein halbes Lachen gelingen wollte, wenn Akif oder Pjotr wieder eine neue Qual für den Kinderschänder erfunden hatten. Er verkroch sich in ein Buch aus der Anstaltsbibliothek, die gut sortiert war und leider nur einmal in der Woche geöffnet hatte. Lieber noch ging er zum Krafttraining. Alles, um nicht Akifs und Pjotrs Geschwätz hören zu müssen und um den Gedanken an den nächsten Besuch seiner Anwältin verdrängen zu können.

Zuerst hatte es ihn gewundert, daß Edith Manning ihn vertreten wollte. Dann freute ihn der Gedanke, auf diese Weise mit Krista verbunden zu sein. Angenehm war auch, daß man bei jedem Anwaltsbesuch aus seiner Zelle kam. Beim dritten Besuch aber begann er, den nächsten zu fürchten.

Sie ließ nicht locker. Sie fragte nach jedem Detail. Ob er gesehen und gehört hätte, was zwischen Hansen und Krista vorgefallen war?

Er wünschte, er hätte. Was hat er dir getan? Was hat er dir *gesagt*, Krista?

Und wo er den Stein gefunden hätte, die Tatwaffe. Er hörte sich plötzlich stottern und stammeln wie Krista damals in der Verhandlung. Was konnte er schon sagen? Wohl nicht: ich war wie in Trance. Ich fühlte den Stein in meiner Hand, die kalte, feuchte Körnung, die Bruchstelle, die scharfe Spitze. Ich weiß nicht, wie er dahin kam. Ich weiß nur: ich holte aus und …

Ihm brach der Schweiß aus beim Gedanken daran. Als er aufblickte, sah er Akifs Blick. Der Kleine lächelte mit schmalen Lippen. Ihm wurde kalt.

Am nächsten Tag blieb er beim Hofgang hinter den anderen

zurück. Nur Wolfgang hatte sein Buch noch auslesen wollen und holte ihn schließlich ein. Eine Zeitlang gingen sie nebeneinander, ohne sich anzusehen.

»Du machst einen Fehler«, sagte der Glatzkopf leise. »Der kleine König ist nicht gut auf dich zu sprechen.« Er nickte mit dem Kinn hinüber zu Akif, der mit einem Kumpel die Köpfe zusammensteckte.

Thomas zuckte die Schultern.

»Du liest nur noch. Du hast Allüren. Sprichst zuviel mit dem Pfarrer. Gehst zum Krafttraining in den falschen Raum. Bist dir wohl zu fein für menschliche Gesellschaft.« Wolfgang grinste.

Thomas lächelte nicht zurück. »Und du? Du redest tagelang nicht mit ihm.«

»Das ist was anderes. Auf mich kann er nicht verzichten. Aber du...« Er flüsterte plötzlich. »Paß auf dich auf.« Bevor Thomas fragen konnte, was er damit meinte, drehte Akif sich um, suchte den Hof ab, sah Thomas und drehte sich sofort wieder weg.

In der Zelle hatte sich die Stimmung spürbar verändert. Akif war noch immer leutselig, aber er bot Thomas keinen Kaffee mehr an. Oder Wodka, was Thomas weniger bedauerte. Und am nächsten Tag beim Hofgang tat er, als ob ihm Thomas nur flüchtig bekannt sei. Immer hatte er ihm sonst die Hand auf die Schulter gelegt oder den Arm auf den Rücken, hatte »Doktor« zu ihm gesagt und ihn den anderen vorgestellt.

Als er eines Abends wieder telefonierte, glaubte Thomas seinen Namen zu hören.

An diesem Abend lag er lange wach.

9

Frankfurt am Main

Man gab sich rücksichtsvoll, als Karen am Montag früh wieder zur Konferenz erschien. »Schonen Sie sich«, sagte Oberstaatsanwalt Zacharias immer, bevor er ihr eine weitere dringende Angelegenheit aufhalste. Eva Daun musterte sie von der Seite und nickte ihr dann aufmunternd zu. Selbst H_2O griente zu ihr hinüber, sie deutete das als den Versuch, anteilnehmend zu lächeln.

In ihrem Zimmer türmten sich Papierberge auf dem Schreibtisch. Sie sortierte alles flüchtig durch. Dann hörte sie den Anrufbeantworter ab. Beim dritten Anruf machte ihr Herz einen Satz, bevor es beschleunigt weiterpochte. Es war Gunter Carstens.

»Ich muß dich sprechen.« Na endlich, dachte sie, ein Gedanke, der eigentlich verboten war. Aber warum erst jetzt? Und warum rief er im Büro an?

Weil du in den letzten Tagen nur ab und an mal ans Telefon gegangen bist, deshalb. Und außerdem…

Aber seine Stimme klang nicht, als ob er einen privaten Grund hätte, sie anzurufen. Er klang so verdammt sachlich – ganz der Mann mit dem Skalpell. Karens Mund wurde trocken. Sie dachte nicht daran, zurückzurufen.

Statt dessen versuchte sie, Paul Bremer zu erreichen. Niemand antwortete. Endlich tat sie etwas, was sie normalerweise nie machte während der Dienstzeit: Sie rief Marion an. Ihr war nach freundschaftlicher Aufmunterung.

Marion klang ausgeschlafen und unbekümmert. »Ich muß nur gerade…« sagte sie. Karen hörte ein lautes Poltern und dann einen wenig damenhaften Fluch. »Ich habe nur eben …« Es polterte wieder. Dann ertönte das Freizeichen. Karen lachte in sich hinein. Marion hatte zwei linke Hände. Wahrscheinlich hatte sie versucht, zugleich zu telefonieren und sich einen Espresso zu machen. Aber immerhin rief sie Sekunden später zurück.

»Daß du das Telefon so schnell wiedergefunden hast!« sagte Karen zur Begrüßung.

Am anderen Ende blieb es still.

»Hat es dir die Sprache verschlagen? Ja, die moderne Telekommunikation ist nicht jedermanns Sache!«

»Ich werde daran arbeiten«, sagte eine Stimme verhalten.

Karen atmete geräuschvoll aus. »Gunter.«

»Du wartest wohl auf einen anderen Anruf. Wir können ja auch später ...« Was konnte der Mann für kilometerweite Distanzen in seine Stimme legen.

»Nein, ist schon gut. Ich hätte dich auch gleich angerufen.«

»Ich würde dich nie in der Dienstzeit stören, aber in diesem Fall ...«

Das war ja das Elend. Gunter war nicht nur korrekt, er war überkorrekt.

»... ist es ja auch eher eine berufliche Angelegenheit.«

Natürlich. Was denn sonst. Was hatte *sie* denn geglaubt.

»Ich habe die Sache Michael Hansen noch einmal durchgesprochen mit Prof. Streuch.«

Streuch hatte die Obduktion von Michael Hansen geleitet und war die Eminenz des Rechtsmedizinischen Instituts, ein Mann kurz vor der Pensionierung, der nicht aussah, als ob er auch nur in zehn Jahren reif für die Rente wäre. Was für eine Verschwendung, dachte Karen, die voller Entsetzen an die Vorstellung dachte, sich mit 65 oder gar früher aus dem Beruf zurückziehen zu müssen.

»Wir sind uns einig, daß der Tathergang genauso gewesen sein könnte, wie Thomas Regler behauptet hat. Auch die Einsprengungen in die Kopfwunde könnten von der vorgeblichen Tatwaffe verursacht sein.«

Na prima, dachte Karen. Und damit kommt er jetzt. »Ihr hättet vielleicht gleich ...«

»Karen, komm. Du weißt, daß wir nur Feststellungen am Tisch treffen. Alles andere ist Sache der ermittelnden Instanzen, und da war von einer Tatwaffe in der Nähe der Leiche zunächst nicht die Rede.«

Er hatte recht. Sie ärgerte sich über sich selbst. »Schon gut«, sagte sie. Ihr war entfallen, wann der Prozeß gegen Thomas Regler stattfinden würde. Jedenfalls war von seiten der obduzierenden Ärzte kein störendes Sperrfeuer mehr zu erwarten.

»Da ist noch etwas anderes.« Carstens zögerte. Karen dämpfte den zaghaft aufflatternden Wunsch, es möge etwas Privates sein.

»Streuch berichtete während unseres Gesprächs von einem Fall, an den er sich erinnert fühlte angesichts der Verhandlung gegen Krista Regler. Willst du das hören?«

Will ich? »Na klar«, hörte sie sich sagen.

»Er erinnert sich an den Fall, weil die Sache damals das ganze Land erschütterte. Und er hatte das Opfer auf dem Tisch.«

Manchmal mochte sie die kühle Sprache der Gerichtsmediziner nicht. »Er ist am Tisch«, sagte die Sekretärin stets, wenn man einen der Herren zu sprechen wünschte. Der Professor steht in Metzgerschürze vor dem großen grauen Steintisch mit dem Abflußloch in der Mitte und versucht, mit Skalpell, Zange und Säge das letzte Geheimnis eines Menschen zu ergründen, hieß das im Klartext.

»Im Sommer 1979 hat man einen kleinen Jungen erschlagen aufgefunden, nahe einem Dorf in Oberhessen. Die Tatwaffe: ein roter Ziegelstein, bzw. die abgebrochene Hälfte davon, mit scharfen Kanten. Der Stein ist wie eine Art Faustkeil benutzt worden und ins Cranium des Kindes gedrungen. Ich weiß nicht, ob du dich erinnerst.«

Danke für das Kompliment, dachte Karen. 1979 sang sie im Schulchor, glaubte an das Gute im Menschen und wollte, wenn sie groß war, Entwicklungshelferin werden. Oder Schauspielerin.

»Die Täter waren bald gefunden. Sie haben den Sechsjährigen dazu überredet, mit ihnen zu gehen, haben ihn dann gequält, geschlagen und schließlich getötet. Es waren zwei vierzehnjährige Nachbarsjungen.«

Es dämmerte ihr. Das war der Fall, den sie im Studium durchgenommen hatten – er galt als Beispiel für die Extremfälle, mit denen das deutsche Jugendstrafrecht zu tun haben konnte.

»Ich weiß nicht, ob du was damit anfangen kannst.« Carstens klang, als ob er sich entschuldigen wollte. »Und ich habe dich während der Arbeitszeit gestört!«

Jetzt leg bloß nicht gleich wieder auf, dachte Karen. »Gunter.«

»Ich weiß ja, du hast zu tun. Ich übrigens auch.«

Er war schon wieder auf dem Absprung. Ohne ein Wort über – ja worüber eigentlich? »Ich hoffe, es ist nichts allzu Schlimmes.« Sie versuchte, die Fassung zu bewahren.

»Nur ein Obdachloser und eine 93jährige aus dem Altersheim.« Carstens klang müde. »Also dann…«

Also dann. Ende der Affäre.

Erst, nachdem sie die dringendsten Sachen erledigt hatte, fiel ihr wieder ein, was Carstens über den mehr als zwanzig Jahre alten Fall des Kindesmords durch Kinder gesagt hatte. Eine ähnliche Tatwaffe. Aber was hieß das schon? Es gab Gegenden, in denen rote Klinkersteine zum üblichen Baumaterial gehörten und deshalb nur so herumlagen. Nicht dort, wo Hansen gefunden worden war, zugegeben, aber…

Vielleicht hatte Paul eine Eingebung. Sie griff zum Telefon und ließ die Hand wieder sinken. Er war bestimmt wieder unterwegs. Er hatte sie seit Wochen nicht angerufen. Nun, sie ihn auch nicht. Hätte sie eine seiner vorhersehbar spöttischen Bemerkungen über ihre junge blühende Liebe zu Gunter Carstens ertragen? Eben.

Sie ließ nach der Akte über den Fall von 1979 suchen. Niemand sollte ihr vorwerfen können, sie hätte auch nur einen einzigen Hinweis mißachtet. Oder daß sie Vorurteile pflege, nur weil sie nicht, wie alle anderen männlichen Chauvinisten, das Geständnis von Krista Regler sofort angezweifelt hatte – mit der ultraprogressiven Begründung, daß Frauen statistisch zu Gewalt nicht neigen.

Eine gekränkte Frau war zu allem möglichen in der Lage.

10

JVA Strang

Der Tag, an dem Lessie zur Vollzugsgeschäftsstelle gerufen wurde, änderte alles. Schon eine halbe Stunde später kam er zurück, würdigte Akif keines Blicks, packte seine Sachen, rief »Fertig!« in die Gegensprechanlage, wurde herausgelassen und ging, ohne ein Wort.

»Kommt er nicht wieder?« Was für eine naive Frage, dachte Thomas, als sie heraus war.

»Sieht ganz nach Mangel an Beweisen aus«, nuschelte Wolfgang von oben herunter.

»Wer weiß, wer nach ihm kommt.« Harun hatte die Lippen zusammengepreßt und sah aus, als ob mit Lessie ein verdienter Dienstbote gegangen wäre, der nicht einfach zu ersetzen sein würde.

Thomas guckte verstohlen zu Akif hinüber, aber der stand am Fenster und schien eine SMS ins Handy zu tippen. Ob der Junge wohl eine gute Abschiedsvorstellung gegeben hatte? Und ob sich jemand finden lassen würde, der ähnlich willig war?

Kurze Zeit später wurde ihnen von Eule ein Kerl wie ein Schrank ins Zimmer geschoben. Der Grüne schien die Tür hinter dem Neuzugang besonders laut zuzuknallen. Thomas sah kompakte Formen, schwarzglänzende, zurückgekämmte Haare, Schnäuzer im runden Gesicht, Tätowierungen auf den kräftigen Oberarmen, O-Beine.

»Kanter«, sagte die Erscheinung knapp und ließ sich auf Lessies Bett fallen. Der ausgeleierte Metallrahmen stöhnte.

»Haben wir ein Erdbeben?« Wolfgang guckte von seiner erhabenen Position aus herunter auf seinen neuen Schlafkameraden und sagte dann: »Oje.«

Und endlich drehte sich der Herrscher über Zelle 213 um und

musterte den neuen Mann. »Akif«, sagte er, lächelte und hielt dem anderen die Hand hin.

Kanter hatte die Beine hochgelegt, die Hände hinter dem Kopf verschränkt und rührte sich nicht. »Bist du der Obermufti? Gibt's hier nur Kanaken?«

Thomas schaute zu, wie das Lächeln aus Akifs Gesicht verschwand und seine Augen etwas Reptilhaftes bekamen. »Wir sind hier nicht ausländerfeindlich, Mann«, sagte er leise.

»Ich hab' nichts gegen Ausländer. Nur gegen Kanaken.« Kanter sprach das Wort geradezu zärtlich aus. »Wann gibt's in diesem Saftladen was zu essen?«

»Ein paar Tage Fasten bekäme dir ganz gut.« Akif musterte den anderen von oben bis unten und grinste selbstgefällig.

»Du meinst – so kanakenmäßig? Tags nichts essen, aber abends reinhämmern, bis die Schwarte kracht?« Kanter setzte sich auf. »Soll nicht gerade gesund sein.«

»Essen gibt's um kurz vor zwölf.« Pjotrs Stimme klang ergeben, ja unterwürfig. Er übt schon mal, dachte Regler. Er sieht die Zeichen. Und die deuten auf Machtwechsel.

Akif schickte Pjotr einen grimmigen Blick zu.

Kanter gähnte gründlich. »Und was gibt's in diesem Scheißknast sonst noch so?«

»Umsonst ist der Tod«, sagte Akif sanft.

»Gegen Bares. *Vor* dem Abgang.« Der Neue sah den anderen lauernd an.

»Schnee, Wodka, Oxandrolon. Und ein Telefon.« Als Akif Anstalten machte, sich zu Kanter auf die Pritsche zu setzen, sah Regler zu seiner Verblüffung, daß der Kleiderschrank dem anderen bereitwillig Platz machte.

»Erst Wodka. Dann ein Telefon.« Kanter hielt Akif die Hand hin. Der Kleinere schlug ein.

Von der nächsten Freistunde kam Pjotr mit einer verbundenen Hand zurück. »Was glotzt du?«

Thomas hatte den Blick eine Sekunde zu lang auf dem Verband ruhen lassen.

»Ein kleiner Unfall in der Gärtnerei. Man sollte eben nicht zu eifrig sein.« Akif lächelte väterlich und hieb dem Verräter mit der flachen Hand auf den Rücken. Dann wandte er sich wieder Kanter zu. Harun wischte nervös über den Fernseher. Er hatte ab sofort zwei Kleintyrannen zu versorgen.

Thomas war froh, daß Edith Manning zwei Tage Urlaub machte, die Bibliothek ein paar vernünftige neue Bücher gekriegt hatte und Akifs Aufmerksamkeit nicht mehr ihm galt. Er bemühte sich, darüber hinwegzusehen, daß beim Hofgang und in der Kirche getuschelt wurde, wenn man ihn sah, und daß Akif in der Öffentlichkeit tat, als habe er nie den Arm um ihn gelegt. Doch als er nachts aufwachte und nicht mehr einschlafen konnte, weil Kanter und Pjotr um die Wette sägten, gestand er sich ein, daß er genau das vermißte. Es war die einzige Berührung gewesen seit verdammt langer Zeit.

»Hast du Kinder?« fragte Akif am nächsten Morgen mit beiläufigem Interesse. Als er nicht gleich antwortete, grinste Akif. »Du meinst – du bist dir nicht sicher?«

Thomas hob die Schultern, ließ sie wieder fallen und versuchte zurückzugrinsen.

»Ich habe mindestens drei. Soweit ich weiß.« Akif blickte mit hochgezogenen Augenbrauen zu Kanter hinüber, der die Augen gen Himmel rollte und idiotisch mit dem Kopf wackelte.

»Warst du nicht Kinderarzt?«

War er das? Irgendwann einmal. Damals. Thomas nickte.

»Das ist gut. Das ist wichtig.« Akif sah an ihm vorbei zum Fenster und klatschte wie zur Bestätigung in die Hände. Und dann, leiser: »Morgen kommt der Kerl, der den kleinen Felix umgebracht hat. Wehe, sie lassen ihn aus der Zelle. Das überlebt das Schwein nicht.« Und dann drehte er sich zu Thomas um und sah ihm in die

Augen. »So macht man das mit Kinderschändern, Doc. Das weißt du doch.«

Im Kraftraum war es still. Thomas war froh, den anderen aus dem Weg gehen zu können. Er hatte sein Programm mittlerweile verfeinert und begann, die immer gleichen Bewegungsabläufe zu lieben: mit den Ellenbogen stoßen, mit den Armen ziehen, mit den Beinen drücken. Die Augen schließen, den Geruch von Schweiß und Reinigungsmittel einatmen, der in den kunstledernen Polstern saß, und den Duft des Maschinenöls, mit dem Kette und Schwungrad geschmeidig gemacht waren. Auf den eigenen Herzschlag hören, auf das Schaben der Kette und das leichte Klirren der Gewichtsbarren. Von ferne hörte er Johlen aus der großen Turnhalle und eine Lautsprecherdurchsage.

Er geriet in einen Schwebezustand, in eine leichte Trance. Und nach einer halben Stunde schickte ihn die Chemiefabrik seines Körpers, in der man Überstunden machte, in eine andere Umlaufbahn. In eine fremde Galaxis. Das war der Ort, an dem er am liebsten war.

Die Gestirne kreisten über ihm, erst langsam und majestätisch, dann immer schneller. Langsam hob er ab. Aber dann – stahl sich ein neuer Geruch in seine Nüstern, ein Geruch nach Heu und Katzenpisse. Er spürte die Sonne im Gesicht und die Kühle des Schattens im Birkenwäldchen. Über das Klirren und Schaben legte sich ein Wimmern und Schreien, immer lauter schrie es, er hätte sich am liebsten die Hände vor die Ohren gehalten, um nichts hören zu müssen. Dann klirrte eine Kette zu Boden, eine Tür ging auf, und sie waren drin in dem kühlen Raum, in den er allein nie hineingegangen wäre.

Das Wimmern wurde lauter. Hanni sagte etwas, er lachte dabei. Dann fühlte Thomas den Stein in seiner Hand, einen kalten, bröseligen Stein, die Hälfte eines roten Backsteins, verfärbt von Kalk und Mörtel, die Bruchstelle gezackt. »Du traust dich ja doch nicht«, hörte er Hanni sagen. Es ist alles nur ein Traum, dachte etwas in ihm. Er holte aus. Es machte ein Geräusch, wie wenn ein Apfel vom Baum fällt und auf dem Asphalt zerplatzt. Endlich hörte man gar nichts mehr. Auch das Wimmern nicht und das Weinen.

Und dann prasselte es auf ihn ein. »Aufwachen, um Himmels willen!« Er versuchte, die schweren Augenlider zu heben. Max Postel. Der Pfarrer ohrfeigte ihn, und es kam ihm verdient vor. Er hielt ihm das Gesicht hin, als ob er weitere Schläge erwartete.

Dann löste jemand den Gurt um seine Taille, kräftige Hände zogen ihn hoch. »Kreislaufkollaps«, murmelte einer. »Na komm schon«, sagte ein anderer.

»Es war ein Spiel«, hörte er sich sagen.

Im Haftraum wußten schon alle Bescheid.

»Sport ist Mord«, sagte Kanter gemütlich.

Akif krempelte sein Hemd hoch und ließ den Bizeps an- und abschwellen. »Was hast du vor mit den ganzen Muckis? Magst du knackige Männer mit Muskeln?«

Thomas schüttelte den Kopf.

»Oder« – Akifs Blick wurde lauernd. »Oder treibst du es lieber mit Jungen. Mit Kindern?«

Thomas spürte, wie das Blut seinen Kopf verließ und ihm in die Füße sackte. »Wie kommst du darauf«, flüsterte er.

»Du magst nicht unter Männern sein, oder? Weshalb sieht man dich kaum noch? Bist du zu fein für uns?«

»Komm, Alter! Laß ihn in Ruhe! Ein Kinderarzt kann nun mal besser mit kleinen Jungens als mit großen behaarten Kerlen! Da mußte dich doch nicht wundern.« Kanters Stimme klang, als wolle er den anderen beruhigen. Aber er hatte sich aufgesetzt auf seiner Pritsche. Er wirkte wie ein Flußpferd kurz vor dem Anlauf.

»Es käme auf einen Versuch an«, sagte Akif und grinste breit.

»Akif – laß mich.« Thomas flüsterte. Dann ließ er sich aufs Bett fallen.

Er schloß die Augen, aber es gelang ihm nicht, die Bilder zu ordnen, die in seinem Kopf kreisten. Die grellsten Schlagzeilen enthielten das Wort »Kindermörder!« Er sah das Krankenhaus. Den Operationssaal. Sah die Kurven auf den Monitoren, in dem Moment, in dem sämtliche Maschinen Alarm schlugen. Als der Kreislauf des kleinen David zusammenbrach, das Herz erst raste und dann aufhörte zu schlagen.

Dann der Moment, in dem er die Schadenfreude in Zorkos Augen wahrnahm. Die mißtrauischen Gesichter der Mütter seiner kleinen Patienten. Einmal Kindermörder, immer Kindermörder. Er sah sich mit einem großen weißen Plakat vor der Brust auf einem Platz stehen, sah Menschen vorbeigehen, auf ihn zeigen, lachen. Und dann nach ihm treten, ihn schlagen, ihn bespucken. Kindermörder.

Er versuchte, wieder langsam zu atmen, seine Gedanken zur Räson zu bringen. Warum bin ich hier? Weil ich gestanden habe, einen *Mann* getötet zu haben. Kein Kind.

Er mußte trotz allem eingedämmert sein, denn er erwachte von einem Geräusch, das sich unterschied von dem, das Pjotr und Kanter machten, heute wie in jeder Nacht. Einer ging aufs Klo. Er hörte einen kräftigen Strahl und ein tiefes Aufseufzen. Dann ein Räuspern. Wolfgang. Dann hörte er das Geräusch nackter Füße auf dem Zellenboden. Er spürte einen Lufthauch. Und dann eine Stimme an seinem Ohr: »Paß auf, verdammt. Paß auf.«

11

Klein-Roda

Wilhelm ging es besser. Das war die gute Nachricht. Die schlechte: Er würde noch mindestens sechs Wochen in einer Rehabilitationsklinik verbringen müssen.

»Ich will nach Hause.« Der Alte klang sehnsüchtig und trotzig zugleich.

»Werd' erst mal gesund.« Bremer bemühte sich, seiner Stimme nicht anmerken zu lassen, daß er auf seinen Hausmeisterjob langsam verzichten konnte. Es war Frühling. Er wollte Fahrrad fahren. Im Garten herumpottern. Großstädte besuchen und in Biergärten sitzen. Abends das erste Glas Wein angesichts des Sonnenuntergangs trinken. Anne endlich wiedersehen.

»Ich geb' mir Mühe.« Wilhelm klang kläglich. »Und daß ich dich belaste mit meinen Angelegenheiten …«

»Komm, Wilhelm. Deine Angelegenheiten sind unsere Angelegenheiten.« Paul wußte mittlerweile besser als alle anderen, was der Ortsvorsteher tat für die Seinen.

»Vielleicht könntest du nochmal nach Anastasia gucken, ich weiß nicht, ich mach mir Sorgen.«

Wahrscheinlich zu Recht. Die alte Frau aus Ottersbrunn begann, wunderlich zu werden. Sie hatte Bremer kürzlich gebeten, sie mit nach Pfaffenheim zu nehmen, weil sie sich die Ohrläppchen durchstechen lassen wollte. Für Ohrringe. Das hatte er noch charmant gefunden. Aber bei jedem Wetter hingen neuerdings Unterwäsche und Nachthemden über der Reling der Treppe zum Hauseingang. Und vor ein paar Tagen hatte sie ihn mit Andreas angeredet.

»Ich fahre gleich los. Und – erhol dich. Wir brauchen dich gesund wieder.«

Aus »gleich« wurde nichts. Auch in Klein-Roda hatte man mittlerweile seine Talente erkannt. Für Lieselotte Becker mußte er eine Lampe aufhängen, Gottfried brauchte Hilfe beim Reparieren des Hühnerstalls, und Erwin hatte Probleme mit seinem Luxusrasenmäher. Als er losfuhr, war es Mittag und ein strahlender Frühsommertag geworden.

Die Tür von Anastasias Haus stand sperrangelweit offen. Es roch vertraut – verraucht und beißend, so wie es riecht, wenn es auf einen der ländlichen Scheiterhaufen regnet, mit deren Hilfe viele Nachbarn das Problem der stets zu kleinen Abfalltonnen lösen. Heute hingen keine Nachthemden auf der Reling vor dem Haus. Als Bremer näher kam, sah er weiße und rosa Wäsche in einem schmutzigen Haufen direkt neben zwei prall gefüllten blauen Müllsäcken liegen. Der Brandgeruch wurde intensiver. Bremer tastete sich über den dunklen Flur und stieß dabei gegen das Geschirr fürs Katzenfutter. Das Wasserschälchen war leer und im Freßnapf hockten Fliegen.

»Anastasia?« Nichts zu hören und niemand zu sehen.

»Du verdammtes Biest du!« Der zornige Aufschrei kam aus dem ersten Stock. Und dann ein lautes Poltern. Bremer ging die schiefe Stiege hoch. Auch die Tür zum Schlafzimmer der alten Dame stand weit offen. Wieder fiel etwas mit lautem Poltern um. Und dann sagte die Männerstimme zufrieden: »Hab' ich dich!«

Durch die Tür kam ein dicklicher Kerl mit blassem Gesicht unter den dünnen Haaren und hielt ein strampelndes kleines Etwas am Nackenfell. Frieder, der arbeitslose Enkel von Anastasia, schüttelte die zerzauste Katze. »Die Alte hab' ich schon erledigt! Jetzt ist das kleine Miststück dran!«

»Wo ist Anastasia?«

Das Kätzchen wand sich in der Faust des Mannes und gab keinen Laut von sich.

»Im Krankenhaus. Wo sie hingehört. Fast wäre sie im Sarg gelandet.«

»Was war los?«

»Ich hab's immer gesagt, daß noch was passiert, wenn man sie allein hier hausen läßt.« Frieder blähte die Nüstern. »Im Nachthemd ist sie auf die Straße gelaufen, als sie es endlich gemerkt hat, daß sie das Haus angezündet hat. Sie hätte tot sein können!«

Man merkte dem Enkel an, daß ihm der Erbfall nicht ungelegen gekommen wäre.

»Dann rückte die Feuerwehr an – und der Krankenwagen –, das halbe Dorf hat zugesehen.«

Bremer streckte die Hände nach der Katze aus. »Und du hast ihr versprochen, dich um die Katzen zu kümmern?«

»Und ob! Ich sorge dafür, daß das Kroppzeug endlich wegkommt! Ihr ganzes Geld hat sie für diese nutzlosen Viecher ausgegeben!«

Statt es in Frieders Bierbauch zu investieren, dachte Bremer und nahm dem Mann das Tierchen ab. Die Kleine schmiegte sich zitternd in seine Hände.

»In welchem Krankenhaus ist deine Großmutter?«

»Heiliggeist. Und da *bleibt* sie auch!« Frieder funkelte Bremer an. »Und das Mistvieh da will ich nie wieder sehen!«

»Gewiß nicht«, antwortete Bremer und steckte das Tier unter sein Jackett, auf die linke Seite, da, wo es seinen Herzschlag hören konnte. Nach einer Weile spürte er ein sanftes Vibrieren auf seiner Handfläche. Die Kleine schnurrte. Und obwohl er wußte, daß er eigentlich Anastasia besuchen sollte, brachte er als erstes das kleine Wesen in Sicherheit.

Die Katze hielt still während der Fahrt. Zu Hause machte sie sich gierig über das Schälchen Katzenmilch her, das er ihr hinstellte. Und dann kam Nemax durch die Katzenklappe gesprungen und stand wie eine Statue da, die Barthaare vibrierend, die Ohren hochgestellt.

Das Kätzchen duckte sich, hielt für eine Schrecksekunde still, rollte sich dann auf den Rücken und langte mit den dicken weichen

Pfoten nach Nemax' Nase. Der Kater senkte den Kopf. Und schließlich begann er, die Kleine abzulecken. Bremer war völlig unpassend und ganz und gar übertrieben gerührt.

Er machte sich ein verspätetes Frühstück und ging, ohne große Hoffnung, zum Briefkasten. Sie hatte tatsächlich geschrieben. Eine Karte, wie immer. »Wish you were here«, in ihrer schönen verrückten Handschrift. Er drehte die Karte um. Der Grand Canyon bei Mondlicht. Ach Anne. Komm doch mal wieder vorbei. Die Rosen blühen bald. Dann riecht man Willis Schweine nicht mehr. Und wir trinken Wein und sitzen in der Sonne, bis sie hinter Beckers Haus steht. Dann nehmen wir unsere Gläser und gehen mit den Katzen hinüber zur Flußaue und lassen die Sonne in aller Ruhe unterm Abendrot verschwinden.

Irgendwann wird Anne fragen, was denn hier so streng riecht, dachte Bremer ernüchtert. Der neue Schweinestall von Bauer Knöß? Nebbich. Das, was sie an ihren Schuhen hat. Hundescheiße.

Er setzte sich an den Gartentisch in die Sonne. Gegenüber röhrte eine Maschine auf. Erwin hatte seinen begehbaren Rasenmäher wieder in Gang gebracht, mit dem er alle drei Tage über seine Wäschewiese fuhr. Wäschewiese? Golffähig war der Rasen des Nachbarn, ein Green, das seinesgleichen suchte.

Und wie aus Solidarität erklang ein Husten und Knattern direkt nebenan. Seit Marianne nicht mehr morgens und abends die Kühe auf die Weide und in den Stall trieb, mit diesem unvergeßlichen, Sehnsucht erzeugenden »Aaaauf!« – Bremer war es, als ob er das Klatschen des Buchenstocks auf den Hinterteilen der trödelnden Tiere hören konnte, das Geräusch wie brechende Äste, das ihre Hufe auf dem Asphalt der Straße machten, das Platschen, mit dem sie einen Fladen zu Boden ließen –, seit Marianne weniger zu tun hatte, beschäftigte auch sie sich mit dem, was Bremer für besonders unnütz hielt. Mit dem makellosen Grünzeug neben ihrem Haus, das ihr neuerdings weit wichtiger zu sein schien als der Bauerngarten, in dem neben Gemüse wenigstens noch Flieder, Pfingstrosen, gelbe Tagetes und Gladiolen wuchsen.

Es herrschte Landfrieden. Die Schweine schrien. Zwei Helikopter rödelten über das Dorf hinweg. Ein Trupp von Kleinkindern brach aus dem Hof von Katja und kurvte auf polternden und quietschenden Minitraktoren über die Straße. Fehlten nur noch die Müllabfuhr, der Futtermitteltransporter und die Feuerwehrsirene.

Nemax kam aus dem Haus gelaufen, die Kleine im Schlepptau. »Birdie«, sagte Bremer laut und bildete sich ein, eines ihrer Öhrchen bei diesem Namen zucken gesehen zu haben. Der Kater legte sich wie eine Mutterkatze auf die Seite und bürstete die Kleine mit seiner rauhen Zunge ab, sobald sie sich zu weit von ihm entfernte. Und plötzlich hörte man die Stare auf der Antenne am Nachbarhaus schwatzen und flöten, klang das Läuten der Abendglocken von Groß-Roda herüber, kam ein zarter Duft auf, nicht der aus dem Stall oder von Willis Güllewagen. An der Souvenir de la Malmaison begann sich die erste Rosenblüte zu öffnen.

Und dann hörte er das Auto. Bremer stand auf und ging zum Gartentor. Der Jeep fuhr langsam die Friedhofstraße hoch. Am Ende der Straße, kurz vor dem Friedhof, bog er rechts ab und verschwand in der Einfahrt zum Haus von Krista und Thomas Regler.

Gottfried hatte den Garten in der Abwesenheit der Hausbesitzer gehegt und gepflegt, ungeachtet der unfreundlichen Kommentare der Nachbarn.

»Die läßt sich hier sowieso nie wieder blicken«, behauptete Christine, die keinen Hehl daraus machte, daß der Wunsch die Mutter des Gedankens war.

»Wovon will sie eigentlich leben, wenn es kein Doktorgehalt mehr gibt?« fragte Marianne, die noch nie verstanden hatte, wie man als Frau ohne »vernünftige Arbeit« leben konnte.

»Sie kann ja ihr Haus verkaufen!« Christine hielt das für eine prima Idee.

»Viel kriegt sie dafür nicht«, hatte Gottfried eingewandt. »Bei Ofenheizung. Und der derzeitigen Konjunktur.«

»Vielleicht sollte sie es mal mit Arbeit versuchen.« Marianne klang spitz, wie immer bei diesen Themen.

Nur Marie hatte Mitleid. Marie war so. »Und ihr Mann im Gefängnis!« pflegte sie vorwurfsvoll zu sagen, wann immer jemand über Krista sprach.

»Gut so«, sagte Annamaria dann jedesmal resolut.

»Siehst du, was ich sehe?« fragte jetzt Marianne, die aus dem Küchenfenster lehnte.

»Krista«, sagte Bremer. »Sie ist zurückgekommen.«

Marianne machte ein Geräusch, als ob sie kein Taschentuch hätte. »Möchtest du ihr vielleicht den roten Teppich ausrollen?«

Aber Bremer war schon aus dem Gartentor. Er hatte das Gefühl, daß Krista jemand brauchen konnte. Und wenn es nur einer ohne Vorurteile wäre.

12

JVA Strang

Regler prallte mit dem Kopf an den Metallrahmen des Bettes über ihm. Einmal. Und noch einmal. Etwas hatte seine Schultern gepackt und zog ihn jetzt vom Bett. Er kämpfte sich aus dem Tiefschlaf hoch und holte Luft. Sein Kopf summte, er spürte, daß warme Feuchtigkeit über seine Stirn lief. Eine Hand legte sich über seinen Mund, eine große, feuchte, nach etwas sehr Vertrautem riechende Hand. Eine andere Hand legte sich in seinen Nacken und drückte ihn zu Boden.

»Vielleicht sollten wir ihn den Fußboden ablecken lassen?« sagte eine Stimme. Kanter klang amüsiert. »Er sitzt da wie ein braves Hundchen!«

Thomas hockte auf den Knien und den Ellbogen auf dem Boden, das Blut war ihm in die Augen gelaufen. Ihm war schwindelig vor Angst und Übelkeit. Jemand zündete eine Kerze an. Die Hand im Nacken zog seinen Kopf hoch. Auf der Pritsche vor ihm saßen Akif und Kanter, Harun stand am Fenster im Schatten. Die Hand in seinem Nacken mußte zu Pjotr gehören.

»Du brauchst eine Lektion, Doktor.« Akifs Stimme schnurrte vor Befriedigung. »Du benimmst dich nicht.«

»Und sowas will ein Arzt sein!« Kanter klang gemütlich. Regler fuhr die Angst ins Gedärm.

»Anderen Leuten das Essen aus der Hand schlagen. Sich bekleckern. Wo kommen wir denn da hin? Wenn das alle machen würden!«

Das war es also. Er hätte gewarnt sein müssen. Spätestens seit gestern.

Es fing an beim Hofgang, wie üblich war er allen im Weg, jeder stieß ihn an, schob ihn beiseite, sah bestenfalls über ihn hinweg. Aber diesmal bekam er mehr Stöße ab als sonst, schaute er in Gesichter, die hämisch grinsten. Auch im Kraftraum herrschte nicht der übliche Frieden. Dort standen plötzlich Männer Schlange, die er noch nie hier gesehen hatte - ausgerechnet vor der Maschine, die er gerade benutzte. Wollte er auf eine andere ausweichen, war sie besetzt.

Bei der Kostausgabe fädelte sich immer wieder einer vor ihm in die Schlange ein, bereitwillig vorgelassen von einem Freund. Als er endlich an der Reihe war, sah der Hausarbeiter am Thermowagen ihn nicht an, als er ihm den Teller füllte. Das wunderte ihn nicht. Fritz hatte ihm gerade mal die Hälfte der üblichen Portion aufgetan. Bei anderen hätte das einen Aufstand gegeben. Ihm war es nicht nur egal, es war ihm mehr als lieb. Als er sich abwenden und in die Zelle zurückgehen wollte, passierte es.

»Paß doch auf!« rief jemand hinter ihm. Thomas drehte sich um. Der Kleine mit dem Wieselgesicht aus Haftraum 214 war ihm schon öfter aufgefallen. Er schien ein Kumpel von Kanter zu sein.

»Das darf ja wohl nicht wahr sein! Was für eine Sauerei!« Der Spinat, das Kartoffelpüree und das Stück Fleisch waren auf dem Boden gelandet. Thomas war sich keiner Schuld bewußt. Er hatte den Mann noch nicht einmal gestreift.

»Was sagt man denn dazu? Und entschuldigt sich der Kerl vielleicht?«

Wofür? hatte Thomas gedacht. Er drehte sich um und wollte gehen, als es hinter ihm schepperte. Irgend etwas traf ihn an der Hose. Er sah an sich herab. Die hellbraunen Spritzer mußten das Kartoffelpüree sein, die dunkleren die Sauce und die grünen - er sah auf. Das Wiesel, das seinen Teller mit voller Wucht in das verschüttete Essen geworfen haben mußte, lächelte bös.

»Sag, daß es dir leid tut!« Um Wieselgesicht hatte sich eine Gruppe interessierter Zuschauer gebildet. Ein Grüner war nirgendwo zu sehen.

Thomas blickte sich um. Hinter ihm stand nur einer, Wolfgang, der ihm zunickte. Er sah nicht aus, als ob er sich Hoffnung für Thomas machte, im Gegenteil; wahrscheinlich bereute er schon, auf den lahmeren der beiden Kampfhähne gesetzt zu haben.

»Was bitte soll mir leid tun? Und guck dir mal meine Hose an!« Thomas hatte es fertiggebracht, verhaltene Wut und überlegene Stärke in seine Stimme zu legen. Vielleicht, weil sich zwei Bedienstete näherten. Vielleicht, weil Wolfgang hinter ihm stand. Vielleicht, dachte er, auf den Knien vor Akif und Kanter liegend, in der demütigendsten aller denkbaren Positionen, weil ich da noch einen letzten Funken Selbstwertgefühl in mir hatte. Er versuchte aufzustehen. Aber Pjotr stellte ihm den Fuß ins Kreuz und drückte ihn wieder hinunter.

Das Bett knarrte, als ob sich jemand aufrichtete. Kanter, vom Geräusch her. Dann sah Thomas zwei Füße vor sich stehen, zwei dunkel behaarte Riesenfüße, die Nägel gelb und schartig. Er hielt die Luft an. »Alles Gute kommt von oben«, sagte Kanter heiter. Pjotr zog seinen Kopf an den Haaren zurück. Der heiße Strahl traf ihn ins Gesicht. Der Geruch war scharf und animalisch. Er holte in Panik Luft, verschluckte sich, würgte. Und dann bäumte sich sein Magen auf. Endlich ließ Pjotr ihn los. Dankbar senkte Thomas den Kopf und übergab sich auf den Boden.

»Jetzt guck dir das an.« Akif klang begeistert und angeekelt zugleich.

»Was für eine widerliche Schweinerei.« Der Tritt traf Thomas in die Seite.

»Nun hört doch endlich auf. Was soll das denn?« Thomas hörte Wolfgangs Stimme wie durch einen Filter. Doch eines vernahm er genau: Wolfgang hatte Angst.

»Möchtest *du* vielleicht den Scheiß hier aufwischen?« Wieder hatte Akif dieses Schnurren in der Stimme.

Und Thomas machte sich an die Arbeit. Nachdem er den Boden aufgewischt hatte – mit seinem T-Shirt und keineswegs gleich zur Zufriedenheit der beiden –, beschlossen sie, daß außer dem Waschbecken auch das Klo eine Behandlung verdiene. Thomas protestierte nicht. Macht, was ihr wollt, dachte es in ihm. Ist schon in Ordnung.

Als Kanter ins Bett gegangen war, saß nur noch Akif auf der Pritsche und sah ihm zu, wie er auf den Knien vor der Kloschüssel hockte.

»Doktor?« Akif klang freundlich, das raubtierhafte Schnurren war aus seiner Stimme verschwunden. Thomas drehte sich um. Lessie. Er würde die Rolle Lessies übernehmen müssen. Kurz schloß er die Augen und sagte sich, daß auch das vorübergehen würde. Es war nicht wirklich schlimm. Es tat nicht wirklich weh.

Dann sah er auf. Akif lächelte. Für einen Moment glaubte Thomas so etwas wie Mitleid zu erkennen. Als Akif sich abwandte, wußte er, daß es Verachtung war.

»Du machst das schon allein. Ich geh' jetzt schlafen. Und daß mir keine Klagen kommen morgen früh.«

Irgendwann später wachte Thomas auf. Er saß neben dem Klo auf dem Boden, die Schlafanzughose naß, die Hände eiskalt. Kanter schnarchte. Wolfgang sprach im Traum. Sein Verstand, der sich vor dem Ansturm der urtümlichsten Gefühle von Erniedrigung und Unterwerfung in die hinterste Ecke verzogen hatte, wagte sich langsam wieder hervor. Das hier ist nicht Falkenburg, sagte er. Und du sitzt nicht als Kindesmörder ein. Für den Tod des kleinen David kannst du nichts. Und was das andere betrifft – du bist noch nicht einmal verurteilt. Du hast in aller Naivität den Mord an einem Mann gestanden, den du nie gesehen hast. Aus Liebe. Und aus Schuldgefühlen. Also reiß dich zusammen, sonst überlebst du das nicht.

Aber es gab noch diese andere Stimme, eine jämmerliche, kleine, zaghafte Stimme. Ein Stimmchen.

Still, sagte sein Verstand. Sie wissen nichts von damals und von Falkenburg und von Hanni.

Bist du sicher? greinte das Stimmchen. Thomas rappelte sich vom Boden auf und schlurfte zu seiner Pritsche. Bist du wirklich sicher, daß niemand etwas ahnt?

Nein, dachte er. Ich bin nicht sicher. Es ist einer unterwegs, einer, der es auf mich abgesehen hat.

Einer, der etwas *weiß*.

13

Frankfurt am Main

Im Dorf wird das Kind zuletzt gegen Mittag gesehen. Der Junge ist oft ohne seine Mutter unterwegs, man mißbilligt das, aber man kennt das schon. Stunden später erscheint die Mutter des kleinen Martin bei den Nachbarn und fragt nach dem Kind. Am späten Abend ruft der Besitzer des örtlichen Wirtshauses die Polizei. Man beginnt sofort mit der Suche. In den frühen Morgenstunden findet man den Kleinen. Er sitzt vor neun heruntergebrannten Kerzen, mit dem Rücken an die Wand gelehnt. Auf die Wangen hat man ihm mit roter Farbe Kreuze gemalt. Er trägt Brandmale an den Händen. In der Stirn ist ein Loch.

Karen legte die Akte beiseite, stand auf und ging hinüber zum Waschkabinett. Ihr war übel und schwindelig, und sie hätte sich am liebsten nach Hause und ins Bett verkrochen. Einen Fall wie diesen hatte sie glücklicherweise noch nie auf dem Schreibtisch gehabt. Die Obduktion des sechsjährigen Martin Brandt am 17. August 1979 ergab: Die Handgelenke des Kindes waren gebrochen. Die rechte Niere gequetscht. Der Schädel eingeschlagen.

Die Hose hatte man ihm heruntergezogen. Tief im Anus steckte eine Kerze.

Der Stein, der das Cranium durchbohrte und zum Tode führte, war ein zerbrochener Backstein gewesen. Ein roter Ziegelstein. Ein Klinker.

Karen setzte sich wieder an den Schreibtisch. Sie konnte keinen klaren Gedanken fassen. Was hatte der eine mit dem anderen Fall zu tun – außer, daß hier wie dort ein Stein von weitverbreiteter Machart als Tatwerkzeug eine Rolle spielte? Carstens hatte sie auf eine falsche Fährte gelockt. Das brachte sie nicht weiter.

Sie griff nach der Akte. Der ermittelnde Staatsanwalt von 1979 hieß Karlheinz Stockmann. Der Name sagte ihr nichts. Warum auch? Der Mann war entweder längst pensioniert oder...

Oder es gab ihn noch. Karen griff zum Hörer, wählte die Zentrale und ließ sich die Personalabteilung geben. Karlheinz Stockmann war tatsächlich vor zwei Monaten pensioniert worden. Er hatte zuletzt in der Abteilung XIX, Umweltsachen, gearbeitet. Als sie dort anrief, wollte das Sekretariat sie abblitzen lassen.

»Es wäre schön, wenn Sie eine laufende Ermittlung unterstützen statt behindern könnten.« Karen wußte, wie schneidend sie klang, wenn sie leise und langsam sprach.

»Aber ich kenne Sie doch gar nicht!« protestierte eine trotzige Frauenstimme.

»Wollen Sie mich vielleicht kennenlernen?«

Schließlich gab die Frau nach. Es war schließlich kein Geheimnis, was Stockmann vorhatte, er hatte allen Kollegen davon erzählt: Er wollte mit seiner Frau eine »Studienreise« unternehmen, die ihn ein halbes Jahr zu antiken Stätten in der Türkei und Ägypten führen sollte. Danach wollte er ein Geschichtsstudium beginnen.

Was für ein sympathischer Plan, dachte Karen resigniert.

Sie blätterte vor. Beide Täter waren zum Zeitpunkt der Tat gerade mal eben strafmündig gewesen. Man hatte sie wahrscheinlich kurz nach der Volljährigkeit wieder ins Leben in Freiheit entlassen. Gegen diese Aussichten hatte der Vater des toten Kindes protestiert, seine Frau war vor Gericht zusammengebrochen und hatte später, vor Journalisten, Rache geschworen.

Für die Eltern des Opfers gab es keine Sühne. Für sie gab es keine angemessene Strafe für die Tat außer der einen.

Karen blätterte weiter. Die Eltern des einen der beiden Täter hatten die Gegend offenbar noch vor dem Richterspruch verlassen. Auch sie würden ewig mit der Tat leben müssen.

Und die beiden Jungen.

Karen sah auf die Uhr. Ihr Kopf schmerzte. Sie mußte zur Verhandlung. Und ihr Hirn wollte nicht verstehen, was der Fall von 1979 mit dem Drama der Reglers zu tun hatte.

14

JVA Strang

»Du gehst heute nicht«, sagte Pjotr, der zugesehen hatte, wie Thomas Trainingshose und Handtuch aus dem Spind nahm. Als Thomas nicht gleich reagierte, spürte er die schwere Hand im Nacken. »Du bleibst hier und machst sauber.«

Wolfgang schlurfte an ihm vorbei zur Tür, die Augen gesenkt.

Dann waren alle draußen. Eule guckte hämisch zu ihm hinüber, bevor er die Tür zuschlug und abschloß. Er war allein.

Zu putzen gab es nichts. Er hatte gestern nacht alles saubergemacht. Regler legte sich auf die Pritsche. Er schnellte im gleichen Moment wieder hoch. Die Decke war klatschnaß. Er fühlte mit der Hand nach und führte sie an die Nase. Man hatte ihm während der Frühstückspause das Bett vollgepinkelt.

Thomas lehnte die Stirn gegen die Zimmerwand und begann, mit den Fäusten auf sie einzutrommeln. Er wollte schreien. Statt dessen flüsterte er seinen Zorn in den Raum, seine Demütigung, seine Angst.

Seine Bücher waren aus dem Regal verschwunden. Die Teebeutel waren weg. Als er sich umdrehte, sah er sie liegen – in einer gelben Lache neben dem Klo.

Als die anderen zurückkamen, hatte er geputzt. Natürlich hatte er geputzt – was sonst? Die nasse Bettwäsche hing über der Heizung; es gab erst in zwei Tagen wieder welche und er hatte keine Lust, den Hausarbeiter schon jetzt um frische zu bitten. Die Matratze hatte er umgedreht, aber der Geruch lud nicht ein, sich aufs Bett zu legen. Er hatte statt dessen die ganze Zeit am Fenster gestanden und hinausgestarrt – auf die trostlose grüne Rasenfläche, auf die Hände, die sich aus anderen Fenstern streckten, auf die

Unterwäsche und die Handtücher, mit denen manche winkten. Er hatte den Männern zugehört, die einander etwas zuriefen. Zwei sangen. Und einer schrie. Schrie unartikuliert und heiser und ohne Unterbrechung.

Als die anderen zurückkamen, würdigte ihn keiner eines Blicks oder eines Wortes. Wolfgang ließ den Kopf hängen und wich seinen Augen aus. Es macht nichts, sagte sich Regler. Es ist das Leben. *So* ist das Leben. Das wirkliche Leben, nicht das, was du in den vergangenen Jahren dafür gehalten hast.

Im Grunde hatte er dem Glück nie getraut.

Nach dem Abendessen begannen Akif, Kanter und Pjotr zu trinken. Sie tranken mit tiefem Ernst, es war nichts Ausgelassenes zu spüren. Sie tranken, als ob sie ihre verdammte Pflicht und Schuldigkeit täten. Harun lief unruhig hin und her. Und Wolfgang lag auf der Pritsche und las.

Thomas stand noch immer am Fenster und starrte in die Dämmerung. Nach einer Weile legte er sich auf die Matratze und versuchte, nicht an die Nässe und nicht an den Geruch zu denken. Er hörte Gläser klingen, Pjotr murmelte etwas, das wie ein russischer Trinkspruch klang, und Kanter erzählte von seinen Jahren bei der Bundeswehr. Akif grunzte, dann gluckerte der Wodka in die Gläser. Er hätte nie gedacht, daß er an diesem Abend einschlafen würde. Aber er mußte eingeschlafen sein. Denn er erwachte wie in der Nacht zuvor: von der schieren Gewalt, mit der man ihn aus dem Bett riß.

Thomas Regler nahm, was folgte, hin, als ob es ihm vorbestimmt gewesen wäre. Pjotr zwang ihn auf die Knie, während Akif sich die Hose öffnete. Er wehrte sich nicht, auch nicht, als Pjotr ihm den Kopf an den Haaren nach hinten zog.

»Sieh an«, sagte Akif nach einer Weile. »Das Schwein kennt sich aus.«

Dann war Kanter an der Reihe. Thomas würgte, des Geruchs wegen und weil der Mann ihm sein Ding gleich tief in die Kehle stieß. Und dann drehte Pjotr ihn um und klemmte seinen Kopf zwischen die Knie. Irgend jemand zog ihm die Hosen herunter. Der erste Schmerz ließ ihn aufstöhnen.

Es ist richtig so, dachte es in ihm. Es muß so sein. Ich habe nichts anderes verdient. Er versuchte, an etwas anderes zu denken. An damals. An Henry. An - Hanni. Und während Kanter hinter ihm grunzte und Pjotr sich seiner von vorne bediente, verstand er plötzlich.

Er hörte Wolfgangs Stimme. »Seid ihr verrückt, um Himmels willen? Wollt ihr ihn umbringen?«

Etwas zerriß. Er versuchte, in die Richtung zu schielen, aus der das Geräusch kam. Harun hielt etwas zwischen den Händen, ein Stück Stoff, und riß es entzwei. Es war das T-Shirt, das Krista ihm geschenkt hatte - damals, in dieser anderen Welt, die so unwirklich war wie das Brautpaar aus Marzipan auf der Hochzeitstorte.

Krista. Sie war in Gefahr. Warum hatte er daran nicht gedacht? Er versuchte zu schreien. Pjotr stieß ihm den Schwanz noch tiefer in die Kehle und hielt ihm dann die Nase zu.

Von ferne hörte er es hämmern. Jemand schrie »Hilfe!« und »Kommt denn niemand!«

Das Puzzle vervollständigte sich. Der Horizont riß auf. Ihm war alles klar.

KAPITEL 3

1

Klein-Roda

Schon wieder eine, dachte Bremer, als er die Zeitung holte. Die junge Frau im viel zu dünnen Sommerkleid, die über die Dorfstraße schritt, streckte der Morgensonne einen wohlgerundeten Bauch entgegen. Irgend etwas an ihr war ihm vertraut – wie sie den Kopf zurückwarf, als ob sie ihre Haare nicht kurz, sondern überschulterlang trüge. Und wie sie nach rechts und nach links guckte, als erwarte sie Beifall. Er ließ die Briefkastentür geräuschvoll einrasten. Sie drehte sich um und winkte ihm strahlend zu. Es war Tamara. Fast noch ein Kind und schwanger.

Klein-Roda mußte irgendwann eine Extraladung Fruchtbarkeitshormone abbekommen haben. Er tätschelte Birdie, die ihr seidiges Köpfchen an seinem Hosenbein rieb, und dachte an Katzennachwuchs.

Als er sich mit einer Kanne Tee auf die Gartenbank setzte und in die Zeitung vertiefen wollte, quietschte es fröhlich vorm Gartentor. Christines Jüngster hatte Nemax am Schwanz gepackt, der dem Übergriff mit Haltung begegnete – hoffentlich noch lange. Katzengeduld war endlich. Aber Tamara und Christine standen am Gartentor und fanden es offenbar urkomisch, wie wenig das Kleinkind sich um scharfe Krallen und spitze Zähne scherte.

Christine hatte den Arm um Tamara gelegt. Das war das erste, was Bremer auffiel. Christine, das sittliche Vorbild des Dorfes, und Tamara, das ›minderjährige Flittchen‹, das Christine noch vor Wochen in Verdacht gehabt hatte, sich an Jan herangemacht zu haben, an den treuesten aller Ehemänner, dem niemand sowas zugetraut hätte. Tamara – schon eher.

Bremer winkte und vertiefte sich wieder in die Zeitung. Er

wollte nicht zur Stelle sein müssen, wenn Nemax tat, was er unweigerlich irgendwann tun würde.

Schon geschehen. Nemax fauchte. Christines Kleiner brüllte. Tamara tröstete. Christine schimpfte.

Als die beiden das Kind eingesammelt und hoch zu Christines Haus gezogen waren, traute sich Bremer wieder aufzublicken. Über ihm sah Marianne aus dem Fenster, dem Dreiergespann hinterher.

»Sie ist doch erst…« Zwölf? Dreizehn?

»Vierzehn«, sagte Marianne. »Seit März.«

»Und seit wann ist sie schwanger?«

»Seit Februar, seit man sie im Tunnel gefunden hat. Du weißt schon. Vergewaltigt.«

Marianne klang zweifelnd – sie, die immer voller Affenliebe an dem Mädchen gehangen hatte.

»Man hat damals keinen Hinweis auf eine Vergewaltigung gefunden«, sagte Bremer mit aller Vorsicht. Er wollte dem Mädchen nichts unterstellen.

Marianne nickte. »Und sie sieht eher nach dem fünften als nach dem vierten Monat aus.«

Bremer faltete geräuschvoll die Zeitung zusammen. So genau kannte er sich damit nun auch wieder nicht aus. »Und was macht sie bei Christine?«

»Weißt du das nicht? Sie ist zu Hause rausgeflogen.«

»Wieso wohnt sie dann nicht bei dir?« Tamara hatte immer bei Marianne übernachtet, wenn ihre Eltern sie loswerden wollten. »Und was ist mit Jan?«

»Christine hatte ein Zimmer frei. Mütter müssen zusammenhalten, das weißt du doch«, sagte Marianne. Sie schloß das Fenster mit Gefühl.

Nach einer halben Stunde merkte Paul, daß er nicht ein einziges Wort des gewiß spannenden Zeitungsberichts über die Zukunft der bemannten Raumfahrt wirklich aufgenommen hatte. Er lehnte sich zurück, schloß die Augen, spürte noch, wie Birdie auf seinen Schoß kletterte und den Kopf unter seine Hand steckte, und wachte erst auf, als jemand seinen Namen rief.

Jens wedelte mit einer Postkarte. Als Bremer danach greifen wollte, zog er sie weg. »Aus Nairobi!« rief der Postbote. Und: »Du kriegst sie erst, wenn du mir ein Paket abnimmst!«

Anne. Eine Postkarte. Wie schön.

»Was für ein Paket?« fragte Bremer, der plötzlich den fast unwiderstehlichen Impuls verspürte, Jens die Postkarte kampflos zu überlassen, die ihn doch bloß daran erinnerte, daß er Anne viel zu lange nicht gesehen hatte.

»Nicht für dich!«

»Das dachte ich mir fast.« Birdie war unruhig geworden auf seinem Schoß und begann zu knurren.

»Für sie«, sagte Jens und deutete mit dem Daumen hinter sich, Richtung Friedhofsweg. Dorthin, wo Krista Regler wohnte. »Sie ist nicht da.« Er klang beinahe beleidigt.

»Für Krista?«

»Sag' ich doch.« Jens ging zu seinem Auto zurück, tauchte in den Gepäckraum ab und kam mit einem unförmigen Karton wieder hoch. Er schleppte das Paket zu Bremers Gartentisch und ließ es dort fallen. »Sie ist sonst immer da.«

Birdie plusterte sich auf und knurrte wieder. Auch Katzen schienen das Postbotensyndrom zu kennen.

»Krista ist in Ordnung.« Jens sah Bremer auffordernd an.

»Ich möchte dir nicht widersprechen.« Er schielte nach dem Absender des Pakets.

»Schade um ihren Mann.«

Bremer hob den Kopf. »Seit wann hast du Mitleid?«

Jens schielte auf seine Schuhspitzen.

Ein warmer Hauch wehte durch den Garten, süß vom Duft der ersten Rosen. Von der Straße her kam das vertraute Geräusch, das ein harter, energisch bewegter Straßenbesen macht. Marianne fegte die Gass', wie sie es immer tat um diese Zeit – wie gestern. Und vorgestern. Und übermorgen. Obwohl es kaum noch was zu fegen gab, seit sie ihre Milchkühe abgeschafft hatte, die beim Aus- und Heimtrieb gelbbraune Fladen auf den Asphalt klatschen ließen. Heute lagen nur noch Hundeköddel und die Zellophanhüllen von Zigarettenschachteln im Rinnstein.

»Sie haben ihn im Knast zusammengeschlagen. Habe ich gehört.« Jens sah noch immer nicht auf, als er die Neuigkeit verkündete.

Bremer dachte an den Arzt mit den melancholischen Augen und spürte ein hilfloses Mitleid. Er konnte sich vorstellen, wie es einem Mann im Gefängnis erging, den man dort wahrscheinlich zu den feinen Leuten zählte.

Er merkte, daß er die Postkarte in seiner Hand gedreht und gewendet und in eine nicht vorgesehene Form gebracht hatte. Und wenn im Knast erst rum war, daß Regler nicht nur im Verdacht stand, einen Mann erschlagen, sondern auch ein kleines Kind getötet zu haben, dann Gnade ihm Gott. Möglich war alles: Der Fall David hatte es zuletzt sogar zu einer Schlagzeile in der BILD gebracht.

»Weiß sie es schon?« Gut möglich, daß Krista noch keine Ahnung hatte. Oft war Jens auf unbegreifliche Weise der erste, der etwas in Erfahrung brachte.

Der Postbote hob die Schultern und ließ sie wieder fallen. Dann drehte er sich grußlos um. Der Kavalierstart des gelben Postbotenautos schlug Birdie in die Flucht.

Kaum war Jens gegangen, rief Wilhelm an. Die gute Nachricht: Er würde nach Hause kommen, weil die Rehabilitationsklinik noch keinen Platz für ihn hatte. Die schlechte: Bis dahin gab es viel zu tun. Die großen und kleinen Angelegenheiten des Dorfes hielten Bremer auf Trab bis in den frühen Abend. Als er nach Hause kam, zog er sich die Fahrradhose über und holte das Rad aus dem Schuppen.

Der Tag war warm gewesen, aus der Flußaue stieg die Feuchtigkeit. Der Luftraum über ihm war angefüllt mit schimpfenden, johlenden und jubelnden Vögeln. Auf der Wiese vor Groß-Roda zerlegte ein Bussard ein Karnickel. Und am Horizont jagten Krähen einen verlegen flatternden Falken. Fast hätte Bremer den verfetteten Köter umgefahren, der sich breitbeinig mitten auf den Feldweg gehockt hatte. Statt dessen grüßte er das auch nicht gerade schlanke Frauchen, das hastig Schippe und Plastiktüte hervorkramte. Immerhin.

Wieder zu Hause, teilte er mit den Katzen eine Portion Lachs und öffnete eine Flasche seines besten Rieslings – Bürgstadter Centgrafenberg. Das erste Glas trank er auf Thomas Regler.

2

Frankfurt

Karen Stark liebte es, am Wochenende oder an Feiertagen zu arbeiten, an denen das große Gebäude der Staatsanwaltschaft wie ausgestorben schien. Draußen war die Luft noch frisch, es sah nach einem schönen Frühsommerwochenende aus. Drinnen war es kühl, und auf den Fluren roch es nach Reinigungsmittel. Im Sonnenlicht, das ihr Büro in eine helle und eine düstere Hälfte teilte, sah man jedes Staubkörnchen auf den Blättern des namenlosen immergrünen Gewächses, das sie, wie so vieles andere, von der Buddensiek übernommen hatte.

Bereitschaftsdienst war selten langweilig, zumal wenn es an dem mangelte, was man Alternativen im Freizeitbereich nennen könnte. Sie ließ den Computer hochfahren. Vielleicht gab es ja wenigstens eine freundliche E-Mail – von wem auch immer. Am meisten Abwechslung herrschte, wenn die kriminellen Elemente der Stadt im Schulterschluß an der Steigerung der Verbrechensrate arbeiteten. Und ansonsten konnte man immer noch einen der Aktenberge auf dem Schreibtisch abarbeiten.

Es blieb ruhig. Sie versuchte, sich in die Sache Rebentisch gegen Unbekannt zu vertiefen. Aber es fiel ihr schwer, sich zu konzentrieren. Seit Gunter sie auf den Fall Martin Brandt gebracht hatte, ging ihr das fast ein Vierteljahrhundert alte Drama nicht aus dem Kopf. Am tiefsten quälte sie der Gedanke an den Schmerz des sechsjährigen Kindes – an den seelischen merkwürdigerweise, nicht den körperlichen.

Der Junge war mitgegangen mit den beiden älteren Kindern, voller Vertrauen. Wann merkte er, daß sie ihm weh tun wollten? Begriff er überhaupt, was geschah? Und dann war es zu spät. Das

Vertrauen in die beiden anderen Jungen hatte das Kind wehrlos gemacht. Kein Angstreflex half ihm, kein Fluchtinstinkt, mit denen die Natur kleine Kinder und Tiere ausgestattet hat, damit sie überleben.

Es wunderte sie, daß sie dieses Gefühl zu kennen schien, dieses Staunen erst – und dann der bodenlose Schmerz, wenn es endlich dämmert, daß man das Vertrauen und das Vertraute verloren hat. Daß man aus der Welt gefallen ist.

Sie stand auf und schaltete die Kaffeemaschine ein. Und was war mit den beiden Tätern? Sie waren älter als ihr Opfer, gewiß. Gerade mal strafmündig. Aber sie waren noch Kinder, der eine eben erst vierzehn geworden, der andere ein paar Monate älter. Glaubten sie, das alles sei ein Spiel? Hatten sie zuviel an Fröschen, Hamstern oder Katzen geübt? Waren sie als verrohte kleine Ungeheuer aufgewachsen? Oder waren sie sich selbst so unbegreiflich wie dem kleinen Martin?

Sie blieb mit dem Kaffeebecher in der Hand mitten im Raum stehen, geradewegs da, wo die Sonne ihn in zwei Teile zerschnitt, und wußte nicht genau, was am meisten weh tat. Die Geschichte des kleinen Martin? Liebeskummer? Oder bloß ihre verdammte elende Einsamkeit?

Reiß dich zusammen, befahl die Vernunft.

Dem Rest von ihr war das egal. Der wollte weinen.

Dann klingelte das Telefon. Als sie auflegte, war sie wütend. Endlich wieder.

Der Mörder der drei Frauen war gefunden worden, die man vor einer Woche nachts auf dem Parkplatz vor einem Fitneßclub gefunden hatte, erschossen. Der achtzehnjährige Türke behauptete, einem Freund einen Gefallen getan zu haben, der sich einer Neuen wegen von seiner schwangeren Ehefrau trennen wollte. Als unerwünschte Zeuginnen wurden die beiden anderen Frauen gleich mit umgelegt.

Was ist das? dachte Karen. Die »Natur«? Die Natur »des Mannes«? Oder ist eine Kultur schuld, in der man von der Wertlosigkeit von Frauen überzeugt ist? Oder …

Sie ging zum Fenster, lehnte die Stirn an die Scheibe und merkte erst, als ihr die Hände weh taten, daß sie sie zu Fäusten geballt hatte. »Du suchst nach rationalen Erklärungen«, hatte Gunter einmal gesagt, als er von der Obduktion einer jungen, von ihrem Freund erstochenen Frau kam, die Augen müde, die Stimme voller Resignation. »Nach Ursachen. Nach etwas, das man beheben kann, und dann wird alles gut. Aber du wirst dich damit abfinden müssen, daß es immer wieder Menschen gibt, deren Brutalität nur noch von ihrer Dummheit übertroffen wird.«

Und dagegen ist bekanntlich kein Kraut gewachsen. Sie löste sich vom Anblick der taubenkotbekleckerten grünen Behördenjalousien vor den Fenstern des Gebäudes gegenüber. Statistisch gesehen, hörte sie Manfred Wenzel dozieren, statistisch gesehen sind die meisten Gewalttäter in der Bevölkerungsgruppe der jungen Männer zwischen 18 und 25 zu finden – ebenso wie ihre Opfer. Statistisch gesehen nimmt die Zahl der Sexual- und Tötungsdelikte an Kindern seit Jahren ab. Statistisch gesehen spielen Minderjährige als Täter kaum eine Rolle.

Statistisch gesehen leben wir in einer friedlichen, in einer von Jahr zu Jahr friedlicher werdenden Gesellschaft. Prima. Und was heißt das? Daß es Hoffnung gibt, dachte Karen. Um so hilfloser macht uns die Ausnahme.

Was Peter Bachmann und Johannes von Braun an einem heißen Tag im August 1979 taten, war die Ausnahme; ein Tabubruch, wie man ihn sich schlimmer nicht vorstellen kann in dieser Gesellschaft. Was hilft es da, daß er, rein statistisch gesehen, wenig zählt?

Sie nahm die Akte aus dem Regal, die sie am Montag zurückgehen lassen wollte, und blätterte erneut nach allem, was sich über die beiden finden ließ. Der eine der beiden war geständig, der andere schwieg zunächst trotzig. Er galt als der Intelligentere, als der

Durchsetzungsfähigere, der Anstifter. Der eine war schüchtern, der andere phantasiebegabt. Beide keine Monster.

Auch die Familiengeschichten legten keine Gewaltkarriere nahe. Peter Bachmann wuchs bei seiner Mutter auf, der Vater hatte sich abgesetzt, als der Sohn zehn Jahre alt war. Sophie Bachmann, Schauspielerin von Beruf, schien eine Exzentrikerin zu sein, wenn man den Hang zu esoterischen Hobbies wie Kräutersammeln bei Vollmond oder das Barfußgehen bei Regen oder exzessives Tarot-Kartenlegen dafür halten wollte. Sie gab sich als Anhängerin antiautoritärer Erziehungsmethoden und war schon mal betrunken aufgegriffen worden. In einem VW-Käfer, der nach der Begegnung mit dem Baum wahrscheinlich nur noch Schrottwert hatte.

Karen lehnte sich zurück. Vater abwesend. Eine womöglich alkoholkranke Mutter, der die Gutachter bescheinigten, nicht ganz von dieser Welt zu sein. Das ergab ein durchaus vertrautes Bild. Der Sohn – »kindlich für sein Alter« hatte es an irgendeiner Stelle in der Akte geheißen – hatte wahrscheinlich ein feines Gespür für die Gefühlsregungen anderer entwickelt, wie es Kinder brauchen, die es mit unberechenbaren Erwachsenen zu tun haben, zu denen Trinker meistens zählen. So viel wußte sie noch aus den Psychologieseminaren, die sie während ihres Studiums belegt hatte. Und wenn diese eh schon überspannte Mutter es auch noch mit dem Übersinnlichen hielt, mochte das Vertrauen in die Welt des Realen zu verschwimmen beginnen.

Und wenn man ein Außenseiter war … Sophie Bachmann lebte zum Tatzeitpunkt noch nicht lange im Mittelhessischen, Rottbergen hieß das Kaff, der Name kam ihr bekannt vor. Waren die siebziger Jahre nicht die Hochzeit aller möglichen obskuren Landkommunen gewesen?

Für einige Sekunden schwebte ihre Hand über dem Telefonhörer. Sie hatte plötzlich Sehnsucht nach der vertrauten Stimme Paul Bremers, nach seiner ruhigen Art, nach seiner Sicht der Dinge. Ich werde krank an meinem Beruf, Paul, dachte sie. Ich nehme die

Dinge zu ernst. Ich nehme sogar die Dinge ernst, die mich nichts angehen. Oder die schon längst Geschichte sind.

Sie zog die Hand zurück.

Darüber hinaus waren die psychologischen Gutachten der beiden Jungen nicht sehr erhellend. Affektlabilität. Emotionale Deprivation, kognitive Verzerrungen. Mangelhafte Impulskontrolle. Der Psychojargon machte sie ungeduldig, ebenso wie die Tendenz, die beiden jugendlichen Straftäter als bloße Opfer hinzustellen. Dennoch kam ihr das Muster, das die Gutachter entwarfen, plausibel und vertraut vor. Peter Bachmann war unreif für sein Alter und ohne Vertrauen in die eigene Wahrnehmung, ohne ein Gespür für Grenzen und Maßstäbe. Er hatte sich dem wenig älteren Johannes v. Braun angeschlossen, dem einzigen aus einem der Nachbardörfer, der auch zum Gymnasium ging, und sich ihm mehr und mehr untergeordnet.

Das übliche Lied – ein verunsichertes, vereinsamtes Kind trifft auf einen Spielkameraden mit Anführerqualitäten. Und was für welchen. Johannes v. Braun war der einzige Sohn eines Frankfurter Rechtsanwalts, der sich und seiner Familie den Traum vom Leben auf dem Lande erfüllt hatte – in einem umgebauten Bauernhof. Großes Grundstück, Pony fürs Kind und Selbstverwirklichung für die malende Mutter, ehemals Lehrerin. Die Mutter ist geistig abwesend, der Vater selten da. Außenseiter auch dieser Knabe.

Macht einen das zum Gewalttäter? Natürlich nicht. Höchstens in den Augen der anderen – die Nachbarn hatten die sozialen Kompetenzen der Familie Bachmann und der Familie v. Braun gleich bewertet, nämlich als nicht sonderlich hoch.

Die Tat wühlte die Bewohner der drei betroffenen Dörfer auf, das war verständlich. Andererseits hatten die meisten der zur Sache Befragten »sowas kommen sehen«: die einen, weil sie die Familienverhältnisse der Täter, die anderen, weil sie die des Opfers zu kennen und richtig einzuschätzen meinten. Denn auch die Familie Martin Brandts entsprach nicht dem Familienideal, das manch einer mit der Wirklichkeit verwechselt: Die Eheleute stritten sich, er zog aus, sie versöhnten sich wieder. Er arbeitete in einer Schreinerei, sie als Verkäuferin.

Karen spürte, wie sich ihre gute Laune verflüchtigte. Die Düsternis dieser Biografien schlug ihr aufs Gemüt. Der Mutter des getöteten Martin war es bald gelungen, die Bevölkerung der drei Dörfer und Umgebung auf ihre Seite zu bringen - schließlich war sie wenigstens »eine von hier«, anders als die Eltern von Johannes und Peter. Die Eltern von Gewaltverbrechern. Karen konnte sich mühelos vorstellen, was die Leute damals dachten - das gleiche, was sie heute denken, auch wenn sie es nicht auszusprechen wagen: Das ist doch nicht normal! Das kommt doch nicht von ungefähr! Von wem haben die Kinder das bloß?

Wahrscheinlich war es den meisten egal, ob es die Kinderstube oder die Gene waren, die zwei vierzehnjährige Außenseiter dazu werden ließen - auf jeden Fall waren die Bachmanns und die v. Brauns in ihren Augen Eltern von Kindermördern. Mit denen mochte man nicht länger zusammenleben.

Karen atmete tief durch. Paul könnte wahrscheinlich zig Erklärungen dafür bemühen, warum man in einem Dorf einen solchen Konflikt nicht austragen oder aushalten kann und warum ausgestoßen werden muß, wer die Gemeinschaft bedroht. Ihr wurde ganz anders bei der Vorstellung, was für ein Spießrutenlaufen das wohl gewesen sein mußte für die Familien der Täter. Die v. Brauns verkauften ihr Haus - wahrscheinlich mit Verlust. Mit Mörderelternmalus. Die Bachmanns - sie blätterte weiter. Peters Mutter blieb. Sophie Bachmann, die exzentrische Zugezogene mit den spinnerten Ideen. Ausgerechnet die. Sie mußte heute um die Sechzig sein.

Den Akten war nicht zu entnehmen, wie die Kampagne der Eltern des kleinen Martin gegen die Täter und ihre Eltern weiterging. Es stand auch nicht drin, ob Sophie Bachmann die Einsamkeit und die Sorge um ihr Kind mitten in einer feindlichen Umgebung durchgehalten hatte.

Karen klappte den Aktendeckel zu. Ihr war Sippenhaft fast so unheimlich wie die Tat selbst.

Als sich die Tür öffnete, zuckte sie wie ertappt zusammen. »Du bist ja noch da!« rief Manfred Wenzel. »Hast du kein Zuhause?«

Nicht richtig, dachte sie.

3

Ebersgrund

Es sah wie ein Prozessionszug aus, was sich da über den Feldweg Richtung Tunnel bewegte. Bremer bremste und stieg vom Rad. Für einen Schulausflug waren zu viele ältere Herrschaften dabei. Die meisten waren in Sportjacken und stabiles Schuhwerk gekleidet, unterhielten sich lebhaft und schritten absichtsvoll voran. Er kannte niemanden. Oder doch?

In zehn, zwanzig Metern Abstand folgte dem ersten Zug ein zweiter. Einige der Männer trugen Sonntagsanzüge, Marianne kam im Joggingdress, und der alte Knöß sah aus, wie er immer aussah. Bremer erkannte Gottfried und Willi und Werner und Nachbarn aus Groß-Roda, aus Heckbach und aus Ottersbrunn. Einige der Älteren hatten Schirme dabei – in den Morgennachrichten war vor einer sich nähernden Regenfront gewarnt worden. Noch war der Himmel blau.

Niemand vom zweiten Zug schien sich zu unterhalten. Alle guckten grimmig. Bremer schob sein Rad neben Gottfried.

»Ich dachte, der Ostermarsch wäre schon vorbei? Oder übt ihr für den New-York-Marathon?«

Gottfried verzog keine Miene. »Hast du's nicht gelesen? Es stand in der Zeitung.«

Wahrscheinlich in der, die er selten las.

»Heute trifft sich die ›Initiative Gedenkstätte Tunnel von Ebersgrund‹.« Gottfried sprach die Worte so vorsichtig aus, als ob sie bei näherer Befassung explodieren könnten. »Das finden wir – interessant.«

Bremer auch. Er stieg aufs Rad, umkurvte die Pilger und setzte sich an die Spitze der Bewegung. Vor dem Eingang zum Tunnel stand ein ausgeklappter Tapeziertisch, wie ihn alle kannten, die jemals in der Gewerkschaftsbewegung, in einer Partei, für den Frieden oder bei den Tierschützern gewesen waren. Dahinter stand Moritz Marx, in einem in warmen Erdtönen gehaltenen Lamahaarpullover, vor ihm auf dem Tisch Papierstapel, die nach Broschüren und Unterschriftslisten aussahen.

Er wird eine Rede halten, dachte Bremer und gähnte.

Der erste Zug traf ein und gruppierte sich um Moritz und seinen Feldherrenhügel. Bremer sah ernste junge Gesichter und von innerer Weisheit erleuchtete ältere, viele Frauen und wenige Männer. Im Vergleich sahen die Einheimischen ungehobelt und schlechtgelaunt aus. Die Männer (und wenigen Frauen) stellten sich auf die andere Seite des Halbrunds, den die Lichtung vor dem Tunneleingang bildete, verschränkten die Arme und senkten das Kinn auf die Brust.

Dann begann, was Bremer bei sich »Feldgottesdienst« taufte. Moritz Marx erinnerte und mahnte und nannte Namen – polnische, russische, französische, belgische, jüdische. Und mündete in ein Bekenntnis gegen das Vergessen.

Soweit ganz ordentlich, dachte Bremer. Dieses Land ist übersät von Orten der Grausamkeit und des Leidens – wieso soll es dort, wo es am schönsten ist, anders sein?

In der Gruppe seiner Nachbarn war es unruhig geworden. »Bei uns saßen die Polen mit am Tisch«, murmelte der alte Knöß.

»Aber nicht die aus dem Tunnel!« flüsterte Gottfried.

Moritz Marx breitete die Arme aus und schien an Größe zuzunehmen. »Wir laden alle ein – alle! –, sich zu beteiligen an einer würdigen Gestaltung dieses Orts, an dem so viel Blut und Tränen geflossen sind. Wir wollen ihrer aller gedenken.«

»Bist du sicher?« hörte Bremer eine vertraute Stimme rufen. »Du willst an alles erinnern, was hier passiert ist? Wirklich an *alles*?«

Moritz Marx versuchte, den Einwurf wegzulächeln. Wieder hatte Bremer das Gefühl, daß er sich vor irgend etwas fürchtete.

»Auch an das, was *nach* dem Krieg passiert ist?«

In der Gruppe um Willi murrte und murmelte es. Die Anhänger von Moritz Marx guckten verständnislos. Moritz lächelte weiter, unbeirrt.

»Und jetzt wird Marius hier das Schloß entfernen, das wir haben anbringen lassen, damit niemand den Ort mißbraucht oder schändet.«

Moritz Marx wandte sich der Tür zu. Bremer merkte erst jetzt, daß sie halb offenstand. Moritz wechselte einen Blick mit Marius. Der schüttelte den Kopf. Der Bürgermeisterkandidat straffte sich wieder, zog die Tür noch weiter auf und ging voran.

Die Mitglieder der ersten Gruppe marschierten, ohne zu drängeln und mit gefaßten Gesichtern, im Gänsemarsch hinein. Der Raum unter den fliegenkotverschmutzten Leuchtstoffröhren sah kahl und aufgeräumt aus. Moritz erläuterte die Bedingungen, unter denen die Männer und Frauen im Zweiten Weltkrieg hier arbeiten mußten. Es mochte in der Landwirtschaft halbwegs menschenfreundlich zugegangen sein. Aber in der Rüstungsindustrie machte Arbeit weder frei noch satt.

Bremer ließ die erste Gruppe vorausgehen und wartete auf die Nachbarn. Ihre grimmige Entschlossenheit war einer gewissen Verlegenheit gewichen. Nur Willi schien Mut gefaßt zu haben und die weihevolle Stille durchbrechen zu wollen.

»Und hier hat sich, für alle, die es wissen wollen, Walter Knab umgebracht, mit seinem Dienstrevolver. Sein Hirn spritzte bis fast unter die Decke.«

»Willi!« Marianne sprach ihren Tadel mit ungewohnter Zärtlichkeit aus.

»Und hier ...« Knöß hatte eine ganz leise Stimme bekommen. Der alte Herr war sichtlich bewegt. »Und hier hat Rudi Kleeberg seinen Nachbarn erschossen, den Erwin Faust. Wegen diesem Hitlergerümpel. Weil Plündern verboten war.«

»Und hier«, sagte Gottfried tonlos, ohne Bremer dabei anzusehen, »hier …« Der Nachbar schloß die Augen und schluckte vernehmlich. »Es hat uns alle fast zerrissen damals.«

Sie bogen um die Ecke. Die anderen standen schon da und starrten auf das Bild vor ihnen, als ob es eine Marienerscheinung wäre. Jemand hatte Kerzen auf den Boden vor die Klinkermauer gestellt, die an dieser Stelle eine Art Nische bildete, in die mindestens zwei Heiligenstatuen hineingepaßt hätten. Jemand hatte die Kerzen angezündet. Jemand hockte auf dem Boden neben den Kerzen. Jemand mit weißem Gesicht unter den blonden Haaren, mit weit aufgerissenen Augen.

Bremer drängte sich durch den Kordon von Anoraktr ägern nach vorn. »Krista!« Er kniete neben ihr nieder und griff nach ihren Händen. Sie waren kalt. Dann hob er sie hoch, faßte sie um die Schultern und brachte sie durch die Menschen, die vor ihnen Platz machten, nach draußen, an die Sonne, deren Strahlen durch das junge Grün der Birken fiel.

4

Frankfurt

Die Frühlingsluft strömte ihr warm und duftend entgegen, als Karen Stark wieder aus dem Gerichtsgebäude trat. Alle, die ihr auf der Gerichtsstraße entgegenkamen, lächelten, selbst Strafverteidiger Gotzki, dessen zusammengekniffene Lippen und zackiges Kopfnicken ihr normalerweise zeigen sollten, wie verächtlich er die ›Büttel des Staates‹ fand. Sogar die Menschen auf der Zeil schoben als träge Bugwelle, langsamer als sonst, über die Fußgängerschneise. Ausnahmsweise ließ auch sie sich treiben, statt sich dem müßigen Spiel hinzugeben, ihr eigenes Tempo gegen den Strom durchzusetzen.

Vor dem Café war noch ein Tisch in der Abendsonne frei. Sie bestellte ein Clubsandwich und eine Karaffe Riesling und versuchte, sich nicht verlassen zu fühlen unter all den Menschen. Die SMS, die Gunter ihr aus Washington geschickt hatte, verbesserte ihr Befinden nicht. Im Gegenteil.

Irgendwann begann sie, die Menschen wahrzunehmen, die vor dem Café mit Einkaufstüten oder einer Bratwurst in der Hand vorbeigingen. Und plötzlich merkte sie, daß sie auf anderes achtete als sonst. Normalerweise fragte sie sich bei Frauen, ob sie berufstätig waren, Kinder hatten, jemanden liebten. Und bei Männern … Sie nahm einen tiefen Zug aus dem Weinglas und hätte sich fast daran verschluckt. Ob sie gut im Bett waren, wahrscheinlich.

Aber heute hatte sie das Gefühl, hinter den Gestalten und Gesichtern Schemen und Schatten zu sehen. Sie gaben mehr als eine Auskunft, erzählten mehr als eine Geschichte. Die Menschen trugen ihre jüngeren Versionen mit sich. Ihre übermalten Entwürfe.

Die Frau mit dem Hund, die in die Auslage des Uhrengeschäfts starrte, ohne daß man das Gefühl hatte, sie nehme auch nur irgendeine der Piagets und Patek Philippes und Langes wahr: Gerade noch konnte man hinter ihr die Prinzessin erahnen, die mit zehn in den Ballettunterricht geschickt wurde. Die Leidenschaftslose, die mit neunzehn abtrieb, weil sie sich in den Falschen verliebt hatte – in einen, der nicht zu ihrem künftigen Leben paßte. Und die erfolgreiche Verwalterin dieses Lebens. Die Frau sah gelangweilt und kinderlos aus.

Und der Grauhaarige mit den dunklen Augen hinter der Zeitung am Nebentisch … Er lächelte, als er aufsah und merkte, daß sie ihn anstarrte. Sie war zu verwirrt, um zurückzulächeln.

Mit elf Jahren einem Mitschüler mit dem Luftgewehr ein Auge ausgeschossen. Mit einundzwanzig einen schweren Motorradunfall überlebt. Und heute… Bonusmeilenflieger? Egal, er gefiel ihr.

Sie merkte, daß sie ihr Sandwich in wenig appetitliche Einzelteile zerlegt hatte. Die Sonne war hinter einer Wolke abgetaucht, jetzt spürte man den scharfen Wind, der die Flugblätter aufwirbelte, die eine Gruppe Tierschützer vorhin verteilt hatten.

Eine Frau mit Kopftuch und schlechten Zähnen hielt ihr die Obdachlosenzeitung entgegen. Karen winkte ab.

Das wäre früher anders gewesen. Als Kind hatte sie Mitgefühl gehabt, das für ein ganzes Friedenskorps der UNO gereicht hätte. Wie alle guten Kinder wollte sie mit elf oder zwölf Jahren ein besserer Mensch werden und die Welt retten. Als Nonne oder Entwicklungshelferin. Karen spießte eine Tomate auf die Gabel und betrachtete sie, bevor sie die Gabel wieder zurück auf den Teller legte.

Wie fremd ihr so viel Gutgläubigkeit heute war. So fremd wie das Mädchengesicht auf den Kinderfotos, die ihre Mutter in letzter Zeit immer häufiger hervorkramte, wenn sie zu Besuch kam. Mit elf hatte die andere Karen fröhlich in die Kamera geblickt, mit zwölf ernst und mit dreizehn kokett. Mit vierzehn…

Sie zog die Nase kraus und schob den Teller von sich. Damals begann, was Mutter »die schwierigen Jahre« nannte. Rebellion. Und Verachtung für die Erwachsenenwelt, für alles Halbe, Ungenaue, Ungerade. Also fürs Leben selbst.

Die Kellnerin stellte eine zweite Karaffe Riesling auf den Tisch und musterte mit hochgezogenen Augenbrauen den Teller, bevor sie ihn mitnahm. Karen erinnerte sich nicht, noch einen Wein bestellt zu haben, aber sie würde ihn trinken. Einer in der Krone paßte zu ihrer Stimmung.

Es gehörte sich allgemeiner Überzeugung zufolge für Menschen, die den vierzigsten Geburtstag nahen fühlen, der Vergangenheit hinterherzutrauern, der Unschuld und den Idealen und Überzeugungen, die man so hat, wenn man jung ist. Als man die Welt retten und die große Liebe finden wollte. Karen stellte das Weinglas so hin, daß sich die letzten Strahlen der Sonne darin brachen, die sich durch die wenigen Lücken trauten, die die Geschäftshäuser um sie herum ließen. Sie vermißte diese Ideale nicht; sie hatten etwas Totalitäres. Wie sähe eine Welt aus, die sich dem Tugendterror von Kindern und Halbwüchsigen anverwandelte? Sie erinnerte sich gut an die Unerbittlichkeit, mit der sie das Rauchen, den Alkohol, das Fleischessen und Vollbäder verdammt hatte. Eben – langweilig. Und war die große Liebe vielleicht ein Konzept, in das normale Menschen hineinpassen?

Für einen Moment schlich es sich an, das Bedauern, das sie nicht empfinden wollte. Gunter ist eine kleine Liebe, dachte sie. Aber die kleine Liebe war größer als die zu Michael, mit dem sie vor einer Ewigkeit bis zum Lebensende hatte zusammenbleiben wollen. Der Gedanke beunruhigte sie.

Sie merkte, daß sie eine Strähne ihres Haars um den Zeigefinger gewickelt hatte. Einiges hatte sich offenbar nicht verändert: diese Geste und andere schlechte Angewohnheiten. Die Nase. Und die Delle im Kinn, die Carstens liebevoll »Grübchen« genannt hatte.

Sie sah auf. Der Grauhaarige schien in seine Zeitung vertieft.

Wer waren Sie, als Sie zehn, als Sie elf Jahre alt waren? hätte sie ihn am liebsten gefragt. Haben Sie Frösche seziert? Mädchen am Haar gezogen? Geld aus Mutters Haushaltsportemonnaie gestohlen? Mit dem Chemiebaukasten experimentiert? Und ein paar Jahre später ein Kind umgebracht?

Als ob er ihren Blick gespürt hätte, blickte er auf. Er hatte Lachfältchen um die Augen. Braune Augen mit gelben Flecken. Wolfsaugen. »Darf ich Sie was fragen?« sagte er und lächelte sie an.

»Nur, wenn Sie *mir* eine Frage beantworten.«

»Bitte. Ich lasse Ihnen den Vortritt.«

Sie schüttelte den Kopf. Er würde sie für verrückt halten. Er lächelte wieder und fragte nach dem Weg zum Bahnhof.

Sie hatte schon gezahlt, als das Mobiltelefon klingelte.

»Ich weiß nicht, ob du es mitgekriegt hast«, hörte sie Edith Manning sagen. »Sie haben Thomas Regler umgebracht.«

Im Büro, in das sie zurückkehrte wie in einen Heimathafen, war es gottlob windstill. Die Anstaltsleiterin von Strang klang genervt, bemühte sich aber hörbar, hilfreich zu sein. Es war Samstagabend und wahrscheinlich hatte sie schon Stunden am Telefon verbracht. Die JVA hatte in den letzten Jahren eine schlechte Presse gehabt – und nun mußte etwas erklärt werden, was in der Tat erklärungsbedürftig war. Wie konnte es geschehen, daß fünf Untersuchungshäftlinge einen sechsten umbrachten, ohne daß es jemand mitkriegte?

»Das Opfer scheint sich nicht gewehrt zu haben. Und niemand hat etwas gehört.«

Möglich. Möglich war alles.

»Und – wie ist er gestorben?«

»Er ist an Erbrochenem erstickt. Vorher ist er mehrfach vergewaltigt worden. Oral und – rektal.«

»Andere Mißhandlungen?«

»Der ersten Untersuchung zufolge keine. Allerdings ...« Die andere zögerte. Sicher nicht, weil sie zimperlich war. Waltraud Kotte gehörte eher zur abgebrühten Sorte. Aber sie schien zu vermuten, Karen hätte noch einen Restbestand an Mit- und Feingefühl. Heute nicht, dachte sie.

»Allerdings was?«

»Sie haben ihm den Stiel einer Kehrichtschaufel in den Anus geschoben.«

Karen spürte, wie sich die feinen Haare an ihren Unterarmen aufrichteten. Wie phantasiebegabt doch Männer waren, wenn es darum ging, eine andere Person zu entwürdigen.

»Und wieso saß Regler nicht in einer Einzelzelle?«

Waltraud Kotte schnaubte. »Bei unseren Platzverhältnissen?«

»Er hatte Anspruch darauf.«

»Er hat den Anspruch nicht angemeldet.«

»Aber vielleicht mußte man ihn nicht gleich mit einer Handvoll ausländischer Gewaltverbrecher zusammenstecken?« Karen merkte, daß ihr die eiserne Abwehr der anderen Frau auf den Wecker ging.

»Erstens diskriminieren wir nicht, vor allem nicht nach Herkunft. Und zweitens handelt es sich um *mutmaßliche* Gewaltverbrecher. Muß ich Ihnen etwas über die Unschuldsvermutung gegenüber Untersuchungshäftlingen erzählen?«

Karen hätte fast gelacht. Die Anstaltsleiterin hatte ihre Verteidigungspositionen gut bemannt – wenn man mit dem Rücken an der Wand steht, rettet man sich gern in den Himmel allgemeiner Rechtsvorschriften. Aber Waltraud Kotte vermutete unter Garantie keine Unschuld mehr bei notorischen Wiederholungstätern. Und daß das Gewaltprofil bei Gefangenen aus bestimmten Kulturkreisen anders gelagert war als bei den Hiesigen, war ihr auch bekannt.

»Aber bei besonderer Gefährdung …«

»Der Mann saß unter dem Verdacht des Totschlags eines Rivalen in Untersuchungshaft. Mit so einem Delikt ist man normalerweise fast so angesehen wie jemand, der seine untreue Frau ins

Jenseits geschickt hat.« Die Kotte lachte ein geübt unbeteiligtes Lachen.

Karen seufzte. Auch sie sah kein Motiv.

»Die Kerle haben Thomas Regler gequält, wie… naja, wie sie es gerne mit dem vermutlichen Mörder des zwölfjährigen Felix machen würden, Sie kennen den Fall.«

Und ob. Martin Wenzel war damit befaßt und litt sichtlich.

»Und das verstehe ich nicht.«

Ich auch nicht, dachte Karen. Nichts verstehe ich mehr.

5

Klein-Roda

Paul Bremer hörte die Sirene, ohne sich etwas dabei zu denken. Er war eine Stunde lang durch die regennasse Landschaft gegangen, um nachzuschauen, ob sich an den Brücken der drei Flüsse, die sich bei Klein-Roda trafen, Treibgut angesammelt hatte. Die feuchte Luft war vollgesogen mit Gerüchen, und er hatte das Gemurmel und Geglucker der vielen Bäche und Kanäle im Ohr, die die Flußaue durchkreuzten. Dann tönten Martinshörner. Das Geräusch schien aus allen Richtungen zu kommen, mal näherte es sich, mal klang es weit entfernt. Er beschleunigte seine Schritte. Es konnte in Groß-Roda brennen. Es konnte auch … Er ging wieder langsamer. Wahrscheinlich gab es eine Übung. Oder Tamara mußte mal wieder gesucht werden.

Als er auf den Feldweg nach Klein-Roda einbog, roch es brandig. Und dann sah er es: Am Ende des Friedhofswegs, dort, wo er auf die Hauptstraße mündete, standen zwei Feuerwehrautos. Und dahinter stieg eine weiße Rauchwolke auf, kerzengerade.

Er lief die Straße hinunter. Laß es nicht im Arbeitszimmer sein, dachte er. Bitte nicht in der Küche. Und nicht im Kaminzimmer. Laß es überhaupt nicht mein Haus sein.

Gottfried und Marianne standen neben den Feuerwehrautos und guckten zu, wie die Männer die Schläuche entrollten.

Die Katzen, dachte Bremer. Wo sind die Katzen?

Und dann endlich hatte er einen freien Blick. Die Rauchsäule kam nicht aus seinem Haus und auch nicht aus Mariannes, das dicht daneben stand. Sie stieg auf aus seinem Schuppen, in dem das Fahrrad stand. Und das Brennholz lag. Und die Gartengeräte. Und …

Werner von der Freiwilligen Feuerwehr nickte ihm zu. »Noch mal Glück gehabt«, sagte er.

Erst später, als die Polizei kam, begann Bremer zu begreifen, was geschehen war. Er fühlte sich beschmutzt. Verletzt. Einem fremden Willen ausgeliefert.

»Man hätte das früher Molotowcocktail genannt«, sagte der eine der beiden Beamten gemütlich, ein Hüne mit Frankfurter Tonfall. »Das Ding ist durchs offene Schuppenfenster geworfen worden. Bedanken Sie sich bei Ihrer Nachbarin – die hat die Sache sofort gerochen.«

»Aber – wer?«

Die Botschaft kam an wie ein Schlag in die Magengrube. Irgend jemand hatte etwas gegen ihn. Und der meinte es ernst.

»›Wer‹ ist eine gute Frage, oder?« Der Hüne kratzte sich den Kopf unter seiner Mütze, die er in gewagtem Winkel am Hinterkopf trug. »Außer dem Postboten wurde niemand gesehen, und der hat nur was vor die Haustür gestellt.«

Ein Päckchen in Din-A-4-Format. Bremer hob es auf und wunderte sich. Es schien sich um einen Katalog für Damenkleidung zu handeln. Dann sah er Kristas Namen auf dem Adreßaufkleber.

Seltsam, dachte er. Vorhin war sie noch zu Hause.

»Hat hier irgend jemand etwas gegen Sie?« Der Kleinere der beiden Polizisten ließ seine Frage wie einen Vorwurf klingen.

»Nicht, daß ich wüßte.« Außer dem Enkel der alten Anastasia fiel ihm niemand ein. Und bei dem reichte es hinten und vorne nicht für eine derart aufwendige Rache. Und außerdem – Rache wofür? Er hatte dem Mann ein Problem abgenommen. Birdie. Wieder wurde ihm die Brust eng beim Gedanken an die Katzen.

Der Hüne wiegte den Kopf. »Kann es sein, daß es jemandem nicht paßt, daß Sie hier wohnen?«

»Als zugezogener Städter, meinen Sie? So kleinkariert ist hier niemand mehr.« Oder doch? Bremer fühlte sich mit einem Mal der neuen Sicherheit beraubt, die ihm die Arbeit als Stellvertreter des

Ortsvorstehers verliehen hatte. So integriert, wie er befürchtet hatte, war er womöglich gar nicht. Prompt fiel ihm Moritz Marx ein. Aber wieso sollte der mit Molotowcocktails schmeißen, bloß, weil einer ihn für einen Opportunisten hielt und seinen Pullovergeschmack nicht teilte?

»Wie wär's mit der Verdeckung einer Straftat durch eine andere?« Der Kleinere guckte erst Bremer, dann seinen Kollegen an, als ob er Dank für die clevere Eingebung erwartete. »Dafür wird Abfackeln gern genommen.«

Der Hüne wiegte den Kopf und sagte: »Na dann schaun mer mal.« Wie der Arzt vor der Blinddarmoperation. Bremer ließ ihn vorangehen. Phantasien darüber, was der Brandanschlag womöglich an Schlimmerem verbergen sollte, fuhren ihm durch den Kopf und in die Magengrube.

Die Tür zum Schuppen hing schief in den Angeln und war zersplittert da, wo das Schloß gewesen war. Die Feuerwehr hatte beherzt zugetreten. Die nasse Brandstelle verströmte einen widerwärtigen Gestank.

»Das können Sie wohl vergessen«, sagte der kleinere Bulle.

Sein Fahrrad. Sein wunderbares, schlankes Müsing. Die Reifen geplatzt, die Speichen von der Hitze verbogen, der Lack schwarz und blasig. Der Brandsatzwerfer schien gewußt zu haben, wo es Paul Bremer weh tat: wenn es um sein Fahrrad ging. Und um die Katzen.

»Sie sind ja bestimmt versichert«, sagte der Hüne.

Die beiden Polizisten waren nicht ohne Mitgefühl, als sie gingen. Bremer unterdrückte sein Selbstmitleid, schloß die Haustür sorgfältig ab und machte sich auf die Suche nach Nemax und Birdie.

Er rief und lockte, ohne sich um die beiden älteren Damen zu kümmen, die mit ihren Hunden über die Auenwiesen liefen und ihm hinterherguckten. Er hatte Schreckensvisionen von leblosen Katzenkörpern, die ein Auto in den Rinnstein geschleudert hatte.

Von nassen kleinen Leichnamen am Rande der gluckernden Wassergräben rechts und links der Straße. Von Tierfängern mit großen Keschern. Sogar dem Bussard, der über dem Auenwäldchen kreiste, warf er einen bösen Blick zu. Noch war Birdie leichte Beute für einen hungrigen Greifvogel.

Er wurde immer trauriger, je länger er über die feuchte Wiese lief. Es gab zuviel Unglück neuerdings. Die Nachricht vom Tod Thomas Reglers hatte alle erschüttert, sogar die jungen Frauen, die ihn noch vor einigen Monaten für einen gemeingefährlichen Pfuscher gehalten hatten. Aber Krista hatte nur den Kopf geschüttelt, als er sie nach Regler fragte. Sie hatte überhaupt wenig gesagt, nachdem sie zurückgekommen war aus dem Tunnel. Er wollte schon gehen. Sie brachte ihn zur Haustür. Da erst fing sie an zu weinen. Als sie den toten Vogel sah. Eine junge Amsel, die mit ausgebreiteten Flügeln auf der Fußmatte lag – wie eine besonders einfallsreiche Schaufensterdekoration.

Er hatte sie in den Arm genommen, war mit ihr zurückgegangen in die Küche und hatte gewartet, bis ihr Schluchzen leiser wurde. Und dann erzählte sie, warum sie im Tunnel Kerzen angezündet hatte. Für Thomas. Und für den kleinen Jungen, der dort vor fast fünfundzwanzig Jahren gestorben war.

Die Geschichte saß ihm wie ein Stein in der Brust. Krista hatte eine große Kanne Tee gekocht und hockte am Küchentisch, das Gesicht blaß, die feine Haut unter den müden blauen Augen dunkel.

»Ich muß immer an das Kind denken«, hatte sie unvermittelt gesagt. Und dann erzählte sie.

Der Kleine war an einem heißen Augusttag umgekommen. Man hatte ihn entführt, ihn in den Tunnel geschleppt, ihn dort mit einer Eisenstange geschlagen, ihn mit glühenden Zigaretten gequält, ihm die Handgelenke gebrochen.

»Und zum Schluß haben sie ihm den Schädel eingeschlagen. Als man ihn fand, war er umgeben von den Überresten weißer Kerzen. Sie müssen ihn im Kerzenschein getötet haben.«

»Woher weißt du das alles? Von Gottfried?« Aber der hatte sich, was den Tunnel betraf, als gar nicht auskunftsfreudig erwiesen.

Krista schwieg. Ihr Zeigefinger tauchte in den verschütteten Tee auf der Tischplatte und zeichnete Figuren auf das helle Holz.

»Der kleine Martin muß auf die Gedenktafel, findest du nicht?«

Bremer hatte sich dabei ertappt, wie er erst den Kopf schüttelte und dann nickte. Das also war gemeint, wenn die Nachbarn die Erinnerung an *alles* anmahnten, nicht nur an die eine tragische Geschichte, auch an die anderen vielen scheinbar kleineren Dramen, die sich im Tunnel abgespielt hatten, einem Ort, wie geschaffen für Schmerz und Tod. Plötzlich fühlte er mit dem zahnlosen Marius, der den Unheilsort auf immer versperren wollte.

»Ist der Mörder gefunden worden?«

»*Die* Mörder«, hatte Krista ruhig gesagt. »Es waren zwei Jungen aus der Umgebung.«

Da erst hatte er begriffen, was sie alle schweigen ließ. Das war das Schlimmste, was den Menschen auf dem Land widerfahren konnte. Er hatte längst verstanden, daß es nicht Fremdenhaß allein war, wenn man immer erst nach der verhängnisvollen Anwesenheit von Fremden fahndete, sobald etwas schieflief. Es war die Hoffnung, daß der Nachbarschaft die Zerreißprobe erspart bleibt, vor der sie anderenfalls steht. Ein Opfer, zwei Täter – drei Familien. Danach war nichts mehr wie zuvor.

»Woher weißt du das alles?«

Sie zögerte. Dann sagte sie: »Von Thomas, er hat mir die Geschichte erzählt.« Sie war aufgestanden und zum Fenster gegangen. »Er hat Kinder immer geliebt, weißt du.«

Seltsamerweise hatte er das Gefühl gehabt, daß sie nicht wirklich die Wahrheit sagte.

Er durchquerte die Flußaue und ging den Friedhofsweg hoch, an Kristas Haus vorbei, vorbei an der Weide, auf der Willis Galloways standen, hinüber zur Scheune. Hier war Nemax oft, denn die Reste von Getreide und Mais, die im Herbst von den Erntewagen fielen, nährten ein reichliches Mäuseaufkommen. Es nieselte wieder, der Juni begann feucht und es wurde langsam wieder kälter.

»Nemax?« Er hatte das starke Gefühl, vergeblich zu rufen. Er hätte am liebsten geweint, wie Krista beim Anblick der Amsel. Um die Katzen, das Kind, sich selbst. Um sein Fahrrad. Und um Thomas Regler, dessen Gesicht er plötzlich vor sich sah, diesmal nicht verschlossen, sondern lächelnd. Was für ein brutales, einsames Sterben, dachte Bremer. Von allen verlassen, auch von seiner Frau.

Der Mann hat seinen Rivalen erschlagen, sagte ihm die Vernunft. Aber er sah die dunklen blauen Augen unter dem dichten Haar blitzen, sah, wie sich die Nase bewegte, sah einen Mann, dem jedes Kind traute. Einen, der seine Frau so sehr geliebt haben mußte, daß er alles für sie tat.

Auch lügen, um sie vor dem Gefängnis zu retten? Der Gedanke war unerbeten. Aber Krista war ihm plötzlich unheimlich.

6

Frankfurt

Man mußte die Obduktion abwarten. Und die Ermittlungsergebnisse der Kripo. Karen Stark hoffte, man hatte Krista Regler den Tod ihres Mannes schonend beigebracht. Sie glaubte immer noch, daß die Frau bitter darunter litt, daß ihr Mann für sie gebüßt hatte. ›Solch' Liebe währet ewiglich.‹ Aber wahrscheinlich war das Wunschdenken. Romantisches, kindisches Wunschdenken.

Sie spürte eine Rührung die Kehle hochsteigen, die sie schon gestern nur mühsam hatte bekämpfen können. Mürbe und weich wie ein Buttermilchbrötchen, dachte sie. Ein freundliches Wort, und sie würde Rotz und Wasser heulen.

Sie richtete sich auf und legte die gelbe Laufmappe aus der Geschäftsstelle beiseite. Auch andere Angehörige mußten benachrichtigt werden. Hatte Regler noch Eltern? In seinem Alter bestimmt. Dann stapelte sie die Akte mit dem Zeichen 7360Js25489/03 auf den Haufen zur Wiedervorlage.

Während der Konferenz war sie abgelenkt. »Müssen wir uns wieder Sorgen um Sie machen, Frau Kollegin?« Zacharias wedelte vorwurfsvoll mit dem Montblanc.

»Soll ich den Arzt holen?« fragte H_2O, der das wohl komisch fand. Sie lächelte beide an und sagte nichts. Gunter hatte ihr eine E-Mail geschickt, um sich »zurückzumelden«. Das beschäftigte sie mehr als alles, was in diesem Raum verhandelt wurde.

Als sie zurück in ihr Büro kam, hockte schon wieder ein Stapel Drucksachen auf dem Schreibtisch. Sie pflügte den Haufen um und verteilte alles in die jeweils dafür vorgesehenen Ecken. Nur einen Aktendeckel nahm sie aus, den, auf den jemand vom Archiv geschrieben hatte: »Könnte dich interessieren. Appendix zum Fall Martin Brandt.« Sie schlug die Akte auf.

Der Vater des einen der beiden Täter, Walter v. Braun, hatte eine Klage gegen die Schule im allgemeinen und speziell gegen eine Lehrerin seines Sohnes angestrengt. Begründung: Durch den Gemeinschaftskundeunterricht seien die beiden Jungen viel zu früh mit den Greueln des Nationalsozialismus in Kontakt gekommen, hätten sich daran womöglich ein Beispiel genommen und ein Menschenexperiment angestellt, dessen Opfer Martin Brandt wurde. Der Vater behauptete die Mitschuld von Schule und Lehrerin, wenn nicht gar die Anstiftung zu einer Straftat.

Karen durchblätterte die Akte. An der Aussage der Lehrerin blieb ihr Blick hängen.

»Es war ein heißer Tag, einer der wenigen heißen Tage im Sommer 1979. In der 6a waren die Kinder besonders unruhig, irgend jemand hatte verbreitet, es gäbe hitzefrei, aber dazu hätte es noch heißer sein müssen. In meiner Unterrichtseinheit ging es um ›Geschichte und Brauchtum in Hessen‹. Eigentlich machte den Kindern das Thema Spaß. In der Stunde davor hatten wir hessische Spezialitäten durchgenommen, da gab es für jeden was zu essen. Aber diesmal waren die alten Trachten dran. Ich konnte die Unruhe der Kinder verstehen – mir wurde auch ganz heiß beim Anblick der Bilder mit Frauen in schwarzen Gewändern und bebänderten Hauben.«

Karen hatte das Gefühl, Karla Becker zu kennen. Solche wie sie waren in ihrer Schulzeit die Guten unter den Lehrern gewesen. So gut, daß sie einen zur Weißglut reizten.

»Ich fürchte, ich war ein bißchen froh, daß Johannes und Peter fehlten. Sie waren die Ältesten in der Klasse, und es klappte noch nicht so ganz mit der Einbindung in den Klassenverband, sie mußten ja das Schuljahr wiederholen. Beide neigten zum Rebellieren – Johannes mehr noch als Peter – und hätten es wahrscheinlich verstanden, die Unruhe der Kinder anzustacheln. Ich habe mir keine großen Gedanken gemacht, wo sie wohl sein könnten, das muß ich selbstkritisch zugeben.«

Die Lehrerin hatte Schuldgefühle. Natürlich.

»Die beiden fehlten oft. Eigentlich kamen sie aus vernünftigen Verhältnissen - nein, aus guten Verhältnissen, muß man sagen, wenn man sich anguckt, wie es bei manchen der anderen Kinder zu Hause aussieht. Andererseits - wenn man Außenseiter ist... Bei Johannes lag das Problem offen zutage, er befand sich in diesem Stadium, in dem besonders Jungen schwierig sind.«

Vornehm ausgedrückt, dachte Karen. In der Pubertät sind nicht nur Jungen unerträglich.

»Peter - nun ja, da lagen die Dinge anders. Ich hätte ihn als unreif für sein Alter bezeichnet. Und dann sein Äußeres... ›Fledermaus‹ nannten ihn die anderen. Wegen seiner Ohren.«

O Gott, dachte Karen. Dem armen Jungen wurde wahrscheinlich von morgens bis Schulschluß - und danach! - die Hölle heiß gemacht. Daß Erwachsene stets zu vergessen scheinen, wie unbarmherzig Kinder sein können.

»Es war sicher nicht das Richtige für ihn, diese enge Bindung an Johannes. Manchmal dachte ich - er ist ihm hörig. Was sich Johannes ausdachte, führte Peter blind aus. Das letzte Mal, als sie die Schule schwänzten, waren sie nach Feldern getrampt, hatten sich im Stehcafé am Marktplatz einen Kaffee geteilt und versucht, Zigaretten zu schnorren.«

Das gehört ja wohl zu den eher harmlosen Vergnügungen pubertierender Jugendlicher. Karen erinnerte sich mit heiterer Dankbarkeit an das Tchibo-Café in Bockenheim, in dem sie die Turnstunden verbracht und die ersten Zigaretten geraucht hatte.

»Ganz kurz habe ich mir sogar die Hoffnung gemacht, daß sie sich mit dem Schulprojekt beschäftigten. Das sollten die Schüler zwar in ihrer Freizeit tun, aber Johannes hatte sich am Projektthema besonders interessiert gezeigt, und wenn er beim Schuleschwänzen mal etwas Sinnvolles täte...«

Wie naiv konnte man sein? Karla Becker war offenbar eine nette, eine gute, eine liebenswerte Lehrerin gewesen, die keine Ahnung von der Natur der Menschen und ihrer Schutzbefohlenen hatte.

»Ich muß wohl erklären, worum es sich bei unserem Projekt handelte, zumal es ja mehr oder weniger mit den schrecklichen Ereignissen in Zusammenhang steht. In jedem Halbjahr wird ein Schulprojekt ausgewählt, in dem sich die Schüler mit einem Thema besonders intensiv auseinandersetzen. In den Jahren davor hatten wir schon Heimatkundliches aller Art; zum Beispiel beschäftigten wir uns mit der Lage der Kleinbauern im 19. Jahrhundert und mit dem Lebensalltag einer Bäckersfamilie. Diesmal war die Zeit des Nationalsozialismus dran. Wir haben uns im Unterricht der 6. und 7. Klassen sehr intensiv mit der amerikanischen Fernsehserie über den ›Holocaust‹ beschäftigt. Die Kinder sollten erforschen, wie es in unserem Landstrich, in dem die Menschen stets besonders eng zusammenlebten, damit aussah – was hatte man mitgekriegt, was wurde verdrängt, erinnert man sich heute noch an die jüdischen Nachbarn und an die Zwangsarbeiter und so weiter. Die Kinder sollten nach Spuren der Vergangenheit fahnden.

Ich habe immer gedacht: das ist Heimatkunde, wie sie sein sollte. Lebendiger Geschichtsunterricht. Kritisch und human. Es sollte die Kinder vertraut machen mit den Erinnerungen der Älteren, sollte das Schweigen durchbrechen, sollte den Familien die gemeinsame Geschichte wiedergeben. Ich hätte nicht geglaubt … Ich habe die Vorwürfe gegen mich nie verstanden.«

Karen erinnerte sich an solche Projekte. Klar, es war gut, die Kinder zu interessieren für das, was für dieses Land so bestimmend war. Andererseits, im Klima dörflicher Enge – das konnte ungemütlich werden. Sie hörte Bremer gegen ihre Vorurteile den blöden Bauern gegenüber wettern und lächelte in sich hinein.

»Natürlich gab es ältere Menschen, denen die ganze Richtung nicht paßte. Ich wolle in der Vergangenheit und damit im Schmutz wühlen, die Kinder gegen ihre Großeltern aufbringen, Nachbarn gegen Nachbarn hetzen und was es sonst noch so gab an Anwürfen aus einer bestimmten Ecke. Ich mußte mir sogar anhören, daß mich das alles nichts anginge, weil ich nicht dabeigewesen war. Und auch nicht von hier sei.

Und dann, hinterher, hat man mir vorgeworfen, ich hätte Johannes und Peter auf die Idee gebracht. Auf die Idee mit dem Tunnel, in dem die Nazis die Zwangsarbeiter quälten.

Ich. Ich sollte der Sündenbock sein.«

Karen überflog den Rest der Aussage von Karla Becker. In der Tat hatte schon der Prozeß gegen die Beschuldigten in der Sache Martin Brandt auf weite Strecken wie eine Anklage gegen die Lehrerin gewirkt. Insbesondere die Verteidigung versuchte, die beiden Angeklagten als Verführte darzustellen, als Nachahmungstäter, die Nazis hatten spielen wollen: Ob die Kinder nicht viel zu jung gewesen wären, um sie mit den Schreckensgeschichten aus dem Dritten Reich zu konfrontieren? Ob das, was Frau Becker ihren »Projektunterricht« genannt hatte, nicht in Wirklichkeit die Aufforderung zum Schuleschwänzen gewesen sei? Ob sie die Kinder gegen ihre Eltern habe aufhetzen wollen? Ob sie nicht ihre Fürsorgepflicht vernachlässigt habe?

Die Eltern der beiden Täter sammelten Unterschriften gegen die Lehrerin. Die Eltern des Opfers nannten die Täter kleine Nazis, was sich auch nicht nach Unterstützung der Lehrerin anhörte. Karla Becker hatte offenbar noch während des Prozesses Bad Moosbach und das Grotius-Gymnasium verlassen. Das Disziplinarverfahren gegen sie kam zum Urteil, daß sie für die Tat nicht haftbar zu machen sei, andererseits wurden Zweifel an ihrer pädagogischen Qualifikation geäußert.

Karen Stark legte die Mappe beiseite und griff wieder zur Prozeßakte. Sie blätterte sich zum Urteil vor. Die beiden Jungen waren zu Haftstrafen verurteilt worden, Peter zu acht, Johannes zu sieben Jahren, da Peter gestanden hatte, den entscheidenden

Schlag ausgeführt zu haben, der Martin Brandt tötete. Die beiden waren wahrscheinlich nach Mendlingen oder Falkenburg verbracht worden.

Karen lehnte sich zurück und rechnete. Wenn sich die beiden manierlich benommen hatten, waren sie spätestens nach fünf, sechs Jahren wieder entlassen worden, also Mitte der achtziger Jahre. Zeit, um aus dem Leben noch etwas zu machen.

Als sie den Aktendeckel schließen wollte, flatterte ein Zeitungsausschnitt zu Boden. Sie bückte sich, hob ihn auf und strich ihn glatt. Das Datum: 11. März 1985. Es war bekannt geworden, hieß es in dem Artikel, daß man Johannes v. Braun entlassen wollte. Daraufhin organisierte die Mutter des kleinen Martin Brandt eine öffentliche Kampagne gegen die Freilassung eines, wie sie formulierte, »Kindsmörders, der wieder zuschlagen wird«. Keine zwei Monate würde der Zwanzigjährige die frischgewonnene Freiheit überleben, spekulierte der Verfasser des Zeitungsberichts. Sabine Peters, wie die Frau nach Scheidung und erneuter Eheschließung mittlerweile hieß, forderte alle, die ähnlich dachten wie sie, dazu auf, Postkarten entsprechenden Inhalts an die Behörden zu richten. Und wer dachte in diesen Dingen nicht wie eine ihres Kindes beraubte Mutter?

Dennoch hatte jemand die Kampagne als Aufhetzung zur Selbstjustiz aufgefaßt und Anzeige gegen die Peters erhoben. Die Zeitung hatte ein Foto abgedruckt, auf dem man das Gesicht einer Frau mit kurzen blonden Haaren sah, ein Gesicht, das nach vielen Zigaretten und schlaflosen Nächten aussah. Ein Gesicht voller Frustration und Lebensekel.

Die beiden Jungen hatten offenbar überlebt. Zu seinem Schutz hatte man Johannes v. Braun einen neuen Namen gegeben. Wenn er sich in den nächsten zehn Jahren gesetzestreu verhalten hatte, würde heute niemand mehr in Erfahrung bringen können, was er als Vierzehnjähriger getan hatte. Die Strafe würde längst aus allen Registern getilgt sein. Johannes v. Braun war Geschichte.

Manfred Wenzel guckte zur Tür herein, registrierte das Chaos auf ihrem Schreibtisch, schüttelte den Kopf und verschwand wieder.

Sie mußte aufhören, sich mit diesem Fall zu beschäftigen. Er hielt sie von der Arbeit ab und machte schlechte Laune. Er war ihr unheimlich. Und trotzdem ertappte sie sich bei dem Wunsch, wissen zu wollen, was aus den beiden Jungen geworden war. Anfrage beim Zentralregister? Dann würde sie einen guten Grund vorweisen müssen. Und den hatte sie nicht, außer einem vagen Zusammenhang mit einem Fall, der sich durch den Tod der Beteiligten mehr oder weniger erledigt hatte.

Du bist nicht ausgelastet, spottete es in ihr. Dann rief Eva Daun an, und H_2O bat sie um einen Gefallen. Und plötzlich war Feierabend. Als sie mit dem Auto die Tiefgarage verließ, hing über ihr ein trüber Himmel.

7

Klein-Roda

Bremer schreckte hoch. Er horchte angestrengt auf die Atemzüge der anderen Jungen, auf das leise Schnarchen von Gerd und Manfred und Jo, bis er endlich begriff, daß er nicht in Rabenau war und auch nicht mehr dreizehn. Er sah auf den Wecker. Es war viel zu früh, und er war viel zu müde. Aber er wollte ums Verrecken nicht zurück in diesen Traum von barbarischen Jungenscherzen und einem kalten dunklen Haus voller Gerüche und Geräusche. Also stolperte er die Treppe hinunter in die Küche. Als sein Blick auf die gefüllten Freßnäpfe der Katzen fiel, unberührt seit gestern abend, war er wieder in der Gegenwart.

Im ganzen Haus hing noch der Gestank von geschmolzenem Plastik und angekokeltem Holz. Der Blick aus dem Fenster zeigte einen blaßblauen Himmel, an dem Wolkenfetzen über die Sonne jagten. Der Temperatur im Haus nach zu urteilen, war es kalt draußen. Er ging hinüber zum Keller, wo ihn ein rotes Lämpchen anblinkte. Die Gastherme war aus. Leise fluchend ging er zurück in die Küche und nahm die Kanne Tee mit nach oben ins Arbeitszimmer. Wahrscheinlich war der Gastank leer, er hatte nichts mehr nachbestellt, es war schließlich schon Juni. Aber der Juni begann, wie er in dieser Gegend fast jedes Jahr begann: kalt und unfreundlich und ohne äußere Anzeichen dafür, daß es wie jedes Jahr einen Sommer geben würde.

Seine Laune verbesserte sich nicht, als er auf der Treppe in die Sonnenbrille trat, die er gestern dort zwischengelagert hatte. Und natürlich war bei »Drachengas« besetzt, wie eigentlich meistens, wenn was dringend war. Er drückte auf Wahlwiederholung und lauschte, erst dem Wählton, dann dem Besetztzeichen. Besser, sich über die Zähigkeit der Verhältnisse in der Dienstleistungsgesellschaft zu ärgern, als über den Verbleib der Katzen nachzudenken. Er vermißte die Viecher, er vermißte sie mehr, als gut für ihn war.

Schließlich ging sein Anruf durch. Statt des Besetztzeichens erklang nun die Badinerie aus Bachs h-Moll-Suite in einer gräßlichen elektronischen Version, die er nicht lange aushielt. Er tappte ins Bad, bemühte sich, beim Rasieren seinem eigenen Anblick auszuweichen, und versuchte es schließlich aufs neue. Die Laute aus dem Telefon hielten ihn wenigstens davon ab, auf das Geräusch zu warten, das die Katzenklappe machte, wenn eines der Tiere hindurchsprang. Endlich, als er schon damit rechnete, daß ihn demnächst eine Ansage auf die mindestens zweistündige Mittagspause des Betriebs aufmerksam machen würde, hatte er jemanden am Apparat. Eine junge Frau mit heller, kindlich wirkender Stimme, die ewig lange rückfragen mußte, bis sie ihm mitteilte, man könne erst übermorgen liefern.

Bremer hätte fast gelacht, wenn er nicht so abgrundtief wütend und frustriert gewesen wäre. Nach einer halben Stunde Holzhacken war ihm warm, dafür allerdings belagerten ihn die abgründigsten Vorstellungen. Zum Beispiel darüber, was ein Mensch, der Molotowcocktails in einen unbescholtenen Holzschuppen wirft, wohl mit lebenden Kreaturen anstellt.

Wilhelms Anruf kam wie eine Erlösung. Der alte Kerl hatte wie üblich jede Menge Ideen, was dem Gemeinwohl dienlich sein könnte. Bremer stürzte sich in die Arbeit und vergaß für ein paar Stunden seine trostlosen Gefühle. Dabei vergaß er auch noch zwei Banküberweisungen, einen Telefonanruf und nicht zuletzt das Päckchen für Krista, das, als er am späten Nachmittag zurückkam, noch immer auf dem Küchentisch lag. Er klemmte es unter den Arm und lief den Friedhofsweg hoch. Auf der Höhe des Friedhofs glaubte er, aus den Augenwinkeln eine Bewegung zu sehen. Schon waren alle Hoffnungen und Ängste wieder da. »Nemax?« Er rief leise. Aber im Grunde seines Herzens glaubte er nicht, daß es die Katzen waren, die sich hinter Kristas Haus ins Gebüsch verkrochen. Hoffentlich kommt nicht irgendwer auf die Idee, die schöne Sache mit dem Brandsatz bei Krista zu wiederholen, dachte er noch.

Als Krista die Haustür aufmachte, sah er, daß sie geweint hatte. Sein Mißtrauen verflog. Und es war verdammt tröstlich, sie im Arm zu halten, was im übrigen entschieden einfacher war, als etwas zu sagen. Sollte er vielleicht »Alles wird wieder gut!« murmeln? Manches wird nie wieder gut. Und Thomas Regler hatte mit dem Leben dafür bezahlt, daß er für sie eingestanden war.

Da war es wieder, das Mißtrauen. Als ob sie so etwas gespürt hätte, spannten sich ihre Muskeln. Sie hob den Kopf. In diesem Moment sah er einen Schatten im Hintergrund. Seine Reflexe hatten keine Zeit, den Körper zu alarmieren. Es knallte, als ob etwas zerbarst. Und dann traf es ihn hart an der Schulter.

Krista lief mit einem Aufschrei ans Fenster. Die eine der beiden Fensterscheiben war zersplittert, Glasscherben glitzerten auf dem Sims, ein scharfer Zacken steckte noch im Rahmen. Bremer hob den Stein auf, der ihn getroffen hatte. Es war ein roter, poröser, scharfkantiger Klinker. Die Wut, die in den letzten Stunden abgeflaut war, kehrte zurück. Er hatte keine Lust auf die Vorstellung, daß sich in seinem kleinen überschaubaren Kuhkaff ein Irrer herumtrieb, der Brandsätze und Steine durch Fenster warf.

Er war aus der Haustür, bevor Krista sich wieder umgedreht hatte. Mit dem Stein in der Hand lief er den Weg hoch, Richtung Friedhof. Er war außer Atem, als er stehenblieb. Er hatte niemanden gesehen.

Als er zum Haus zurückkam, stand Krista in der Haustür und starrte auf das, was er in der Hand hielt. »Der Stein«, flüsterte sie.

Bremer massierte sich die schmerzende Schulter, während er ihr ins Haus folgte. »Was heißt hier ›der Stein‹? Das ist ein verdammter Klinker, Krista, den dir jemand durchs geschlossene Fenster geworfen hat.« Wobei er zufällig mich getroffen hat, dachte er. Eigenartiger Zufall.

Sie nahm ihm den Stein aus der Hand und legte ihn behutsam auf den Tisch, neben den Katalog, den er ihr mitgebracht hatte. Dann zog sie die Tischschublade auf und nahm etwas heraus – einen ungeduldig aufgerissenen Briefumschlag.

»Das lag heute morgen im Briefkasten. Ohne Briefmarke.«

Bremer zog einen mehrfach gefalteten Bogen aus dem Briefumschlag. »Dein Mann war ein Kindermörder« konnte man lesen, sobald man sich an das Schriftbild gewöhnt hatte. Es war fast rührend: Jemand hatte sich die Mühe gegeben, Buchstaben für Buchstaben, verschieden große und verschiedenfarbige, aus Zeitungen und Zeitschriften auszuschneiden und aufzukleben.

Bremer blickte auf. Krista sah nicht verängstigt aus. Sie wirkte müde und angeekelt. »Ich wüßte gern, wer mir sowas in den Briefkasten wirft.«

Freie Auswahl, dachte Bremer. Fast alle kamen in Frage. Jedenfalls diejenigen, die dem Kinderarzt Thomas Regler den Tod des kleinen David Ferber zur Last legen und die sein trauriges Sterben für irgendwie verdient halten.

»Hast du die Polizei angerufen?«

»Wegen sowas? Ich bitte dich.« Sie hatte die Fäuste geballt und in die Taschen der Jeans gesteckt, die ihr, schien Bremer, zu weit geworden waren.

»Wer dir ›sowas‹ in den Briefkasten steckt, scheint auch mit Steinen nach dir zu werfen.« Nach ihr? Nach mir, dachte Bremer. Und *mir* hätte man fast das Haus angezündet.

»Sie mögen mich hier nicht, ich weiß schon. Macht nichts – ich bleibe.« Kristas Stimme klang plötzlich nach neuer Entschlossenheit. Aber Bremer vermutete, daß ihr keine Wahl blieb. Ohne Thomas' Gehalt war das Haus in Feldern nicht zu halten.

Sie nahm ihm den Brief aus der Hand.

»Krista – das mit Thomas ...«

Sie schüttelte den Kopf. »Ich will nicht darüber reden.«

»Aber ...«

Kristas Gesicht hatte alle Weichheit verloren. »Ich komm' schon klar«, sagte sie.

»Und ›der Stein‹?«

Jetzt lächelte sie, aber ohne Wärme. »Ist doch nur ein verdammter Klinker.«

Na bitte. Er drehte sich zur Haustür. Und dann drehte er sich wieder um.

»Wenn du mal meine Katzen siehst ...«

Sie nickte ohne Anteilnahme.

Bremers Blick fiel auf den Stein und auf den Katalog, der daneben lag. Umstandsmoden. Tamara schien nicht die einzige zu sein, die schwanger war.

Krista – schwanger von einem Toten? Hansen oder Regler, sagte eine zynische innere Stimme. Beide perdu.

Er drehte sich um und ging.

8

Frankfurt

Sei kein hirnloses Huhn, sagte sich Karen Stark. Bloß weil ein Mann das Selbstverständliche tut, mußt du nicht gleich dahinschmelzen.

Aber es half nichts. Ein unerklärliches Glücksgefühl hielt sie besetzt, seit Gunter Carstens wieder zurück war und so tat, als ob alles beim alten wäre. Oder vielmehr - als ob alles wie vorher wäre, vor der Hauptverhandlung gegen Krista Regler und vor ihrem Streit. Er schickte SMS und Mails, er rief an, er wollte sich mit ihr verabreden. Sie zierte sich noch. Aber nicht mehr lange - so wie sie sich kannte.

Zwischendrin gab es gottlob zu tun.

Die Obduktion Thomas Reglers hatte keine neuen Erkenntnisse gebracht. Der Arzt war gesund gewesen und in jeder Hinsicht normal - bis auf eine Besonderheit: bei der äußeren Leichenschau wurde eine Sterilisationsnarbe an seinem Penis festgestellt. Das wunderte sie. Ein Kinderarzt, der keine Kinder wollte?

Der Tathergang schien ebenfalls klar - einer der Mithäftlinge Reglers hatte die Tat in allen Details geschildert. Der Mann behauptete unwiderlegt, er sei an den Quälereien nicht beteiligt gewesen und habe vergebens versucht, über die Gegensprechanlage einen Beamten herbeizurufen. Keiner der in dieser Nacht Diensthabenden wollte indes etwas gemerkt haben. Die Sprechanlage in Strafraum 213 habe vor ein paar Wochen schon einmal einen Wackelkontakt gehabt, gab einer der Beamten an. Bei einer Überprüfung erwies sich die Anlage als einwandfrei.

Die vier Täter gestanden die Vergewaltigungen, nicht aber eine Tötungsabsicht. Sie seien betrunken gewesen. In der Tat hatte man bei einem von ihnen noch am Morgen 1,6 Promille im Blut gemessen. Konnte man in dem Zustand überhaupt noch vergewaltigen? Gunter fragen, dachte sie.

Einer der Täter nannte Thomas Regler einen »KiFi«, Knastkürzel für Kinderficker. Auf die Frage, wie er darauf komme, hatte der Mann – Akif Akman – behauptet, das sei allgemein bekannt gewesen in der Haftanstalt. Karen wunderte auch das. Regler war Fahrlässigkeit bei der Operation eines Kindes vorgeworfen worden, aber von kinderschänderischen Aktivitäten hatte sie nichts gehört.

Die Leiche wurde zur Beerdigung freigegeben. Den vier Häftlingen würde der Prozeß gemacht werden. Und Gunter wollte sie am Wochenende treffen.

Karen seufzte, stand auf und streckte sich. Vielleicht würde auch dieser Juni irgendwann frühsommerlich warm werden. In den Parks blühten die Rosen. Sie hatte noch Urlaub zu nehmen. Das Leben ging weiter.

Als Edith Manning ins Zimmer kam, hatte ihre Stimmung sich wieder gehoben. Edith trug eine locker fallende Hose und eine Weste über dem Hemd. Sie sah unverschämt gut aus. Edith registrierte ihre Blicke, lächelte kokett und drehte sich einmal um die eigene Achse. »Wenn du mal die sexuelle Orientierung wechseln willst – ein Wort genügt!«

Karen seufzte theatralisch auf.

Edith blieb stehen und musterte sie. »Hat er wieder?«

»Er hat.«

»Gut«, sagte Edith. »Der Mann verfügt über Geschmack und Verstand.« Sie setzte sich auf den einzigen freien Stuhl im Raum, lehnte sich zurück und kreuzte die Arme vor der Brust. Dann wurde ihr Ton besorgt. »Aber sei kein ...«

»... hirnloses Huhn. Ich geb' mir Mühe. Was gibt's?«

»Der Fall Regler.«

Karen hob die Augenbraue. »Was ist damit?«

»Die Sache hat sich mit dem Tod Thomas Reglers erledigt, richtig.«

Karen nickte. Natürlich. Es sei denn…

»Man könnte das Verfahren gegen seine Frau wieder aufrollen«, sagte Edith ungerührt.

»Edith! Was hast du gegen Krista Regler?«

Die Anwältin seufzte tief auf. »Sie macht mich wahnsinnig. Sie redet immer noch nicht.«

»Warum sollte sie auch?« Karen wunderte die Verfolgungslust Edith Mannings. Andererseits: Es gab nicht eben wenig Gründe zur Annahme, daß Krista Regler an der Tötung Michael Hansens beteiligt war, eine Frage, die im Prozeß gegen Regler zur Sprache gekommen wäre und die man befriedigend hätte klären müssen. »Ist sie überhaupt deine Mandantin? Und wieso willst du ihr dann den Prozeß machen?«

Edith Manning lachte, fröhlich klang es nicht. »Sie wird einen Teufel tun und mich noch einmal betrauen.«

Manfred Wenzel steckte den Kopf zur Tür rein, sah, daß sie Besuch hatte, winkte hinüber und verschwand wieder.

»Ich weiß nicht, Edith. Vielleicht steigerst du dich da in was hinein.«

Karen hörte fast, wie sich Ediths Haare aufstellten. »Ich steigere mich in nichts hinein. Ich glaube nur nicht an die Mär vom eifersüchtigen Ehemann, der sich im übrigen verdammt dilettantisch angestellt hätte beim Umlegen seines Rivalen. Und eine untreue Ehefrau würde mit an Gewißheit grenzender Wahrscheinlichkeit ihren mörderischen Gatten nicht auch noch decken dabei, zumal wenn er sie erfrieren lassen wollte. *Das* treibt mich um.«

Thomas Regler kann nichts mehr sagen und Krista Regler will nichts sagen, dachte Karen. Krista hat ein Haus am Dorfrand von Klein-Roda. Sie wußte, wen sie anzurufen hatte. »Ich denke darüber nach, Edith. Ich melde mich«, sagte sie und streckte die Hand nach dem Telefon aus. Edith zuckte ergeben die Schultern, hob grüßend die Hand und schloß die Tür hinter sich.

Karen rechnete nicht damit, daß er zu Hause sein würde. Sie hatten schon wochenlang nicht mehr telefoniert. Aber diesmal nahm er das Gespräch sofort an.

»Paul«, sagte Karen. »Ich brauche deine Hilfe.«

9

Klein-Roda

Seltsam, wie sehr er sich über ihren Anruf freute. Aber als er das Geräusch hörte, legte er den Hörer beiseite. Und dann vergaß Paul Bremer alles um sich herum.

Durch die Katzenklappe raste ein wildes Tier mit gesträubtem Fell ins Haus, gefolgt von einem etwas kleineren. Nemax und Birdie waren zurück, zerzaust und aufgeregt. Bremer führte sich auf wie ein glücklich Verliebter. Er öffnete Dosen und Flaschen mit Katzenmilch und murmelte unendlich alberne Liebkosungen, als sich Nemax endlich anfassen ließ und Birdie ihren Kopf an seiner Hand rieb.

Irgendwann fiel ihm wieder ein, daß er eigentlich mit Karen telefonierte, aber aus dem Hörer ertönte nur noch das Besetztzeichen. Sie wird schon wieder anrufen, dachte er und nahm Birdie auf den Arm. Die Kleine sah ein bißchen verhungert und sehr verstaubt aus. Nemax saß noch immer vor seinem Freßnapf und verschlang Putenhäppchen in heller Soße. Birdie roch nach Stall. Die beiden mußten irgendwo eingesperrt gewesen sein. »So kann es einem gehen, wenn man sich herumtreibt«, murmelte er und kraulte die Kleine unter dem Kinn.

Sie gab einen fragenden Zwitscherlaut von sich. Er wünschte sich nicht zum ersten Mal, daß Katzen sprechen könnten. Oder, besser gesagt, daß er sie verstünde.

Er verbrachte den Tag mit angenehm nutzlosen Tätigkeiten, putzte Fenster, ölte die Gartenbänke und jätete im Gemüsegarten, was beide Katzen als Aufforderung ansahen, nach kältestarren Hummeln zu springen und in der feuchten Erde zu wühlen.

Irgendwann öffnete sich das Fenster im Nachbarhaus. »Wird

Zeit«, rief Marianne. Er nickte, ging hinein, duschte, bürstete sich die Fingernägel und zog eine saubere Jeans an.

Zur Jahreshauptversammlung der Freiwilligen Feuerwehr kamen alle. Anfangs hatte er Freunden aus der Stadt noch vom lebendigen Gemeinsinn seiner Nachbarn vorgeschwärmt. Heute kannte er die Mittel, mit denen man auf dem Dorf Tugend verstärkte: Freibier und Schweinebraten. Die Frauen buken und kochten seit Tagen. Marie war seit gestern im Backhaus beschäftigt, Marianne hatte den ganzen Tag in der dampfenden Küche gestanden, was ihre Haare zum Heiligenschein aufgeplustert hatte. So wurde Pflicht zur Orgie. Bremer schloß sich dem Zug von Gottfried und Marie und Christine und Jan zum Dorfgemeinschaftshaus an. Vor seinem inneren Auge entstand das Bild eines kühlen, frischgezapften Bieres.

Davor aber stand die Tagesordnung. Nach der Eröffnung und Begrüßung gab es den Bericht des Vorsitzenden und Wehrführers – Werner Heise hielt sich wie immer erfreulich kurz. Dann kamen die Berichte von Rechner und Kassenprüfer, etwas, das naturgemäß niemanden interessierte, weshalb Willi sich viel Mühe gab, das Publikum durch launige Zoten bei Stimmung zu halten.

Dann wurde entlastet und neu gewählt. Bremer hob die Hand immer dann, wenn Willi es tat. Diese Methode der praktischen Demokratie hatte sich bewährt. Und endlich wollte er sich erheben, um die Bar zu stürmen, als Marianne ihn am Arm packte und wieder auf den Stuhl zog. »Tagesordnungspunkt 8«, flüsterte sie und zeigte mit dem Finger auf die Agenda. »Ehrungen«. Bremer stöhnte auf und setzte sich wieder.

Werner Heise bemühte sich feierlich zu gucken, als er das neue Ehrenmitglied vorstellte. Der alte Wilhelm. Der Dorfvorsteher stotterte vor Rührung, als er mit Handschlag in den würdigen Kreis der Ehrengreise aufgenommen wurde. Danach gab es Grußerklärungen aus Rottbergen und Ebersgrund und dann kam der letzte Punkt. »Verschiedenes«.

Bremer guckte sich um. Die Anwesenden, deren Mehrheit seit einer halben Stunde das Gähnen unterdrückte, saßen plötzlich aufrecht da und blickten mit gebremster Neugierde zum Vorstandstisch. Es war wie bei einer Ortsbeiratssitzung: Unter »Verschiedenes« konnte jeder sein Ei legen, und wenn sich nur ein lange unterdrückter Mitteilungsbedarf Bahn brach.

Insbesondere die Älteren meinten, wertvolle Lehren aus vergangenen Zeiten unters Volk bringen zu müssen. Der alte Knöß berichtete mit blitzenden Augen und hochrotem Kopf über seine Erfahrungen mit Brandbomben und wie man sie am besten unschädlich machte. Krieg war zwar gerade anderswo, aber man konnte ja nie wissen.

Als Harry sich zu Wort meldete, stießen die Beckers einander die Ellenbogen in die Seiten und grinsten erwartungsvoll. Wenn er in Stimmung war, glänzte Harry durch launige Beiträge, in denen Schwiegermütter und Rechtsanwälte eine prominente Rolle spielten. Aber heute blickte der Mann ungewöhnlich ernst.

»Ich sag's nicht gern«, sagte Harry und blickte in die Runde. Nur an Bremer und Marianne sah er vorbei. »Aber einer muß es ja sagen.«

Einer muß den Bluthund machen, dachte Bremer unvermittelt. Irritierenderweise spürte er einen seltsamen Druck in der Magengegend.

»Es gibt in der letzten Zeit Vorkommnisse, die uns zu denken geben sollten. Jemand treibt sein Unwesen in unserem schönen Dorf.«

Richtig, dachte Bremer. Und ich würde das Schwein, das mein Fahrrad angezündet und meine Katzen eingesperrt hat und mich mit Steinen beschmeißt, lieber früher als später kennenlernen.

»Ihr wißt, wie gefährlich Brandstiftung ist. Gemeingefährlich.«

Alle nickten. Dazu war man ja hier versammelt, um sich der Solidarität im Falle einer solchen Katastrophe zu versichern.

»Wir hatten einen Fall – erst vorgestern.« Wieder sah Harry

nicht dahin, wo Bremer saß. »Gottlob ist alles glimpflich ausgegangen.«

Wieder nickten alle. Harry straffte sich, reckte das faltige Kinn und senkte die Stimme.

»Und gestern – gestern gab es einen weiteren Fall von Vandalismus. Ein Fenster wurde eingeworfen.«

Die Nachbarn murmelten aufeinander ein. Bremer war erstaunt. Krista hatte den Steinwurf durch ihr Wohnzimmerfenster bestimmt nicht an die große Glocke gehängt – und er auch nicht.

»Ich sage nicht zuviel, wenn ich diese Ereignisse mit einer einzigen Person in Verbindung bringe.« Das Gemurmel wurde lauter. Bremer sah Willi den Kopf schütteln. Wenn ich gemeint bin von dieser miesen kleinen Ratte, dachte er hilflos, dann sei bitte auf meiner Seite, Willi.

»Seit Krista Regler bei uns aufgetaucht ist, deren Mann wegen Mord im Gefängnis saß, ist hier die Welt nicht mehr in Ordnung.«

Harry blickte theatralisch in die Runde und setzte sich wieder. Das Gemurmel schwoll an. Und Bremer fühlte sich ganz elend. Er hätte sich ja denken können, daß sie sich an ihn nicht rantrauen würden. Aber an Krista. Und es stimmte auch noch: Sie war der ideale Sündenbock.

Hast du das nicht immer gerühmt, das Selbstverteidigungsvermögen eines Dorfes, das ausstößt, was der Gemeinschaft schadet? spottete eine innere Stimme. Jetzt kannst du mal dabei zusehen, wie das funktioniert!

»Sie hat ihr Haus redlich erworben. Das kann ihr niemand streitig machen«, sagte Wilhelm. Er war wie immer derjenige, der die Fahne von Recht und Gesetz hochhielt.

»Sicher, sie ist ein Fremdkörper«, sagte Willi. Bremer sah ihn entgeistert an. »Aber laß sie erst mal ein paar Jahre hier leben, dann gibt sich das schon.«

Bremer merkte, wie aus seiner Verunsicherung Empörung wurde. Hielten es die lieben Nachbarn wirklich für selbstverständlich, daß die Opfer schuld daran sind, wenn sich jemand durch ihre Anwesenheit zu Gewalt provoziert fühlt?

»*Ich* wohne hier schon mehr als ein paar Jahre, aber *mir* hat jemand den Schuppen abzufackeln versucht, und *ich* habe den Stein abbekommen, den irgendein Idiot Krista Regler ins Wohnzimmer geschmissen hat!« Seine Stimme rutschte ihm plötzlich weg. Er atmete tief durch. »Erklär' mir mal deine Logik, Harry.«

Harry sah ihn noch immer nicht an. »Ich könnte mir vorstellen ...«, sagte er. Die gewichtige Pause machte die Versammlung unruhig und Bremer noch wütender. »Ich könnte mir vorstellen, daß es nicht jeder hier normal findet« – Harry sprach das Wort ›normal‹ mit spürbarem Ekel aus –, »wenn die frischgebackene Witwe, deren Unschuld am Tod ihres Geliebten keineswegs ausgemachte Sache ist, schon gleich wieder einen Neuen hat.«

Marianne wurde starr und steif neben ihm. Sie glaubte dem Drecksack doch hoffentlich nicht? Er sah sie an. Sie sah nicht zurück. Bremer stand auf.

»Erstens würde euch das nichts angehen, wenn es so wäre. Zweitens nehme ich mit Erstaunen zur Kenntnis, daß es unser lieber Nachbar zu billigen scheint, wenn jemand zu krimineller Gewalt greift, bloß weil er etwas nicht für normal hält.«

»Ganz richtig« , sagte Gottfried leise und stand ebenfalls auf.

»Und drittens habe ich Krista Regler nicht mehr gegeben als das, was man einem Menschen gibt, der tief trauert: Trost. Das stünde euch auch verdammt gut an.«

Bremer atmete noch einmal tief ein und wieder aus. Harrys Attacke schmerzte mehr, als er jemals für möglich gehalten hatte. »Wenn ihr auf mich verzichten wollt – bitte. Ich kann auch auf euch verzichten.«

Sein Abgang geriet ihm nicht so kraftvoll, wie er erhofft hatte, weil er mit Marie zusammenstieß, die aufstand, als er gerade hinter ihr vorbeischreiten wollte.

Was für ein tapferes Häuflein der Aufrechten, dachte er, als er mit Gottfried und Marie den Feldweg durch die Flußaue nach Hause nahm. Und ein Bier hat es auch nicht gegeben.

Stunden später, als er die zweite Flasche Riesling geöffnet und Schuberts Unvollendete in den CD-Spieler gelegt hatte, klopfte es zaghaft an die Haustür. Bremer steuerte die Musik lauter und schloß die Augen. Ihr könnt mich alle mal, dachte er.

Als er aufwachte, saß er noch immer auf dem Sofa, das Glas Wein in der Hand. Birdie hockte auf seinem Schoß und gähnte ihn an, Nemax lag daneben und schaute zu, und das Kaminfeuer war heruntergebrannt. Bremer nahm das Glas mit ins Bett und las noch ein paar Seiten aus dem neuen Roman von Elizabeth George. Morgen würde er sich an keinen Satz mehr erinnern, aber das war ja das Schöne an einem anständigen Rausch: die Bücher hielten länger vor.

Er schlief unruhig. Der Brand im Schuppen und der Stein in Kristas Wohnzimmerfenster – im Traum erkannte er das Gesicht des Täters. Es war … Er wachte auf. Sein Herz klopfte viel zu schnell und er schwitzte. Es war nicht Harry. Seit gestern traute er dem Mann zwar alles mögliche Hinterhältige zu – aber weder die praktische Phantasie noch die kriminelle Energie, die es brauchte, um einen Molotowcocktail zu basteln und auch noch vor Ort zu bringen. Harry war ein Schwätzer, kein Macher. Und außerdem: Marianne wäre es unter Garantie aufgefallen, wenn sich Harry in Bremers Garten herumgetrieben hätte.

Und wenn sie mit ihm unter einer Decke steckte? Wenn sie alle miteinander unter einer Decke steckten? Er krümmte sich unter dem viel zu warmen Federbett.

Marianne. Sie war seinem Blick ausgewichen gestern. War sie eifersüchtig auf Krista? Oder hatte er sich Illusionen gemacht, war es Einbildung gewesen, daß sie befreundet waren, seit damals, seit dem Tag, an dem er unglücklich und sehnsüchtig das abbruchreife Haus bezogen hatte, das heute seine Heimat war?

Sofern ich für so etwas wie Heimat überhaupt tauge, dachte er.

Verkauf deine Bruchbude, sagte ihm der Verstand. Zieh wieder nach Frankfurt. Dort gibt es auch Nachbarn. Und – Karen. Ihr Anruf fiel ihm wieder ein, den die Ankunft der Katzen unterbrochen hatte. Morgen, dachte er, bevor er wieder wegdämmerte.

Stunden später erwachte er, leidlich ausgeschlafen, von einem sanften Schnurren. Nemax und Birdie hatten sich in seine Armbeuge geschmiegt.

Als er die Zeitung aus dem Briefkasten holte, wieherte über ihm ein Star, der auf der Fernsehantenne saß und sich offenbar auf die Geräusche einer Pferdekoppel spezialisiert hatte. Sein Kollege neben ihm knarzte und knödelte gemütlich. Nur die Mauersegler schrillten mit Volldampf über den Hof. Er hatte gar nicht bemerkt, daß sie längst wieder da waren.

Es schien endlich Sommer werden zu wollen, die Luft war lau und streichelte ihm die Stirn.

»Paul?« Über ihm ging ein Fenster auf. Er winkte zu Marianne hoch und ging ins Haus.

10

Frankfurt

Er schlief wie eine Katze - auf der Seite, zusammengerollt, die Hand vor die Augen gelegt, mit leichten, ruhigen Atemzügen. Karen drehte die Nachttischlampe so, daß sie nicht blendete, und setzte sich auf. Sie war lange nicht mehr so ruhig gewesen. Oder nannte man das »in sich ruhen«? Egal, dachte sie. Wenn sich Glück so anfühlt, ist mir wurscht, wie man es nennt.

Glück. Darum jedenfalls schien es sich zu handeln. Ein empfindliches, durchscheinendes, federleichtes Glück, das bei jedem etwas schärferen Windstoß davonfliegen konnte. Aber - Glück. Und vielleicht würde es ihnen ja mit vereinten Kräften gelingen, es wieder einzufangen im Falle des Falles.

Karen schälte sich vorsichtig aus dem Bett und ging auf bloßen Füßen in die Küche. Mit einem Glas Wasser kam sie zurück. Er rührte sich nicht, als sie zurück unter die Decke schlüpfte.

Der Abend hatte keineswegs so angefangen, wie er endete. Das Restaurant, auf dem sie bestanden hatte, entpuppte sich als glatte Enttäuschung. Der Service war langsam und unfreundlich, und das Essen stand in keinem Verhältnis zur Rechnung, auf die Gunter eine Weile ratlos starrte, bevor er gegen ihren Protest seine Kreditkarte auf den Teller legte.

»Du bist das nächste Mal dran.«

»Aber nur, wenn es eine gute Pizzeria ist!« Karen hatte gespürt, wie ihr das Lächeln verrutschte.

Schließlich waren sie zu ihr gefahren und hatten stundenlang in der Küche gesessen. Und geredet. Wie bei einem ersten Mal.

»Natürlich habe ich mich blöd benommen.« Er hatte das gänzlich ohne Koketterie gesagt, ohne auf ihren Widerspruch zu hoffen.

»Du hast dich aufgeführt wie der hinterletzte Depp«, murmelte sie und legte ihm die Hand auf den Arm mit den Sommersprossen und den feinen blonden Härchen.

Aber irgendwann verstand sie. Nicht gleich. Sicher nicht, als er sagte, er habe Angst vor ihr gehabt. Angst vor einer Frau, nur weil sie ihren Beruf halbwegs anständig ausübt und nicht wie die zarte Unschuld in Konfektionsgröße 34 aussieht? Er mußte ihre Enttäuschung gespürt haben. Sie sah ihn vor sich, wie er spöttisch den Mund verzog und »Nicht, was du denkst!« sagte. Sie hätte ihn küssen können dafür.

Er hatte Angst. Vor etwas, wovor sie sich ebenfalls fürchtete. Vor der Verwechslung des Berufs mit dem Leben.

Vielleicht trennt uns unser Job ja wirklich vom Rest der Menschheit, dachte sie. Sie hatte zu oft erlebt, wie Bekannte von Bekannten die Haltung wechselten, wenn sie als Staatsanwältin vorgestellt wurde. Manche verstummten, andere wurden merklich kühler. Als ob es etwas Unanständiges wäre, Recht und Gesetz zu vertreten. Mit einem Anwalt konnten alle etwas anfangen, vor allem mit einem Strafverteidiger. Den fanden sie prima. Dabei waren längst nicht alle der insgesamt zweifellos unverzichtbaren Organe der Rechtspflege so wie Edith Manning, die ihren Beruf bitter ernst nahm. Und mit der sie die tiefe Abneigung gegen sogenannte »Staranwälte« teilte, denen es keineswegs darum ging, einem armen, vom Staat verfolgten Wesen zu seinem Recht zu verhelfen oder gar um so etwas wie die Wahrheitsfindung. Die suchten reklameträchtigen Ruhm.

Karen dachte an Gotzki, den überaus renommierten Strafverteidiger mit den schmalen Lippen. Solche Leute brachten es fertig, einen eindeutigen Fall an Verfahrensfehlern scheitern zu lassen, obwohl sie wußten, daß ihr Mandant ein Verbrecher ist. Macht nichts, daß der nun ungestört weitermachen durfte. Hauptsache, sie haben einen Prozeß gewonnen.

Staatsanwälte sind die Vertreter der Opfer. Unparteiisch, wenn alles gutgeht. An der Wahrheitsfindung orientiert, nicht an der eigenen Karriere.

Also die wahren Freunde der Menschheit auf der Achse des Guten? hörte sie die ironische Stimme Paul Bremers. Selbstlos und niemals karrieregeil?

So war es natürlich nicht. Aber wenn sie an Fälle wie die des kleinen Martin dachte – oder an den Tod der drei Putzfrauen vor dem Fitneßstudio... Da war sie doch entschieden lieber Vertreterin der Anklagebehörde als Verteidigerin.

Gunter seufzte tief auf und drehte sich auf die andere Seite. Sie legte ihm die Hand in den Nacken. Er hat es schwerer, dachte sie. Bei uns sind die Toten in der Minderzahl. Aber Gunter? Sicher, er gab auch Gutachten über die Zurechnungsfähigkeit von Promilletätern ab. Aber auf unserem Tisch liegt höchstens eine Akte. Was auf seinem Tisch landet, hat mal geatmet.

»Du bist voller Leben«, hatte er gesagt. »Und ich habe viel zuviel Totes unter den Fingern.«

Als sie nach seiner Hand greifen wollte, hatte er sie erst weggezogen – und sie ihr dann mit verlegenem Lächeln wieder überlassen. Ja, manchmal habe ich das gespürt, hatte sie gedacht. Habe das Skalpell in deinen Händen gesehen und geglaubt, diesen Geruch in der Nase zu haben, den Geruch von totem Fleisch und Konservierungsmittel. Und war – nicht abgestoßen. Aber unangenehm berührt. Als ob es sie noch gäbe, die heilige Scheu, den toten Körper anzutasten, der lange Zeit die Sektion als obszön erscheinen ließ und die Obduzierenden als gottlose Menschen, ohne Gefühl und Pietät – heute, wo Obduktionen zum Öffentlichkeitsspektakel gemacht und präparierte Skelette wie auf dem Jahrmarkt vorgeführt werden.

Sie nahm einen Schluck aus dem Glas und rutschte tiefer ins Kissen. Es ist bloß ein Ausschnitt des Lebens, den wir sehen, Gunter und ich. Die Welt besteht nicht aus der Aktenlage und auch nicht aus verstümmelten Unfallopfern und geschändeten Kinderleichen. Fast hätte sie ihn aufgeweckt und ihm das alles als Mantra vorgebetet: Laß die Toten nicht dein Leben bestimmen. Die Alten, die im Altersheim an Vernachlässigung sterben, sind ganz und gar in der Minderheit. Weniger und weniger Menschen sterben bei schweren Verkehrsunfällen. Mißbrauchte und getötete Kinder erschüttern uns zutiefst, aber es stimmt nicht, daß »unsere Kinder nicht mehr sicher sind«. Denk an das Leben und laß den Toten Gerechtigkeit widerfahren. Dazu sind wir da, du und ich. Manchmal jedenfalls.

Karen leerte ihr Glas und stellte es auf den Nachttisch. Es war zwei Uhr. Sie mußten morgen beide früh aufstehen. Und dann stand noch die Beerdigung an. Thomas Regler wurde begraben, und sie hatte sich von Edith Manning breitschlagen lassen, mitzugehen. »Mal gucken, wie Krista Regler aussieht am Grab«, hatte Edith gesagt, die alte Zynikerin.

Aber warum sollte es nicht auch zu ihrem Job gehören, den Toten die letzte Ehre zu erweisen, wenn es schon mit der Gerechtigkeit nicht geklappt hatte? Sie warf einen letzten Blick auf Gunter. Dann löschte sie das Licht. Und flüsterte ihm zu: »Laß die Toten nicht dein Leben bestimmen.«

Und nicht meines, fügte sie hinzu.

11

Klein-Roda

Der Tag begann mit Pauken und Trompeten. Erst kam der Bäckerwagen mit penetrantem Gehupe vorgefahren. Dann bimmelte die Glocke des Schrottsammlers durchs Dorf. Die Spatzen krakeelten, einer der Hunde heulte, und Gottfrieds Altsteirer Hahn krähte triumphierend. Und schließlich spielte sich vor Willis Schweinestall das übliche Spektakel ab, wenn arme Schweine, verständlicherweise unwillig, dem Metzger zugeführt werden sollten. Bremer nahm das alles hin wie gewohnt und ließ sich bei der Zeitungslektüre nicht stören. Die Luft roch nach Sommer. Die Katzen räkelten sich neben ihm in der Morgensonne. Wenn er nicht aufpaßte, war er fast wieder glücklich.

Dann hielt ein Auto mit quietschenden Pneus. Nach einer Weile knallte die Gartentür auf. Jens, dachte Bremer und ließ die Zeitung sinken.

Der Postbote sah mürrisch aus und brabbelte vor sich hin, als er den Gartenweg entlangstapfte, in der Hand einen dicken großen Briefumschlag. Und eine Postkarte.

»Was ist los?« fragte Bremer. Jens sah ihn an. Für einen Moment glaubte er Wut und Verzweiflung in den blassen Augen zu sehen, dann knallten Briefumschlag und Postkarte auf den Gartentisch und Jens hatte sich grußlos umgedreht. Wieder quietschten die Reifen, als er davonfuhr.

Bremer nahm Annes Postkarte zur Kenntnis. Seine gute Laune war weg. Jens' Verhalten bestätigte die Vermutung, daß sich Harrys Verdacht längst herumgesprochen hatte – auch bis zum Postboten, der immer in Windeseile zu wissen schien, was in und um Klein-Roda vor sich ging. Damit ist ab jetzt also zu rechnen, dachte er.

Aber solange Jens ihm die Post noch vorbeibrachte und nicht gleich wegwarf, wollte er nicht klagen.

»Hallo, Herr Nachbar!« Gottfried stand am Gartentor, Franz an der Seite und einen Eierkarton in der Hand. Birdie plusterte sich vorsichtshalber auf, sie glaubte nicht an die friedlichen Absichten von Hunden, selbst wenn sie so jovial und gutmütig daherkamen wie Gottfrieds guterzogener Jagdhund.

Bremer ging hinüber zum Gartentor und nahm die Eier mit verlegener Rührung entgegen. »Willst du mich überreden, hierzubleiben?«

Gottfrieds Gesicht verfinsterte sich. »Wieso? Willst du weg?«

Nicht eigentlich. Nicht wirklich, dachte Bremer. Aber er zuckte bloß die Schultern. Gottfried sollte ruhig weitererzählen, daß das Dorf bald einen Bewohner weniger haben würde. Ich werde das Haus an einen Städter mit Streitlust und Rechtsschutzversicherung verkaufen, dachte er rachsüchtig. An einen Querulanten, der bei jedem Hahnenschrei und jedem Hundegebell zum Anwalt läuft. An eine Aussiedlerfamilie mit zehn schwierigen Kindern. An eine Rockband. An...

»Paul!« Gottfried schüttelte den Kopf. Dann murmelte er etwas von schlechten Erfahrungen und vergangenen Katastrophen, und Bremer dachte plötzlich, mit einem von schlechtem Gewissen begleiteten und deshalb um so köstlicheren Gefühl der Erleichterung: Was geht mich das an.

Als er zum Gartentisch zurückkehrte, lag dort noch immer der dicke Briefumschlag. Fast hätte er ihn aufgerissen, als er sah, daß die Sendung an Krista Regler adressiert war. Wurde das zur lieben Angewohnheit, daß Jens die Post für Krista bei ihm ablud? Hatte Jens nicht vor kurzem noch für Krista geschwärmt? Oder war das ein sanfter Hinweis auf das angebliche Verhältnis zwischen ihm und ihr und war der Kerl einfach – eifersüchtig? Bremer sah ohne die übliche Freude zu, wie Nemax und Birdie sich zärtlich balgten, und ging mit dem Briefumschlag die Straße hoch zu Krista.

Sie war nicht zu Hause. Er legte den Umschlag vor ihre Haustür und ging zurück. Schon am Gartentor hörte er das Telefon klingeln. Als ob er sich von dem Anruf die Rettung des Tages oder wenigstens seiner Stimmung erhoffte, beschleunigte sich sein Schritt.

Es war Karen.

Er mußte eine Viertelstunde lang auf sie eingeredet haben, jedes Detail seines Unglücks geschildert, jede finstere Vermutung geäußert, kurz: alles bei ihr abgeladen haben, als er endlich ihr leises Lachen wahrnahm.

»Mach dir nichts vor – aus dir wird kein Städter mehr«, sagte sie, als er endlich eine Pause einlegte. »Aber ich bin da, wenn du mal Asyl brauchst.«

Sie klang so heiter. Verliebt ganz offenbar. Ihm stieß ihr Glück sauer auf. War das Eifersucht? Oder Neid?

»Hörst du mir überhaupt zu?« In ihre Heiterkeit mischte sich Ungeduld.

Nein, dachte er.

Sie wiederholte ihre Frage. »Läßt sich Krista Regler eigentlich mal blicken bei euch im Dorf?«

Bei »uns« im Dorf? »Sie wohnt hier«, sagte er ungnädig.

»Hm.« Er spürte ihre Irritation. »Ich frage ja nur, weil ...« Sie verstummte.

»Weil sie anonyme Briefe kriegt, ihr jemand das Wohnzimmerfenster eingeworfen hat und mir der Schuppen abgefackelt wurde«, sagte Bremer.

Er hörte sie leise lachen. »Du meinst, ich sollte mal vorbeikommen und Recht und Gesetz zur Geltung verhelfen?«

Bremer fühlte, wie ihn Erleichterung durchflutete. Sie war noch da, die alte Freundschaft.

»Wann kannst du es einrichten?«

Er würde Gottfried fragen, ob er ein Kaninchen zu schlachten hätte. Er könnte eine Heidschnuckenkeule bestellen. Oder auf dem

Markt in Bad Moosbach ein Perlhuhn kaufen. Er würde ... Wieder hatte er ihr nicht zugehört.

»Du wirst alt.« Karen wiederholte die Frage.

»Eben war sie nicht da. Aber ihr Auto steht vor dem Haus.«

»Na, macht nichts. Ich sehe sie ja wahrscheinlich bei der Beerdigung.«

Bremer konnte sich für den Bruchteil einer Sekunde nicht entscheiden, ob er »Du gehst zur Beerdigung Reglers?« oder »Dann kommst du also heute nicht?« fragen wollte. Schließlich fragte er beides.

»Erstens: ja, zweitens: nein.«

Er war erstaunt über die Heftigkeit seiner Enttäuschung.

»Vielleicht schaffe ich es morgen, Paul.« Sie klang, als ob sie ein störrisches Kind beruhigen wollte. »Nach Feierabend. Aber ob ich lange bleiben kann, weiß ich noch nicht.«

Er ärgerte sich mindestens eine halbe Stunde lang über sich, bevor er noch einmal hinüberging zu Krista. Sie war noch immer nicht zurück, der Briefumschlag lag da, wo er ihn hingelegt hatte – vor der Haustür. Er drückte auf die Klinke. Nicht zugeschlossen. Verdammt leichtsinnig. Dann ging er ins Haus. Sie hatte braunen Pappkarton über das Loch im Wohnzimmerfenster geklebt. Auf dem Küchentisch stand eine Teekanne, in der drei unbenutzte Teebeutel hingen. Sie wollte sich offenbar gerade einen Tee kochen. Verschwindet man dann für Stunden und läßt auch noch die Haustür offen?

»Krista?« Er lauschte seiner Stimme hinterher. Dann ging er durchs Haus mit dem unbehaglichen Gefühl eines Menschen, der gewohnt war, die Intimsphäre anderer für unantastbar zu halten. Ihr Schlafzimmer duftete nach Geisblatt und Rosen. Sie hatte das Haus auf eine Weise herausgeputzt, die in einschlägigen Zeitschriften »Landhausstil« hieß. Im Badezimmer herrschte ein Chaos aus Parfumflaschen und Kosmetiktöpfen. Alles sah teuer aus. Ob sie sich das noch würde leisten können, ohne das Gehalt eines Ehemannes?

Er zog die Haustür sanft hinter sich zu, als er wieder hinaus ins Sonnenlicht trat. Gottfried wartete auf ihn mit Franz. Sein rundes Gesicht sah besorgt aus.

»Und?« Was konnten die Bewohner von Klein-Roda für Welten in dieses eine Wort legen!

»Nichts.« Bremer tätschelte Franz. Der Hund war frisch gebadet, und Herrchen trug eine auffallend gepflegte Hose.

»Vielleicht sollten wir nachher doch mal...«

»Nach ihr suchen? Du meinst – du und ich?«

Gottfried guckte verlegen an sich herunter und sagte schließlich: »Gehen wir?«

Bremer dachte kurz an das Telefongespräch mit dem alten Janz aus Wingarten, das er noch führen wollte. Und daß er Wilhelm versprochen hatte, sich um das Dach des Wartehäuschens an der Bushaltestelle zu kümmern. Aber versprochen war versprochen. Er nickte.

Gottfried saß wie ein verängstigter Hase auf dem Beifahrersitz, als Bremer die kurvenreiche Strecke nach Waldburg hochbretterte, das etwas steif geratene Blumengebinde auf dem Schoß. Bremer hatte seine Blumen neben den neugierig an ihnen schnüffelnden Hund auf die Rückbank gelegt – einen wilden Strauß aus Wicken, duftendem Diptam und Rosen. Sie waren die einzigen beiden aus Klein-Roda, die nicht mit in die Kirche gegangen waren, in der Wolle und Kathrinchen heute getraut wurden.

»Ich hab's nicht so mit den Gesängen und dem Weihrauchschwenken«, hatte Gottfried gestern verlegen gemurmelt, als er sich mit Bremer verabredete.

Es gab Leute aus dem Nachbarort, die ganz andere Gründe anführten, warum sie die kirchliche Trauung für, sagen wir mal: unpassend hielten. Kathrinchen hatte eine uneheliche Tochter und stand sichtbar kurz vor der Entbindung des nächsten Kindes – heiratet man da in der Kirche? Und auch noch in Weiß?

»Der Hosenanzug ist eierschalenfarben«, hatte Wolle heute

morgen trotzig erklärt, als ob ihm dieses Wort für die Farbe eines Kleidungsstücks völlig geläufig wäre.

»Und die sollen doch sagen, was sie wollen.« Kathrinchen zupfte an Nicoles Kleidchen, in dem die Kleine ganz allerliebst aussah. »Gell, meine kleine Brautjungfer?«

Bremer hatte ihnen hinterhergewunken, als sie in die Kutsche stiegen, die sie zum Traualtar brachte. Auch er machte sich nichts aus dem kirchlichen Ritual. Aber er wollte dabeisein, wenn die drei aus der Kirche kamen. Wollte das glückliche Gesicht von Kathrinchen sehen und das verlegene von Wolle. Irgend etwas mußte ja mal gut ausgehen in diesen düsteren Zeiten.

Zumal er sich Sorgen um Krista machte. Wo war sie? Er dachte an das Bild, wie sie mit Kerzen im Tunnel gesessen hatte am Wochenende zuvor – irgendwie war das verrückt gewesen, daß sie nicht um ihren Mann, sondern um ein seit vielen Jahren totes Kind trauerte. Ein Nervenzusammenbruch? Drehte sie durch? Hatte sie sich womöglich etwas angetan? Er legte den Wagen in die Kurve und hörte den alten Mann neben sich nach Luft schnappen.

Gottfrieds Hand hatte sich in den Haltegriff des Autos verkrampft. Schuldbewußt fuhr Bremer langsamer. »Krista hat mir die Geschichte erzählt«, sagte er nach einer Weile. »Die Geschichte mit dem kleinen Martin. Und den beiden Nachbarsjungen.«

»Dann weißt du noch nicht einmal die Hälfte«, knurrte Gottfried.

»Erzähl mir die andere Hälfte.«

Der Alte schüttelte den Kopf. »Das willst du nicht wissen. Das will niemand wissen. Streit zwischen Nachbarn und engen Freunden. Drohungen. Und Kinder, die dafür zu büßen haben. Immer wieder Kinder.«

»Was ist aus den Tätern geworden?«

»Ich weiß es nicht. Ich will es auch nicht wissen.« Nach einer Weile setzte Gottfried fast unhörbar hinzu: »Und niemand sollte es wissen wollen.« Mehr war aus dem Alten nicht rauszuholen.

Bremer hing seinen eigenen Gedanken nach. Auch er hatte büßen müssen, dachte er manchmal, für die Unfähigkeit der Erwachsenen. Als seine Mutter gestorben war - im Kindbett, das kleine Mädchen überlebte sie einen halben Tag -, war sein Vater nicht wiederzuerkennen gewesen. Der kleine Paul hatte die Schuld dafür bei sich gesucht, wie Kinder eben fühlen, die verlassen werden. Dabei gab es nur eines, das ihn auszeichnete, und dafür konnte er nichts: Er sah seiner Mutter ähnlich. Und die hatte sein Vater abgöttisch geliebt, mehr, viel mehr als den Sohn. So, wie auch Großonkel Wallenstein sie geliebt hatte, dessen Herz indes groß genug war, um Platz auch für ihr Kind zu haben. Er hatte ihn herausgeholt aus einem der vielen Heime, durch die er gereicht worden war. Bremer schickte dem alten Herrn einen zärtlichen Gruß hoch zu Wolke Sieben.

Die schöne alte Tür vom Gasthof »Drei Eichen« war mit Girlanden und Rosen geschmückt. Draußen im Hof standen gedeckte Tische unter gelben Sonnenschirmen. Bremer parkte in der Nähe. Zur Kirche war es nicht weit. Mit Hund und Blumensträußen bogen sie um die Ecke zum Kirchplatz, als die Glocken in triumphierendes Geläut ausbrachen. Bremer ging schneller. Irgend etwas machte ihn unruhig.

Franz roch es als erstes. Das Tier hob die Nase in den Wind und stieß ein leises Winseln aus. Dann quoll ihnen der Rauch entgegen. Und dann sahen sie es, wie all die anderen, die jetzt aus der Kirchentür traten. Jemand schrie. Und Bremer spürte, wie die Übelkeit in ihm emporquoll.

12

Sie hatte sich heute früh mehr Mühe mit sich gegeben als sonst. Als sie gewaschen und geschminkt war, band sie sich das samtene Tuch ums Haar, mit dem sie wie eine Zigeunerin aussah. Dann holte sie das Kleid aus dem Schrank. Seit Jahren hatte sie es nicht mehr getragen, das weite, wallende Beduinengewand, handbestickt. Er hatte es geliebt, wenn sie es anzog, um mit ihm in die Stadt zu gehen oder zum Markt, wo alle ihnen hinterherstarrten. Das war damals, als die Tage noch Licht hatten.

Handtasche und Geld brauchte sie nicht. Die große Basttasche aus einem lang vergangenen Sommerurlaub in Südfrankreich war das richtige für ihre Zwecke. Sie summte vor sich hin, als sie hinüber zum Schuppen ging.

Es war kein Plan, der sie antrieb. Sie hatte nie wirklich darüber nachgedacht. Aber es schien ihr richtig zu sein, jetzt, da er tot war.

Sie hatte den Kanister vor Jahren gekauft, weil man ja nie wissen konnte. Eine Zeitlang hatte sie ihn immer dabei gehabt, bei jeder längeren Autofahrt, dann war er im Schuppen gelandet und im letzten Frühjahr hatte sie ihn wiedergefunden. Sie hob ihn hoch und schüttelte ihn leicht. Die Flüssigkeit schwappte hörbar hin und her. Es war noch genug drin.

Sie verstaute den Kanister in der Basttasche und ging zum Haus zurück. Die Kerzen lagen in der Küchenschublade, Streichhölzer direkt dabei. Sie packte beides ein.

Auf dem Küchentisch stand die Flasche Wein, die sie gestern abend geöffnet hatte und ein Rest Kaffee von heute morgen. Eine Weile war sie unschlüssig. Heilige Nüchternheit war angesagt für das, was vor ihr lag. Andererseits ... Sie nahm die Flasche und ein Glas aus dem Wandregal und legte beides in den Korb, vorsichtig, damit das Glas nicht zerbrach.

Auf dem Weg hinaus sah sie in den Flurspiegel. Das also ist aus dir geworden, dachte sie bei ihrem Anblick. Sie nickte sich zu. Sie war mit sich im reinen.

Als sie die Haustür hinter sich zugezogen hatte und auf die Straße trat, summte sie wieder vor sich hin. Die Melodie hatte sich festgesetzt in ihrem Kopf und wollte nicht weichen. Erst auf der Höhe der Pferdekoppel fiel es ihr wieder ein. Es war ein Lied, das sie geliebt hatte während der ersten Jahre. »God only knows«. What I'd be without you, fügte sie in Gedanken hinzu. Und jetzt kamen sie doch, die Tränen.

Sie packte die Tasche fester und ging schneller. Sie kannte den Weg, obwohl sie ihn Jahre nicht mehr gegangen war. Als sie die Häuser von Waldburg sah, die in einer Senke lagen und friedlich taten, hielt sie inne und stellte den Korb ab.

»Mögt ihr ersticken in eurer Idylle zwischen Hühnerstall und Schweinekoben«, murmelte sie. »Mögt ihr in der Gülle versinken. Vom Blitz getroffen werden. In der Kuhscheiße ausrutschen. Von euren Hunden zerfleischt werden.«

Sie schloß die Augen und atmete tief ein. Und wieder aus. Verflucht, dachte sie. Verflucht seid ihr. In alle Ewigkeit.

Als sie die Augen wieder öffnete, flaute der Wind ab und die Sonne begann, ein Loch in die Wolkendecke zu brennen. Es war nicht mehr weit.

Ein Wagen hupte hinter ihr. Sie ging unbeirrt weiter auf der rechten Seite der Straße. Das Auto raste an ihr vorbei, das Verdeck heruntergeklappt. Die drei jungen Leute bedachten sie mit abfälligen Gesten, einer rief: »Schneller, Mutter!«

Sie hatte es nicht eilig. Sie würde ankommen. Wenn es Zeit war, anzukommen.

So leicht hatte sie sich lange nicht mehr gefühlt, so sicher, so gewiß. Sie würde wie eine Fackel Licht in die Düsternis bringen. Sie war das Zeichen, das alle erkennen mußten.

An das Jenseits glaubte sie nicht und auch nicht daran, daß man »da oben« seine Liebsten wiedersehen würde. Aber sie glaubte an die Wiedergeburt – und wenn es als ein Wurm wäre, so sollte es ihr recht sein.

So lange wie ein Pariah gelebt. So lange durchgehalten – solange er noch lebte. So lange, wie man ihm und allen anderen zeigen mußte, daß man nicht aufgeben durfte.

Sie war müde geworden. Sie hatten ihr Ziel erreicht. Jetzt würde sie ihnen auch den letzten Triumph gönnen – auf eine Weise, die sie nie vergessen sollten.

Der Ort war wie leergefegt. Aus der Kirche ertönte Gesang. Das Haus, das sie seit zwanzig Jahren nicht mehr gesehen hatte, war noch schäbiger geworden. Sonst hatte sich nichts geändert. Sie setzte sich auf eine Bank unter einer Platane, holte die Flasche Wein aus dem Korb und goß sich ein. Sie hob das Glas. Er war tot. Aber er hatte länger überlebt, als zu erwarten gewesen war.

Sie leerte das Glas und warf es hinter sich. Dann verteilte sie die Kerzen im Halbkreis auf den Boden, im Angesicht der Kirche und des geschnitzten Portals. Vielleicht ist das der Eingang ins Paradies, dachte sie, stellte die Kerzen auf und zündete sie an.

Endlich holte sie den Kanister aus der Tasche, schraubte den Verschluß auf und übergoß sich mit der Flüssigkeit. Sie kniete auf dem Boden und stellte sich eine weiße weite leere Fläche vor. Und als die Glocken zu läuten begannen, beugte sie sich langsam vor, langsam. Bis die Kerzen die weiten Ärmel ihres Kleides erfaßten.

Während die Flammen sie umhüllten, hätte sie weinen können vor Triumph. Sie spürte keinen Schmerz, als die Kirchentür aufging und die Menschen herausströmten. Dann zwang der Schmerz sie um so eiserner in seinen Griff. Kurz bevor sie sich schreiend auf den Boden warf und versuchte, die Flammen zu ersticken, glaubte sie, in einem letzten Blick, ein Gesicht zu sehen, auf dem sich erst Erschrecken und dann ein hämisches Grinsen abzeichnete.

Und endlich loderte alles auf und erstarb in der großen Dunkelheit.

KAPITEL 4

1

Sie fror. Sie fror schon seit Tagen.

Krista Regler lauschte in die Stille hinein und fragte sich, ob es erst früher Morgen oder schon wieder Abend war. Durch das von Spinnweben und Fliegendreck verschmierte Fenster fiel mattes Licht auf ein vertrocknetes Alpenveilchen. Draußen sang eine Amsel. Das Kratzen und Schaben vor der Tür hatte aufgehört.

Ihren Hunger spürte sie schon lange nicht mehr. Nur die Kälte und den Durst. Sie würde verdorren, wenn er nicht bald wiederkäme. Wenn nicht bald irgend jemand käme und sie herausholte aus dieser albtraumhaften Kammer mit dem schmutzigen Holzfußboden und der niedrigen Decke. Mit dem Kunstledersessel und der schmalen Couch, auf die sie sich voller Ekel vor der verfilzten Wolldecke legte, wenn sie so müde war, daß sie einschlafen konnte.

Ihre Augen brannten. Nicht vom Weinen. Ihr war nur kalt.

Am ersten Tag hatte sie sich noch gewehrt. Er hatte sie beschimpft und bespuckt. Sie hatte nach ihm geschlagen. Und sich endlich stumm und verzweifelt in eine Ecke verkrochen, um sich vorzustellen, wie in diesen Stunden, während sie in ein finsteres Loch gesperrt war, Thomas' Sarg in die Erde gesenkt wurde. Ohne daß sie dabei war. Ohne daß sie ihm zum Abschied die erste Schaufel Sand und die Blumen ins Grab werfen konnte.

Liebster Mann. Geliebter Mann. Einziger Mann. Wenn wir nur hätten reden können.

Sie streckte sich und versuchte, ihre verkrampften Muskeln zu lockern. Sie hatte nicht gewußt, was sie heute wußte. Sonst wäre Thomas nicht tot. Sonst säße sie nicht hier – mit den besten Aussichten auf ein langes Sterben. Und ohne den tröstenden Glauben daran, daß man sich da oben wiedersehen würde.

Warum war sie mitgegangen? Der Mann hatte wie ein halbverhungerter Straßenköter ausgesehen, als er vor der Haustür stand. Vor wie vielen Tagen? Ihr fehlte mittlerweile jedes Zeitgefühl. Er brauche Hilfe, hatte er gesagt. Aber er sah nicht aus wie jemand, dem zu helfen war. Sie folgte ihm trotzdem. Und dann war da plötzlich das Messer in seiner Hand. Und dann fiel die Tür hinter ihm ins Schloß. Und dann...

»Du Schlampe. Du Hure. Du Nutte.« Er stieß jedes Wort hervor mit der Gewalt eines Bohrhammers. Sie hatte in seine glasigen Augen gesehen und geglaubt, die letzten Minuten ihres Lebens seien gekommen.

Irgendwann hatte sie »Nein!« gesagt. »Ich bin keine Nutte.«

»Was denn sonst?« Er hatte sein gerötetes Gesicht ganz nah an ihres herangeschoben. Sein Atem roch nach Angst. Dann war er aus der Kammer gelaufen und hatte die Tür von außen zugesperrt.

Zuerst hatte sie das Fenster attackiert – mit den bloßen Fäusten. Idiotisch. Der Fensterrahmen war aus Eisen, das Glas war viel zu dick und die einzelnen Quadrate zu klein. Nie hätte sie da durchgepaßt. Ihr schmerzten die Hände noch immer. Und dann die Fingernägel. Abgerissen und zersplittert. Sie hatte sich die Finger blutig gekratzt beim vergeblichen Versuch, die Tür aus den Angeln zu heben.

Krista Regler hockte sich auf die Couch und legte den Kopf auf die Knie. Als sie vor Panik keine Luft mehr bekam, hatte sie sich zum Nachdenken gezwungen. Die Bilanz war trostlos. Es gab weder Tisch noch Stuhl, also auch nicht die dazugehörigen Beine, die ihr als Waffe hätten dienen können. Der Blumentopf war aus Plastik und noch nicht einmal als Betäubungsmittel geeignet. Blieb der breite Rahmen um das Bildnis einer blöde lächelnden Mutter Gottes. Aber auch der war nicht aus Holz, wie sie gemerkt hatte, als sie das Bild von der Wand holte. Fast hätte sie ihre Wut an dem

Alpenveilchen ausgelassen. Das Bild zerschlagen. Sich die Haare gerauft und die Kleider zerrissen.

Dann wurde ein Schlüssel ins Schloß gestoßen. Er war wieder da.

Es mußte am zweiten Tag gewesen sein. Sie begann, etwas zu ahnen von seinem Wahn. Sein Gesicht leuchtete, wie er da im Türrahmen stand. »Die Hexe«, hatte er geflüstert. »Die Hexe hat sich in Rauch aufgelöst.« Für einen Moment glaubte sie, einen brennenden Scheiterhaufen zu riechen. Und dann begann er zu lachen. Oder zu schreien. Groß war der Unterschied nicht.

Ebenso abrupt hörte er wieder auf. Er hatte rote Flecken im Gesicht und Schweißperlen auf der Stirn. »Und willst du was wissen«, hatte er heiser gesagt und sein Gesicht wieder an sie herangeschoben, immer weiter, bis sie nicht mehr zurückweichen konnte. »Der Rest wird auch noch dran glauben müssen. Der Abschaum vom Abschaum.« Er spuckte vor Wut. Ein Speicheltropfen traf sie am Kinn.

Der Abschaum vom Abschaum. Bis ins letzte Glied. Ausrottungsphantasien.

Sie hatte endlich begriffen und versucht, ihn zu beruhigen. Hatte auf ihn eingeredet, als er nicht mehr brüllte oder schrie, sondern weinte und sich wie ein Kind alles von der Seele stammelte. Irgendwann war er wieder aus dem Zimmer gelaufen. Er war nicht zurückgekehrt.

Krista Regler fror, während ihr zugleich heiß wurde vor Scham. So jemandem konnte man nichts ausreden, nichts erklären. Der hütete seine Rache schon seit Jahren. Dem konnte man nicht sagen: Du rächst dich an den Falschen.

Wer die Katastrophe hätte verhindern können, war sie selbst. Wenn du nicht… kreiste es in ihr und übertönte alle anderen Gedanken. Wenn sie Thomas nicht allein gelassen hätte, beleidigt und gekränkt, statt an ihn zu glauben. Wenn sie nicht geschwiegen hätte, bloß weil sie meinte, wenigstens das noch für ihn tun zu müssen. Wenn – er nicht alles auf sich genommen hätte, das Gefängnis, den Tod. Ohne ein Wort des Vorwurfs. Wie seine Bestimmung.

»Du bist das Geschenk, das ich nicht verdient habe«, hörte sie ihn flüstern. Es war ein Nachmittag im Herbst gewesen, sie hatten sich einmal nicht verfehlt und sich geliebt in den wenigen Stunden, die sich auftaten. Und danach, bevor er ging, hatte er noch etwas gesagt, was sie erst heute verstand. »Das Schicksal muß mich kurzfristig vergessen haben. Wer weiß, wann es sich wieder erinnert.«

Er mußte während der Verhandlung geglaubt haben, der Zeitpunkt sei gekommen, um die Rechnung zu bezahlen.

Sie merkte, daß ihre Knie naß waren von den Tränen, die plötzlich wieder fließen konnten. Sie weinte um sich und um Thomas und um ihren Entführer, der längst aus dem Alter heraus und doch noch immer ein unglückliches Kind war. Wie unglücklich Kinder sein konnten. Und wie tödlich.

Die Panik fuhr ihr wieder in die Glieder. Was war, wenn er nie wiederkäme? Sie sah hoch zur Decke. Wenn es nicht durchs Fenster oder die Tür ging, mußte sie durchs Dach. Zaghaft stellte sie sich auf die Couch und stemmte sich mit Händen und Schultern gegen die Bretterbohlen. Das Holz gab keinen Millimeter nach. Entmutigt rollte sie sich wieder zusammen auf der verhaßten Couch, um zu warten. Auf irgend etwas.

Wie damals nachts im Schnee. Nur – heute wollte sie nicht sterben. Sie stand wieder auf, mit schmerzenden Muskeln, ging die paar Schritte hinüber zur Tür, rüttelte an der Klinke und drückte sie herunter. Die Tür öffnete sich. Sie hielt die Luft an, als sie hinausging. Der Vorraum war noch kälter als das Zimmer, noch schmuddeliger, noch düsterer.

Und dann erstarrte sie.

2

Klein-Roda

Nie würde Bremer den Anblick vergessen. Wie sie durch die Kirchentür hinausgeströmt kamen, das Hochzeitspaar und seine Gäste, und wie vor den Kopf gestoßen wieder zurückwichen vor den Flammen und vor der Gestalt, die sich vor ihren Augen brennend auf dem Boden wälzte – mit einem Aufschrei, der wie ein Stöhnen klang. Nur wenige taten das einzig mögliche, wie Gottfried und er, und warfen ihre Jacken über das brennende Etwas, das vielleicht noch lebte, das vielleicht überleben würde, wenn es gelang, die Flammen zu ersticken. Es schien die Arme nach ihnen auszustrekken.

Und nie würde er das Gesicht von Kathrinchen vergessen, die zuerst aus der Tür getreten war, als glückliche Braut. Wolle hatte sie blitzschnell in die Arme genommen, ihr Gesicht an seiner Schulter, sie in die Kirche zurückgedrängt. Aber sie hatte alles gesehen. Der zweite Krankenwagen war für sie. Das Kind kam nur eine Woche zu früh. Aber es war unter keinem freundlichen Stern geboren.

Der Feuertod bei der Hochzeit war in und um Klein-Roda das Thema des Tages gewesen. Alle erwarteten von Paul und Gottfried farbige Schilderungen des Dramas in allen Details. Und niemand sagte es offen, jedenfalls nicht in seiner Gegenwart, aber er wußte, daß sie es dachten: Sie dachten, Krista Regler habe sich vor die Kirche von Waldburg gesetzt und sich angezündet. War sie nicht verschwunden, seit Tagen schon? Hatte sie nicht ihren Mann auf dem Gewissen, alles in allem? Die Ehebrecherin?

Die Bigotterie und Sensationslust seiner Nachbarn machten Bremer unendlich müde. Und nein, sagte er sich immer wieder.

Krista tut so etwas nicht. Krista ist kein Selbstmordtyp. Und wenn, dann täte sie es ohne Aufsehen.

Aber, antwortete der Zweifel. Aber.

Bremer versuchte, solche Gedanken wegzuschieben. Es regnete. Auch die Katzen blieben im Haus, kuschelten sich zu ihm aufs Sofa und dösten. Er las eine traurige Geschichte von Liebe und Tod und ging früh zu Bett.

Am nächsten Tag mußte er notgedrungen das Haus verlassen. Gottfried hatte Geburtstag und zu einem Frühschoppen ins »Rauschende Brünnlein« geladen. Im Grunde graute ihm vor den versammelten Männern mit ihren roten Gesichtern und Kopf-Ab-Parolen. Jeder einzelne von ihnen mochte ein netter Kerl sein, aber in Mengen und unter dem Einfluß von Bier und Schnaps waren die Nachbarn im engeren und weiteren Sinn manchmal ziemlich unerträglich. Und würden sie all die Verdächtigungen und Denunziationen wieder auspacken, die Harry in die Welt gesetzt hatte? Wenigstens der würde ihm erspart bleiben, den hatte Gottfried bestimmt nicht eingeladen.

Die Sonne hatte sich durchgesetzt, als er vor der Kneipe ankam. Man saß draußen an langen Holztischen und stemmte schon die Bierkrüge. Gottfried winkte ihn neben sich. Er war längst nicht so strahlender Laune, wie es sich für einen gesunden Frühpensionär an seinem Geburtstag gehörte. Verkohlte Menschenkörper verdarben auch dem stärksten Bauern die Laune, dachte Bremer, ließ sich ein Bierglas geben und hob es dem Nachbarn entgegen.

Auf Gottfried. Auf einen Mann, auf den man sich verlassen kann.

Die Selbstverbrennung vor der Kirche war auch heute noch Thema Nummer 1. »Sie war verrückt«, hörte er Willi sagen. »Und nicht erst seit damals.« Sein Herz setzte für einen Schlag aus und stolperte weiter. Sie? Aber man sprach nicht über Krista Regler. »Sophie Bachmann«, sagte Gottfried, der seinen Blick richtig deutete. »Aus Rottbergen. Sie war schon immer nicht ganz dicht, aber daß sie sowas tun würde ...«

Sophie Bachmann. Sein Hirn blieb leer. Der Name sagte ihm etwas. Aber was?

»Du weißt doch ...« Irgend jemand hieb Gottfried eine schwielige Pranke auf die Schulter, bevor er ausreden konnte, und wünschte »Alles Gute zum 30. Geburtstag, alter Schwede!«

Natürlich. Die Frau, die einmal Schauspielerin gewesen war. Die etwas exzentrische Dame mit Hang zur Esoterik, die in Vollmondnächten tanzte.

»Sie ist – sie war die Mutter.« Wieder schüttelte jemand die Hand des Jubilars.

Willi lehnte sich herüber. »Die Mutter einer der beiden Jungen, die den kleinen Martin Brandt getötet haben. 1979. Verstehste?«

Heute schwiegen sich die Nachbarn nicht über die Vergangenheit aus. »Sie hätte wegziehen sollen wie die anderen auch! Warum mußte sie da wohnen bleiben und alle an das Schreckliche erinnern? Für Martins Familie war das doch auch nicht schön!«

Natürlich. Die Dorfphilosophie. Du sollst nicht erinnern. Bremer fühlte sich hin- und hergerissen zwischen Verständnis und wachsender Abneigung gegen die Gewalt, mit der man ausblendete, was störte.

»Sowas Irres! Und sie muß den Wisch fotokopiert und in alle Briefkästen geworfen haben!«

»Gibt es einen Abschiedsbrief?« fragte Paul leise.

Gottfried nickte. »›Ihr sollt immer an mich denken‹«, zitierte er.

Was für ein Fluch. Er hatte die Flammen vor Augen, den Geruch in der Nase und seinen eigenen Aufschrei im Ohr. Nie würde er sie vergessen, die brennende Fackel. Ganz so, wie Sophie Bachmann es sich gewünscht hatte.

Er lehnte sich zurück. Die Sonne hatte die Dunstschleier vertrieben. Gelächter und gebrüllte Witze verschmolzen zu einem fernen Tosen. Bataillone von Fliegen besoffen sich auf den langen

Holztischen an verschüttetem Bier. Er fühlte sich unendlich fremd hier, unter den Menschen und an einem Ort, den er vor kurzem noch beinahe zu seiner Heimat gezählt hätte. Als er aufsah, stand Marianne neben ihm und lächelte ihn an, als ob sie ihn um Verzeihung bitten wollte. Er lächelte unwillkürlich zurück. Dabei wollte er ihr nicht verzeihen. Noch nicht.

»Wenn es nicht Krista war, die sich verbrannt hat«, sagte er, zu wem auch immer, »und sie immer noch verschwunden ist – dann müssen wir sie endlich suchen.«

Seine Worte fielen in eine plötzliche Stille. Ausdruckslose Gesichter wandten sich ihm zu – und gleich wieder ab. Dann setzte das Stimmengewirr wieder ein. Marianne war gegangen. Er sah das kollektive Urteil in Gottfrieds mitfühlendem Blick. Für Krista Regler würde sich hier niemand auch nur die Schuhsohlen schmutzig machen.

3

»Es war Sophie Bachmann.«

»Ich weiß.« Bremer steckte eine magentarote Rose de Resht in die Vase, neben die süß duftende Souvenir de la Malmaison. Auf dem Gartentisch vor ihm lagen Rosen in allen Formen und Farben, dazwischen rosa Rittersporn und weiße Wildgladiolen.

»Auf dem Land verbreiten sich die Nachrichten offenbar wie das sprichwörtliche Lauffeuer.« Gregor Kosinski betrachtete gedankenverloren eine zusammengeknautschte Schachtel Ernte 23. Atilla Gümüs, der schnauzbärtige Lederjackenbulle, hatte seine Nase in die zarte Blüte einer eben aufspringenden Mrs. John Laing gesteckt und lächelte selig.

»Ich war mir nicht sicher. Es hätte auch Krista Regler gewesen sein können.« Sie war und blieb verschwunden und er fürchtete mittlerweile das Schlimmste.

»Die Tote, Sophie Bachmann. Kanntest du sie?« Kosinski nahm Gümüs die Rose aus der Hand, roch ebenfalls daran und legte sie zurück auf den Gartentisch.

Bremer seufzte. »Flüchtig. Sie war die Mutter eines der beiden Knaben, die damals den kleinen Martin Brandt umgebracht haben.«

»Auf dem Land verbreiten sich die Nachrichten offenbar ...«

»... wie ein Lauffeuer«, ergänzte Atilla Gümüs, was ihm einen tadelnden Blick einbrachte.

»Weshalb du sicher bereits von Sophie Bachmanns Abschiedsbrief erfahren hast.«

Bremer nickte. »›Ihr sollt immer an mich denken‹.«

Diesmal runzelte Gümüs die Stirn, holte ein Notizbuch aus der Tasche, blätterte und las vor: »›Ihr sollt mich nicht vergessen‹. Und dann steht da noch: ›Sie haben es geschafft. Endlich haben sie es geschafft. Ich verfluche sie bis ins siebente Glied.‹« Er klappte das Notizbuch wieder zu.

»Volkes Meinung«, sagte Bremer und dachte an die erregten Männerstimmen im »Rauschenden Brünnlein«, »Volkes Meinung lautet, daß die Bachmann nach dem Urteil gegen ihren Sohn ja hätte fortziehen können, wie die anderen auch, wo sie doch sowieso nicht dazugehörte.«

Kosinski steckte die Zigarettenschachtel wieder ein. »Das dörfliche Gesetz von Ursache und Wirkung lautet seit eh und je, daß diejenigen schuld sind, die später kamen. Das ist nicht sehr schön, aber einfach und wirkungsvoll.«

»Womit wir zur Frage gelangen...« Gümüs zog den Kopf ein, als Kosinski ihm wieder einen tadelnden Blick zuwarf.

»Womit wir zur Frage kommen, wie mein vorlauter Kollege so richtig bemerkte, ob Sophie Bachmann sich wirklich selbst mit Benzin übergossen und angezündet hat oder ob jemand mit- oder nachgeholfen hat. Hast du vielleicht irgend etwas gesehen, eine Person, die sich am Tatort herumdrückte oder weglief, als ihr kamt?«

Bremer schüttelte den Kopf. Er erinnerte sich an den Anblick der brennenden Frau. Und daran, wie die Kirchentür aufging. An nichts sonst.

»Hmmmm.« Kosinski starrte vor sich hin, während Gümüs unruhig von einem Bein aufs andere trat.

»Darf ich...?«

»Shhhh!« Kriminalhauptkommissar Gregor Kosinski, in Denkerpose, wollte nicht gestört werden.

»Auch ein Bulle muß mal«, flüsterte Gümüs Bremer zu.

»Hintere Tür, dann geradeaus«, zischte der zurück.

Kosinski starrte vor sich hin. Birdie kam vorbeigeschlendert und warf sich zu seinen Füßen auf den Rücken. Der Alte streichelte ihr den seidigen Bauch, bis sie schnurrte und sich mit einem zärtlichen Biß in seinen Zeigefinger wieder verabschiedete.

Kosinski seufzte und richtete sich wieder auf. »Ist die Regler eigentlich im Lande?«

»Nein. Ich habe sie seit Donnerstag nicht mehr gesehen. Und das beunruhigt mich langsam.« Glaubte Kosinski etwa, Krista könne etwas mit dem Tod Sophie Bachmanns zu tun haben?

Über ihnen ging das Fenster auf. »War Jens schon bei dir, Paul?« rief eine Stimme. Kosinski sah nach oben, zu der Frau mit den blonden Locken, die den Kopf neigte, spöttisch lächelte und »Na, endlich mal wieder da, Sheriff?« sagte.

Kosinski grüßte zurück. »Welcher Jens?« fragte er.

»Der Briefträger«, antwortete Paul, bevor er ein »Nein, erwartest du was?« nach oben rief.

»Na und ob. Das hätte gestern schon dasein müssen.« Mariannes Kopf verschwand.

»Jens Peters. Ach, der. Ist der auch verlorengegangen?« Kosinskis Frage klang nicht ganz ernst gemeint, aber in Bremers Kopf fügte sich plötzlich ein weiteres kleines Teilchen ins Puzzle.

»Der Postbote ist ein Fan von Krista Regler – besser gesagt: er war ihr Fan.« Bis der Katalog mit den Umstandsmoden kam, dachte er. Seltsam. »Und er hat Post für sie bei mir abgegeben, schon zu einem Zeitpunkt, als noch niemand daran dachte, daß sie verschwunden sein könnte.«

Gümüs guckte Kosinski an, der nach ein paar Sekunden nickte, und ging dann mit schweren Schritten hinaus zum Auto. Sie hörten ihn telefonieren.

Er kam zurück mit einem Zettel in der Hand. »Waldburg, Kirchplatz 12«, sagte er.

Das war dort, wo Sophie Bachmann sich verbrannt hatte. Bremer wurde kalt.

4

Frankfurt – Klein-Roda

Karen trat aufs Gaspedal. Sie fuhr viel zu schnell. Auf diesem Streckenabschnitt der Autobahn nach Norden gab es eine Geschwindigkeitsbegrenzung und regelmäßige Radarkontrollen. Und für die Frisur war es auch nicht gerade günstig, bei 160 Stundenkilometern offen zu fahren. Aber die Geschwindigkeit entschädigte sie für die Langsamkeit, mit der bei ihr der Groschen gefallen war. Und es half, die Geschehnisse zu rekonstruieren.

Sie war in der letzten Woche, wenn auch widerstrebend, mit Edith auf den Friedhof gegangen. Beerdigungen waren ganz und gar nicht ihre Sache, sie erinnerten einen an die Endlichkeit, man sah zu viele Menschen weinen, und meistens regnete es. Und der Friedhof, auf dem Thomas Regler unter die Erde gebracht wurde, mitten in der Provinz, nicht weit von der JVA Strang entfernt, erschien ihr als Inbegriff der Trostlosigkeit. Warum wollte Krista Regler ihn nicht an einem netteren Ort begraben lassen?

Und was stellen wir uns da so vor? fragte sie sich, während sie einen vorlauten BMW-Fahrer abhängte. Vielleicht den Frankfurter Hauptfriedhof, eine Grabstelle neben der von Arthur Schopenhauer? Oder den Friedhof von Klein-Roda, unweit vom Grab des Bürgermeisters? Die würden sich bedanken.

Als sie das letzte Mal auf einer Beerdigung war, bestattete man einen ihrer liebsten Freunde, einen, mit dem sie hatte alt werden wollen. Sie hatte nicht weinen wollen wie so viele der anderen in diesem schier endlosen Trauerzug. Aber als sie die Kiste sah am Grunde der Grube und dachte, da liegt er drin, einer, der in keine Schublade paßte, geschweige denn in einen Sarg, hatte sie geheult wie all die anderen Weiber auch.

Sie schickte ihm einen Gruß nach oben. Nein, Friedhöfe gehörten nicht zu ihren Hobbies.

Edith hatte das Grab zunächst nicht gefunden – nicht, weil die Anlage so groß gewesen wäre, sondern weil sie so einförmig war. Und die Beerdigung eines Untersuchungshäftlings schien nicht gerade die Massen zu bewegen, jedenfalls sah man keine Trauergäste. »Wir hätten da vorne rechts gehen müssen.« Edith vollführte gewagte Verrenkungen vor einem Schild mit Lageplan.

Typisch Frau, dachte Karen und bedrängte den älteren Herrn im Kleinwagen, bis er endlich die linke Spur verließ. Im Urwald würden wir immer im Kreis laufen.

Edith hatte sie von der Seite angesehen. »Ich weiß, du versprichst dir nichts davon. Aber ich sage dir – ich hab' da so ein Gefühl ...« Karen hatte spöttisch zurückgeguckt. »Seit wann hast du Gefühle?«

Aus den Augenwinkeln sah sie langgestreckte Rosenfelder. Sie dachte kurz, daß die Gegend viel zu schön war, um besinnungslos hindurchzubrettern. Dann gab sie wieder Gas.

Sie war zur Beerdigung nur mitgegangen, weil ... weil die Geschichte der Reglers sie noch immer beschäftigte. Es war ja durchaus denkbar, daß Thomas Regler sich für seine Frau zum Opfer gebracht hatte. Und so etwas mochten die Knastbrüder gespürt haben – die meisten Gewaltverbrecher reagieren allergisch auf Menschen mit Opferattitüde.

Einerseits. Andererseits: Sie wollte mit Krista Regler sprechen, dem nachspüren, was sie empfand nach dem Tod ihres Mannes. Und gucken, ob es da vielleicht doch noch etwas gab, das die Wiederaufnahme der Ermittlungen rechtfertigte.

»Da hinten!« Edith hatte mit ausgestrecktem Arm auf einen Platz inmitten einer sauber angelegten Gräberreihe gezeigt. Ein Mann, der wie ein Friedhofsbediensteter aussah, stand davor, daneben ein Mann mit Glatze und etwas albern wirkender Designerbrille. Vom Eingang her strebte eine ältere Frau auf die Gruppe zu.

Sie war ihr aufgefallen, weil sie aussah, als ob sie aus einem anderen Land und aus einer anderen Zeit stammte. Sie trug einen langen, wallenden Rock aus dunkelrotem Samt, Schnürstiefel, eine Strickjacke im Trachtenlook und auf dem Kopf eine Art Turban, unter dem sich pechschwarzes Haar kräuselte. Zu schwarz, um echt zu sein.

»Wer ist das?« hatte sie Edith zugeflüstert. »Keine Ahnung«, sagte die nach einem flüchtigen Blick auf die Frau.

Die vielleicht Sechzigjährige blieb am Grab stehen. Der Mann mit der auffälligen Brille streckte ihr die Hand hin, was sie ignorierte. Die Frau öffnete ihre Handtasche, einen mit bunten Wollfäden und kleinen blitzenden Spiegeln bestickten Beutel, nahm etwas heraus, schien in sich hineinzumurmeln und warf den Gegenstand ins offene Grab.

Ein Stofftier, hatte Karen gedacht. Ein Teddybär, behauptete Edith. Irgend etwas jedenfalls, das man vielleicht toten Kindern mitgibt, nicht aber einem gestandenen Arzt. Dann breitete die Frau die Arme aus und schickte einen lauten Schrei gen Himmel – wie ein bestelltes Klageweib.

Verrückt, hatte Karen gedacht. Die Alte ist verrückt. Als sie am Grab ankamen, hatte die Frau sich bereits umgedreht und ging mit schnellem Schritt zum Eingang zurück.

»Wer war das?« hatte sie den Mann gefragt, der sich als Max Postel vorstellte, Gefängnispfarrer.

Postel schien darüber erstaunt zu sein, daß weder sie noch Edith Manning die Frau kannten. »Seine Mutter.«

»Also – Frau Regler?«

Postel zuckte die Schultern.

»Und wo ist Krista Regler?«

»Sie wollte kommen«, sagte Postel. Er wirkte angegriffen. »Ich wollte ihr sagen – er war in Ordnung, ihr Mann. Thomas Regler war in Ordnung.«

Was für ein Nachruf, hatte Karen noch gedacht und einem

Friedhofsgärtner hinterhergesehen, der welke Kränze auf der Schubkarre abtransportierte.

Krista Regler war nicht gekommen. Und sie hatte die kleine Szene auf dem Friedhof längst vergessen gehabt – bis heute morgen.

Gunter schlief noch, sie trank einen Espresso in der Küche, in der die Sonne den Strauß aus tiefroten Pfingstrosen und hellrosa Rittersporn aufleuchten ließ. Auf der ersten Seite der BILD fletschte der neueste Fall von präseniler Erotomanie die Zähne. Der alternde Schauspieler Günther G. ließ sich mit einem etwa vierzig Jahre jüngeren polnischen Busenwunder abbilden.

Sie suchte nach ihrem und Gunters Horoskop (»der nahende Vollmond stimmt Sie romantisch«), überflog den Artikel, in der sich ein TV-Star zu Kokain und Orgien mit rumänischen Nutten bekannte, überschlug die Sportseiten und blätterte sich zur Regionalausgabe der BILD vor. Sie mußte sekundenlang auf Schlagzeile und Bild gestarrt haben, bevor sie begriff, was sie sah. »Feuertod auf Hochzeitsfeier«, darunter das Foto eines Körpers, der sich in einem Flammenmeer wand. Und daneben – das Bild einer Frau. Es war die Frau, die der Gefängnispfarrer Thomas Reglers Mutter genannt hatte.

Die Mutter von Thomas Regler war tot. Sie hatte sich mit Benzin übergossen und angezündet. Und sie hieß nicht Regler.

»Was ist los?« Gunter war auf nackten Füßen in die Küche gekommen und hatte sie auf den Nacken geküßt. Beim Gedanken an ihn nahm sie den Fuß vom Gas. War es eigentlich erlaubt, so glücklich zu sein?

Sie hatte ihm das Blatt gegeben. »Frau verbrennt sich auf dem Kirchplatz zu Waldburg.« Sein Gesicht spiegelte, an was er in diesem Moment gedacht haben mußte: an verkohlte Leichen auf dem Seziertisch, die die Hände nach ihm reckten, in der Fechterpose, in die sie von kontrahierten Muskelsträngen gezwungen werden. An aufgeplatzte Schädel, an freigelegte Gebisse.

Sie hatte seine Hände zwischen ihre genommen und ihm fest in die Augen gesehen. »Es ist nicht dein Fall, hörst du? Das ist *mein* Revier.« Es hatte ein paar tiefe Atemzüge gedauert, bis er sich entspannte.

Die Frau, stand in der Zeitung, war 62 Jahre alt, wohnte in Rottbergen, gab ihren Beruf mit »Astrologin« an und hieß Sophie Bachmann. Sie war die Mutter von Peter Bachmann, dem Jungen, der 1979 den kleinen Martin Brandt erschlagen hatte. In einer Tunnelanlage, in der man nach Kriegsende den Eisenbahnzug des Führers gefunden hatte.

Und wenn Sophie Bachmann die Mutter von Thomas Regler war ... Wenn der Gefängnispfarrer sich nicht irrte ... Dann gab es keine andere Schlußfolgerung als die eine: Thomas Regler war Peter Bachmann.

Seither versuchte sie, die Bilder in ihrem Kopf zu sortieren, zu verschieben und wieder neu zusammenzusetzen, wie in einem Kaleidoskop. Manches Puzzlestückchen fiel plötzlich an den Platz, an den es paßte. An anderen Stellen klaffte eine Lücke, wo zuvor Gewißheit war. Es gab in der Sache Thomas Regler in der Tat Ermittlungsbedarf – und wie.

»Du wirst mir irgendwann erzählen, was das alles zu bedeuten hat«, hatte Gunter leise gesagt und ihr eine Haarsträhne aus dem Gesicht gestrichen, mit einer Zärtlichkeit, an die sie nicht denken konnte, ohne daß ihr die Knie weich wurden. Und dann hatte er verlegen gelächelt, ein schiefes, kleines Lächeln, das allen Ermittlungseifer für Sekunden außer Kraft setzte.

»True love can wait.«

5

Klein-Roda – Waldburg

»Ich kenne Jens, er ist ein bißchen seltsam manchmal, aber sonst ganz o.k.« Gümüs jagte den betagten Streifenwagen die kurvenreiche Landstraße Richtung Waldburg hoch.

Kosinski klammerte sich an den Haltegriff über der Tür. »Es schadet nichts, mal nachzufragen.« Und es würde auch nicht schaden, die Geschwindigkeit den Gegebenheiten anzupassen, dachte er. Zum Beispiel den Nerven eines älteren Herrn auf dem Beifahrersitz.

»Er hat mal in den Geldautomaten der Sparkasse in Ottersbrunn gepinkelt.« Gümüs klang amüsiert.

»Das ist nicht komisch, das ist ein Straftatbestand.«

»Schlechte Laune?« Gümüs sah ihn von der Seite an, statt auf die Straße zu gucken. Paß auf, wo du hinfährst, hätte er fast gebrüllt. Er klammerte sich noch fester an den Griff.

»Jens lebt offenbar noch bei den Eltern«, sagte Atilla nach einer Weile, als ob er ein Versöhnungsangebot machen wollte.

»Wie alt ist der junge Mann?«

»Dreiundzwanzig.« Gümüs bremste scharf, als ein Fahrradfahrer vor ihnen ausschwenkte.

»Freundin?«

»Nicht, daß ich wüßte.«

Sie fuhren heil in Waldburg ein. Das grauverputzte Haus am Kirchplatz brauchte einen Anstrich und machte einen abweisenden Eindruck. Der Garten war ungepflegt, die Rolläden heruntergelassen. Kosinski drehte sich um. Wenn man am Gartentor stand, sah man auf die Kirche, auf eine Bank unter einer Platane und auf die Stelle, an der Sophie Bachmann sich angezündet hatte.

Als Gümüs klingelte, hörte man eine Weile gar nichts und dann heiseres Husten.

»Ja?« In der Frage lag geballtes Mißtrauen. Die Frau, die in der Tür stand, trug ein weites T-Shirt mit dem Aufdruck »Superstar«, hatte ein teigiges Gesicht unter blondierten Haaren und sah nach zuviel Alkohol und Zigaretten aus. So roch sie auch.

»Dürfen wir für einen Moment eintreten?« Gümüs lächelte gewinnend und hielt ihr seinen Ausweis hin.

»Die Polizei! Die hilft ja doch nicht, wenn's mal nötig ist.«

»Lassen Sie es einfach darauf ankommen, gnädige Frau!«

Gümüs übertrieb manchmal, fand Kosinski. Aber immerhin durfte man nähertreten.

Die Wohnung war düster. Das war auch besser so, denn sie schien in einem trostlosen Zustand zu sein. Im Wohnzimmer, das mit dem von Plüschtieren besetzten Sofa und dem riesigen Fernseher bereits vollgestellt wirkte, roch es nach Bier und kaltem Rauch. Die beiden Aschenbecher auf dem Couchtisch quollen über. Frau Peters schien das Bier direkt aus der Flasche zu trinken, die sie sich aus einer Kiste am Boden griff, neben der leere Chipstüten lagen. Auf eine nicht wirklich einladende Geste der Hausherrin hin lehnte Gümüs dankend ab.

Immerhin stellte sie den Fernseher leiser und ließ sich dann wieder zu den lila Teddies und rosa Plüschhunden aufs Sofa fallen. Beim Licht einer Nachmittagssoap betrachtet, sah Sabine Peters, die gerade mal fünfzig sein mußte, wie die Karikatur einer rüstigen siebzigjährigen aus. Trotz der blonden Haare, trotz Lippenstift und lackierten Fingernägeln wirkte sie freudlos und vom Leben enttäuscht.

»Kommen Sie wegen der Hexe? Ich war es nicht. Sie hat es selbst getan. Jahre zu spät.«

Endlich kam Leben in das verwüstete Gesicht – reine und unverfälschte Schadenfreude.

»Sie meinen Frau Bachmann?«

»Wen sonst?«

»Natürlich hat sie es selbst getan«, sagte Kosinski behutsam, der das unbestimmte Gefühl hatte, daß die Nerven der Frau blank lagen. »Wir suchen Ihren Sohn, Frau Peters.« Auf ihre Reaktion war er nicht gefaßt. Sie lachte.

»Der liegt unter der Erde. Das weiß doch jeder. Der ist tot.«

Mit schmalen Lippen und zusammengekniffenen Augen nahm sie eine Zigarette aus der Schachtel, klopfte sie auf dem Handrücken zurecht und ließ sich von einem nach wie vor galanten Gümüs Feuer geben. Ihre Hand zitterte. Den ersten Zug nahm sie wie eine Ertrinkende. Ihre Augen glänzten, gleich, dachte Kosinski, gleich kommt eine Tränenflut. Die Frau brauchte Hilfe.

»Wo ist Ihr Mann?«

»Um die Ecke. Zigaretten holen.« Sie nahm noch einen Zug. Ihr Blick war zum Fernseher gegangen, auf dessen Bildschirm man strahlende Menschen sah, die Bügeleisen oder Staubsauger gewonnen zu haben schienen.

Kosinski warf einen Blick auf Gümüs. Wehe, wenn der Bursche auch nur die Mundwinkel verzog. Aber Atilla blickte mit unbewegtem Gesicht zurück.

»Dürfen wir uns bei Ihnen mal umsehen, Frau Peters?« Sie zuckte mit den Schultern und ließ den Arm nach rechts schwenken, so, als ob sie »Bahn frei« sagen wollte. Dabei fegte sie die halbleere Flasche Bier vom Couchtisch. Kosinski sah gebannt zu, wie sie die Hand wieder fallen ließ, hinunter zum Bierkasten, mit einer frischen Flasche wieder hochkam und den Verschluß aufschnappen ließ.

In der Küche roch es nach kaltem Fett und Angebranntem. Neben dem Abfalleimer stapelten sich die Pappschachteln vom Pizzaschnelldienst. Kosinski ließ Gümüs die Treppe zum ersten Stockwerk vorausgehen. Hier waren offenbar das eheliche Schlafzimmer, das Bad und ein Raum, der das Zimmer von Jens Peters sein könnte. Es roch ungelüftet und nach gebrauchter Wäsche. An der Wand hing ein Eintracht-Poster und eins von Shakira. Davon abgesehen war die Einrichtung typisch für Jugendzimmer vergangener Jahrzehnte, nichts, keine Bücher, keine CDs, keine Videos, deutete darauf hin, daß hier ein 23jähriger von heute wohnte. Im Regal lagen Kuscheltiere und Spielsachen, die zu einem Kleinkind gepaßt hätten. Gümüs inspizierte den Kleiderschrank. »Hier«, sagte er. Kosinski sah hinüber. Auf den unteren Regalbrettern stapelten sich Kindersachen.

Kosinski sah Gümüs mit hochgezogenen Augenbrauen an. Der schüttelte langsam den Kopf. Als sie draußen standen, machte der Kriminalhauptkommissar die Tür sanft hinter sich zu. Er störte nur ungern die Intimsphäre eines Menschen – auch dann, wenn eine Behausung so wenig intim zu sein schien wie diese hier.

Im Wohnzimmer plärrte der Fernseher. Gümüs rief »Auf Wiedersehen und vielen Dank auch«. Sie sahen den Kopf der Frau nicken, ihre Hand schien zu winken. Dann fiel die Haustür hinter ihnen zu.

6

Auf dem Weg nach Klein-Roda

Vor der Baustelle stockte der Verkehr. Karen Stark nutzte das Stop and go, um sich zu konzentrieren. Was war ihr entgangen? Über Thomas Reglers Vergangenheit war nichts aktenkundig gewesen. Sie rechnete nach. Die Vorstrafe mußte längst aus allen Registern getilgt sein, sofern sich Regler oder Bachmann nach der Entlassung nichts hatte zuschulden kommen lassen. Und die Namensänderung? Man mußte damals die Drohungen von seiten der Familie des Opfers ernst genommen haben und hatte Schutzmaßnahmen für die beiden Täter angeordnet. Gefahrenabwehr durch Wechsel der Identität lag im Aufgabenbereich der Polizei, darüber stand ebenfalls nichts in den Gerichtsakten zum Fall Brandt. Und niemand hatte während der ersten Ermittlungen in Sachen Hansen/Regler einen Anlaß gehabt, beim Standesamt nachzufragen – wie sollte denn einer auf die Idee gekommen sein, einen möglichen Namenswechsel in Betracht zu ziehen?

Eines jedenfalls schien klar: Der Fall Thomas Regler und der Fall Michael Hansen mußten aus einer neuen Perspektive betrachtet werden. Was, wenn nicht Eifersucht das Motiv des Verbrechens an Michael Hansen war, sondern die Vergangenheit? Wußte Krista Regler von der Vorstrafe ihres Mannes? Hatte sie ihrem Liebhaber davon erzählt? Machte Hansen Anstalten, Regler damit zu erpressen – oder ihm damit zu drohen?

Ein Kinderarzt, der ein Kind auf dem Gewissen hat, auch wenn er selbst noch ein halbes Kind war bei der Tat – das ertragen Eltern nicht. Wenn sein Vorleben bekannt wurde, war Reglers Karriere beendet, zumal nach dem jüngsten Skandal um das bei einer Operation gestorbene Kind.

Alles sortierte sich neu.

Der Audifahrer vor ihr bremste ab. Fast wäre sie ihm in den Kofferraum gefahren. Leise fluchend schaltete sie herunter und fuhr dann wieder an.

Nächster Punkt: die Tatwaffe. Es gab tatsächlich einen Zusammenhang zwischen dem Stein, der Martin Brandt und dem, der Michael Hansen getötet hatte. Nur der Täter kannte die Beschaffenheit der Waffe, mit der Michael Hansen erschlagen worden war. Klar – Thomas Regler. Der Mann, der ebenfalls wußte, mit welchem Stein Martin Brandt erschlagen worden war.

Karen wechselte auf die rechte Fahrbahn, hinter einen Reisebus aus Prag. Und genau das war der Haken in ihrer Beweisführung. Wenn Thomas Regler mit dem Mord an Michael Hansen verhindern wollte, daß seine Vergangenheit bekannt wurde, dann war es nicht unbedingt ratsam, eine Tatwaffe zu wählen, die es zumindest erlaubte, Zusammenhänge herzustellen.

Und wenn sich die Spurensicherung nicht so verdammt dämlich angestellt hätte, wenn bei dieser Ermittlung nicht so ziemlich alles schiefgelaufen wäre, was schieflaufen konnte, dann wäre man früher auf Unstimmigkeiten gestoßen. Der Stein hätte den Ermittlern gleich auffallen müssen. Der Stein war ein Solitär in seiner tristen Umgebung gewesen. Die Bungalows hatte man aus Beton und Holz gebaut, und ansonsten dominierte in der fraglichen Gegend schwarzer Schiefer. Dort pflegten keine Ziegelsteine herumzuliegen. Aber man hatte bei der Kripo ja noch nicht einmal ernsthaft in Erwägung gezogen, daß Hansen Opfer eines Verbrechers geworden sein könnte, nachdem man irgendwelche Terroristen glaubte ausschließen zu können. Die Diagnosen »Verletzung bei Sturz«, danach »Tod durch Erfrieren« und schließlich »Fraßschäden wilder Tiere« waren einleuchtend und machten wenig Arbeit. Wenn nicht Kriminalhauptkommissar Gregor Kosinski, der alte Fuchs, die Schäden an Krista Reglers Auto aufschlußreich gefunden hätte und wenn er nicht systematisch auf die Suche gegangen wäre nach einem Verletzten oder gar Toten, der zu den Spuren am Auto paßte – und wenn er nicht die Meldung von Hansens Tod in der Zeitung gelesen und eins und eins zusammengezählt hätte, dann wäre Michael Hansen sang- und klanglos begraben worden. Ein Fall mehr in der Reihe der vielen unaufgeklärten Straftaten in Hessen.

Karen verfluchte zum zigsten Mal ihre Rolle als menschliche Aktenrotationsmaschine. Die Staatsanwaltschaft war laut Gesetz »Herrin des Verfahrens«. Eine schöne Sache. In Wirklichkeit hing alles ab von der Qualität der vorhergegangenen Ermittlungsarbeit. Wenn man es sich einfach machen wollte als Staatsanwalt, nahm man hin, was einem auf den Schreibtisch gelegt wurde, und fragte nicht weiter.

Nicht mit mir, dachte Karen. Herrin ist Herrin.

Am Ende der Baustelle war sie wie ein Blitz wieder auf der linken Spur und gab Gas. Das Auto reagierte sofort. Sie genoß die Erregung, die ein starker Motor und ein ordentliches Ermittlungsfieber in ihr auszulösen vermochten.

Weiter im Text. Es hatte in der Tatnacht geschneit. Daß sich ein für eine solche Tat geeigneter Stein zufällig finden ließ, wurde damit noch unwahrscheinlicher. Hatte Thomas Regler den Ziegelstein mitgebracht? Vielleicht, weil er ihn immer bei sich trug – als Erinnerung? Die Vorstellung war gruselig. Im letzteren Fall hätte er vorsätzlich, aber womöglich im Affekt gehandelt. Im ersten Fall aber hätte er geplant gehandelt, nicht im Affekt, nicht mit bedingtem Vorsatz. Das war Mord.

Und …

Die Schlußfolgerung lag auf der Hand. Angenommen, Regler hatte die Tatwaffe extra mitgenommen, um Hansen zu erschlagen, dann hätte er ebenso vorsätzlich einen Zusammenhang hergestellt zur Tat, die er als Jugendlicher begangen hatte. Dann wollte er mit der Tatwaffe etwas demonstrieren. Aber an wen war die Botschaft gerichtet? Nicht an Michael Hansen. Der war tot.

Sie nahm den Fuß vom Gas. Nichts stimmte an ihrer Argumentation, gar nichts. Vielleicht hatte die Liebe sie bereits blind und dumm gemacht. Denn Regler hätte sich verdammt beschränkt angestellt für einen Mörder mit Vorsatz, der sogar die Tatwaffe parat hat. Warum erst den Mann überfahren und ihn dann erschlagen? Und wenn der Täter aller Welt etwas demonstrieren wollte, warum dann so subtil, daß es ohne das beharrliche Nachfragen von Edith Manning nicht herausgekommen wäre?

Karen schlug frustriert mit der Hand gegen das Lenkrad. Nichts stimmte. Einerseits ein symbolischer Akt, der etwas *zeigen* soll, andererseits Vertuschungsabsicht - das paßte nicht zusammen.

Sie kam nicht weiter. Gunter. Sie mußte mit jemandem sprechen. Aber sein Mobiltelefon war ausgeschaltet, und sie hatte keine Lust, ihm eine Botschaft aufzusprechen - jedenfalls nicht etwas ähnlich Uninspiriertes, obzwar Wahrheitsgetreues wie: Hilf mir, ich bin vor Liebe am Verblöden.

Sie fuhr immer langsamer, während ihre Gedanken kreisten. Und suchten. Der BMW-Fahrer von vorhin überholte sie und schüttelte mißbilligend den Kopf. Und endlich meldete ihr Gehirn eine Einsicht. Oder eine Erkenntnis. Sie war so schlicht, wie man es sich nur wünschen konnte, wenn man nicht weiter weiß.

Das alles paßte nicht zu Thomas Regler. Die Tat war dem Täter nicht zuzutrauen.

Sie sah sein melancholisches Gesicht vor sich. Die großzügige Nase, die dunklen, dunkelblauen Augen. Sie dachte an seine vorsichtige, zurückhaltende Art. Das, was über ihn als Arzt ausgesagt wurde. Ein solcher Mann trägt nicht für den Fall des Falles einen Stein bei sich, der ihn an etwas erinnert, was er lieber vergessen würde.

An etwas, das er nicht mit sich verbindet. Das ihm fremd ist, fern ist. Thomas Regler war nicht mehr Peter Bachmann.

Sie war sich dessen sicher. Es gibt keine menschliche Identität, in die sich alles fügt von Anfang bis Ende und in der alles mit allem zusammenhängt. Ein Mensch ist nicht die Summe dessen, was er jemals war. Und es stimmt ebensowenig, daß ein Mensch sich nicht verändern kann.

Es gibt Ereignisse, die aus dem Fluß des Lebens ausscheren, die sich verkapseln und eine Art Knoten in der Biografie bilden. Wie ein unschädlich gemachter Tumor.

Alles andere wäre ewige Verdammnis. Urteil: Lebenslänglich. Du bist, was du bist, und du wirst immer bleiben, was du warst. Dann waren Johannes und Peter auf immer und ewig Kindermörder, mochten sie auch nach verbüßter Strafe entlassen worden sein.

Aber so, genauso sahen es die meisten Menschen. Man war heute tolerant gegenüber Straffälligen, die ihre Strafe abgesessen hatten – sofern es sich nicht um dieses eine, dieses ganz spezielle Delikt handelt. Die Einwohner eines Vororts von London hatten jüngst einen des Kindesmißbrauchs bezichtigten und mangels Beweisen aus der Untersuchungshaft entlassenen Mann in den Selbstmord gemobbt. Womöglich war er wirklich unschuldig gewesen. Die Menschen neigen, wenn es um Kinder geht, zu Hysterie.

Nein, niemand würde verstehen, daß Thomas Regler nicht mehr Peter Bachmann war. Womöglich war es diese Erkenntnis, die ihn hatte aufgeben lassen, vielleicht hatte er sich deshalb im Knast ohne große Gegenwehr demütigen und schließlich umbringen lassen. Er hatte Krista Regler gedeckt, das schien ihr immer klarer. Sie mußte mit der Frau sprechen.

Andererseits – Krista Regler hatte Hansen womöglich, ja wahrscheinlich angefahren. Ihr Geständnis war außerordentlich glaubwürdig gewesen. Aber sie hatte Hansen nicht danach auch noch erschlagen. Ihr Gesicht während der Hauptverhandlung ließ erkennen, daß sie nicht gewußt hatte, wovon die Rede war, als Edith Manning auf den Busch klopfte. Karen fluchte leise und begann wieder schneller zu fahren. Hatte Bremer nicht etwas über anonyme Briefe erzählt? Und über einen Steinwurf durchs Fenster? Sie nahm die Abfahrt nach Pfaffenheim mit singenden Reifen.

Es erschien ihr immer wahrscheinlicher, daß auch die Regler in Gefahr war.

7

Klein-Roda

Bremer konnte sich nicht entscheiden, ob er an den Schreibtisch oder in den Garten gehen sollte. Von Kosinski und Gümüs hatte man nichts mehr gehört. Weder Krista noch Jens waren wieder aufgetaucht. Er stand in der Küche vor dem Wasserkocher, unschlüssig, ob er sich noch einen Tee machen sollte, als jemand draußen die Glocke betätigte.

Sie sind gefunden, dachte er ohne große Überzeugung und ging zur Tür. Vor ihm stand Willi. Der Nachbar drehte seinen Anglerhut in den Händen, dieses farblose, lappige Hütchen, ohne das er noch nicht einmal zum Zigarettenautomat ging, und guckte verlegen. »Ich wollte nur sagen …«

Bremer hätte ihn am liebsten daran gehindert, weiterzusprechen. Er konnte sich denken, welche Überwindung den Nachbarn schon diese paar Worte kosteten. »Ich meine, es tut uns allen leid …«

Da erst sah er, wer hinter Willi stand, die Hände in den Hosentaschen, die Gesichter grimmig und entschlossen. Das halbe Dorf, vielmehr: seine Männer. Wilhelm war nicht dabei, der Alte war noch immer klapprig. Harry – nun ja, auf den konnte er gut verzichten. Aber Jan war da und Wolle und Markus und Safer. Und Gottfried.

Sein Blick verschwamm. Hinter den Männern glaubte er die Frauen des Dorfes zu sehen. Christine und Annamaria. Kathrinchen und Sabine. Er fühlte, wie seine Augenwinkel feucht wurden, und sah das Glitzern in Willis Augen. Er ließ seine Hand so hart er konnte auf den Rücken des Nachbarn fallen und nickte mannhaft.

»Ich schlage vor, wir bilden eine Linie und durchkämmen den Wald bis hoch nach Ottersbrunn.« Werner von der Freiwilligen Feuerwehr empfahl, was er immer empfahl. Aber auch Tamara hatte man auf diese Weise nicht gefunden. Bremer wiegte den Kopf.

Gottfried drängte sich nach vorne. »Als ich gestern den Feldweg Richtung Groß-Roda ging, hat Franz sich schier umgebracht. Also ich schlage vor...«

»Der Fensterladen stand offen. Ich meine - er war halb angelehnt. Ich bin mir da ziemlich sicher.« Alexander klang, als ob ihn sein Mut zu einer solchen Behauptung selbst erstaunte.

»Marianne hat erzählt, das Gras auf dem Weg hinunter zur Hütte habe heruntergetrampelt ausgesehen, obwohl seit Wochen niemand da war und es schon richtig hoch stand.«

»Ihr meint...«

Gottfried hatte einen Seitenschneider in der Faust und hielt ihn hoch.

»Das Loch«, sagte Bremer. Natürlich. Wer den massiven, hohen Stahlzaun überwunden und sich durch ein dichtes Lärchenspalier hindurchgekämpft hatte, kam an einen seerosenbewachsenen Teich, in dem Frösche und Kröten lebten, deren Quarren man nächtens hören konnte. An den Hang oberhalb des Lochs hatte man eine Hütte gebaut, eine schlichte Holzkonstruktion, deren Fenster eigentlich immer durch Läden verschlossen waren. Vor der Hütte, auf der kleinen Veranda, gab es eine primitive Waschgelegenheit. Das alles sah man nur, wenn es Winter war und die viel zu vielen Bäume auf dem schmalen Grundstück kahl waren.

»Ich - zieh mir schnell was an.« Verlegen sah Paul an sich herunter. Man hatte ihn in Pantoffeln erwischt. Aber dann hob er den Kopf. Völlig egal. Das würden Städter wie Karen für unpassend halten. Aber nicht die Männer und Frauen im Dorf. In *seinem* Dorf.

Dann gingen sie los, begleitet von den Frauen, bis der Feldweg auf die Straße stieß. Franz machte den Spürhund, nachdem Gottfried ihm etwas zugeflüstert hatte. Willi hustete. Wie üblich. Keiner sagte etwas, aber alle schienen nahe an ihren zugezogenen Städter herangerückt zu sein. Er fühlte sich beschützt. Nur die Angst vor dem, was man womöglich finden würde, hielt ihn davon ab, schon wieder gerührt zu sein.

Als sie angekommen waren, verließ ihn der Mut. Der Zaun sah unüberwindlich aus. Mit einem Seitenschneider würde man Stunden beschäftigt sein, um sich Zugang zu verschaffen. Die Männer standen vor dem Tor, schüttelten den Kopf und kratzten sich den Nacken. Schließlich packte Willi das Tor und rüttelte daran. Es ging geräuschlos auf.

Eigenartig, wie alle plötzlich zögerten. Man hatte Widerstand erwartet, wollte Hindernisse überwinden. Ging plötzlich alles ganz einfach, war Mißtrauen angesagt. Schließlich ging Bremer vor. Er stieg den Pfad hinunter zum Seerosenteich und von dort eine Treppe hoch zur Hütte. Die Tür ließ sich ebenfalls öffnen. Sie führte in einen dunklen Raum. Auf dem Boden, an eine Tür gelehnt, die offenbar in ein weiteres Zimmer führte, saß Krista Regler. Neben ihr lag ein Mann, wie hingegossen, den Kopf in ihrem Schoß. Pietà, dachte Bremer und ließ sich von der Szene ergreifen. Und dann sah er das verzerrte Gesicht des Mannes.

»Jens«, sagte Gottfried leise. »Der arme Junge.«

8

Klein-Roda

Karen fühlte sich wie in die Heimat zurückgekehrt, als sie in Klein-Roda einfuhr. Die angegrauten Eternitplatten vor den Fassaden schäbig gewordener Fachwerkhäuser, die großen Futtersilos hinter langgestreckten Stallgebäuden, die stromernden Katzen und die Pferdeäpfel auf der Straße. Und der Krach.

Als sie ausstieg, empfing sie ein Schwall von Gerüchen und das Gebell von mindestens drei Hunden. Nur Menschen waren nicht zu sehen - ungewöhnlich für ein Dorf, in dem sich im Sommer das Leben draußen abzuspielen pflegte. Beruhigenderweise fuhr in diesem Moment ein Traktor vorbei und donnerte den Feldweg hinunter.

Sie öffnete das Gartentor. Als sie eintrat, sprang Nemax ihr entgegen und schmiegte sich an ihr Bein. Sie streichelte das Tier. »Und Herrchen?«

Nix Herrchen. Das Haus war abgeschlossen. Sie setzte sich auf die Gartenbank, kraulte den Kater, der sich neben sie gehockt hatte, und nahm den Gedanken von vorhin wieder auf. Was war mit Krista Regler? Wenn sie Hansen nicht umgebracht hatte und Thomas Regler ebensowenig der Täter war, dann gab es einen Unbekannten im Spiel. Also doch Terroristen, dachte sie. Irgendwelche Killer, die Allah auf Knien dankten für die Steilvorlage, die Krista Regler ihnen geliefert hatte. Wenn das Ehepaar Regler nicht versucht hätte, einander zu decken, hätte man einer solchen Überlegung gleich nachgehen können.

Nemax schnurrte, Hummeln summten, Rosen dufteten. Sie schloß die Augen. Als sie sie wieder öffnete, erschien ihr die Idee so plausibel, daß sie am liebsten »Heureka« oder etwas ähnlich Absurdes gebrüllt hätte. Hansens Tod war nicht beabsichtigt gewesen. Der Täter war, wie er glaubte, Thomas Regler gefolgt. Er wußte nicht, daß es Krista war, die im Auto ihres Mannes saß. Daß sie sich in Usingen mit einem Liebhaber traf, konnte der Killer ebenfalls nicht wissen. Es war dunkel. Ein Mann lag benommen draußen auf der Straße. Der Täter, mit dem Stein bewaffnet, der deutlich machen sollte, warum Regler zu sterben hatte, konnte geglaubt haben, Regler sei auf dem vereisten Boden ausgerutscht und hingefallen. Jedenfalls ergriff er seine Chance.

Wenn es in Wirklichkeit Thomas Regler war, der sterben sollte, dann leuchtete die Symbolik der Tatwaffe plötzlich ein: Der Arzt sollte umkommen wie einst sein Opfer, der kleine Martin Brandt. Mit anderen Worten: man mußte den Täter unter den Angehörigen Martin Brandts suchen. Die Eltern hatten wüste Drohungen ausgestoßen für den Fall, daß Peter Bachmann und Johannes v. Braun entlassen würden. Und nun – die späte Rache. Sie durchforstete ihr Gedächtnis. Gab es in der Familie Brandt nur Mutter und Vater oder auch Brüder oder Onkel oder Neffen?

Die Stimme, die sie aus ihren Gedanken riß, klang amüsiert.

»Sie kenn' ich ja gar nicht. Ei suchese was?«

Die weißhaarige Frau stand auf Krücken gelehnt vorm Gartentor.

»Den Herrn Bremer«, sagte Karen und zweifelte, daß sie eine vernünftige Antwort kriegen würde. »Oder Willi. Marianne.«

Die Alte wedelte mit der Krücke und schüttelte den Kopf. »Die sind fort! Die suchen die Frau Regler!«

Krista Regler. Also doch. »Daaaahinunner sindse«, sang die Alte und lächelte wie ein kleines Mädchen, das fehlerfrei ein Gedicht aufgesagt hatte. Karen bedankte sich, streichelte Nemax zum Abschied und joggte in die angegebene Richtung.

Als sie von fern den Notarztwagen sah, klopfte ihr Herz. Dann sah sie Menschen. Die Nachbarn. Hoffentlich ist Krista Regler nichts passiert, dachte sie. Sie drängte sich nach vorne und sagte

»Staatsanwaltschaft Frankfurt« zu dem Mann in Weiß, der im Begriff war, eine Trage ins Auto zu schieben, auf der man, vom Fuß bis zum Scheitel verhüllt, einen Körper erkennen konnte. Der Mann war erstaunt, nickte aber und lüpfte das Laken.

Der Tote mußte entsetzlich gelitten haben. Der Knoten des Stricks lag unter dem linken Ohr, der Strang selbst verlief durch den Mund. Obwohl sowohl die Aorta carotides als auch die Aorta vertebrales komprimiert schienen, war der Tod sicher keineswegs sofort eingetreten, womöglich noch nicht einmal bald.

Karen sah auf. Sie erkannte Gottfried. Und Paul. Und zwischen ihnen Krista Regler.

»Das ist Jens Peters, unser Postbote«, sagte Bremer.

»Er ist der Bruder«, sagte Krista und kippte seitlich weg.

9

Was für ein durchscheinendes Gesicht. Und sie sah aus, als ob sie noch dünner geworden wäre. Aber Bremers Respekt vor Krista Regler begann, in höchste Höhen zu steigen.

Jens Peters hatte sich erhängt. Er hatte es nicht sehr geschickt angestellt. Die Schlaufe des dicken Stricks hatte sich nicht zugezogen, und da die Decke niedrig war, gab es auch keine Fallhöhe. Er war langsam erstickt und kniete auf dem Boden, als Krista ihn fand. Sie hatte den Sterbenden auf die Schulter genommen und hochgestemmt, bis sie den Strick vom Haken am Deckenbalken gelöst hatte. Dann war sie zu Boden gesunken und zu erschöpft gewesen, um den Mann beiseite zu schieben, der auf sie gefallen war.

Bremer sah ihr zu, wie sie in der Hühnersuppe rührte, zu hungrig, um zu essen. Vielleicht hatte sie auch Mitgefühl daran gehindert - sie war auch psychisch eine starke Frau, es war ihr zuzutrauen. Schließlich war Jens Peters auf seine Weise ebenfalls ein Opfer der jugendlichen Mörder Martin Brandts gewesen. Er war dessen nachgeborener Halbbruder - aus der zweiten Ehe seiner Mutter Sabine mit Paul Peters. Und er mußte eine erbärmliche Kindheit gehabt haben als ewiger Stellvertreter eines Toten.

»Natürlich wird sie um ihr Kind getrauert haben, die Mutter«, sagte Karen und stellte Brot auf Bremers Gartentisch. »Aber es kommt nicht gerade selten vor, daß solche Menschen irgendwann nicht mehr so sehr um den Verlust des Menschen trauern, als um den Verlust ihrer Rolle in der Öffentlichkeit, die sie für kurze Zeit ausfüllten.«

Küchenpsychologie, dachte Bremer. Aber wahrscheinlich hatte

Karen recht: Sabine Brandt war ein Medienstar gewesen, wenn auch ein weinender.

»Und je wichtiger die Medien einen nehmen, desto großartiger wird der Anlaß dafür. Mit der Selbsterhöhung wird auch das tote Kind erhöht.«

»›Martin hätte das nicht getan. Martin würde das schaffen. Martin konnte schon mit Messer und Gabel essen, als du noch in die Hose machtest.‹« Kristas Stimme zitterte.

Um Himmels willen, dachte Bremer.

»Ist das eigentlich ein Straftatbestand, wenn Eltern ein Kind ständig spüren lassen, daß es nur zweite Wahl ist?« Krista versuchte zu lachen. »Vielleicht hätte er beizeiten seine Eltern umbringen sollen.«

»Ein verbotener Gedanke«, sagte Karen. »Ebenso verboten wie Haß auf den Bruder, der durch seinen frühen Tod zum Heiligen geworden ist.«

Wir feinsinnigen Psychologen, dachte Paul. Welch tiefe Einsichten in den menschlichen Gefühlshaushalt. Wahrscheinlich alle richtig. Und dennoch – nicht jedes Kind mit solchen Vorgaben tut schließlich, was uns im nachhinein als so plausibel erscheint.

»Ein guter Junge rächt seinen Bruder«, sagte Krista. »Ein guter Junge haßt die, ›die uns das alles angetan haben‹. Ein guter Junge erfüllt die Wünsche seiner Eltern.«

Auch wenn die sich offenbar nichts Geringeres gewünscht hatten als den Tod der beiden ›Kindermörder‹. Aber – Jens Peters hatte Thomas Regler alias Peter Bachmann nicht getötet. Das besorgten andere. Er hatte dessen Frau entführt. Warum?

»Hat er Ihnen das alles erzählt?« Karen versuchte, sanft zu fragen. Aber man sah ihr den Ermittlerdrang an der Nasenspitze an.

Krista schob den Suppenteller von sich.

»Sie müssen nicht«, fügte Karen hinzu.

»Ich will aber. Wenn ich früher geredet hätte, wäre das alles nicht passiert.« Kristas Stimme wurde leise. Bremer sah, daß ihre

Unterlippe zitterte. Dann hatte sie sich gefangen. »Von Anfang an?« fragte sie.

»Von Anfang an«, sagte Karen.

Es war dunkel geworden. Nemax und Birdie sprangen den Glühwürmchen hinterher, die um das Haus schwebten. Kristas Stimme begann ihn zu hypnotisieren. Und während sie erzählte, sah Bremer alles wie im Film vor sich.

Eine Frau kommt nach Hause, die Post in der Hand, die sie aus dem Briefkasten geholt hat. Sie guckt sie flüchtig durch, legt, was für ihren Mann bestimmt ist, auf den Flurtisch und nimmt den anderen Packen mit in die Küche. Spendenbettelbriefe, die Einladung zu einer Vernissage. Der Brief des Gynäkologen.

»Lieber Thomas, du hast nichts zu befürchten. Nicht, daß ich deine Sorge verstehe – aber du bist noch immer so unfruchtbar wie damals nach unserem kleinen chirurgischen Eingriff.«

Die Frau schiebt den Brief geistesabwesend in den Umschlag zurück, der, was sie nicht bemerkt hat, an ihren Mann adressiert ist. Sie geht in den Flur, schiebt den geöffneten Brief unter die andere Post und bleibt dann stehen. Sie ist weiß im Gesicht. Sie möchte seit Jahren ein Kind von ihrem Mann. Sie hat alles probiert. Sie kann nicht glauben, daß er ihren Kummer und ihre Enttäuschung Mal um Mal hingenommen hat, obwohl doch ein einziger klarer Satz von ihm die Qual hätte beenden können.

Karen murmelte irgend etwas Mitfühlendes. Kristas Stimme schwankte. »In dem Moment wußte ich, daß ich mich mit Michael Hansen verabreden würde. Er schrieb seit Wochen E-Mails. Briefe. Rief mich an, wollte mich sehen. Seit dem Abend, an dem ich ihn in Pfaffenheim kennengelernt hatte – nach der Lesung.«

Bremer hatte die Szene vor Augen, den Auftritt Hansens, das hingerissene Publikum. Hörte nun, wie mitten in der Lesung die Tür aufging zum Kinosaal, sah jemanden leise hineinkommen und sich auf einen Stuhl neben Krista setzen. Glaubte sich plötzlich sogar an den Blick zu erinnern, mit dem Michael Hansen den Spätankömmling musterte: erst stirnrunzelnd, dann erstaunt, dann nachdenklich.

»Also war Ihr Mann damals auf der Lesung?« Karen klang noch immer ruhig, aber ihre nervösen Hände zerlegten eine Brotscheibe in kleinste Krümel.

»Nur kurz. Ich hatte ihn eigentlich früher erwartet, aber es kam ihm wie meistens ein Notfall dazwischen. Und dann war er zu müde, um zu bleiben.«

Thomas Regler hatte also nicht gesehen, wie sie an diesem Abend strahlend mit der Gruppe um Michael Hansen mitgegangen war, dachte Bremer.

»Ich rief Hansen an. Wir verabredeten uns. Der berühmte Kriegsberichterstatter und die Hausfrau.« Krista lachte. »Er schlug Usingen vor, es liegt etwa gleich weit entfernt von Feldern und von Frankfurt.«

Ein tiefverschneiter Wald. Ein hellerleuchteter Bungalow. Kerzenlicht und Kaminfeuer und ein Mann, der die Champagnerflasche aus dem Kühler nimmt.

»Ich wollte mit ihm ins Bett. Aus Rache an Thomas. Aus Einsamkeit. Was weiß ich. Aber es kam nicht dazu. Die ganze Sache endete, wie sattsam bekannt. Ich habe ihn umgefahren. Als ich in den Rückspiegel sah, saß er mitten auf dem Weg, hielt sich das Bein und sah verwirrt aus. Aber er lebte.«

»Und – warum kam es nicht dazu?«

Krista hob den Kopf und strich sich die blonden Haare hinters Ohr.

»Weil er glaubte, mir die Wahrheit sagen zu müssen. Es solle nichts zwischen uns stehen. Er habe seine Buße getan.«

Der Film in Bremers Kopf spulte weiter. Der Mann entfernt den Korken von der Champagnerflasche und gießt ein. Da steht er, im Kerzenlicht, der große Michael Hansen, den Kopf mit den blonden Haaren gesenkt, in der einen Hand die Flasche, in der anderen zwei Gläser. Das eine reicht er der Frau neben ihm und prostet ihr zu.

Dann setzen sich beide auf das Sofa vor dem Kamin. Und der Kriegsberichterstatter erzählt die Geschichte von den beiden Halbwüchsigen, die an einem heißen Augusttag einen anderen kleinen Jungen umbringen – in einem grausamen, archaischen Ritual.

»Also Michael Hansen war der andere«, sagte Karen.

»Er war Johannes v. Braun. Und er hielt es für seine Pflicht und Schuldigkeit, mir mitzuteilen, wie Peter Bachmann heute heißt.«

Der Film wird dunkel. Die Frau stellt das Glas auf den Tisch, springt auf, läuft aus dem Raum, aus dem Haus, steigt in ihr Auto. Sie fühlt sich von ihrem Mann verraten. Und nun erfährt sie von einem, mit dem sie sich hat trösten wollen, wie groß der Verrat in Wirklichkeit ist. Sie ist dem Überbringer der Botschaft nicht dankbar. Im Gegenteil. Denn dieser Mann findet nichts dabei, das Leben seines Jugendfreundes und das von dessen Ehefrau zu zerstören, nur damit er sich selbst als aufrichtig empfinden kann.

Michael Hansen war ein Sadist, dachte Bremer.

»Er hat Thomas Regler also wiedererkannt, damals, während der Lesung.« Karen klang erstaunt, als ob sie sagen wollte, wie einfach doch eigentlich alles ist, wenn man endlich die Fakten kennt.

»Genau. Und ich fürchte, er hat sich mir nur deshalb genähert. Es muß ihm Spaß gemacht haben, mich herumzukriegen und dann … mit alledem herauszurücken.«

»Er lebte noch, als Sie wegfuhren.« Karen sprach langsam, als ob sie etwas zu Protokoll gäbe. »Sie sind nicht umgekehrt. Sie haben ihn nicht mit dem Stein erschlagen.«

»Nein.«

Die Frau fährt in Panik fort, irgendwohin. Sie fährt durch die dunkle Nacht, durch schneeverwehte Straßen, und will sterben. Als sie gefunden wird, halb erfroren, schweigt sie. Es gibt für sie nichts anderes als Schweigen. Sie empfindet keinen Zorn auf ihren Mann, keine Rachegelüste. Nur die Leere, die bleibt, wenn eine Liebe vorbei ist. Es schnürte Bremer die Kehle zu.

»Und als Ihr Mann während der Verhandlung aufstand und die Schuld auf sich nahm…«

»… habe ich ihm geglaubt. Ich habe geglaubt, er habe Michael Hansen erschlagen, um ihn daran zu hindern, die Wahrheit zu sagen. Über die Vergangenheit. Schweigen war das einzige, was ich für ihn tun konnte.«

»Aber er wußte doch gar nicht, daß Michael Hansen sein alter Schulkamerad war.« Es war jetzt so dunkel, daß Bremer Karens Gesicht nicht mehr erkennen konnte, nur Kristas Augen sah er dunkel schimmern im Licht der Kerzen, die er auf den Gartentisch gestellt hatte.

»Er hätte uns belauscht haben können. Davon jedenfalls bin ich ausgegangen. Es gab ja Anhaltspunkte dafür.«

Die Frau erinnert sich an ein Auto, das seit Kilometern hinter ihr herfährt, während sie nach Usingen unterwegs ist, in einer verschneiten Nacht, auf einsamen Straßen, weitab von Dorf oder Stadt. Sie erinnert sich an ihren Zorn und ihre Schuldgefühle, stellt sich vor, es sei Thomas, der ihr folgt. Im Rückspiegel sieht sie nur Scheinwerfer. Zu welchem Auto sie gehören, kann sie nicht erkennen.

»Woher sollte ich wissen, daß es Jens war? Er hatte wohl geglaubt, hinter Thomas herzufahren, wir hatten ja die Autos getauscht. Und dann muß er alles mitangehört haben. Das Fenster war gekippt, weil der Kamin nicht zog.«

Es war still geworden in Klein-Roda. Irgendwo rief ein Käuzchen. Von weitem hörte man einen Rehbock bellen. Bremer spürte eine tiefe Müdigkeit. »Und wenn er nicht deinen Mann, sondern dich verfolgte? Er hat dich verehrt, das war nicht zu übersehen.«

»Nein. Er hat mir alles genau erzählt, voller Häme. Er hat Thomas immer wieder gesehen, wie er Sophie Bachmann besuchte, und sich gefragt, was ein Arzt aus Feldern bei der Dorfhexe machte. Irgendwann hat er ihn beim Abschied ›Mutter‹ zu ihr sagen hören.« Krista klang erschöpft. »Jens hat die Bachmann gehaßt.

Und wie er triumphiert hat, als nicht nur Hansen tot war, sondern schließlich auch Peter Bachmann und seine Mutter!«

»Aber daß Ihr Mann seine Mutter besucht hat – daß er sich überhaupt in diese Gegend getraut hat...«

Krista lachte leise. »Positionen wie die in Feldern sind selten, das konnte er nicht gut ausschlagen. Und daß ich ausgerechnet hier ein Haus kaufen wollte, hat ihm gar nicht gefallen. Aber er muß geglaubt haben, daß ihn schon niemand wiedererkennen würde. Er hatte längst keine abstehenden Ohren mehr und er war eine Respektsperson – wer bringt schon einen Kinderarzt mit einem Kindermörder in Verbindung?«

»Sie nannten ihn Fledermaus.« Karen schüttelte langsam den Kopf. »Und das war er nicht mehr. Er war überhaupt nicht mehr derselbe. Er glaubte, daß ihn niemand erkennen würde, weil er selbst den Jungen von damals nicht mehr kannte.«

Bremer spürte die kühle Nachtluft auf seiner Stirn und ein tiefes Mitleid mit Thomas Regler. Nicht mit Michael Hansen. Im Gegenteil. Aber dann flackerte das alte Mißtrauen gegen Krista wieder auf. Thomas war sterilisiert. Sie war schwanger. Hatte sie nicht behauptet, sie sei mit Hansen nicht ins Bett gegangen?

»Der Katalog mit Umstandsmoden«, sagte er. »Du bist...«

»Schwanger?« Krista lachte leise. »Das glaubte Jens auch. Und deshalb sollte ich ebenfalls dran glauben – damit auch die Nachkommen der Täter aus der Welt wären.«

»Aber der Katalog?«

»Ich wollte ein Geschenk für Tamara aussuchen. Das ist alles.«

»Ausrotten bis ins letzte Glied.« Karen seufzte. »Als ob da was im Erbgut wäre.«

»Thomas muß das auch befürchtet haben.« Krista klang erstaunlich sachlich. »Sonst hätte er sich nicht sterilisieren lassen.«

Die Luft roch nach Geißblatt und Schweinestall. Bremer ging in den Keller und holte die Flasche Zwalu aus dem Regal, einen südafrikanischen Roten, den er für besondere Anlässe hütete. Nichts war gut, gar nichts war gut. Dennoch gab es genug Gründe, um auf das Leben zu trinken.

»Ich bin froh, daß ich keine Kinder habe«, sagte Karen, als sie anstießen.

»Die armen, schrecklichen, verzweifelten Kinder.« Krista flüsterte es fast. Und dann stand sie auf und stürzte ins Haus. Bremer hörte sie schluchzen.

10

Der Tag, an dem Jens Peters beerdigt werden sollte, begann schwül und drückend. Selbst ein ordentlicher Landregen wäre Bremer lieber gewesen als diese bleierne Hitze, schwanger mit dem Geruch von Schweinekot und Verwesung.

Jens Peters würde so beerdigt werden, wie er gelebt hatte: ohne die Anteilnahme seiner Eltern. Sabine Peters war seit Jens' Selbstmord in psychiatrischer Behandlung, in einer Anstalt irgendwo im Taunus. Ihr Mann hatte Frau und Sohn schon vorher verlassen. Um die Beerdigung hatte sich Bremer gekümmert, so wie das auch Wilhelm getan hätte, der endlich auf Kur war und an seiner »Wiederherstellung« arbeitete.

Es hatte einen kurzen und lautstarken Streit gegeben, als Bremer eine Grabstelle auf dem Friedhof Klein-Rodas beantragt hatte.

»Einen Mörder willst du bei uns begraben? Auch noch einen, der gar nicht von hier ist?« Harrys Stimme klang heiser vor Wut. Es war wie eine Befreiung, zurückzubrüllen.

»Und das sagst du, der du den armen Kerl auf die Idee gebracht haben dürftest, mir einen Brandsatz in den Schuppen zu schleudern und einen Stein durch Kristas Wohnzimmerfenster zu werfen? Du, der du uns freigegeben hast zum Abschuß? Vielleicht hat er ja geglaubt, er kriegte dafür Applaus von dir!«

Harry ging in Schildkrötenstellung. »Was haben wir mit so einem Kerl zu schaffen? Der soll gefälligst da verscharrt werden, wo er herkommt!«

»Der Kerl hat dir jahrelang deinen Rentenbescheid und deine idiotischen Zeitschriften für Waffennarren vorbeigebracht! Und außerdem ...«

»Wir müssen mit der Geschichte leben, Harry.« Gottfried klang verdächtig milde. »Und außerdem gibt es so etwas wie christliche Nächstenliebe.«

»Eine Leiche tut niemandem weh«, fügte Willi pragmatisch hinzu.

Die Mütter des Dorfes votierten ebenfalls für Mitleid. Der mißhandelte Bruder eines mißhandelten Kindes – das rührte alle.

»Vorurteile sind immer schädlich«, hatte Christine vornehm gesagt. Bremer überlegte kurz, ob er ihr zuzwinkern sollte. Nur, um sie daran zu erinnern, daß sie sich an ihre eigenen guten Vorsätze auch nicht immer gehalten hatte. Aber er fürchtete, daß sie zwar geläutert war, aber noch immer so humorlos wie eh und je.

Er hatte eine frische Jeans angezogen und ein paar von der Hitze erschöpfte Rosen geschnitten und wollte gerade hochgehen, zum Friedhof. Vor dem Gartentor standen die Nachbarn, Marianne, auf den Straßenbesen gestützt, Gottfried mit Franz, Willi mit einer frischen Packung Zigaretten in der Hand.

»Wißt ihr überhaupt schon das Neueste.« Bis vor kurzem war es meistens Jens gewesen, der mit diesem Satz den Klatsch und Tratsch eröffnete. Seine Nachfolgerin war freundlich und stumm. Marianne schien die Lücke ausfüllen zu wollen.

»Sie haben denjenigen festgenommen, der im Knast das Gerücht in die Welt gesetzt hat, der Regler sei ein Kinderschänder.«

»Ein Mitgefangener?«

»Ein Gefängniswärter!«

»Nicht zu fassen«, murmelte Gottfried.

»Der hat den Gefangenen alles verkauft, Handys und Rauschgift und was du willst.«

Man las von solchen Fällen in der Zeitung, sicher. Aber warum hätte der Mann Thomas Regler anschwärzen sollen?

»Den Tip hatte er von Jens. Dem war er noch einen Gefallen schuldig, der hat ihm wohl mal eine ganze Postsendung Handys zugespielt.«

Bremer erstarrte. Sicher, Jens war ein Opfer gewesen – vor allem seiner Eltern. Aber wie umfassend und präzise hatte er seine Rache geplant! Was hätte man aus dieser Energie machen können. Was taten die Menschen nur mit sich.

Er gab sich einen Ruck. »Und?« fragte er auffordernd in die Runde. Marianne hatte den Anstand, verlegen zu gucken, als sie auf die Uhr schaute und behauptete, sie sei eh schon zu spät, sie müsse noch duschen, und dann ...

Gottfried schüttelte den Kopf. »Das ist nichts für mich, Paul«, sagte er. »Und für Marie erst recht nicht.«

Man war sanftmütiger, ja toleranter geworden im Dorf. Aber das hieß nicht viel. Bremer war der einzige aus Klein-Roda, der sich bei der Beerdigung blicken ließ. Krista war nicht gekommen, das war auch nicht zu erwarten gewesen, sie erholte sich irgendwo in einer Art Kurklinik. Karen war mit ihrer neuen Liebe unterwegs – und was sollte sie auch bei der Beerdigung eines armseligen kleinen Postboten in Klein-Roda? Der Fall war aufgeklärt. Das Aufräumen konnte man anderen überlassen.

Auch egal, dachte Bremer, als er am offenen Grab stand, neben dem Pfarrer und der alten Hilde aus Rottbergen, die kein einziges Begräbnis ausließ. Die Sache war schnell vorbei. Er warf, als ob er der einzige Hinterbliebene sei, die erste rituelle Schaufel Sand auf die Holzkiste in der Grube. Und die paar Rosen, die schon die Köpfe hängen ließen.

Während das Grab zugeschüttet wurde, ging er den Friedhofsweg hinunter, zurück nach Hause. Die Kletterrosen hatten ihre zweite Blüte begonnen und legten rote und cremeweiße Kaskaden über das Weinlaub an der Hauswand. Nemax und Birdie hockten vor dem Gartentor und sahen ihm entgegen. Ihn packte eine quälende Sehnsucht nach Anne und dem ganz ordinären Glück.

11

Die Kletterbohnen waren abgeerntet, und Zucchini konnte er nicht mehr sehen. Der Sommer überschwemmt alles mit seinen Gaben, so daß man gar nicht merkt, daß er bereits vorbeigeht, dachte Bremer, als die ersten wurmstichigen Äpfel aufs Pflaster zu prallen begannen und die Pflaumen an den Straßenbäumen mehlig schmeckten vor Süße.

Marianne brachte ihm ein Glas mit frisch eingelegten Gewürzgurken. Gottfried schlachtete seine Legehennen. Und Wilhelm kam mit einer Schubkarre voller Kürbisse vorbei.

Irgendwann abends waren Karen und Gunter zu Besuch, brachten Rauscher mit aus Frankfurt und die satte Ruhe eines glücklichen Paares. Sie redeten den ganzen Abend lang über alte Autos, alte Häuser und gute Weine. Solche mit Alterungspotential, versteht sich.

Eines Morgens hing die Kapuzinerkresse schlaff und glasig aus dem Topf. Die Kletterrosen nahmen einen betörenden Glanz an, so, als ob sie wußten, daß es bald zu Ende gehen würde mit ihnen. Und das Weinlaub rötete sich, bis es weithin leuchtete.

Das Fell der Katzen wurde dichter. Bremer ließ den Gastank auffüllen und spaltete Brennholz.

Eines Tages fuhr der leuchtend grüne Bulldog wieder ins Dorf ein, Musik ertönte, und jemand pustete ins Mikrofon. Moritz Marx, der die Wahl zum Bürgermeister verloren hatte, war wieder auf Kampagne. Diesmal ging es nicht um Wahlen und Posten. Diesmal hatte Moritz eine Bürgerinitiative gegründet.

»Sprengt den Hitlertunnel!« stand auf dem Transparent, das über die Länge des Planwagens gespannt war, auf dem diesmal kein Fäßchen für durstige Wähler stand, sondern ein riesiges Sparschwein.

Dynamit, nahm Bremer an, kostet Geld.

Und dann kam der Tag, an dem die letzten vertrockneten Gemüsereste vom Beet geräumt werden mußten. Bremer brachte den fast garen Kompost aus der Tonne hinter dem Schuppen auf dem Boden aus, arbeitete ihn leicht ein und grub dann mit dem Spaten um. Nemax und Birdie saßen dabei, schauten interessiert zu und tupften mit den Pfoten nach den sich kringelnden Regenwürmern, die das Umgraben an die Oberfläche brachte.

Über seinem Kopf zog ein Schwarm Wildgänse gen Süden, in fast perfekter V-Formation. Ihr Schrei machte sehnsüchtig. Er verrenkte sich den Hals nach ihnen und hörte nur nebenbei, daß das Gartentor klappte. Als er wieder herunterschaute, glaubte er Krista zu erkennen, die ihm den Rücken zudrehte, um das Tor hinter sich wieder zuzuziehen; die schlanke Gestalt in Jeans und Lederjacke, das blonde Haar zerzaust, war ihm vertraut. Aber warum schlug bei ihrem Anblick sein Herz schneller?

Anne lächelte, als sie sich umdrehte.

»Ich hatte schon die Postkarten vermißt.« Bremer hatte einen trockenen Mund.

»Ich bin zurück«, sagte sie.

»Das sehe ich.«

»Und ich bleibe.«

Er mußte ein ausnehmend bescheuertes Gesicht machen. Bremer räusperte sich. »Wie lange?«

»Solange du willst.«

Sie sahen sich in die Augen. Bis ihm die Hand schmerzte, mit der er sich am Spaten festhielt. Dann ließ er ihn fallen und ging mit weichen Knien die paar Schritte durch die schwere Erde hinüber zu ihr.

Sie lachte, als er hilflos seine erdigen Hände betrachtete, griff nach seinen widerstrebenden Gärtnerpranken und legte sie sich um den Hals. Er spürte ihren Puls. Und dann ihre Lippen auf seinen, kühl und weich.

It's just a kiss, dachte er noch. Da müssen einem doch nicht gleich die Knie zittern, Kerl.

Dann gab er nach.

Nur erfunden!

Das Leben ist eine Quelle der Inspiration, aber aus dem Abschreiben vom Leben allein entsteht kein Roman.

Und so ist »Schneesterben« inspiriert von einer »wirklichen« Geschichte – aber mehr auch nicht. Gleiches gilt für den Ort des Geschehens. Klein-Roda ist überall; auch wenn ich nicht verhehle, daß der Roman eine Liebeserklärung an ein ganz persönliches Klein-Roda ist. Im guten also mag es im Buch durchaus lebensnah zugehen, nicht aber im negativen: Ein Krimi braucht nun mal das Böse und den Konflikt, sonst ist er keiner. Und deshalb: Die hier geschilderten Konflikte und Personen sind nicht aus der Anschauung gewonnen, sondern sämtlich Produkte der Phantasie der Autorin.

Das gleiche gilt für die Geschehnisse und Personen in der JVA Strang. Sie sind erfunden (auch wenn das eine oder andere nicht aus der Luft gegriffen ist). Das ist mir besonders wichtig, denn ich habe Lothar Brühl, dem Ausbildungsleiter des allgemeinen Vollzugsdienstes der JVA Weiterstadt, viel zu verdanken an Informationen über die Abläufe und den Alltag in einer JVA. Weiterstadt aber war nicht das Vorbild für Strang, schon weil es dort keine Sechs-Bett-Zimmer gibt.

An den Freiheiten, die sich die Frankfurter Staatsanwältin Karen Stark herausnimmt, sind gewißlich nicht OStA Job Tilmann und OStA Dieter Kellermann schuld, die mir den einen oder anderen Tip gegeben haben. Dank geht auch an Dipl. Ing. Volker Pech von der Dekra und Herrn Prof. Dr. Lutz vom Zentrum für Rechtsmedizin in Frankfurt, ich habe von ihnen viel gelernt über Auffahrunfälle im besonderen und das gerichtsmedizinische Procedere im allgemeinen.

Als sehr hilfreich erwies sich das Buch von Sabine Rückert, *Tote haben keine Lobby. Die Dunkelziffer der vertuschten Morde,* Hamburg 2000.

Für die Arbeit am Manuskript habe ich diesmal an erster Stelle Christian Schneider zu danken, hart gefolgt von Antje Kunstmann und dem Kritikerkreis Maria Stephan, Ellen Eggers, Stephan Ahlf, Ivonne Gommelt, Marlies und Theo Gaul und Albert Sellner. Sie haben mich vor manchem bewahrt. Das Restrisiko liegt bei mir.

Ich widme das Buch Rudolf Westenberger, früher auch mal Kriegsberichterstatter. Er weiß, warum.